Das Buch

Die engagierte Unternehmerin Claudia steht kurz vor der Erfüllung ihres großen Traums: Bürgermeisterin ihrer süddeutschen Heimatstadt zu werden. Plötzlich taucht ihre achtzehnjährige Tochter Anouk im Umfeld radikaler Klimaaktivisten auf, landet im Gefängnis und beschert ihrer Familie sogar eine Hausdurchsuchung – alles ein gefundenes Fressen für die Medien. Claudias Kandidatur ist gefährdet, der Ruf des Autohauses, das sie in dritter Generation leitet, beschädigt, die Kunden bleiben weg. Ihre Mutter Marianne, die heimliche »Bössin« der Firma, hintertreibt Claudias Pläne ebenfalls. Und anstatt seiner Frau beizustehen, wird Ehemann Martin zum unberechenbaren Gegenspieler. Claudias ganze Existenz steht auf dem Spiel – und schließlich sogar das Leben ihrer Tochter. Wird es ihr gelingen, Anouk zu retten?

Die Autorin

Amelie Fried, Jahrgang 1958, wurde als TV-Moderatorin bekannt. Alle ihre Romane waren Bestseller. *Traumfrau mit Nebenwirkungen, Am Anfang war der Seitensprung, Der Mann von nebenan, Liebes Leid und Lust* und *Rosannas Tochter* wurden erfolgreiche Fernsehfilme. Für ihre Kinderbücher erhielt sie verschiedene Auszeichnungen, darunter den »Deutschen Jugendliteraturpreis«. Zusammen mit ihrem Mann Peter Probst – mit dem sie Workshops in Kreativem Schreiben gibt – schrieb sie den Sachbuch-Bestseller *Verliebt, verlobt – verrückt?*. Bei Heyne erschien zuletzt der Bestsellerroman *Traumfrau mit Ersatzteilen*.

»Ihre Bücher sind humorvoll, aber auch nachdenklich, und im Mittelpunkt stehen selbstbewusste Frauen.« *Süddeutsche Zeitung*

AMELIE FRIED

DER LÄNGSTE SOMMER IHRES LEBENS

ROMAN

WILHELM HEYNE VERLAG
MÜNCHEN

Penguin Random House Verlagsgruppe FSC® N001967

2. Auflage
Vollständige Taschenbuschausgabe 05/2025
Copyright© 2024 by Amelie Fried
Copyright © 2024 by Wilhelm Heyne Verlag, München,
in der Penguin Random House Verlagsgruppe GmbH,
Neumarkter Straße 28, 81673 München
produktsicherheit@penguinrandomhouse.de
(Vorstehende Angaben sind zugleich
Pflichtinformationen nach GPSR)

Umschlaggestaltung: Eisele Grafik · Design, München
unter Verwendung eines Motivs von © Elizabeth Lennie
Satz: satz-bau Leingärtner, Nabburg
Druck und Bindung: GGP Media GmbH, Pößneck
Printed in Germany

ISBN 978-3-453-42980-2

www.heyne.de

Dieses Buch widme ich all jenen, die nicht aufgeben,
im Leben und in der Liebe.

1

Die gläserne Kathedrale des Autohauses war festlich erleuchtet. Die Gäste scharten sich um weiß verkleidete Stehtische, die zwischen den glänzenden Karosserien der Vorführwagen aufgebaut waren. Sie stellten ihre Sektgläser ab und griffen nach den Häppchen, die von Kellnerinnen und Kellnern auf Tabletts herumgetragen wurden. Eine Gruppe Männer in dunklem Anzug umringte bewundernd das rote Karmann Ghia Cabrio von 1957, das auf einem Podest in der Mitte der Halle stand.

»Des isch a feins Wägele«, sagte einer, und die anderen nickten.

Claudia beobachtete das Treiben und fühlte sich für einen Moment, als hätte sie mit all dem nichts zu tun. Als wäre sie durch Zufall hier gelandet und könnte jederzeit den Raum verlassen, ohne dass jemand es bemerken würde.

Sie seufzte und nahm einen Schluck aus ihrem Glas.

Irritiert kniff sie die Augen zusammen. Das quer über dem Eingang gespannte Banner mit der Aufschrift *110 Jahre Autohaus Berner* hing leicht schief. Sie unterdrückte den Impuls, eine Leiter zu suchen und trotz Abendkleid und hoher Schuhe hinaufzusteigen, um es gerade zu hängen.

Neben sich hörte sie ihren Mann Martin etwas über E-Mobilität und neue Herausforderungen sagen. Die anderen am Tisch lauschten interessiert. Er war der beste Verkäufer gewesen, den das Unternehmen je gehabt hatte. Überzeugend, charmant, hartnäckig.

»Der verkauft auch ein Auto an jemanden, der gar keinen Führerschein hat«, hieß es über ihn.

Sein bester Deal war, sie zu erobern, die Tochter des Eigentümers, »die Kleine vom Boss«, wie die Belegschaft sie genannt hatte. Zwanzig Jahre war das her. Ihr Vater war längst tot, inzwischen war sie die Geschäftsführerin des größten Autohändlers in der Region. Und Martin ihr angestellter Prokurist.

»Nach dem Besuch bei uns muss der Kunde etwas wollen, auch wenn es nicht das ist, was er vor dem Besuch zu wollen glaubte – stimmt's oder hab ich recht?«, sagte er und blickte, um Bestätigung heischend, zu ihr hinüber.

Lächelnd strich sie ihm über den Arm. Als Frau in einer Männerbranche hatte Claudia eines gelernt: einem Mann niemals öffentlich zu widersprechen. Nicht mal dem eigenen. Vor allem nicht dem eigenen.

Ihr Blick fiel auf ihre Mutter Marianne, die aufrecht, in einem smaragdgrün schimmernden Kleid und mit eleganter Hochsteckfrisur, am anderen Ende der Halle stand und sichtlich geschmeichelt die Honneurs der Gäste entgegennahm. Sie war »die Bössin«, auch heute noch, viele Jahre nachdem sie sich aus dem operativen Geschäft zurückgezogen hatte. Aber immer noch durchschritt sie alle paar Wochen wie eine abgedankte Königin den Servicebereich und die Verkaufsräume der Zentrale und ließ es sich nicht nehmen, einmal im Jahr alle vier Filialen zu besuchen. »Präsenz zeigen«, nannte sie es. Die Menschen sollten wissen, wem sie ihren Arbeitsplatz zu verdanken hatten. Und die Familie sollte wissen, dass mit ihr zu rechnen war. Sie hütete das Erbe ihres verstorbenen Mannes, und wehe, jemand wollte sich daran vergreifen.

Es war nicht einfach für Claudia, die sich von ihrer Mutter oft bevormundet und überfahren fühlte. Noch schwieriger war es für Martin, gegen den Marianne ein grundsätzliches Misstrauen hegte, das er auch nach über zwanzig Jahren in der Firma nicht völlig hatte ausräumen können.

Claudia beobachtete die festlich gekleideten Gäste, die sich wie nach einer geheimen Choreografie durch den Raum bewegten, in Grüppchen zusammenfanden und wieder auseinandergingen. Gläserklirren, freudig erregte Stimmen, zwischendurch das perlende Lachen einer Frau, die den Kopf zurückwarf und ihren nackten Hals präsentierte.

Wenn jetzt eine Bombe explodierte, wäre die gesamte Elite der Region ausgelöscht. Alle wichtigen Politiker, Geschäftsleute, Wirtschaftsbosse und andere Persönlichkeiten der Gesellschaft waren heute Abend hier. Aber wer sollte im beschaulichen Meutlingen eine Bombe werfen? Sie verscheuchte den Gedanken und nahm noch einen Schluck aus ihrem Glas. Der Sekt war warm geworden.

Wo war eigentlich Anouk? Ihre Tochter war sonst überpünktlich. Seltsam, dass sie noch nicht da war. Schon als Erstklässlerin war sie morgens immer als Erste fertig gewesen und stand, den Schulranzen auf den Rücken geschnallt, geduldig an der Tür, bis jemand sie zur Schule brachte. Mittags kam sie jeden Tag zur exakt gleichen Zeit nach Hause. Noch heute konnte man buchstäblich die Uhr nach ihr stellen.

Claudia sah sich suchend um, konnte Anouk aber nirgendwo entdecken. Stattdessen blieb ihr Blick bei ihrem fünfzehnjährigen Sohn Julian hängen, der gerade ein Glas Sekt auf ex leerte und es sofort wieder füllte. Energisch ging sie zu ihm und nahm ihm das Getränk aus der Hand.

»Untersteh dich«, murmelte sie. Erst vor wenigen Wochen hatte er nach einer Party das Bad vollgekotzt.

Genervt sah er sie an, sagte aber nichts.

»Weißt du, wo Anouk ist?«

Er zuckte die Schultern. »Keine Ahnung.«

Claudia blickte auf das volle Glas in ihrer Hand, wusste nicht, wohin damit, und kippte den Inhalt schließlich unauffällig in eine Topfpflanze. Sie lächelte ihrem Sohn aufmunternd zu.

»Gruftiparty, ich weiß. Halt noch ein bisschen durch, okay?« Er verzog das Gesicht. »Vielleicht krieg ich ja einen Kreislauf-kollaps und muss ganz schnell an die frische Luft.«

Claudia klopfte ihm lächelnd auf die Schultern. »Den Kreis-laufkollaps kriegst du höchstens, wenn du weiter Sekt in dich reinschüttest.«

Sie entdeckte die Mitarbeiterin, die sie vor kurzem als Service-assistentin eingestellt hatte und die auch heute Abend im Dienst war. Eine Kollegin sagte etwas zu ihr, worauf die junge Frau sich nach unten beugte und ihr Bein inspizierte. Dann schlug sie er-schrocken eine Hand vor den Mund.

Claudia setzte sich in Bewegung. Unterwegs wurde sie von Gratulanten aufgehalten, die ihr die Hand schüttelten, Anekdoten über ihren Vater erzählten und bedauerten, dass er den heutigen Abend nicht miterleben konnte.

»Er wär so stolz auf dich gwäsa, der Walter«, sagte ein Mann, der mit ihrem Vater in die Grundschule gegangen war. »Du hasch des so gut gemacht, obwohl du a Mädle bisch.«

Die anderen nickten.

Claudia bedankte sich und ging zum Empfangstresen, wo sie das Glas abstellte.

»Frau Horn, was ist passiert?«

Die junge Frau deutete mit Tränen in den Augen auf ihr Bein. Eine breite Laufmasche in der Feinstrumpfhose zog sich vom Knie bis zum Knöchel.

»Es ist mir so peinlich«, sagte sie. »Mein erster großer Einsatz, und dann so was …«

Claudia berührte leicht ihre Schulter. »Ich bin gleich wieder da.«

Sie durchquerte die Halle und fuhr mit dem Lift nach oben in die Büroetage. Als sie ausstieg, schlüpfte sie aufatmend aus den hohen Pumps und ging den Flur entlang in ihr Büro, wo sie eine Reihe von Schubladen aufzog. Hinter Notizblöcken und Post-its fand sie die Packung Feinstrumpfhosen, die sie dort deponiert hatte.

Es war wohltuend still. Von unten drangen die Stimmen der Feiernden nur noch gedämpft zu ihr hoch. Claudia setzte sich auf ihren Schreibtischstuhl, schloss die Augen und massierte mit den Fingerspitzen ihre Schläfen. Wenn der Abend nur schon vorbei wäre.

Sie war mit dem Bewusstsein aufgewachsen, dass Autos den Menschen Freiheit gaben, dass sie Wohlstand und Fortschritt bedeuteten und dass sie, die Familie Berner, dazu beitrugen, diesen Wohlstand zu mehren. Als Kind hatte sie den Geruch fabrikneuer Autos geliebt. Sie hatte überlegt, ob man ihn in Spraydosen abfüllen könnte, um Gebrauchtwagen damit zu imprägnieren.

»Schnapsidee«, hatte ihre Mutter sie abgefertigt, während ihr Vater sie liebevoll angelächelt hatte. »Aus dir wird mal was, Mädle.«

Und es war etwas aus ihr geworden. Eine Geschäftsführerin, die kein Geschäft mehr führen wollte. Die das dringende Bedürfnis verspürte, mehr zu gestalten als den Verkaufsraum eines Autohauses.

Es fiel ihr immer schwerer, sich mit dem Verkauf von Fahrzeugen zu identifizieren, daraus Befriedigung zu ziehen. Sie hatte alles versucht, um sich zu motivieren – die Beschäftigung mit der Erfolgsgeschichte ihrer Familie, Gespräche mit Mitarbeitern und Kunden, neue Ideen für die Firma –, aber es gelang ihr nicht mehr. Es war, als wäre in ihrem Inneren ein Schalter umgelegt worden.

Claudia öffnete die Augen, stand auf und eilte zurück zum Lift, wo sie mit schmerzverzerrtem Gesicht die unbequemen Schuhe wieder anzog. Schönheit muss leiden, hörte sie ihre Mutter sagen. Wieso eigentlich?

Unten durchquerte sie die Halle und steckte Frau Horn die Packung mit der Strumpfhose zu.

Die junge Frau strahlte sie an. »Oh … Frau Berner! Vielen Dank!«

Claudia lächelte und sah zu, wie ihre Angestellte in Richtung Damentoilette entschwand.

In diesem Moment öffneten sich die riesigen Glasschiebetüren und zwei weitere Gäste traten ein. Anouk, die, wie Claudia sofort bemerkte, mit Jeans und Bluse absolut nicht angemessen für den Anlass gekleidet war, sowie ein junger Mann, den sie nicht kannte. Auch er trug Jeans, dazu derbe Schnürschuhe und einen Kapuzenpulli. Der Anblick nahm Claudias ganze Aufmerksamkeit in Anspruch, deshalb entging ihr, wie die Gäste am Nebentisch die Köpfe zusammensteckten und über die Neuankömmlinge tuschelten.

Sie winkte ihrer Tochter zu, aber die bemerkte sie nicht, sondern sagte etwas zu ihrem Begleiter und zog ihn in Richtung der Getränketheke.

Zur gleichen Zeit kam Bewegung in die Gästeschar. Bürgermeister Manfred Abele schritt zum Rednerpult, und Claudia gab ihr Vorhaben, Anouk zu erreichen, vorerst auf.

Sie ging zurück zu Martin und stellte sich, ein demonstratives Lächeln auf dem Gesicht, neben ihn. Ansprachen von Abele konnten dauern, das wusste sie aus Erfahrung. Da war es besser, ein Getränk in der Hand zu haben und sich irgendwo anlehnen zu können.

Ceyda, Claudias Beraterin und Freundin, gesellte sich an den Tisch. Sie war Inhaberin einer Marketing- und Eventagentur und hatte den Abend organisiert. Mit ihrer wilden, dunklen Lockenmähne, dem riesigen Brillengestell und der farbenprächtigen

Kleidung wirkte sie wie ein exotischer Vogel zwischen lauter Pinguinen.

»Alles okay?«, fragte sie leise.

Claudia stöhnte. »Ungefähr so okay wie kurz vor dem Sprung aus einem Flugzeug.«

Ceyda hob den Daumen und lächelte ihr aufmunternd zu. »Hauptsache, du hast den Fallschirm eingepackt.«

Claudia feixte.

Ceydas Großvater war vor Jahrzehnten nach Meutlingen gekommen und hatte bis zu seiner Pensionierung im Autohaus Berner gearbeitet. Claudia kannte Ceyda von klein auf, hatte sie ermutigt und gefördert, als sie ihre Marketingfirma gegründet hatte, und die Freundin jetzt gebeten, sie bei ihrem großen Schritt zu unterstützen. Einem Schritt, der nicht nur ihr Leben verändern würde.

Der Bürgermeister, der sich kurz vor dem Ende seiner ersten Amtszeit befand und sich von seiner Partei bereits für eine zweite hatte aufstellen lassen, räusperte sich, klopfte mit dem Finger gegen das Mikrofon und blickte leutselig in die Runde.

»Was für ein freudiger Anlass«, begann er lächelnd und breitete die Arme aus. »Ich tät mir wünschen, dass ich häufiger bei solchen Gelegenheiten reden dürfte und seltener bei anstrengenden Gemeinderatssitzungen rumsitzen oder vor aufgebrachten Bürgern stehen müsste!« Beim Wort Bürger zeichnete er mit den Fingern Anführungszeichen in die Luft.

Claudia verdrehte die Augen. Sie wusste, worauf er anspielte: auf eine Demonstration gegen den Bau von Windrädern im Gemeindegebiet.

»Demokratie ist, wenn alle meiner Meinung sind«, flüsterte Ceyda ihr ins Ohr, und die beiden Frauen warfen sich einen verständnisinnigen Blick zu.

Bürgermeister Abele holte wie üblich weit aus. Nach einigen

weltpolitischen Anmerkungen, die zeigen sollten, dass er als Politiker über den baden-württembergischen Tellerrand hinaus blickte, pries er die wirtschaftlichen Anstrengungen der Region und die Vorteile der schwäbischen »Schaffensmentalität«, die so viele großartige Unternehmen hervorgebracht hätte, darunter das Autohaus Berner, dessen hundertjähriges Jubiläum man heute feiere.

»Hundertzehn«, wisperte ihm sein persönlicher Referent Pascal Heuweiler hörbar zu.

»Natürlich, das hundertzehnte Jubiläum«, korrigierte sich Abele. »Hab ich doch gesagt. Und wenn nicht, hab ich's gemeint!«

Er grinste, weit davon entfernt, sich für den peinlichen Fehler zu schämen. Genau so führt er sein Amt, dachte Claudia, selbstherrlich und schamlos. Abele räusperte sich, und Heuweiler reichte ihm beflissen ein Glas Wasser, das er entgegennahm, ohne sich zu bedanken.

Wenn Claudia sich entscheiden müsste, wen sie unangenehmer fand – den Bürgermeister oder seinen speichelleckenden Adlatus –, die Wahl wäre ihr schwergefallen.

Abele lobte die Unternehmenskultur im Hause Berner, das mit über zweihundert Mitarbeitern einer der größten Arbeitgeber der Region war.

»Wir können auf Sie nicht verzichten!«, rief er aus. »Und obwohl das Auto, das Herzstück unserer deutschen Industrie, von allen Seiten unter Beschuss steht, bin ich zuversichtlich, dass es überleben wird. Und mit ihm das Autohaus Berner, hoffentlich auch in fünfter Generation!«

Applaus brandete auf, die Blicke der Gäste richteten sich auf Julian, der errötend Schutz hinter einer Säule suchte.

»Endlich ein Bub«, hatten die Meutlinger nach seiner Geburt getuschelt, »das wurde aber auch Zeit.«

Zwei Generationen lang hatte es jeweils nur eine Tochter in

der Familie Berner gegeben, zuerst Marianne, dann Claudia, die beide aus Sicht der Meutlinger das Richtige getan und den Fortbestand der Firma durch die Heirat mit geeigneten Männern gesichert hatten. Martin hatte sogar den Namen Berner angenommen, was ihm von den einen als Loyalität, von den anderen als Opportunismus ausgelegt wurde. Aber eigentlich, so dachte man hier, sollten Männer die natürlichen Erben von Unternehmen sein, besonders wenn es um Autos ging.

Julian tat bislang alles, um diese Erwartungen zu enttäuschen. Er hatte schlechte Schulnoten, fiel durch dreistes Verhalten und gelegentliche Alkoholexzesse auf. Anscheinend wollte er um jeden Preis seine Unfähigkeit für die Nachfolge unter Beweis stellen.

»Das verwächst sich«, sagte Marianne, wenn er wieder für Ärger gesorgt hatte. Obwohl sie selbst bewiesen hatte, dass eine Frau sehr wohl ein Unternehmen leiten konnte, hing sie insgeheim patriarchalischen Ansichten an. Vielleicht wollte sie auch nur ihrer Enkelin Anouk ihr eigenes Schicksal und das von Claudia ersparen.

Abele hatte seine Ansprache beendet und nahm den Applaus der Anwesenden entgegen. Dann ging er zu Claudia und Martin, schüttelte beiden die Hand und klopfte Martin auf die Schulter.

»Machen Sie weiter so«, sagte er und stellte sich, Martins Hand noch in der seinen, in Positur für die Fotografen. Claudia schob sich energisch ein Stück nach vorn. Sie würde nicht zulassen, dass Abele sie auf dem Bild verdeckte. Blitzlichter flammten auf, die Fotografen versuchten, auf sich aufmerksam zu machen, als wären sie Stars bei der Oscarverleihung. Nach wenigen Sekunden war der Hollywoodmoment vorüber.

»Sie bleiben doch noch?«, fragte Claudia den Bürgermeister lächelnd. »Ich sage gleich auch ein paar Worte.«

Abeles Blick flog zu Heuweiler, der nickte. Es würde keinen

guten Eindruck machen, wenn der Bürgermeister ging, bevor jemand von den Gastgebern gesprochen hatte.

»Aber natürlich«, dröhnte Abele und griff nach einem Schälchen mit Wildgulasch und Spätzle, das auf einem Tablett an ihm vorbeigetragen wurde.

In diesem Augenblick kam Anouk mit ihrem Begleiter auf Claudia zu. Ihr Gesicht leuchtete, ihre schmale Gestalt schien zu tanzen.

»Hallo, Mama«, sagte sie errötend. »Das ist Joshua.«

Claudia reichte dem jungen Mann die Hand. Er drückte sie fest und blickte ihr dabei selbstbewusst in die Augen.

»Grüß Gott, Frau Berner. Freut mich, Sie kennenzulernen.«

»Hallo, Joshua«, sagte sie freundlich.

Sie taxierte ihn unauffällig. Aufrechte Körperhaltung, dunkler Haarschopf, graugrüne Augen mit einem Kranz dichter Wimpern. Ob Anouk verliebt war? Sie hatte bisher erst einen Freund gehabt, der sie sitzen lassen hatte, weil sie ihm, wie er ihr erklärte, »zu nett« war. Tatsächlich war Anouk sanft, empathisch und stets auf das Wohlergehen anderer bedacht. Wenn diese Eigenschaften ein Ausschlusskriterium für einen Mann darstellten, konnte sie aus Claudias Sicht froh sein, ihn loszuhaben.

Aber ob es vernünftig wäre, ausgerechnet jetzt eine neue Beziehung anzufangen, wenige Wochen vor dem Abitur?

Anouk sah sie entschuldigend an. »Tut mir leid wegen der Klamotten, Mama. Wir … haben es nicht mehr geschafft, uns umzuziehen.«

Wir.

Claudia fragte sich, was die beiden wohl Wichtiges zu tun gehabt hatten, was ihnen nicht einmal erlaubte, sich für ein Fest umzuziehen. Vermutlich hatten sie den Nachmittag im Bett verbracht und die Zeit vergessen. Schnell schob sie den Gedanken von sich. So wenig Kinder sich vorstellen wollten, dass ihre Eltern Sex hatten, so wenig wollten Eltern sich vorstellen, dass ihre Kinder Sex hatten.

»Ehrlich gesagt, hab ich auch gar keinen Anzug«, sagte Joshua.

»Hauptsache, ihr seid da«, sagte Claudia lächelnd. »Habt ihr schon was gegessen?« Sie winkte einen Kellner mit einem Tablett herbei. Er nahm es von der Schulter und präsentierte ihnen die Töpfchen mit Wildgulasch und Spätzle.

»Ich esse kein Fleisch«, sagte Joshua.

»An Vegetarier haben wir natürlich auch gedacht«, sagte Claudia. »Es gibt Fisch und Gemüsecurry. Anouk, frag bitte beim Service nach, ja?«

»Okay.«

»Also dann, ihr zwei, habt einen schönen Abend. Später gibt es Livemusik!«

»Vielen Dank, dass ich hier sein darf«, sagte Joshua artig.

Claudia glaubte, einen Hauch Ironie in seinen Worten wahrzunehmen, aber dann verwarf sie den Gedanken. Bestimmt hatte sie es sich eingebildet.

»Tschüss, Mama.«

Anouk winkte ihr zu, dann entfernten sich die beiden.

Nachdenklich sah Claudia ihnen hinterher. War sie zu nett gewesen? Hätte sie Anouk rügen sollen, weil sie in diesem Aufzug hier auftauchte, noch dazu in Begleitung eines Fremden? Der ganze Auftritt passte nicht zu ihrer Tochter. Claudia war irritiert.

Sie beobachtete, wie ihre Mutter Anouk und Joshua musterte, als könnte sie nicht glauben, was sie sah. Verstöße gegen die Etikette konnte Marianne nicht ausstehen. Das würde garantiert ein Nachspiel haben.

Claudia fing einen Blick von Martin auf, der mit dem Finger auf seine Uhr tippte. Es war Zeit für ihre Ansprache. Sie nickte ihm zu, straffte den Rücken und durchquerte die Halle. Auf dem Weg griff sie nach einem Glas Mineralwasser und nahm es mit zum Rednerpult. Mit geübtem Griff brachte sie das Mikrofon in die richtige Position und klopfte leicht dagegen. Die Gespräche tröpfelten aus und verstummten schließlich. Alle Augen ruhten auf ihr.

Claudia atmete tief durch. Sie hieß die Anwesenden im Namen der Familie Berner herzlich willkommen: die Mitarbeiterinnen und Mitarbeiter des Unternehmens, die Kunden und Freunde des Hauses, die Honoratioren der Stadt und des Landes.

Sie erinnerte an ihren Urgroßvater Karl Berner, der sich als noch recht junger Mann 1912 mit dem Verkauf von Landmaschinen selbstständig gemacht hatte, und würdigte seinen unternehmerischen Mut. Sie erzählte von ihrem Großvater Ernst, dessen Brüder im Zweiten Weltkrieg gefallen waren, sodass ihm keine Wahl blieb, als das Unternehmen allein weiterzuführen und – weil die Welt sich auch in Meutlingen veränderte – nach und nach die Traktoren und Mähdrescher durch Autos zu ersetzen. Natürlich Autos des bewährten Herstellers, mit dem sie nun schon so viele Jahrzehnte harmonisch zusammenarbeiteten.

An dieser Stelle warf Claudia einem drahtigen Mann, der ganz vorn in der ersten Reihe der Zuhörer stand und jedem ihrer Worte aufmerksam folgte, ein Lächeln zu. Jobst Huber war so etwas wie die Nemesis des Autohauses. Er vertrat den Hersteller, bestimmte über Liefermengen, Rabatte und Bonusprogramme, aber auch über die Einrichtung der Verkaufsräume und sogar über die Kleiderordnung der Mitarbeitenden mit Kundenkontakt. Die Beziehung zwischen ihm und den Berners ähnelte einer langjährigen Ehe: Man kannte sich, vertraute einander bedingt, war oft extrem genervt voneinander, konnte sich aber nicht trennen, weil einfach zu viel dranhing.

Huber nickte ihr verhalten zu und fuhr sich mit der Hand über den kurz geschorenen Schädel, mit dem er seine Halbglatze kaschieren wollte.

Claudia fuhr fort. Sie sprach mit großer Wärme von ihrem Vater, der sein Leben dem Geschäft gewidmet und Tag und Nacht an nichts anderes gedacht hatte als an das Wohlergehen seiner Mitarbeiter und Kunden.

»Ich bin mir nicht sicher, mit wem er mehr verheiratet war«, sagte sie, »mit meiner Mutter oder mit der Firma.«

»Ich schon«, sagte Marianne trocken.

Die Leute lachten.

Claudia erzählte, wie ihr Vater sie schon als Kleinkind in einer Miniversion eines Cabrios herumgeschoben und ihr später den Spaß am Autofahren vermittelt hatte, indem er sie verbotenerweise auf dem Firmengelände fahren ließ, lange bevor sie den Führerschein hatte. Wie er einfach ignorierte, dass sie ein Mädchen war und damit angeblich ungeeignet für die Leitung eines Autohauses.

»Mein Vater war konservativ im besten Sinn, andererseits aber moderner als viele Männer heute«, sagte Claudia und zwang sich, nicht in Richtung des Bürgermeisters zu blicken. »Nie wäre ihm ein abfälliger Spruch über Frauen über die Lippen gekommen. Er schätzte und respektierte Frauen, er traute ihnen etwas zu und förderte sie im Unternehmen, so gut er konnte.«

Applaus ertönte.

Claudia sah aus den Augenwinkeln die verkniffene Miene von Abele, der vermutlich genau wusste, auf wen ihre Bemerkung gemünzt war.

»Ich verdanke meinen Eltern alles, was ich heute bin«, fuhr sie fort. »Von meiner Mutter habe ich die Hartnäckigkeit geerbt, die man in unserer Branche braucht.« Sie machte eine kurze Pause und lächelte. »Manche nennen es auch Sturheit.«

Amüsierte Gesichter, vereinzeltes Murmeln.

»Meinem Vater verdanke ich das Vertrauen in meine Fähigkeit, neue Dinge zu lernen. Er hat mich gelehrt, bei allem Respekt vor der Familientradition selbstständig zu denken und meinen eigenen Weg zu gehen. Und deshalb habe ich Ihnen an dieser Stelle eine Mitteilung zu machen.«

Kurz schien es, als hielten alle die Luft an. Überraschte Gesichter, Unruhe, fragende Blicke.

Sie holte tief Atem. »Ich bin nicht nur das Kind meiner Eltern, sondern auch ein Kind unserer Stadt. Ich bin hier in Meutlingen aufgewachsen und in die Schule gegangen, ich bin als Jugendliche nachts über den Zaun ins Freibad geklettert und habe meinen ersten Kuss im Discoclub bekommen.« Sie unterbrach sich und schmunzelte. »Und ich weiß auch noch, von wem. Nach einigen Ausflügen in die Welt bin ich hierher zurückgekehrt, bin Mutter und Unternehmerin geworden, und sehr glücklich hier. Ich bin sozusagen mit Meutlingen verwachsen, die Stadt und ihre Bürgerinnen und Bürger liegen mir am Herzen, und ich möchte mich zukünftig noch mehr engagieren. Deshalb habe ich mich entschlossen, die Leitung des Autohauses Berner vollständig in die bewährten Hände meines Mannes Martin zu legen und mich nach Jahren des ehrenamtlichen Engagements als Stadträtin bei der kommenden Wahl um das Amt der Bürgermeisterin zu bewerben. Vielen Dank.«

Die Stille war so vollkommen, dass das Absetzen eines Glases auf der Empfangstheke klang, als hätte jemand einen Schuss abgefeuert. Im nächsten Moment löste sich die Spannung, einige Gäste fingen an zu klatschen. Andere fielen ein, schließlich applaudierten fast alle. Nur Abele, Heuweiler und Huber standen mit starrer Miene da, die Arme vor der Brust verschränkt. Auch Marianne wirkte überrascht, dabei hatte Claudia sie in ihre Pläne eingeweiht. Wahrscheinlich hatte ihre Mutter sie wieder einmal nicht ernst genommen.

Martin ging zu Claudia und umarmte sie demonstrativ. Der

Applaus brandete noch einmal auf und verebbte dann. Plötzlich schien es, als fingen alle im Raum gleichzeitig zu sprechen an.

Hand in Hand kehrten Claudia und Martin zurück an ihren Tisch, wo die lächelnde Ceyda sie erwartete. »Super gemacht«, sagte sie und erhob ihr Glas. »Du hast genau den richtigen Ton getroffen. Die Meutlinger werden dich lieben.«

Zu dritt stießen sie an.

Claudia nahm einen tiefen Schluck und stellte ihr Glas ab. »Ich hab's wirklich getan«, sagte sie staunend.

»Du machst doch immer, was du dir vornimmst«, sagte Martin.

Sie lächelte. »Das glaubst auch nur du.«

Claudia wirkte nach außen zielstrebig und selbstbewusst, aber hinter der Fassade lauerte eine beachtliche Portion Selbstzweifel. Monatelang hatte sie mit ihrer Entscheidung gerungen. Und selbst jetzt war es nicht so, dass sie keine Bedenken mehr hätte.

Ceyda hielt ihr Handy hoch und warf ihr einen fragenden Blick zu.

»Soll ich?«

Claudia nickte.

Ceyda tippte einige Male aufs Display, dann ließ sie das Handy sinken und erhob die Hand für ein High five. Claudia schlug ein. Die vorbereitete Pressemeldung, in der ihre Kandidatur bekannt gegeben wurde, war raus.

Plötzlich hob Ceyda die Augenbrauen und machte eine unauffällige Kopfbewegung. Claudia drehte sich um. Manfred Abele kam auf sie zu, sichtlich bemüht, seinem Gesicht einen jovialen Ausdruck zu geben. Dicht hinter ihm folgten Heuweiler und ein eifriger Pressefotograf.

»Das isch ja mal eine Überraschung, liebe Frau Berner«, sagte Abele. »Dann wollen wir doch mal sehen, wem die Meutlinger mehr vertrauen, dem erfahrenen Amtsinhaber oder dem ahnungslosen Neuling. Oder sollte ich sagen, der Neulingin?« Er verzog maliziös den Mund.

Claudia streckte die Hand aus. »Auf einen fairen Wahlkampf, Herr Bürgermeister.«

Er nahm ihre Hand und schüttelte sie. Claudia drehte sich zur Kamera und lächelte, es klickte mehrfach. Abele blickte grimmig, machte auf dem Absatz kehrt, gefolgt von Heuweiler, der hinter ihm her zum Ausgang wuselte.

Auf Ceydas Gesicht lag ein breites Grinsen. »Allein für diesen Moment hat es sich doch schon gelohnt, oder?«

Claudia wusste, dass der eigentliche Kampf noch vor ihr lag. Es war ein aufregendes und beängstigendes Gefühl; ähnlich wie damals, als sie zum ersten Mal ihr Elternhaus verlassen hatte, um ein Schuljahr in Mexiko zu verbringen, wo der Hersteller ein großes Werk betrieb und ihr Vater Beziehungen hatte. Endlich war die Zeit vorbei, in der ihre Eltern oder ihr Mann sie ausbremsten. Nun würde sie ihren ganz eigenen Weg gehen.

Mehrere Gäste kamen zu ihr an den Tisch, und mit einem Mal war sie umringt von Menschen, die ihr gratulierten und Fragen stellten. Ob sie schon genügend politische Erfahrung gesammelt habe? Wie sich das Amt mit der Familie vereinbaren lasse? Ob sie keine Interessenkonflikte fürchte? Alles Fragen, die sie sich selbst auch gestellt hatte. Und auf die sie Antworten gefunden hatte oder finden würde.

Wie anders es sich anfühlte, diese Glückwünsche entgegenzunehmen! Sie galten nicht den Leistungen ihrer Familie in der Vergangenheit, sondern ihr persönlich, und einer Zukunft, die sie – wenn alles gut ging – mitgestalten würde.

2

Marianne wanderte durch ihre Wohnung, eine selbst gedrehte Zigarette in der Hand. Der süßliche Geruch von Cannabis erfüllte die Räume und kontrastierte auf eigenartige Weise mit der Einrichtung aus altmodischen Stilmöbeln, die noch von ihren Eltern stammte. Schon lange plante sie, sich neu einzurichten, hatte sich aber bis jetzt nicht dazu durchringen können.

Gras beruhigte sie und half gegen die Schlaflosigkeit. Vor Jahren hatte ein befreundeter Arzt es gegen ihre Migräneanfälle verschrieben, und zu ihrer größten Überraschung hatte es gewirkt. Nicht nur die Schmerzen wurden schwächer, sie schlief auch besser. Es war ihr immer noch peinlich, und sie legte größten Wert darauf, dass niemand außer ihrem Arzt und der Apothekerin etwas davon erfuhr. Was würden die Leute sich das Maul über sie zerreißen, wenn es bekannt würde! Eine kiffende Rentnerin, das wäre ja noch schöner. Auch die Witze, die ihre Familie darüber reißen würde, konnte sie sich lebhaft vorstellen. Oma ist schon wieder high, würde es heißen, und was sonst noch alles.

Glücklicherweise hatte sie alle dazu erzogen, niemals unangemeldet bei ihr aufzutauchen. So viel Privatsphäre musste sein, wenn sie schon gezwungen war, im selben Haus zu wohnen. Nun ja, gezwungen war vielleicht nicht ganz der richtige Ausdruck. Immerhin war es ihr Elternhaus, hier war sie aufgewachsen, hier hatte sie mit Walter gelebt, während sie gemeinsam die Firma leiteten, hier hatten sie Claudia aufgezogen, und als Claudia selbst eine Familie gründete, waren sie – wie eine Generation zuvor ihre Eltern – in die Dachgeschosswohnung gezogen. Walter war vor sieben Jahren gestorben, und nun lebte sie hier allein, umgeben von den Gespenstern der Vergangenheit, denen sie mit eiserner Disziplin und gelegentlicher Unterstützung durch Substanzen begegnete.

Sie zog ein letztes Mal und drückte den Stummel aus. Das Zeug wirkte heute nicht. Sie öffnete ein Fenster und ließ den Rauch abziehen.

Claudia hatte in den letzten Monaten hin und wieder davon gesprochen, dass sie eine Kandidatur in Erwägung zog, aber Marianne hatte keinen Moment daran geglaubt. Sie hatte es für eine dieser Schnapsideen gehalten, die ihre Tochter manchmal überkamen und die sie oder Martin ihr normalerweise ausredeten. Zuletzt wollte Claudia ein Frauenförderprogramm in der Firma auflegen, um mehr junge Frauen für den Beruf der Mechatronikerin zu begeistern. Die Mitarbeiterinnen in Personal und Verwaltung sollten Fortbildungen und Coachings in Selbstbewusstsein erhalten.

»Damit sie dann kündigen, weil sie plötzlich glauben, sie wären zu Höherem berufen«, hatte Marianne gesagt. »Kommt nicht infrage.«

Schließlich gab Claudia sich damit zufrieden, dass die Firma sich an einer Aktion zum Girls Day beteiligte, bei der Mädchen durch den Werkstattbereich geführt wurden und dabei zuschauen konnten, wie ein kaputter Anlasser repariert wurde. Keine der Teilnehmerinnen hatte sich danach für einen Ausbildungsplatz beworben.

Und jetzt dieser Quatsch mit der Kandidatur zur Bürgermeisterin! Natürlich, alle ärgerten sich hie und da über Abeles Selbstherrlichkeit, insgesamt hielt Marianne ihn aber für einen vernünftigen Mann. Seine Familie war seit Generationen hier verwurzelt, er kannte die Stadt wie kein Zweiter, war ein gewiefter Jurist und wusste, wie man Fördergelder und Sponsoren an Land zog. Er war bestens vernetzt, seine Seilschaften reichten bis in die Bundespolitik und vor allem tief in die Wirtschaft. Er hatte so viele Leute von sich abhängig gemacht, dass er fest im Sattel saß.

Was hatte Claudia dem entgegenzusetzen? Ein Austauschjahr als Schülerin in Mexiko, ein knapp zu Ende gebrachtes Politikstudium, ein paar Jahre bei NGOs. Bevor sie ihren Traum von der Entwicklungshelferin wahr machen konnte, war sie auf den smarten Verkäufer Martin reingefallen, der es aus Mariannes Sicht von Anfang an auf ihre Tochter abgesehen hatte. Claudia war schwanger geworden, und schon war es vorbei gewesen mit den großen Visionen. Als Anouk aus dem Gröbsten heraus war, hatte Claudia im Schnelldurchgang die Abteilungen der Firma durchlaufen und Fortbildungen in Betriebswirtschaft und Personalführung absolviert.

Einer der wichtigsten Grundsätze der Familie Berner lautete: *Wir halten uns raus aus der Politik.* Denn mit jeder politischen Positionierung verlor man Kundschaft. Schon Claudias Tätigkeit als Stadträtin verstieß gegen diesen Grundsatz, aber eine Kandidatur zur Bürgermeisterin trat ihn regelrecht mit Füßen. Selbst wenn sie nach der Wahl die Geschäftsführung aufgäbe, würde ihr Name untrennbar mit dem des Autohauses verbunden bleiben, und jede ihrer Äußerungen, jeder Konflikt, den sie austrug, würde der Firma schaden.

Marianne stand jetzt in der Küche und füllte ein Glas mit Leitungswasser, das sie in wenigen Schlucken hinunterstürzte. Nach kurzem Zögern griff sie in den Küchenschrank, holte die Flasche Whiskey heraus und füllte das Glas zu einem Drittel. Dann ließ sie sich auf einen der Stühle am Küchentisch fallen.

Hätte sie bloß ihre Leitungsfunktion nicht abgegeben! Nach

Walters Tod hatte sie keine Kraft mehr gehabt, außerdem hatte sie damals schon das Rentenalter erreicht. Was war da naheliegender, als den Weg freizumachen für die nächste Generation und Claudia die Verantwortung zu übertragen? Claudia und Martin waren ein Unternehmerpaar wie aus dem Bilderbuch, ihre Zusammenarbeit war seit Jahren eingespielt, und so war auch die Übergabe des operativen Geschäfts nahezu reibungslos verlaufen.

Wenn sie geahnt hätte, wie die beiden ihr in den Rücken fallen würden, wäre sie auf ihrem Posten geblieben! Warum sollte sie mit vierundsiebzig nicht in der Lage sein, eine Firma zu leiten? Sie war wenigstens Herrin ihrer Sinne. Und was war eigentlich mit Martin? Offenbar unterstützte er die Pläne seiner Frau, dabei hätte er ihr diesen Unfug ausreden müssen. *Die Firma zuerst* lautete ein anderer Grundsatz. Im Zweifelsfall mussten persönliche Ambitionen eben zurückgestellt werden.

Marianne hatte die Vorbehalte gegen ihren Schwiegersohn nie überwunden. Er hatte das Beste aus seiner Rolle gemacht, der anhaltende Erfolg der Firma ging zu einem großen Teil auf sein Konto. Aber er hatte den gleichen Makel, den auch ihr Mann Walter gehabt hatte: Er war kein echter Berner. Und wer nicht zur Familie gehörte, dem konnte man niemals vollständig vertrauen.

Aber was sollte man machen, wenn es in einem Familienunternehmen keinen männlichen Nachkommen gab? Man übertrug die Leitung pro forma den Töchtern und sorgte dafür, dass sie die passenden Männer heirateten.

Auch sie, Marianne, hatte mal andere Ambitionen gehabt. Sie hatte davon geträumt, Lehrerin zu werden. Sie wollte Wissen an die nächste Generation weitergeben, die Persönlichkeit junger Menschen formen, sie zu wertvollen Mitgliedern der Gesellschaft machen. Aber in ihrer Generation wusste man eben noch, was Pflichtbewusstsein ist. Daran, dass ihr Platz im Unternehmen war, hatte ihr Vater keinen Zweifel gelassen. Sie hatte nicht gewagt, sich zu widersetzen.

Marianne stand wieder auf und ging, das fast geleerte Glas in der Hand, zurück ins Wohnzimmer. Vor den zwei Ölgemälden mit den Porträts ihrer Eltern blieb sie stehen. Stirnrunzelnd betrachtete sie das Gesicht ihres Vaters, der – ungefähr im Alter von fünfzig – im Stil alter Meister festgehalten war.

»Sei froh, dass du das nicht mehr miterleben musst«, sagte sie und prostete ihm zu. »Was du ererbt von deinen Vätern ...« Sie brach ab und schnaubte.

Dann nahm sie den letzten Schluck aus ihrem Glas.

Dieser junge Mann, den Anouk im Schlepptau hatte, dieser abgerissene Kerl, der offensichtlich einen schlechten Einfluss auf ihre Enkelin ausübte, ging ihr nicht aus dem Kopf. Er erinnerte sie an jemanden, und den ganzen Abend hatte sie nicht herausgefunden, an wen. Auch auf ihn war sie wütend.

Martin streckte den Arm aus und berührte die Wange seiner Frau, die neben ihm im Bett lag. Der Abend hatte ihn aufgeputscht, er war erregt und wünschte sich Sex. Anders, das wusste er, würde er nicht einschlafen können.

Claudia wandte ihm den Kopf zu und lächelte. Sie schien mit den Gedanken weit weg zu sein. Er näherte sich ihr, um sie zu küssen. Sie ließ es geschehen, erwiderte seinen Kuss aber nicht.

»Hast du die Gesichter der Leute gesehen?« Sie gluckste wie ein Schulmädchen, dem ein Streich gelungen war.

Er küsste sie erneut, diesmal drängender, und legte seine Hand auf ihre Brust.

»Komm doch«, murmelte er an ihrem Hals.

»Jetzt nicht.« Claudia schob seine Hand weg. »Ich bin noch zu ... aufgedreht.« Sie stemmte sich auf ihren Ellbogen und stützte den Kopf auf.

Martin biss die Zähne zusammen und überlegte, wie er sie herumkriegen könnte.

»Abele sah aus, als hätte ihn der Schlag getroffen«, fuhr sie unbeirrt fort, »und Heuweiler hatte regelrecht Schnappatmung.«

Er gab es auf und drehte sich wieder auf den Rücken. Manchmal sehnte er sich nach den Zeiten zurück, wo Widerstand als Teil des Vorspiels betrachtet wurde und es okay war, ein bisschen zudringlich zu werden.

»Wir müssen unbedingt mit Huber reden«, sagte er und versuchte, seine Erektion zu verbergen.

»Aber der wusste doch Bescheid!«, rief Claudia.

»Nicht, dass du es während des Festaktes verkünden würdest. Er hat sich übergangen gefühlt, und du weißt, wie er das hasst.«

Claudia zuckte die Schultern. »Er wird sich schon wieder beruhigen.« Sie verschränkte ihre Beine zum Schneidersitz, offenbar war sie in Plauderlaune. Martin unterdrückte den Frust, der in ihm aufstieg. Warum konnte sie nicht einfach mit ihm schlafen, wenn sie merkte, dass er es brauchte?

»Hast du Anouks neuen Freund gesehen?«, fragte sie.

»Woher weißt du, dass er ihr neuer Freund ist?«, gab er gereizt zurück.

Sie zog die Augenbrauen hoch. »Was glaubst du, warum sie in diesem Aufzug erschienen ist? Unsere brave Tochter! Sie hatte sich für den Abend doch extra ein Kleid gekauft. Das war kein Versehen, das war so was wie eine … öffentliche Liebeserklärung.«

»Ich hoffe nur, er lenkt sie nicht vom Lernen ab, so kurz vor dem Abi«, sagte er und setzte sich nun ebenfalls auf. Die verdammte Erektion ließ nicht nach.

Energisch schüttelte Claudia den Kopf. »Du kennst sie doch, sie ist so pflichtbewusst. Ein bisschen Ablenkung schadet ihr bestimmt nicht.«

Martin litt. Was war aus seinem angeblich so unwiderstehlichen Charme geworden? War er nicht mehr in der Lage, seine eigene Frau zu verführen? Er wollte es jetzt. Er brauchte es. War es nicht sogar irgendwie ... sein Recht?

»Dir würde ein bisschen Ablenkung übrigens auch nicht schaden«, sagte er mit seiner sinnlichsten Stimme und blickte ihr tief in die Augen.

Einen Moment zögerte sie, dann gab sie auf und legte sich hin. Er rollte sich neben sie, küsste ihren Hals und begann erneut, ihre Brust zu streicheln. Sie bog den Rücken, was er als Zustimmung wertete, nahm ihre Hand und zog sie zwischen seine Beine. Sie begann, ihn zu massieren. Er stöhnte auf.

Plötzlich fuhr sie hoch und schwang die Beine über den Bettrand.

»Ich muss pinkeln.«

Er sah, wie sie auf dem Weg zum Bad nach ihrem Handy griff, das auf der Kommode lag. Bestimmt wollte sie nachsehen, ob schon was über ihre Ankündigung im Netz stand, ob Leute ihr geschrieben und gratuliert hatten. Als könnte das nicht bis morgen warten. Eine unerwartet heftige Wut erfasste ihn. Seine Erektion pulsierte, seine Hoden schmerzten. Er kam sich vor wie ein Idiot.

Von Anfang an hatte er sie bei ihrem Plan unterstützt, hatte sie bestätigt und ihr gut zugeredet, wenn ihr Zweifel gekommen waren. Weil sie es sich so sehr wünschte, aber auch, weil er an sie glaubte. Claudia würde eine gute Bürgermeisterin abgeben, da war er sich ganz sicher. Sie interessierte sich wirklich für die Menschen, anders als Abele, dem es nur um seinen persönlichen Vorteil ging. Sie war intelligent, vorausschauend, pragmatisch. Die Leute mochten sie, weil sie nicht nur redete, sondern auch anpackte.

Und ihr Schritt war auch eine Chance für ihn. Endlich würde er aus ihrem Schatten treten. Er wäre nicht mehr der Mann von

Claudia Berner, der Schwiegersohn von Marianne Berner, der Angestellte des Autohauses Berner. Er würde Geschäftsführer werden.

Martin setzte sich auf den Bettrand und atmete gegen die Wut an. Er konnte jetzt keinen Konflikt mit Claudia riskieren. Immer wieder hatte er ihre Unsicherheit gespürt, ob sie diesen Schritt wirklich gehen und ihren Posten aufgeben sollte. Sie empfand es als Verrat an ihrem Vater und wurde von Schuldgefühlen gequält. Einige Male war sie kurz davor gewesen, einen Rückzieher zu machen. Er durfte ihr keinen Vorwand dafür liefern.

Er hatte lange genug bewiesen, dass er kein Emporkömmling war, kein Goldgräber, der nur auf Wohlstand und Status aus war. Er hatte geschuftet, und er war immer loyal gewesen. Ohne ihn wäre die Firma nicht da, wo sie heute war. Ohne ihn wäre Claudia nicht da, wo sie heute stand. Der Geschäftsführerposten war die Anerkennung, die er sich verdient hatte.

Er blickte an sich hinunter. Seine Erektion war in sich zusammengefallen.

Claudias Schritte näherten sich. Schnell legte er sich hin und deckte sich zu. Als sie das Schlafzimmer betrat, grinste er sie an.

»Tut mir leid, Schatz, das war unsensibel von mir.«

Sie blieb stehen und blickte ihn überrascht an. »Ach ja?«

»Es war ein aufregender Abend, ich verstehe, dass du nicht … entspannt genug bist.« Er schlug die Bettdecke zurück. »Komm ins Bett. Das Sexmonster lässt dich in Ruhe.«

3

Der sonntägliche Brunch war, seit Claudia denken konnte, ein fester Termin im Hause Berner. Die Familienmitglieder fanden sich pünktlich um elf Uhr in der Wohnküche ein, Ausnahmen gab es nur, wenn jemand krank oder verreist war.

Als Kind liebte sie diese regelmäßigen Zusammenkünfte mit ihren Großeltern, die so ein angenehm heimeliges Gefühl in ihr hervorriefen. Natürlich wurde immer viel übers Geschäft gesprochen, aber das Wichtigste war, dass sie alle zusammen waren. Dann starben nacheinander ihr Opa und ihre Oma, zuletzt ihr Vater, und inzwischen fühlte sich das sonntägliche Familienfrühstück an wie eine lästige Pflichtveranstaltung, an der nur noch Marianne gelegen war. Aber Claudia brachte es nicht übers Herz, die langjährige Tradition abzuschaffen. Es gab so wenig, was ihrer Mutter geblieben war, da wollte sie ihr diese Freude nicht auch noch nehmen.

Claudia saß am Tisch und scrollte in ihrem Handy. Auf der Internetseite des *Meutlinger Tagblattes* stand eine kurze Meldung über ihre geplante Kandidatur, mit dem Foto von ihr und Abele, auf dem sie strahlte und er verkniffen dreinblickte. Andere Zeitungen aus der Region würden sicher bald folgen. In ihrem Postfach landeten immer mehr E-Mails mit Gratulationen und Angeboten, sich auf die Unterstützerliste setzen zu lassen. Für ihre Bewerbung musste sie hundert Unterschriften von Persönlichkeiten der Stadt sammeln. Ceyda hatte schon rund siebzig Namen notiert, bei denen sie anfragen wollten, die restlichen würden sich bei einer Einwohnerzahl von fast sechzigtausend sicherlich auch noch finden. Sie zwang sich, das Handy wegzulegen, und blickte auf. Martin stand am Küchenblock und schnitt Obst. Er lächelte ihr zu.

Sie war immer noch überrascht. Er konnte es schwer ertragen, im Bett zurückgewiesen zu werden. Normalerweise reagierte er eingeschnappt, sprach manchmal den ganzen folgenden Tag nicht mit ihr. Sein verständnisvolles Verhalten von gestern Nacht war ganz und gar ungewöhnlich, ja fast verdächtig gewesen. Als wollte er auf keinen Fall riskieren, sie zu verärgern. Irgendwann in der Nacht war sie aufgewacht und hatte ihn mit offenen Augen daliegen sehen, offensichtlich wütend und frustriert. Schnell hatte sie die Augen geschlossen und sich schlafend gestellt.

Die Tür öffnete sich, und Julian schlurfte grußlos herein. Er sah mitgenommen aus. Claudia war sicher, dass er sich trotz ihres Verbots gestern weiteren Alkohol genehmigt hatte. Das schlechte Gewissen sprang sie an wie ein tollwütiges Tier. Kümmerte sie sich zu wenig um ihren Sohn? War sie zu sehr mit ihren eigenen Angelegenheiten beschäftigt? Und wie würde es erst sein, wenn man sie tatsächlich wählte? Dann hätte sie noch weniger Zeit für die Familie.

Anouk würde klarkommen, sie war eine Selbstläuferin, die noch nie Probleme gemacht hatte. Claudias Sorgenkind war Julian, ihr Knubbelchen. Er war labil, vielleicht sogar gefährdet. Auf ihn würde sie unbedingt ein Auge haben müssen.

Sie hörte, wie die Wohnungstür geöffnet und wieder geschlossen wurde. Schritte näherten sich der Küche. Wieder ärgerte sie sich, dass ihre Mutter einen Schlüssel zu diesem Teil des Hauses besaß, während keiner von ihnen es wagen durfte, unangemeldet ihr Reich im Dachgeschoss zu betreten.

Die Tür ging auf.

»Guten Morgen allerseits.« Marianne, wie immer tadellos gekleidet und frisiert, blieb einen Moment stehen, bis alle ihr einen guten Morgen gewünscht hatten. Dann ließ sie den Blick durch die Küche schweifen und schritt zu ihrem Platz.

»Wo ist Anouk?«

»Knubbel, sei so lieb und sieh mal nach«, bat Claudia ihren Sohn.

Der stand widerwillig auf. »Ich heiße Julian.«

Martin schenkte Kaffee ein und stellte Milch und Zucker auf den Tisch, dann reichte er Marianne die Schüssel mit dem Obstsalat und Claudia den Brotkorb. Das Ritual des Sonntagsfrühstücks war so lange eingeübt, dass jeder die Vorlieben der anderen Familienmitglieder kannte.

Marianne füllte ihr Schälchen, dann reichte sie Martin die Schüssel. Er bedankte sich und erkundigte sich höflich nach ihrem Befinden. Es war bekannt, dass sie manchmal schlecht schlief. Sie ignorierte seine Frage.

»Das war ein bemerkenswerter Abend«, sagte sie.

»Ja, nicht wahr?«, erwiderte Claudia schnell. »Ein voller Erfolg.«

Ihr war klar, dass ihre Mutter eine Attacke plante, und sie hatte sich fest vorgenommen, sich nicht provozieren zu lassen.

Bevor Marianne antworten konnte, rumpelte Julian wieder herein.

»Sie ist nicht da.«

Martin blickte überrascht. »Was?«

»Wie bitte«, verbesserte Marianne ihn.

»Hast du überall nachgesehen?«, fragte Claudia.

»Sie ist nicht in ihrem Zimmer und nicht im Bad«, sagte Julian. »Wo soll ich sie eurer Meinung nach sonst suchen? Im Wandschrank? Auf dem Speicher?«

»Vielleicht ist sie heute Morgen früh los«, sagte Claudia.

»Aber ihr Bett ist gemacht.«

Ihre Tochter war sehr ordentlich, aber dass sie nach einer langen Nacht früh aufstehen und vor dem Verlassen des Hauses ihr Bett machen würde, war dann doch unwahrscheinlich.

Anouk meldete sich immer ab. Schon als Kind hatte sie in krakeligen Buchstaben Zettel geschrieben, wenn sie zu einer Freundin gegangen war. Wenn sie heute irgendwo übernachtete, sagte sie immer Bescheid. Konnte es sein, dass Claudia ihre Nachricht übersehen hatte?

Sie griff nach dem Telefon. Als sie keine Nachricht fand, rief sie Anouks Nummer an. Mailbox. Sie tippte: *Wo bist du? Bitte melde dich.*

»Sie wird halt bei dem Typen sein, mit dem sie da war«, sagte Julian und biss in sein Brötchen.

Marianne blickte indigniert in die Runde. »Findet ihr das etwa in Ordnung?«

»Was?«, fragte Claudia verständnislos und legte das Telefon vor sich auf dem Tisch ab.

»Na, dass Anouk bei diesem fremden Kerl übernachtet. Wer weiß, wer das ist.«

»Ich fand, er sah nett aus.« Claudia griff nach der Butter.

»Hoffentlich haben die beiden Spaß zusammen«, sagte Martin und lächelte Claudia anzüglich zu.

Sie reagierte nicht.

»Weiß jemand, wer das war?«, wollte Marianne wissen. »Julian, du kennst doch immer alle.«

»Hab ihn gestern zum ersten Mal gesehen.« Julian leckte Nussnugatcreme von seinem Messer.

Claudia warf ihm einen tadelnden Blick zu.

Er kannte die Freunde und Freundinnen seiner Schwester, weil er sie, wie Anouk es ausdrückte, »stalkte«. Wenn er Joshua bisher nicht begegnet war, bedeutete es, dass sie ihn erst vor kurzem kennengelernt hatte.

»Sie wird schon wieder auftauchen«, sagte Marianne.

»Natürlich taucht sie wieder auf«, gab Claudia gereizt zurück.

»Um auf gestern Abend zurückzukommen …«, fuhr Marianne fort.

Claudia unterbrach sie. »Mutter, lass es bitte. Ich habe dir mehrfach mitgeteilt, dass ich eine Kandidatur plane. Wenn du mir nicht zuhörst oder mich nicht ernst nimmst, ist das dein Problem.«

Ihre Mutter blickte streng. »Wir halten uns raus aus der Politik, schon vergessen?«

»Das mag für meine Vorfahren gegolten haben, für mich gilt es nicht mehr.«

Marianne beugte sich vor und fixierte sie scharf. »Ohne diese Vorfahren wärst du nichts! Du würdest in einem afrikanischen Dorf den Bau eines Brunnens beaufsichtigen oder Kindern Nachhilfe in Englisch geben.«

Claudia zuckte die Schultern. »Vielleicht hätte mich das glücklicher gemacht, als Autos zu verkaufen.«

Martin, der schweigend sein Rührei verspeist hatte, sah sie überrascht an.

Julian hob die Hand. »Kann ich mal den Obstsalat haben?«

Martin reichte ihm die Schüssel, ohne ihn anzusehen. Er hielt seinen Blick unverwandt auf Claudia gerichtet. »Du warst doch die letzten zwanzig Jahre nicht unglücklich, oder?«

Claudia legte ihm die Hand auf den Arm. »Natürlich nicht, Schatz.«

Nein, sie war nicht unglücklich. Aber sie hatte sich immer gewünscht, etwas zu verändern, Dinge zum Besseren wenden zu können. Nicht umsonst hatte sie Politik studiert und in die

Entwicklungshilfe gehen wollen. Sie hatte bei einer Jugendhilfsorganisation und einem internationalen Bündnis gegen Hunger gearbeitet, dann war die Zusage für einen Einsatz in Kolumbien gekommen. Sie hatte die Flügel schon ausgebreitet gehabt und war kurz davor gewesen loszufliegen. Und dann war sie schwanger geworden.

Alles umsonst, alle Träume dahin. Sie war verzweifelt gewesen, hatte an Abtreibung gedacht. Martin drohte, sie zu verlassen, wenn sie die Schwangerschaft abbräche. Sie fürchtete, ihn zu verlieren und es vielleicht eines Tages zu bereuen, das Kind nicht bekommen zu haben. Und so war sie geblieben. Bald darauf hatten sie geheiratet, Anouk wurde geboren. Alles lief nach Plan. Nur dass es nicht ihr Plan war.

Aber natürlich liebte sie Anouk über alles und war glücklich, dass sie da war. Es war alles in Ordnung. Sie hatte sich richtig entschieden.

»Warum redest du deiner Frau diesen Quatsch mit der Kandidatur nicht aus?«, wollte Marianne von Martin wissen. »Weil du glaubst, dann hast du freie Bahn in der Firma?«

»Mutter!« Claudia funkelte sie zornig an.

Angespannte Stille senkte sich über den Tisch.

Schließlich sagte Martin: »Meine Frau ist durchaus in der Lage, ihre eigenen Entscheidungen zu treffen. Und ich unterstütze sie dabei, weil ich sie liebe.«

Marianne gab ein leises Schnauben von sich.

»Wenn der Typ recht hat, wird's das Autohaus Berner in der nächsten Generation sowieso nicht mehr geben«, sagte Julian, und es klang, als fände er diese Vorstellung beruhigend.

»Welcher Typ?«, fragte Martin.

»Na, dieser Joshua.«

»Du hast dich mit ihm unterhalten?« Claudia war überrascht.

»Klar, wieso nicht?«

»Und wie kommt er zu dieser Erkenntnis?« Marianne stach mit der Gabel in eine Weintraube.

»Weil mit dem Individualverkehr bald Schluss sein wird, sagt er, wegen dem Klima.«

»Wegen des Klimas«, verbesserte Marianne.

»Interessant«, sagte Martin. »Offenbar hat der junge Mann noch nichts von E-Mobilität gehört.«

»Er sagt, das wär alles Greenwashing.« Julian hob die Schultern und ließ sie fallen. »Ich hoffe, dass er spinnt. Ich will später mal einen Ferrari fahren.«

Julian hatte bereits mit vier Jahren sämtliche Automarken erkannt und mit sechs verkündet, er werde Rennfahrer. Noch immer galt seine Leidenschaft schnellen, ausgefallenen Autos. Für die »spießigen Mittelstandskutschen«, die seine Familie vertrieb, hatte er nur Verachtung übrig.

Claudia wollte dringend das Thema wechseln. »Und wie ist Joshua sonst so?«, fragte sie lächelnd.

»Er trinkt nicht.« Es klang verächtlich.

»Das ist aus unserer Sicht eine sehr gute Nachricht«, sagte sie streng. »Es reicht schon, dass du viel zu häufig Alkohol trinkst.«

Julian verdrehte die Augen. »Ach, Mama.«

»Was hast du noch über ihn erfahren?«, setzte Martin das Verhör fort.

Julian überlegte. »Er studiert irgend so was mit Energie und … Nachhaltigkeit.«

»Nachhaltige Energiewirtschaft?«

Er zuckte die Schultern. »Kann sein. Keine Ahnung. Mit dem Ökokram kenne ich mich nicht aus.«

»Würde dir nicht schaden, dich mal mit dem Ökokram zu beschäftigen«, sagte Martin. »Dann wüsstest du nämlich, dass wir bei Berner bereits fünfundzwanzig Prozent E-Autos verkaufen und auch sonst alles tun, um die Firma nachhaltig und zukunftsfähig zu machen.«

Claudia lächelte in sich hinein. Martin klang mal wieder so, als wollte er einen Kunden überzeugen. Vielleicht wollte er auch nur ihrer Mutter imponieren.

Die schlug unvermittelt mit der flachen Hand auf den Tisch. »Ich war übrigens noch nicht fertig«, sagte sie scharf.

Claudias Kopf schnellte herum. »Nicht dieser Ton, Mutter! Ich bin kein Kind mehr.«

»Dann benimm dich nicht wie eins«, sagte Marianne. »Du hast Verantwortung, du kannst nicht einfach weglaufen.«

»Ich übernehme eine andere Art der Verantwortung«, sagte Claudia. »Und erst mal muss ich überhaupt gewählt werden.«

»Dann hoffen wir, dass die Wähler klüger sind als du.« Marianne stand auf. »Informiert mich, wenn das Kind wieder da ist.« Sie rauschte aus dem Zimmer und ließ die Tür demonstrativ ins Schloss fallen.

Julian stand ebenfalls auf. »Ist doch immer wieder schön mit euch.« Und weg war er.

Claudia seufzte. »Tut mir leid, Schatz.«

Martins Gesicht verfinsterte sich. »Wenn ich erst mal das Sagen habe, springt sie nicht mehr so mit uns um, das verspreche ich dir.«

»Warten wir's ab.«

»Ich gebe ihr Hausverbot«, sagte er heftig. »Ich mache von meinem Hausrecht Gebrauch und untersage ihr, die Firma zu betreten!«

Als er Claudias erschrockenen Gesichtsausdruck sah, fing er an zu lachen.

»War nur ein Scherz!«

Anouk kam am späten Nachmittag zurück, mit vor Müdigkeit geröteten Augen und ungewöhnlich schweigsam. Auf Claudias Frage, warum sie sich nicht gemeldet habe, reagierte sie abweisend.

»In drei Wochen werde ich achtzehn, Mama. Ich muss mich nicht mehr abmelden.«

Sie ging in ihr Zimmer und tauchte erst zum Abendessen wieder auf. Anstatt sich an den Tisch zu setzen, füllte sie ihren Teller und ging zur Tür.

»Ich geh nach oben.«

Martin blickte sie perplex an. »Wieso isst du denn nicht mit uns?«

»Ich muss noch lernen. Ihr wollt doch, dass ich ein gutes Abi mache, oder?«

Und schon war sie aus der Tür.

Irgendetwas stimmte nicht mit ihrer Tochter. Claudia hatte gewartet, ob sie etwas zu ihrer Kandidatur sagen würde. Sie hatte sich darauf gefreut, mit ihr zu diskutieren, ihre Ideen zu hören. Aber nichts. Anouk sagte kein Wort dazu. Als wüsste sie nichts davon. Oder, schlimmer, als wäre es ihr unangenehm. Mit fast jeder Reaktion hatte Claudia gerechnet, nur nicht damit.

Selbst Julian hatte sich dazu herabgelassen, ihr zu gratulieren.

»Ich finde Politik zwar blöd, aber wenn du wen brauchst, der Plakate für dich klebt, dann mache ich das. Nicht aus Überzeugung, nur weil ich ein guter Sohn bin.« Er hatte gegrinst. »Und natürlich gegen Bezahlung.«

Der Montag begann mit dem obligatorischen Morgenmeeting, das seit der Pandemie meistens online stattfand. Heute hatte Claudia aufgrund der besonderen Umstände zu einem Präsenztreffen geladen. Üblicherweise waren außer ihr und Martin der Verkaufsleiter, der Serviceleiter, die Disponentin und die Leiter der vier Filialen dabei. Heute kamen noch die Personalbeauftragte, die Chefbuchhalterin und die Marketingleiterin dazu.

Claudia bot Kaffee, Mineralwasser und, zur Feier des Tages, frische Butterbrezeln an. Die Mitarbeiter und Mitarbeiterinnen setzten sich um den Konferenztisch und blickten erwartungsvoll auf ihre Chefin. Bevor sie anfangen konnte zu sprechen, öffnete sich die Tür, und Marianne schlüpfte herein.

»Lasst euch bitte nicht stören, ich bin gar nicht da«, sagte sie und setzte sich ans andere Ende des Konferenztisches.

Claudia fing Martins Blick auf.

»Guten Morgen, Mutter«, sagte sie. Dann wandte sie sich an die Anwesenden. »Ich kann mir denken, dass die Mitteilung meiner Kandidatur für Sie alle überraschend kam.«

»Kann man wohl sagen«, murmelte der Verkaufsleiter und griff nach einer Brezel.

»Ich find's gut«, sagte die Marketingleiterin. »Nicht weil ich nicht gern mit Ihnen arbeite«, fügte sie an Claudia gewandt schnell hinzu, »sondern weil ich mich freue, dass jemand wie Sie gegen den Abele antritt.«

Marianne räusperte sich.

»Vielen Dank«, sagte Claudia. »Für Sie wird sich im Grunde nichts ändern, außer dass Sie demnächst an meinen Mann berichten statt an mich. Und Sie können sich sicher sein, dass er sich mit ebenso viel Herzblut für die Firma einsetzen wird, wie ich es getan habe.«

Martin rang sich ein Lächeln ab.

Sie wusste, dass er eine Rede vorbereitet hatte, in der er von seiner Verbundenheit mit dem Unternehmen und der Belegschaft sprechen und seine nächsten Ziele skizzieren würde. Er wollte die anwesenden Führungskräfte für sich begeistern und zeigen, dass er der Richtige war, um Claudias Platz einzunehmen.

Sie breitete die Arme aus. »Und nun, liebe Kolleginnen und

Kollegen, möchte ich dem zukünftigen Geschäftsführer der Autohaus Berner GmbH das Wort übergeben.« Sie lehnte sich zurück und sah ihn gespannt an.

»Danke dir, Claudia«, sagte Martin lahm. Dann wandte er sich an die Anwesenden. »Sie kennen mich, und ich verspreche Ihnen, dass ich als Geschäftsführer kein anderer sein werde als bisher. Mir ist wichtig, dass wir hier größtmögliche Transparenz haben. Sie können mir vertrauen. Vielen Dank.«

Er setzte sich zurück und verschränkte die Arme.

Verblüfft sah Claudia ihn an. Das war alles? Was war aus der mitreißenden Ansprache geworden, die er in den letzten Tagen eingeübt hatte?

Marianne setzte sich kerzengerade auf. »Und sollte es Probleme geben, können Sie natürlich immer auch zu mir kommen«, sagte sie vernehmlich.

Martins Körper spannte sich an. Claudia berührte ihn unter dem Tisch.

»Vielen Dank, Mutter«, sagte sie. »Es ist gut, dich hinter uns zu wissen.«

Die Runde applaudierte. Marianne neigte geschmeichelt den Kopf.

»Was sagen wir den Kunden?«, fragte der Verkaufsleiter. »Manche werden das nicht gut finden. Der Abele hat viele Fans.«

»Sie lassen sich bitte nicht in Gespräche über Politik verwickeln«, sagte Claudia. »Die Kunden kommen zu Ihnen, um sich beim Autokauf beraten zu lassen. Wenn sie über Politik sprechen wollen, sollen sie zu einer Wahlkampfveranstaltung gehen.« Sie blickte in die Runde. »Keine Fragen mehr? Dann bitte ich um die Kennzahlen der letzten Woche.«

Marianne erhob sich. »Und schon bin ich wieder weg. Alles Gute für den Neustart!« Sie klopfte zum Abschied zweimal kurz auf den Tisch, dann verließ sie den Raum.

Der Verkaufsleiter sowie die vier Betriebsleiter der Filialen nannten die Ergebnisse der letzten Woche, die bereits ins System eingespeist und allen Beteiligten zugänglich waren. Trotzdem bestand Claudia darauf, dass sie bei den Sitzungen besprochen wurden. Zahlen allein sagten ihrer Meinung nach nichts aus, sie bedurften einer Interpretation.

»Was sind das für magere Ergebnisse?«, sagte Martin und deutete auf den Bildschirm. »Wir haben Frühling, die Wirtschaft erholt sich, die Leute sollten in Kauflaune sein.«

Die Anwesenden blickten betreten vor sich hin.

»Sie lesen aber schon die Zeitung?«, sagte der Verkaufsleiter schließlich. »Pandemie, der Überfall auf die Ukraine, die Angst vor steigenden Preisen …«

»Die Kunden sind aus vielen Gründen verunsichert«, sprang einer der Betriebsleiter dem Verkaufsleiter bei. »Auch die Gerüchte um Dieselverbote und ums Verbrenneraus belasten uns. Ist zwar noch eine Weile hin, aber viele überlegen da schon.«

»Davon müssten aber E-Modelle und Hybride profitieren«, widersprach Martin und zeigte auf die entsprechenden Zahlen der letzten Monate. »Da sieht's aber genauso mau aus.«

Claudia fragte sich, warum Martin so tat, als wäre die Belegschaft schuld daran. Die Gründe dafür lagen anderswo und waren längst bekannt. Es gab derzeit Lieferschwierigkeiten vonseiten des Herstellers, aber auch der Mangel an Ladestationen, die Diskussion um die umweltschädlichen Lithium-Ionen-Akkus und deren Entsorgungsprobleme bremsten den Absatz.

Die Betriebsleiter berichteten nun der Reihe nach von den zum Teil frustrierenden Kundengesprächen, die sie in den letzten Wochen geführt hatten. Martin hörte dem Ganzen mit finsterer Miene zu.

Claudia beobachtete ihn. Das Unbehagen, das sie in ihrem Inneren spürte, wurde immer stärker. Im Zweierteam hatten sie perfekt funktioniert, deshalb war es ihr völlig natürlich erschienen, dass Martin ihre Nachfolge antreten sollte. Der Gedanke, dass er es allein nicht stemmen könnte, war ihr nie gekommen.

»Claudia, was sagst du dazu?«

Martins Stimme ließ sie aufschrecken. Er hatte ihr seinen Laptop zugeschoben, auf dem der Entwurf für den nächsten Newsletter zu sehen war.

»Ich schau ihn mir gleich an«, murmelte sie.

Die Runde diskutierte noch eine Weile, aber Claudia war nicht mehr bei der Sache.

»Gibt es noch Fragen?«, erkundigte sich Martin am Schluss der Sitzung.

Der Serviceleiter hob die Hand. »Wann erfolgt denn die Übergabe der Geschäftsführung?«

Bevor Martin antworten konnte, sagte Claudia: »Es gibt noch ein paar bürokratische Dinge abzuwickeln, das wird etwas dauern. Ich rechne damit, dass die offizielle Übergabe der Geschäftsleitung in circa … sechs bis acht Wochen erfolgen kann.«

Sie bemerkte Martins überraschten Blick.

Nachdem die Mitarbeiter sich verabschiedet hatten und sie zu zweit im Konferenzraum zurückgeblieben waren, sah er sie fragend an.

»Sechs bis acht Wochen? Was ist los, hast du kalte Füße gekriegt?«

Sie hatten immer von einer sofortigen Übergabe gesprochen, um kein »Machtvakuum« entstehen zu lassen, wie Martin es nannte. »Die Leute müssen wissen, woran sie sind«, hatte er immer wieder betont, und sie hatte ihm recht gegeben.

»Auf ein paar Wochen hin oder her kommt es doch jetzt nicht mehr an«, wiegelte sie ab. »Es soll nicht der Eindruck entstehen, dass ich mit fliegenden Fahnen von der Brücke gehe.«

Martin schüttelte den Kopf. »Der Vertrag steht, wir müssen nur noch zum Notar. Sogar eine Assistentin habe ich schon gefunden. Sobald sie anfängt, ziehe ich in dein Büro um, und das war's.«

Sie blickte ihm direkt ins Gesicht. »Mach keinen Machtkampf daraus, Martin. Ich brauche noch etwas Zeit.«

»Es ist deine Mutter, stimmt's?«, sagte er. »Wirkt ihr Gift schon?«

Bevor sie antworten konnte, klingelte ihr Telefon. Sie blickte aufs Display und stand seufzend auf. »Huber.« Mit dem Handy am Ohr verließ sie den Raum.

Durch die gläserne Wand seines Büros beobachtete Martin seine Frau. Er verstand nicht, was plötzlich in sie gefahren war. Die schnelle Übergabe war beschlossene Sache gewesen – warum also die Verzögerung?

Claudia ging den Flur auf und ab, während sie telefonierte. Mit ihrer sportlichen Figur und dem schulterlangen Haar sah sie deutlich jünger aus, als sie war. Noch immer bewegte sie sich wie ein junges Mädchen, auch ihre lebhafte Mimik war noch dieselbe. Sie hatte ihm von Anfang an gefallen, aber zuerst hatte sie ihn gar nicht bemerkt. Oder bemerken wollen. Klar, dachte er, sie war ja auch die Tochter vom Chef und er nur ein kleiner Autoverkäufer. Als sie bei einer Betriebsfeier zum ersten Mal ins Gespräch kamen, war er schon zwei Jahre in der Firma und hatte die Hoffnung, ihr näherzukommen, längst aufgegeben. Schnell merkte er, dass ihr egal war, was er darstellte; sie wollte erfahren, wer er war. Sie fragte ihn nach seiner Kindheit und seinen Träumen, und in kürzester Zeit hatte er ihr mehr über sich erzählt, als er jemals zuvor preisgegeben hatte. Claudia trug an jenem Abend hohe Schuhe, die sie, wie er inzwischen wusste, verabscheute, und irgendwann kickte sie die eleganten Pumps von sich und blieb den Rest des Abends barfuß. Sie redeten, bis alle Gäste gegangen waren. In der Morgendämmerung liefen sie über die feuchte Wiese im Stadtpark um die Wette, sie barfuß, er in seinen schwarzen Anzugschuhen. Claudia gewann.

Inzwischen waren sie seit bald zwanzig Jahren verheiratet, und sie schaffte es immer noch gelegentlich, ihn einzuschüchtern. Manche nannten Claudia »durchsetzungsstark«, andere »bossy«. In Wahrheit war sie einfach leidenschaftlich, wenn ihr etwas wichtig war.

Jedenfalls war Martin überzeugt, dass Huber es begrüßte, künftig in ihm seinen Ansprechpartner zu haben. Schließlich war er der perfekte Kandidat für die Geschäftsführung. Er hatte das geforderte Assessment Center mit Bravour absolviert und war als Claudias Stellvertreter mit Prokura jahrelang in alle wichtigen Überlegungen und Entscheidungen innerhalb der Firma involviert gewesen.

Zwischen Huber und Claudia hingegen hatte es häufig gekracht, weil Claudia dazu neigte, ihr unsinnig erscheinende Vorschläge rundheraus abzulehnen. Huber war aber als Vertreter des Herstellers in einer Position, in der er nahezu jeden – auch den unsinnigsten – Vorschlag durchsetzen konnte. Martin hatte sich deshalb beim Umgang mit ihm auf Diplomatie verlegt. Er stimmte allem zu, machte manches anders, und wenn es rauskam, stellte er sich blöd.

Er konnte es kaum erwarten, in seiner neuen Position als Geschäftsführer loszulegen. Er war voller Energie und hatte noch viele Jahre vor sich, in denen er die Firma nach seinen Vorstellungen formen konnte. Wenn nur Claudia endlich den letzten Schritt tun würde. Es fühlte sich an, als wollte sie ihn quälen, noch ein letztes Mal ihre Macht ihm gegenüber ausspielen.

Er wusste so gut wie sie, dass es ab dem Moment der Übergabe kein Zurück für sie gab. Wenn sie die Kandidatur zurückziehen oder die Wahl verlieren sollte, war sie lediglich Gesellschafterin der Firma, hatte aber keine Position mehr inne. Nein, zurückzurudern wäre eine zu große Niederlage. Für sie und für ihn.

»Herr Huber, guten Morgen!«, sagte Claudia ins Telefon. »Wie geht's Ihnen? Hat Ihnen unser Fest gefallen?«

Die Tatsache, dass sie sich schon bald nicht mehr mit Jobst Huber herumärgern musste, gehörte zu den Dingen, auf die Claudia sich am meisten freute. Seine Art, alles und jedes bis ins kleinste Detail zu analysieren und endlos zu hinterfragen, kostete unglaublich viel Energie. Jede Kreativität im Team erlahmte angesichts solch langwieriger Prozesse.

Auch jetzt holte Huber zu einer ausführlichen Besprechung des Festabends aus, in der er nacheinander das Catering, die Zusammensetzung der Gäste und die Qualität der Liveband bewertete. Sein Urteil fiel insgesamt positiv aus, nur das Wildgulasch mit Spätzle sei nicht richtig warm gewesen, das habe den Genuss getrübt.

»Und sonst?«, fragte Claudia und verdrehte die Augen.

»Ihre Ankündigung hat mich überrascht«, sagte Huber. »Oder besser, Art und Zeitpunkt Ihrer Ankündigung. Ich hatte mir vorgestellt, dass wir die Neuigkeit erst firmenintern kommunizieren, zum Beispiel auf einer Betriebsversammlung.«

Bei der du einen großen Auftritt gehabt hättest, dachte Claudia, das würde dir so passen. Natürlich hatten Ceyda und sie genau überlegt, wie und wann sie die Mitteilung öffentlich machen wollten. Am Jubiläumsabend waren wichtige Multiplikatoren und die Presse da gewesen, und Ceyda hatte dafür gesorgt, dass das erste Foto von ihr, der Herausforderin, mit dem Amtsinhaber in dem glamourösen Ambiente dieser Feier entstand. Claudia hatte diesen Moment so orchestriert, wie sie es für richtig hielt, und sie war sehr zufrieden mit dem Ergebnis.

»Tut mir leid, wenn es nicht Ihren Vorstellungen entsprochen hat«, sagte sie. »Wir hielten es so für richtig.«

»Ich mag es nicht, wenn man mich übergeht.«

»Bald müssen Sie sich ja nicht mehr mit mir herumschlagen«, sagte sie lachend.

»Dazu habe ich ebenfalls etwas anzumerken«, sagte Huber. »Sie wissen, ich schätze Ihren Mann. Aber der Hersteller fände es besser, wenn Sie Ihren Posten als Geschäftsführerin nur ruhen ließen und nicht ganz abgäben.«

Claudia war perplex. »Darf ich fragen, warum?«

»Die Zeiten sind schwierig, die Zahlen sind nicht gut. Die Kunden sind verunsichert, viele Mitarbeiter sind es auch. Wir würden gern verhindern, dass noch mehr Verunsicherung entsteht. Und ein Wechsel an der Führungsspitze bedeutet immer Unsicherheit.«

»Damit kommen Sie ein bisschen spät.«

»Nicht zu spät, wenn ich richtig informiert bin.«

In Claudia kämpften widerstreitende Empfindungen. Einerseits konnte sie seine Argumente nachvollziehen. Andererseits fand sie es ganz schön dreist, wie Huber ständig im Auftrag des Herstellers versuchte, Einfluss auf ihre Entscheidungen zu nehmen.

»Ehrlich gesagt, finde ich, dass der Hersteller da ein bisschen zu weit geht«, sagte Claudia kühl. »Mein Mann hat nachweislich alle Qualifikationen, er arbeitet seit Jahrzehnten mit Ihnen zusammen, Sie können ihm vertrauen.«

»Ich will Ihnen wirklich nicht zu nahe treten, Frau Berner«, sagte Huber und klang verlegen. »Aber stellen Sie sich doch mal vor, Ihre Ehe gerät in die Krise. Soll ja vorkommen, schließlich werden vierzig Prozent aller Ehen geschieden, ich spreche da auch aus persönlicher Erfahrung. Als alleiniger Geschäftsführer könnte ihr Mann alles Mögliche mit der Firma anstellen, er könnte sogar Teile verkaufen, schließlich ist er auch Gesellschafter. Wollen Sie ihm wirklich so viel Macht geben?«

Claudia schnappte unhörbar nach Luft. Was maßte sich dieser Kerl an? Natürlich wusste sie, welche Möglichkeiten sie Martin mit dem Posten des Geschäftsführers übertrug. Aber wenn sie ihrem eigenen Mann nicht vertrauen sollte, wem denn sonst?

»Ich weiß Ihre Sorge sehr zu schätzen, Herr Huber, aber das müssen Sie schon mir überlassen«, sagte sie höflich. »Seien Sie versichert, dass ich keine Entscheidungen treffen werde, die dem Unternehmen schaden.«

»Das wollen wir hoffen«, sagte Huber. »Einen schönen Tag noch.«

Martin sah, wie Claudia das Gespräch beendete. Sie ließ das Handy sinken und atmete tief durch. Als sie merkte, dass er sie beobachtete, kam sie zu ihm herüber und lehnte sich mit verschränkten Armen an die Wand.

Fragend sah er sie an. »Und, was wollte er?«

Sie machte eine wegwerfende Bewegung. »Ach, nichts Besonderes. Er war beleidigt wegen meiner Ankündigung. Er hätte es besser gefunden, eine Betriebsversammlung abzuhalten.«

»Und was noch?«

»Die Zahlen machen ihm Bauchschmerzen. Die Lage ist schwierig, blabla.«

»Hat er was über mich gesagt?«

Sie zögerte für einen Sekundenbruchteil. »Er … schätzt dich und freut sich auf die weitere Zusammenarbeit mit dir.«

»Dann ist ja alles gut«, sagte Martin zufrieden.

Er lockerte seinen Hemdkragen und nahm einen Schluck Kaffee aus der Tasse, die er aus dem Konferenzraum mitgenommen hatte.

Claudia antwortete nicht und begann, im Büro auf und ab zu gehen. Sie wirkte angespannt, als beschäftige sie etwas.

»Ist irgendwas?«, fragte er.

Sie blieb stehen und fixierte ihn. »Ich fand deinen Auftritt in der Sitzung ... suboptimal.«

»Was soll das heißen?«

»Ich verstehe nicht, warum du deine Rede nicht gehalten hast. Es wäre so wichtig gewesen, die Kolleginnen und Kollegen an dieser Stelle emotional abzuholen. Und was machst du als Erstes, nachdem sie gerade erfahren haben, dass du der neue Geschäftsführer wirst? Du scheißt sie wegen der Zahlen zusammen. So geht das nicht, Martin.«

»Ich finde es wichtig, von Anfang an Klartext zu reden«, verteidigte er sich.

»Du musst dich in die Mitarbeiter reinversetzen«, sagte sie. »Die wollen an die Hand genommen werden. Die brauchen Sicherheit. Und die musst du ihnen geben.«

»Ja, kann sein«, sagte er unwillig. »Ich war nur sauer wegen Marianne. Sie hat mich ... mit ihrem Auftritt aus dem Konzept gebracht.«

»Du kennst sie doch.« Claudia hob die Hände und ließ sie fallen. »Du darfst das nicht persönlich nehmen.«

»Tu ich aber.«

»Ich muss mich auf dich verlassen können, Martin«, sagte sie eindringlich. »Das ist ein großer Schritt für mich, und ich möchte ihn aus voller Überzeugung gehen können.«

Martin spürte, dass es unklug wäre, jetzt weiterzudiskutieren. Er stand auf und ging zu ihr. »Du kannst dich auf mich verlassen, Claudia. Zweihundertprozentig.«

Er nahm sie in die Arme und drückte sie an sich.

4

Im Stadtpark herrschte die morgendliche Ruhe, die Marianne so liebte. Nur einige Hundebesitzer waren unterwegs, bewaffnet mit kleinen roten Tüten für die Hinterlassenschaften ihrer Lieblinge. Diejenigen, die den Moment verpassten oder so taten, als hätten sie nicht bemerkt, dass ihr Hund sein Geschäft verrichtet hatte, wurden von Marianne streng zurechtgewiesen.

Das Gras war taufeucht, die großen Bäume zeigten die ersten grünen Blattspitzen. Die Sonne war noch blass und milchig hinter einem Dunstschleier, aber im Laufe des Tages würde es warm werden, ungewöhnlich warm für die Jahreszeit.

Mit weit ausholenden Schritten ging Marianne ihre übliche Runde, vorbei am noch unbelebten Spielplatz, der Ballspielwiese und dem großen Teich, auf dem Enten und Schwäne in friedlicher Koexistenz ihre Bahnen zogen, unter sich Schwärme von kleinen und größeren Fischen. Sie hatte sich angewöhnt, jeden Morgen zu walken, in angemessener Sportkleidung und bei nahezu jedem Wetter. Das brachte Klarheit in ihren Kopf und gab ihr das angenehme Gefühl, schon etwas geschafft zu haben. Sie hatte die Absicht, lange zu leben und dabei gesund zu bleiben, dafür war geistige und körperliche Bewegung das Wichtigste. Sobald sie nach Hause käme, würde sie ihr zwanzigminütiges Gymnastikprogramm absolvieren, danach ein Frühstück aus zuckerfreiem Müsli, frischem Obst und Joghurt zu sich nehmen und dazu zwei lokale und eine überregionale Zeitung lesen. Auf Papier, selbstverständlich. Die sogenannten E-Papers waren nichts für sie. Auch Bücher las sie lieber in Papierform. Aber natürlich besaß sie ein Handy und darauf zahlreiche Apps, darunter eine, die ihre Schritte zählte. Rund 8000 waren es jeden Morgen.

Der Kies unter ihren Füßen knirschte.

Ihre Gedanken wanderten zu Claudia und dem missglückten Brunch. Sie wollte nicht die böse alte Mutter sein, die ihrem Kind das Lebensglück verbaute. Sie war nur überzeugt davon, dass Claudia im Begriff war, einen großen Fehler zu machen, und davor wollte sie ihre Tochter bewahren. Wahrscheinlich hatte sie mal wieder nicht die beste Form gewählt, ihrem Anliegen Ausdruck zu verleihen. Sie neigte zu einer Schärfe, die bei anderen Menschen nicht gut ankam. Andererseits hielt sie auch nichts davon, um den heißen Brei herumzureden und Dinge zu beschönigen. Immerhin wusste man bei ihr, woran man war.

Sie verstand ihre Tochter. Auch sie hatte Träume gehabt. Aber manchmal musste man sich eben der Realität stellen. Und die Realität war, dass Meutlingen nicht unbedingt eine Bürgermeisterin Claudia Berner brauchte, das Autohaus aber dringend eine Geschäftsführerin Claudia Berner.

Martin konnte es einfach nicht, davon war Marianne überzeugt. Er hatte seine Qualitäten, aber er war keine Führungspersönlichkeit. Trotzdem war er ganz wild darauf, endlich den Chef zu spielen. Sie wollte es sich nicht vorstellen: Zum ersten Mal in der Geschichte des Autohauses Berner würden dessen Geschicke von jemandem geleitet werden, der nicht zur Familie gehörte. So weit durfte es nicht kommen.

Natürlich hatte auch Walter damals eingeheiratet, genau wie Martin. Aber er hatte den Betrieb nicht allein geführt, da war immer sie gewesen, die im Hintergrund die Fäden gezogen hatte. Es war doch klar, dass jemand, der von außen kam, andere Interessen vertrat als die Mitglieder der Familie. Das war so etwas wie ein Naturgesetz. Blut war eben dicker als Wasser, und die Familie musste unter allen Umständen die Oberhand behalten.

Als sie ihre Runde beendet hatte, ließ sie sich auf eine Parkbank fallen, um auszuschnaufen. Ihr Telefon klingelte. Sie erschrak, fast nie rief jemand sie auf dem Handy an. Aufgeregt drückte sie den grünen Knopf.

»Ja, bitte?«

»Marianne?«, sagte eine männliche Stimme. »Ich bin's, Manfred.«

Sie brauchte einen Moment, um zu begreifen. Manfred. Abele. Bürgermeister.

Sie kannten sich ewig. Und obwohl Abele zehn Jahre jünger war als sie, wusste Marianne, dass er sie immer verehrt hatte. Und zwar so offensichtlich, dass Walter ihr einmal eine regelrechte Eifersuchtsszene gemacht hatte. Sie hatte es genossen.

»Manfred! Was verschafft mir die Ehre?«

»Ich wollte mal wieder mit dir plaudern«, sagte die Stimme. »Am Samstag hatten wir ja nicht allzu viel Gelegenheit dazu. Schade, dass der schöne Abend so einen … unerwarteten Ausklang gefunden hat.«

»Ich habe mit alldem nichts zu tun«, sagte Marianne eilig. »Ich war selbst überrascht von Claudias Ankündigung.«

»Soso«, sagte Abele. »Meint sie es denn überhaupt ernst?«

»Meine Tochter ist mindestens so ein Sturschädel wie du«, sagte sie. »Wenn die sich was in den Kopf gesetzt hat, zieht sie es durch.«

»Und was hältst du davon?«

»Ich finde es furchtbar!«, rief Marianne. »Aber sie ist – wie nennt ihr das in der Politik? – beratungsresistent.«

Das schien Abele nicht zu beeindrucken. Vielleicht gehörte Beratungsresistenz ja zur Grundausstattung von Politikern. Immerhin hatte er damit eine Amtszeit von acht Jahren überstanden, obwohl er viele Kritiker hatte.

»Ich hab mir gedacht, du könntest noch mal mit ihr reden«, sagte er. »Du weisch, ich schätze dich und deine Familie, ich will keine Schlammschlacht mit deiner Tochter führen.«

»Hätte sie denn aus deiner Sicht überhaupt Chancen?«

»Da mach ich mir keine Sorgen«, sagte Abele. »Die meisten Anfänger in der Politik machen irgendwann einen Fehler, mit dem sie sich aus dem Spiel kicken. Das wird bei deiner Tochter nicht anders sein. Aber bis dahin könnte sie eine Menge Schaden anrichten. Für mich und für uns alle.«

Marianne überlegte. Claudia war keine Anfängerin. Sie war Stadträtin, sie wusste, wie man Menschen überzeugte, und sie kannte die Tricks, die man gelegentlich einsetzen musste. Außerdem war sie clever, sie würde sich nicht so leicht selbst ein Bein stellen. Sich darauf zu verlassen wäre aus ihrer Sicht ein Fehler. Aber falls es doch passierte, würde es Claudias Ruf schaden, und damit dem der Familie und der Firma.

»Ich will ja auch nicht, dass sie sich blamiert«, sagte Marianne. »Mir wäre es lieber, sie würde gar nicht erst antreten.«

»So seh ich das auch«, sagte Abele. »Aber wie kann man es verhindern?«

Marianne schwieg.

Sie sah Manfred Abele an seinem massiven Schreibtisch im Büro des Bürgermeisters sitzen, hinter ihm an der Wand die Porträts seiner Vorgänger, im gleichen Stil gemalt wie die von ihren Eltern, vielleicht war sogar das eine oder andere vom selben Künstler.

Ihr war bewusst, dass Abele trotz seiner Cleverness ein Mann der Vergangenheit war, der in seiner Amtszeit vorwiegend den Stillstand verwaltet hatte. Und dass viele Bürger damit nicht mehr zufrieden waren. Claudia hatte eine realistische Chance, ihn abzulösen. Abeles Anruf zeigte ihr, dass er das sehr genau wusste, auch wenn er es natürlich nicht zugab. Genau genommen musste er sogar in ziemlicher Panik sein, wenn er sich ihr gegenüber eine solche Blöße gab. Er konnte sich ja noch nicht einmal sicher sein, dass sie dieses Gespräch Claudia gegenüber nicht erwähnte.

»Ich weiß nicht, ob irgendjemand oder irgendetwas Claudias Kandidatur verhindern kann«, sagte Marianne schließlich. »Wir können nur abwarten und hoffen, dass sie zur Vernunft kommt.«

»Bei Frauen auf die Vernunft zu hoffen, hab ich mir schon lang abgewöhnt«, sagte Abele.

Vielleicht ist das dein Problem, dachte Marianne.

»Mach's gut, Manfred«, sagte sie und drückte auf den roten Knopf.

Claudia schloss ihr Fahrrad an einem Laternenmast fest und ging auf den Eingang von Ceydas Agentur zu, die sich in einem der hübsch renovierten ehemaligen Handwerkerhäuschen am Rande der Altstadt befand. Sogar ein kleiner Garten gehörte zu den im Erdgeschoss gelegenen Büroräumen. Wenn das Wetter es erlaubte, hielt Ceyda dort ihre Kundengespräche ab.

Ceyda öffnete und umarmte sie. »Frau Kandidatin«, sagte sie mit gespielter Ehrerbietung und deutete eine Verbeugung an. »Tee? Kaffee?«

Sie setzten sich in die mit stylishen 50er-Jahre-Ledersesseln möblierte Sitzecke. Ceyda legte einen Ordner mit der Aufschrift *BM-Wahl* auf den Tisch, klappte ihn auf und entnahm ihm einige Ausdrucke.

»Das Presseecho«, sagte sie.

Claudia ging die Meldungen durch, die meisten kannte sie schon. Diverse Regionalzeitungen, *Meutlinger Tagblatt, Stuttgarter Zeitung, Stuttgarter Nachrichten*. Alle hatten die Neuigkeit am Wochenende online vermeldet, zusätzlich war in einigen der Druckausgaben von heute noch mal eine Notiz erschienen. Interessant waren die Reaktionen auf den Onlineportalen der Branchenblätter, in denen vorwiegend Bedauern darüber ausgedrückt wurde, dass eine so geschätzte Vertreterin des Autohandels wie Claudia Berner der Branche den Rücken kehrte. In einem Beitrag wurde die Frage gestellt, ob dieser Schritt ein Menetekel darstellte und Claudias Umstieg in die Politik nur das erste Signal einer umwälzenderen Veränderung war.

»Jasmin Betz«, las Claudia den Namen der Autorin. »Kennst du die?«

Ceyda nickte, scrollte auf ihrem Handy und zeigte ihr das Bild einer jungen Frau mit blond gefärbten, langen Haaren, einem freizügigen Dekolleté und glitzernden Fingernägeln, die ein Duckface zog.

»Die sieht ja aus wie eine Kosmetik-Influencerin«, sagte Claudia.

»Das war sie auch in ihrer Jugend«, sagte Ceyda. »Inzwischen ist sie freie Journalistin und entschlossen, sich um jeden Preis nach oben zu schreiben. Die alten Säcke in den Redaktionen feiern sie. Sie ist das perfekte Alibi für mehr Diversität – jung, weiblich, Migrationshintergrund –, aber sie nervt nicht mit feministischem Gequatsche und ist obendrein was fürs Auge.«

»Woher weißt du das alles?«

Ceyda verzog das Gesicht. »Ich hatte schon mit ihr zu tun. Sie hat übrigens nach einem Interview mit dir gefragt.«

»Na super«, sagte Claudia.

»Du solltest mit ihr reden, aber noch nicht jetzt«, sagte Ceyda. »Ich halte sie für dich hin, wenn du willst. Irgendwann kann sie dir vielleicht nützlich sein.«

Claudia dämmerte allmählich, was auf sie zukam. Die Kandidatur katapultierte sie bereits in die Öffentlichkeit und provozierte ein gewisses Medieninteresse, aber sollte sie tatsächlich gewählt werden, wäre es endgültig vorbei mit ihrer Privatsphäre. Als Politikerin würde sie zu der Gruppe von Menschen gehören, die auf Schritt und Tritt beobachtet wurden, deren Äußerungen auf die Goldwaage gelegt und die im Internet hemmungslos mit Dreck beworfen wurden. Sogar Morddrohungen schienen an der Tagesordnung zu sein, wenn sie den Schilderungen anderer Kommunalpolitiker glaubte.

Wollte sie das wirklich? War sie all dem gewachsen? Sie rieb sich das Gesicht und seufzte.

»Alles in Ordnung?« Ceyda blickte besorgt.

»Alles okay.« Claudia lächelte. »Wie geht's weiter?«

»Unterstützerliste«, sagte Ceyda. »Ich habe die E-Mails ausgewertet, die du mir weitergeleitet hast. Wir sind jetzt bei sechsundachtzig Namen. Ich will, dass du alle noch mal durchgehst und mir das Okay fürs Mailing gibst.«

Claudia nahm die Liste zur Hand und überflog die Namen. Bei einigen machte sie mit dem Kugelschreiber ein Kreuzchen.

»Bei denen rufe ich persönlich an«, erklärte sie. »Alle anderen kannst du schon anschreiben.«

Ceyda nickte, stand auf und machte eine Kopie, die sie Claudia reichte. »Woher kriegen wir die restlichen Leute? Könnten wir nicht eure Datenbank nutzen? Du weißt doch, wer von euren Kunden dich unterstützen würde.«

»Auf keinen Fall!« Claudia hob abwehrend die Hände. »Das kann ich nicht machen.«

Ceyda grinste. »Na gut, war ein Versuch. Dann sollten wir ins Mailing einen Passus einfügen, dass du dich über weitere Unterstützer und Unterstützerinnen freust.«

»Ist das schlau?« Claudia blickte zweifelnd. »Das wirkt ja so, als hätte ich es nötig.«

»Du hast es nötig«, sagte Ceyda trocken. »Deshalb arbeiten

wir als Nächstes an deinem Internetauftritt. Darüber sprechen wir kommende Woche, dann hole ich Celik dazu.«

Celik war Ceydas jüngerer Bruder, der sich in ihrer Firma um alles Digitale kümmerte. Claudia war froh, dass er sie unterstützte; das Social-Media-Thema war der Teil der Kampagne, den sie am meisten fürchtete. Sich auf Marktplätze stellen, mit Menschen reden, alles kein Problem. Aber mit der anonymen Bösartigkeit des Webs richtig umzugehen, das traute sie sich nicht allein zu.

Ceyda klopfte mit einem Stift auf den Ordner. »Und dann müssen wir endlich den Claim verabschieden.«

Claudia nickte. »Was hatten wir denn bisher?«

Ceyda begann vorzulesen. Claudia hatte einen Notizblock geöffnet und schrieb mit. *Für Meutlingen, für die Menschen. Der Mensch geht vor. Mit mir für Meutlingen. Mit Zuversicht in die Zukunft.*

Claudia ließ den Block sinken. »Ganz schönes Blabla, oder? Kommt mir alles so … unkonkret vor.«

»Dann mach es konkreter.« Ceyda setzte sich wieder auf ihren Platz. »Was ist dir wichtig? Was unterscheidet dich von Abele?«

Claudia schnaubte. »Hoffentlich alles.«

»Bring es doch mal auf den Punkt!«

Claudia überlegte. »Mir schwebt so was vor wie … *nachhaltig, sozial, modern.* Das trifft es eigentlich.«

Ceyda kaute an ihrem Brillenbügel. »*Der Mensch geht vor* ist nicht so schlecht. Das ist wirklich ein Statement. Daran können die Leute dich messen. Und mit *nachhaltig, sozial* und *modern* gräbst du den anderen das Wasser ab.«

»Welchen anderen?«, fragte Claudia. »Gibt's denn schon weitere Bewerber?«

»Die kommen bestimmt noch. Die Liberalen könnten jemanden

aufstellen, und vielleicht auch die Umweltpartei. Nicht dass die irgendeine Chance hätten. Aber für ein bisschen öffentliche Aufmerksamkeit reicht es allemal.«

Ceyda stand auf. Mit einem Filzstift schrieb sie auf das Whiteboard an der Wand. *Claudia Berner: Der Mensch geht vor. Nachhaltig, sozial, modern.*

Claudia nickte zögernd. »Wie wär's mit: *Für eine nachhaltige, soziale und moderne Politik?* Das ist noch plastischer.«

Ceyda formulierte den Slogan um und las ihn mehrere Male mit unterschiedlicher Betonung vor. Dann fing sie an, so zu übertreiben, dass beide lachen mussten.

Claudia nickte. »Klingt doch schon besser, oder?«

Da sie als Unabhängige antrat, ohne die Unterstützung einer Partei, war es wichtig, sie als Persönlichkeit hervorzuheben. Und mit den drei Attributen hatte sie fast das gesamte Themenspektrum der anderen Parteien abgedeckt, da hatte Ceyda recht.

»Glaubst du, die Leute werden mir das abnehmen?«, fragte sie. »Nach zwanzig Jahren als Unternehmerin?«

»Du hast deutlich genug bewiesen, dass du mehr bist als das«, sagte Ceyda. »Du bist eine engagierte Bürgerin, die sich seit langem fürs Gemeinwohl einsetzt. Soziale Gerechtigkeit, Flüchtlingshilfe, nachhaltiges Wirtschaften – du stehst für was.« Energisch setzte sie einen *Erledigt*-Haken unter den Claim.

Claudia fotografierte ihn mit ihrem Handy. Der würde ab sofort überall draufstehen, auf ihren Mails, ihrer Webseite, ihren Plakaten, den Ankündigungen für ihre Auftritte. Die Menschen sollten ihn so oft zu lesen bekommen, dass sie ihn im Schlaf aufsagen konnten; ihn, ohne eine Sekunde nachdenken zu müssen, mit ihr in Verbindung bringen würden. Und am Wahltag ihr Kreuz bei ihr machten.

»Ich bin gespannt, mit welchem Spruch Abele antritt«, sagte sie unvermittelt.

Ceyda überlegte. »*Konservativ, unsozial, wirtschaftshörig. Mit Abele in den Abgrund.*«

Claudia lachte. »*Nieder mit dem links-grünen Mainstream – alter weißer Mann braucht Beschäftigung.*«

»*Sie kennen mich. Der beste Grund, mich nicht wiederzuwählen.*« Ceyda grinste. »Schade, dass ich schon für dich arbeite, für Abele würde mir viel mehr einfallen.«

Claudia drohte ihr scherzhaft mit der Hand.

An diesem Abend nahm Anouk wieder mal am Essen teil. Claudia servierte, weil sie keine Zeit zum Kochen gefunden hatte, das Lieblingsessen der Familie: Wiener und Kartoffelsalat. Als sie Anouk ein Paar Würstchen geben wollte, zog die ihren Teller weg.

»Ich ess kein Fleisch mehr.«

»Würstchen sind doch kein Fleisch!«, rief Julian.

»Seit wann isst du kein Fleisch mehr?«, fragte Claudia.

»Seit jetzt«, sagte Anouk. Und zu Julian gewandt: »Du hast recht. Würstchen sind nicht mal Fleisch, sondern nur Abfall.«

Schweigen senkte sich über den Tisch. Über Essen war im Hause Berner bisher nicht diskutiert worden. Claudia bemühte sich, ausgewogen zu kochen, mal mit, mal ohne Fleisch. Hie und da gab es Fertiggerichte, oder sie bestellten Pizza.

»Okay«, sagte sie und zog die Gabel mit den baumelnden Würstchen zurück.

»Kann ich die haben?« Julian hielt ihr seinen Teller hin.

»Eins du, eins der Papa«, sagte Claudia und teilte das Paar zwischen Vater und Sohn auf.

Das Beste ist, sich nicht auf eine Diskussion einzulassen, dachte sie. Je weniger Aufmerksamkeit Anouk bekäme, desto schneller wäre das ganze Thema vom Tisch. Im Übrigen sprach aus ihrer Sicht nichts dagegen, weniger Fleisch zu essen. Ob man allerdings ganz darauf verzichten sollte, bezweifelte sie.

Brauchte man nicht Eisen und Vitamin B12? Sie verkniff sich die Frage.

Julian witterte die Gelegenheit, Unfrieden zu stiften, und nahm sie umgehend wahr.

»Und wieso bist du plötzlich Vegetarierin?«, stichelte er. »Wegen den armen Tieren, wegen dem Klima oder weil es gerade angesagt ist?«

»Wegen des Klimas«, verbesserte ihn seine Schwester kühl. »Wenn du in der Schule besser aufpassen würdest, müsstest du zu Hause keine blöden Fragen stellen.«

»Mich würde es aber auch interessieren«, schaltete Martin sich ein.

»Schaut euch Videos aus Schlachthöfen an und googelt, welchen Einfluss die Viehzucht aufs Klima hat, dann habt ihr die Antwort«, sagte Anouk. »Ich werde mich nicht dafür rechtfertigen.«

»Du musst dich nicht rechtfertigen«, sagte Claudia. »Wir respektieren deine Entscheidung.«

»Das merke ich«, sagte Anouk mit einem Seitenblick auf ihren Bruder.

»Joshua ist bestimmt auch Vegetarier.« Julian biss in sein Würstchen, dass es spritzte.

»Ja, ist er«, sagte Anouk mit ungewohnter Heftigkeit. »Und wenn du kein kompletter Vollidiot wärst, wärst du auch einer.«

»Anouk!« Martin sah sie empört an. Auch Claudia war erschrocken. Diese Ausdrucksweise war völlig unüblich für ihre Tochter.

»Sorry«, sagte Anouk und stand auf. »Das ist mir hier zu blöd.«

Sie stürmte aus der Küche. Claudia warf Martin einen kurzen Blick zu und folgte ihr.

Anouks Zimmer war eine Mischung von Relikten aus Kindertagen und Zeugnissen seiner inzwischen jugendlichen Bewohnerin. Die blassrosa Vorhänge stammten noch aus Anouks

Grundschulzeit und passten nicht recht zu den künstlerischen schwarz-weißen Landschaftsbildern, die nun an der Wand hingen. Auf dem Regal standen Bibi-Blocksberg-Bücher und Harry-Potter-Bände neben Büchern von Haruki Murakami, Naomi Klein und Andreas Malm. Am Fenster baumelte ein Traumfänger, ebenfalls noch aus Kinderzeiten, und auf dem Tritthocker aus Holz, den Anouk in einem zarten Türkis lackiert hatte, standen ein Gummibaum und eine kleine Sammlung Kakteen in bunten Tontöpfen, die sich bei jungen Mädchen zurzeit großer Beliebtheit erfreuten. Das Zimmer war wie immer penibel aufgeräumt, nur auf dem Stuhl lagen ein paar Kleidungsstücke, die offensichtlich aussortiert worden waren.

Anouk hatte sich mit dem Rücken zur Tür auf ihr Bett geworfen.

»Was ist denn los, Schätzchen?« Claudia setzte sich auf den Bettrand.

»Der Typ nervt einfach«, murmelte sie.

Claudia strich ihr übers Haar. »Er ist halt in der Pubertät. Du weißt doch, wie das ist.«

Anouk richtete sich halb auf. »War ich damals auch so blöd?«

Claudia schüttelte den Kopf. »Du warst oft traurig und in dich gekehrt. Manchmal hätte ich mir gewünscht, du wärst mehr aus dir rausgekommen.«

Sie entdeckte Anouks Kuscheltier aus Kindertagen, einen weichen Bären mit Knopfaugen, dessen Frotteebezug sie unzählige Male erneuert und repariert hatte. Sie zog ihn unter dem Kissen hervor und betrachtete ihn gerührt. »Der braucht auch mal wieder einen neuen Anzug, was?«

Anouk nahm den Bären und legte ihn sich in die Kuhle zwischen Schulter und Kinn, wie sie es als kleines Kind schon getan hatte.

»Ich bin immer noch oft traurig«, sagte Anouk. »Sogar viel

schlimmer als früher, als ich noch keine Ahnung hatte, warum ich eigentlich traurig war.«

Claudia fühlte einen Stich. »Und was macht dich jetzt traurig?«

»Schau dir doch die Welt an …« Sie brach ab und schüttelte den Kopf.

Claudia verstand nicht. »Was meinst du denn?«

»Ach, alles …« Ihre Augen füllten sich mit Tränen. »Hast du die Überschwemmungen in Bangladesch gesehen? Die Menschen hatten doch sowieso kaum was, und jetzt haben sie auch noch ihre Wohnungen verloren. Und die Brände in Australien? Hunderttausende von Tieren sind schon gestorben!«

»Ja, das ist furchtbar«, sagte Claudia. »Das geht mir auch nah.«

»Letztes Jahr das schlimme Hochwasser bei uns, wo so viele Menschen gestorben sind«, fuhr Anouk fort. »Und es wird immer schlimmer. Bald werden die Menschen sich ums Essen prügeln, weil die Ernten kaputtgehen, es wird riesige Flüchtlingsströme geben und Bürgerkriege …« Sie brach ab und krümmte sich schluchzend zusammen. »Ich hab solche Angst, Mama!«

Claudia streichelte sie, wusste nicht, was sie sagen sollte.

Anouk richtete sich wieder auf und fuhr sich mit den Händen übers Gesicht.

»Und weißt du, was mich wahnsinnig macht? Es ist alles erforscht, es ist völlig klar, woher das alles kommt, alle wissen es oder könnten es wissen, aber keinen interessiert's. Die Menschen machen einfach so weiter, als wär nichts …«

Wieder begann sie zu schluchzen.

Claudia beugte sich vor und nahm sie in die Arme. »Sch, sch«, machte sie. »Es wird schon nicht so schlimm kommen.«

Anouk riss sich los und funkelte sie wütend an.

»Das sagen alle! Aber das stimmt eben nicht! Wenn nicht ganz schnell was passiert, wird es so schlimm kommen, sogar schlimmer.«

»Die Menschen haben immer mit Bedrohungen gelebt«, sagte Claudia. »Und sie sind sehr einfallsreich. Sie werden neue Technologien erfinden, du wirst schon sehen.«

»Ach, Mama«, sagte Anouk in einem Tonfall, als wäre sie die Erwachsene und Claudia das Kind, das leider keine Ahnung vom Thema hatte.

»Deshalb gehe ich jetzt ganz in die Politik«, sagte Claudia. »Weil ich was ändern will. Kennst du den schönen Spruch? Wenn viele kleine Menschen an vielen kleinen Orten viele kleine Schritte tun, dann werden sie das Gesicht der Welt verändern.«

Anouk schnaubte. »Klar, und in zwanzig Jahren haben wir dann hier in Meutlingen endlich ein paar Windräder stehen und Solarpanels auf den Dächern, und dann fühlt ihr euch alle gut, dabei ist es längst zu spät.«

»Jetzt bist du unfair, Anouk. Irgendwo muss man ja anfangen.«

»Ihr habt ein sorgloses Leben geführt und euch einen Scheiß um die Umwelt und das Klima gekümmert«, sagte Anouk heftig. »Und wir müssen es ausbaden.«

»Ach, Schätzchen«, sagte Claudia hilflos. »Ich versteh dich ja. Aber schau, wir machen doch schon eine Menge. Plastik vermeiden, Müll trennen. Im Sommer fahre ich wieder mit dem Fahrrad. Und wir werden die Firma zu einem grünen Modellunternehmen umbauen. Wenn es dich interessiert, zeige ich dir, was wir alles vorhaben.«

»Autohaus Berner, das grüne Modellunternehmen«, sagte Anouk verächtlich, »guter Witz.«

»Kein Witz«, sagte Claudia lebhaft. »Wir heizen demnächst mit Biomasse. Das Wasser in den Waschanlagen wird zu neunzig Prozent wiederaufbereitet, die Reifenwäsche machen wir bald mit Ultraschall. Außerdem sind wir dabei, auf dem Gelände mehrere neue Grünflächen anzulegen, und in Untereschenbach wollen wir sogar drei Bienenvölker ansiedeln.«

Sie unterbrach ihre Aufzählung, als sie Anouks Miene sah.

»Hörst du dich eigentlich selbst reden, Mama?«

Ja, sie hörte es und spürte, wie lächerlich sie klang. Anouk hatte das Gefühl, die Welt ginge unter, und sie erzählte ihr was von Plastik sparen und Bienenvölkern. Außerdem waren es Pläne, deren Realisierung bei weitem nicht feststand. Marianne war dagegen, in Maßnahmen zu investieren, die eine Menge kosteten und ihnen doch nur den Vorwurf des Greenwashing einbringen würden.

Claudia konnte nachvollziehen, wie ihre Tochter sich fühlte, gleichzeitig durfte sie sich nicht in diese Weltuntergangsstimmung mit hineinziehen lassen. Als Mutter war es ihre Aufgabe, Hoffnung und Zuversicht zu verbreiten, genau so wie als Politikerin. Sie wollte daran glauben, dass sich etwas verändern ließe, und sie musste daran glauben, sonst hätte alles, was sie tat, keinen Sinn. Wenn sie den Glauben daran verlöre, dass es sich lohnte, für die eigenen Überzeugungen zu kämpfen, könnte sie gleich aufgeben.

»Kann ich denn irgendwas tun, um dich zu trösten?«, fragte sie schließlich und streichelte das verweinte Gesicht ihrer Tochter.

»Nichts«, sagte Anouk.

In ihren Augen stand eine Verzweiflung, die Claudia erschauern ließ.

Für einen winzigen Augenblick streifte sie der Gedanke, was wäre, wenn sie sich damals anders entschieden hätte. Wenn es Anouk nicht gäbe. Dann müsste sie heute nicht hilflos zusehen, wie ihre Tochter an der Welt verzweifelte, müsste ihren Schmerz nicht mitfühlen. Erschrocken schob sie den Gedanken von sich.

5

Martin saß in seinem Büro und brütete über der Beschreibung eines von der Konkurrenz angekündigten neuen Hybridmodells, konnte sich aber nicht konzentrieren. Unten auf dem Hof, direkt unter seinem Fenster, hörte er die aufgebrachten Stimmen des Verkaufsleiters und des Serviceleiters. Die beiden, im Kollegenkreis spöttisch Ernie und Bert genannt, konnten nicht miteinander, jeder hielt sich und seinen Bereich für den wichtigeren, und so kam es immer wieder zu Konflikten.

Heute Morgen hatte ein wichtiger Kunde angerufen und darum gebeten, drei Neuwagen für seinen Fuhrpark am selben Tag zur Abholung bereitzuhalten, zwei Tage früher als vereinbart. Der Verkaufsleiter wollte seinen Kunden zufriedenzustellen, der Serviceleiter sah nicht ein, seine Dispo über den Haufen zu werfen – schon war der Ärger da.

Martin überlegte, ob er eingreifen sollte, ließ es aber bleiben. Wenn die zwei Platzhirsche mit ihrem Problem nicht zurande kämen, würden sie schon bei ihm auftauchen. Führung bedeutete auch, sich raushalten zu können.

Er warf einen Blick über den Flur. Claudia war bisher nicht ins Büro gekommen, sicher hatte sie wieder irgendetwas für ihre Kandidatur zu regeln. Sie wirkte sehr beschäftigt, war viel außer Haus, und wenn sie da war, wusste er nicht genau, was sie eigentlich machte. Er ging in ihr Büro, versuchte, einen Blick auf die

Papiere zu erhaschen, die auf ihrem Schreibtisch lagen, oder zu lesen, was auf ihrem Computerbildschirm stand.

Er hatte begonnen, sie zu belauern wie ein eifersüchtiger Ehemann, der einen Nebenbuhler witterte. Ihr plötzliches Zögern, das Gefühl, sie vertraue ihm nicht, verunsicherte und verärgerte ihn. Er kam sich vor wie ein Rennpferd kurz vor dem Startschuss, dessen Box sich nicht öffnete. Nervös tänzelte er auf der Stelle und fragte sich, wann es endlich losginge.

Die eine der beiden Männerstimmen auf dem Hof war so laut geworden, dass Martin sich gezwungen fühlte, aufzustehen und nachzusehen. Er öffnete das Fenster und beugte sich hinaus.

»Was ist denn los da unten?«, rief er.

Beide Männer blickten kurz nach oben, der Serviceleiter machte eine abwehrende Armbewegung. Wie zwei Kampfstiere streckten sie die Köpfe vor, fast berührte die Stirn des einen die des anderen. Es sah bedrohlich aus, aber wenigstens war das Gebrüll einem unverständlichen Knurren gewichen.

Martin überlegte, wie er mit der ständigen Rivalität der beiden umgehen sollte. Er konnte auf keinen verzichten, beide waren hervorragende Mitarbeiter. Aber die offen ausgetragenen Konflikte schadeten dem Betriebsklima. Vielleicht könnte er eine Mediation vorschlagen, das sollte ja angeblich Wunder wirken. Natürlich müssten beide bereit dazu sein, was er bezweifelte. Vielleicht sollte er doch einen von ihnen in eine andere Filiale versetzen. Aber eine solche Personalrochade würde nur zu neuem Ärger führen, das wusste er aus Erfahrung. Und was er jetzt, wo die Veränderung an der Spitze bevorstand, am wenigsten brauchen konnte, war Unruhe unter den Mitarbeitern.

Er hörte Schritte auf dem Flur, den charakteristischen, energischen Gang von Claudia, die es sogar in Sneakers schaffte, wie ein Soldat beim Paradieren zu klingen. Sie winkte ihm zu und verschwand in ihrem Büro. Im Gegensatz zu früher, als sie oft beide bei geöffneten Türen gearbeitet hatten, schloss sie nun meistens ihre Bürotür, was ihn darin bestärkte, dass sie Geheimnisse vor ihm hatte.

Er nahm einen weiteren Anlauf, das neue Modell des Wettbewerbers zu studieren. *Alles, was Sie brauchen* lautete der Slogan. Auf ihn wirkte der Wagen irgendwie unentschieden, kein Kleinwagen, aber auch kein SUV. Kein richtiges E-Auto, sondern ein Hybrid. Das Design zurückhaltend, ohne besondere Merkmale. In allem irgendwie … durchschnittlich. Ob es die Kunden überzeugen würde? Vielleicht war es ja genau das, worauf sie warteten. Ein Auto, das Aufbruch signalisierte, aber keinen Mut erforderte, weil es keine echte Veränderung brachte. Er war froh, dass er es nicht verkaufen musste.

Die Stimmen der beiden Streithähne waren verklungen, offenbar hatten sie sich geeinigt. Martin ging erneut ans Fenster. Jetzt gehörte der Hof wieder ganz den in glänzender Schönheit auf ihre Käufer wartenden Autos.

Einmal mehr hatte sich bestätigt, dass viele Probleme sich von allein lösten, wenn man nur lange genug wartete.

Claudias Bürotür öffnete sich, sie kam über den Flur direkt auf ihn zu.

»Hey, alles okay?«

Er nickte. »Ernie und Bert hatten mal wieder einen kleinen Infight.«

Sie verdrehte die Augen. »Diese blöden Machos. Ich schwöre dir, wenn einer von beiden eine Frau wäre, hätten wir das Theater nicht.« Sie legte einen Ausdruck vor ihm auf den Tisch. »Wie findest du das?«

Claudia Berner: Der Mensch geht vor. Für eine nachhaltige, soziale und moderne Politik.

Er blickte auf. »Dein Claim?«

Sie nickte. »Sag schon, wie findest du's?«

Martin las noch einmal. *Claudia Berner: Der Mensch geht vor. Für eine nachhaltige, soziale und moderne Politik.*

Alles, was Sie brauchen, dachte er.

»Gut.« Er lächelte sie an. »Richtig gut.«

Marianne machte sich bereit für ihren Besuch in der Zentrale. Nach Claudias Ankündigung war es ihr besonders wichtig, dass sie Präsenz zeigte und der Belegschaft Kontinuität signalisierte.

Nichts war wichtiger für die Menschen als Kontinuität. Die Gewissheit, dass es an ihrem Arbeitsplatz weitergehen würde wie gewohnt, ganz unabhängig von irgendwelchen Veränderungen an der Spitze.

Marianne blickte in ihren Kleiderschrank. Was sollte sie anziehen? Auch hier kam es darauf an, die richtigen Signale zu senden. Nichts zu Edles, das würde abgehoben wirken. Sie entschied sich für einen sportlichen Hosenanzug in Dunkelgrün mit einer weißen Bluse und einem der gemusterten Schals, die sie gern trug, um die Falten an ihrem Hals zu kaschieren. Nicht im Gesicht erkannte man das Alter einer Frau, Hals und Hände waren viel verräterischer.

Sie legte Puder, Lippenstift und einen Hauch Rouge auf. Zu viel Rouge machte alt. Auch beim Parfüm war sie sparsam; ein kleiner Spritzer in den Nacken genügte, alles andere wirkte vulgär. Zuletzt bürstete sie ihr Haar, das mit den Jahren einen vornehmen Grafitton angenommen hatte. Mit einer geübten Bewegung drehte sie es im Nacken hoch und steckte es fest.

Sie warf einen prüfenden Blick in den Spiegel. Durch ihre maßvolle Ernährung und tägliche Bewegung war sie schlank geblieben, sie hielt sich aufrecht und strahlte Vitalität aus. Keiner würde annehmen, dass sie nicht mehr checkte, was in der Firma lief. Sie war die graue Eminenz, die Bössin, wie die Belegschaft sie hinter ihrem Rücken nannte. Sie wusste und mochte es.

Marianne verließ das Haus und stieg in ihr Cabrio. Fast war es schon warm genug, offen zu fahren. Sie liebte es, den warmen Wind im Gesicht zu spüren, das Haar von einem Kopftuch geschützt und dazu passend eine große Sonnenbrille im Audrey-Hepburn-Stil. Es erinnerte sie an die ersten Autofahrten mit Walter, Ende der Sechziger, als sie sich kennengelernt hatten. Er besaß damals einen knallroten Karmann Ghia, das schönste Auto, das sie bis dahin gesehen hatte. Sie fuhren damit auf Hochzeitsreise nach Italien. Später schenkten sie es Claudia, die sich am Tag ihrer Hochzeit von Walter darin zur Kirche chauffieren ließ.

Sie parkte auf dem Mitarbeiterparkplatz und schritt energisch in die gläserne Halle. Sie pflegte ihre Besuche nicht anzumelden. Natürlich hätte sie es genossen, wenn die Mitarbeiter Spalier gestanden und ihr die Ehre erwiesen hätten, andererseits war es viel aufschlussreicher, unangemeldet zu kommen.

Die junge Frau am Empfangstresen war neu, ihre Vorgängerin hatte ein Kind bekommen und war im Mutterschutz. Professionell lächelte sie Marianne entgegen.

»Grüß Gott, was kann ich für Sie tun?«

Marianne warf einen unauffälligen Blick auf ihr Namensschild.

»Grüß Gott, Frau Horn, ich heiße Sie in unserer Firma herzlich willkommen. Mein Name ist Marianne Berner.«

Die Gesichtszüge der jungen Frau entgleisten, sie lief rot an. »Oh, tut mir leid«, stammelte sie. »Ich habe Sie gerade nicht …«

»Das ist die erste Lektion, die Sie von mir lernen können«, sagte Marianne freundlich. »Googeln Sie alle wichtigen Leute, mit denen Sie es zu tun bekommen könnten.«

»Tut mir wirklich leid«, wiederholte Frau Horn sichtlich unglücklich. »Kann ich irgendetwas …«

»Vielen Dank«, unterbrach Marianne sie. »Ich finde den Weg allein.«

Sie ging quer durch die Halle in Richtung Lift. Beim Karmann Ghia bremste sie ab und ließ liebevoll ihre Hand über den roten Lack gleiten.

»Du kleines Schmuckstück«, murmelte sie. So hatte Walter zuerst das Auto genannt und später sie.

Sie fuhr mit dem Lift in den zweiten Stock und ging den Gang entlang. Claudias Tür war geschlossen, die zu Martins Büro geöffnet. Sie sah ihn am Schreibtisch sitzen und gedankenverloren auf den Bildschirm starren. Als er sie kommen hörte, blickte er auf.

»Was gibt's?«, sagte er. »Ich kann mich nicht erinnern, dass wir eine Verabredung haben.«

Die Stimmung zwischen ihnen war frostig, und Marianne war klar, dass sie die Verantwortung dafür trug. Aber sie konnte nun mal aus ihrem Herzen keine Mördergrube machen. Trotzdem nahm sie sich vor, ihren Schwiegersohn wieder besser zu behandeln.

»Guten Morgen, Martin«, gab sie lächelnd zurück. »Brauche ich denn einen Termin beim Chef, um der Firma einen Besuch abzustatten?«

»Noch bin ich nicht der Chef«, murmelte er.

»Wieso denn nicht?« Sie war überrascht. »Wolltet ihr die Übergabe nicht so schnell wie möglich machen?«

»Das musst du deine Tochter fragen«, sagte Martin.

Marianne zog die Augenbrauen hoch.

»Möchtest du mich trotzdem begleiten?«

Er überlegte einen Moment, dann stand er auf.

Vermutlich wollte er sichergehen, dass sie keine unbequemen Fragen stellte und niemanden in Verlegenheit brachte. Er war kein Fan ihrer unangekündigten Besuche, und egal wie die Dinge zwischen ihnen standen, er wollte sie offenbar nicht unkontrolliert auf die Belegschaft loslassen.

»Also, auf geht's«, sagte sie munter.

Die erste Station war das Ersatzteillager. Sie wollte sich vergewissern, wie es um den Nachschub von Teilen stand, jetzt, wo alle über Lieferprobleme klagten. Sie begrüßte den zuständigen Mitarbeiter per Handschlag, was diesen kurz aus der Fassung brachte, danach aber umso eifriger auftreten ließ. Sie befragte ihn zur Situation und ließ sich die entsprechenden Tabellen und Diagramme am Computer erläutern.

»Das Hauptproblem sind also die Kabelbäume aus der Ukraine«, fasste sie zusammen. »Und ohne die kann der Hersteller die Elektronik nicht verbauen, deshalb gibt es Lieferprobleme bei Neuwagen. Und wenn im Bestand was kaputtgeht, haben Sie ein Nachschubproblem, richtig?«

»So ungefähr«, bestätigte der Mann.

»Gibt es denn andere Bezugsquellen für Kabelbäume?«

»China«, sagte Martin. »Aber die Qualität ist deutlich schlechter, und Lieferprobleme gibt's da auch.«

»Was ist also zu tun?« Marianne mochte es nicht, wenn geklagt wurde. Sie wollte Lösungen finden. »Was könnte helfen?«

Martin verzog das Gesicht. »Geduld würde hier helfen, wie meistens.«

»Kunden haben das Recht, ungeduldig zu sein«, sagte Marianne. »Wir sind dafür da, sie zufriedenzustellen.«

Sie erfragte weitere Informationen, und der Mitarbeiter bedankte sich überschwänglich für Ihr Interesse.

Sie zogen weiter in die Werkstatt. An sechs verschiedenen Stationen wurde geschraubt und geschweißt, Motoren jaulten auf und starben wieder ab. Die Kfz-Mechaniker von früher hießen heute Mechatroniker und führten hauptsächlich elektronische Messungen durch, deren Ergebnisse sie in ihre Computer einspeisten. Als sie Marianne entdeckten, grüßten sie zu ihr hinüber.

»Lassen Sie sich nicht stören!«, rief Marianne. »Danke für Ihren Einsatz!«

»Grüß Gott, Frau Direktor«, sagte ein älterer Mitarbeiter und verbeugte sich leicht.

Marianne ging zu ihm und legte ihm die Hand auf die Schulter. »Frau Berner genügt, Herr Meinrad«, sagte sie freundlich. »Ich bin doch im Ruhestand.«

»Sie bleiben immer unsere Bössin«, sagte er und zwinkerte ihr zu.

Sie lächelte zurück.

Dann sprach sie mit dem Werkstattleiter, da der Chef des Servicebereichs nicht da war.

»Wo ist er denn?«, erkundigte sie sich.

Martin zögerte. »Bei einer … Fortbildung.«

»Was denn für eine Fortbildung?«

»Erkläre ich dir nachher.«

Als sie etwas später den Hof überquerten, fragte sie erneut, um welche Fortbildung es sich handelte.

»Ach, du kennst doch Ernie und Bert, die zwei sind ständig am Kämpfen. Ich habe sie zu einer Mediation verdonnert.«

Marianne sah ihn an. »Meines Wissens funktioniert eine Mediation nur, wenn beide Konfliktparteien gewillt sind, den Konflikt beizulegen.«

»Oder wenn ihnen die Versetzung droht«, sagte Martin.

Sie lächelte spöttisch. »Das ist also dein neuer kooperativer Führungsstil? Lass mich wissen, ob es funktioniert hat.«

»Gern.« Martin verzog keine Miene.

Ihr kam ein Gedanke. »Wer ist denn dann heute im Verkauf?«

»Ich.«

Sie blieb stehen und sah ihn an. »Willst du mich verschaukeln? Du spazierst seit einer halben Stunde mit mir durch die Gegend.«

»Ich habe den nächsten Termin erst um zwölf.«

Sie runzelte die Stirn. »Klingt nicht gerade so, als würden die Kunden uns die Bude einrennen. Kann ich die Zahlen sehen?«

»Klar. Wenn du neulich länger geblieben wärst, würdest du sie schon kennen.«

»Ich wollte dir an diesem wichtigen Tag doch nicht die Show stehlen«, sagte sie lächelnd. Ihr war bewusst, dass es eine Gemeinheit war. Sie hatte sein Gesicht gesehen, als sie unangemeldet zum Meeting gekommen war.

Sie kehrten zurück in sein Büro, und er holte ihr die aktuellen Kennzahlen auf den Bildschirm. Er wusste, dass er ihr nichts erklären musste. Wenn sie sich mit etwas auskannte, waren es Zahlen.

»Woran liegt's?«, fragte sie knapp.

»Du liest doch Zeitung?«, sagte er. »Krieg, Lieferprobleme, steigende Preise …«

»Ja, ja, und die Dieseldiskussion und das Aus für den Verbrenner. Ich kenne die Ausreden.«

»Wie bitte?«

»Irgendwelche Probleme gibt es doch immer. Ein guter Verkäufer ist trotzdem erfolgreich. Darf ich dich an einen dieser blöden Sprüche erinnern, die trotzdem wahr sind: Geschäftschancen sind wie Busse – sie kommen immer wieder. Dass ich dir das sagen muss! Schließlich warst du mal einer unserer Besten.«

Martin schwieg und blickte verbissen.

Marianne lehnte sich in ihrem Stuhl zurück und ließ den Blick schweifen. In diesem Raum hatte sie oft mit Walter zusammengesessen. Sie hatten strategische Überlegungen angestellt, Pläne geschmiedet, sich über Erfolge gefreut. Hier hatten sie erfahren, dass das Autohaus zum *Unternehmen des Jahres* gekürt worden war, hier hatten sie darüber gesprochen, wie es nach Walters Krebsdiagnose weitergehen sollte. Ein Foto von Walter in einem silbernen Rahmen hing ihr gegenüber an der Wand. Sie seufzte, dann wandte sie sich Martin zu.

»Du weißt, dass ich sehr schätze, was du alles für die Firma getan hast«, sagte sie in versöhnlichem Tonfall. »Du weißt auch, dass ich dich trotzdem nicht für den geeigneten Geschäftsführer halte. Falls Claudia Zweifel bekommen hat, wird sie ihre Gründe dafür haben. Ich kann ihre Entscheidung nicht beeinflussen, sie ist, wie du weißt, ebenso dickköpfig wie ich. Aber wenn sie dich tatsächlich zu ihrem Nachfolger macht, dann werde ich dir genauestens auf die Finger schauen. Und ich werde nicht zulassen, dass du Mist baust und der Firma schadest. Habe ich mich klar ausgedrückt?«

Martin schnaubte leise. »Als würdest du dich jemals unklar ausdrücken.«

»Na, dann sind wir uns doch einig!«, sagte Marianne aufgeräumt.

Sie stand auf und wartete, dass auch er aufstand. Er reichte ihr die Hand, sie ignorierte sie. Bevor er sich wehren konnte, verabschiedete sie sich mit zwei Küssen auf seine Wangen, eine Geste, zu der sie sich lange nicht mehr hatte hinreißen lassen.

6

Claudia schlug die Augen auf, und schlagartig fiel es ihr ein: Anouk wurde heute achtzehn. Erwachsen, zumindest auf dem Papier. Wieso ein einziger Tag den großen Unterschied machen sollte zwischen unmündig und mündig, zwischen abhängig und selbstverantwortlich, wollte Claudia nicht einleuchten. Gestern hätte sie noch einer medizinischen Behandlung für Anouk zustimmen müssen, heute könnte die sich zur Wahl für den Bundestag aufstellen lassen.

Ihre Gedanken schweiften in die Vergangenheit zurück, zum Tag von Anouks Geburt, die fast dreißig Stunden gedauert und nach der sie sich geschworen hatte, kein weiteres Kind zu bekommen. Wie viele Schwüre war auch dieser bald vergessen gewesen. Völlig erschöpft hatte sie das Neugeborene im Arm gehalten und einfach nur angesehen. Sie hatte versucht, das Wunder zu begreifen, dass Martin und sie neues Leben geschaffen hatten, ein einzigartiges Wesen, dessen Existenz alles veränderte.

Anouks Patin hatte das Baby bei ihrem ersten Besuch angesehen und sinnend gesagt: »Sie hat eine alte Seele.« Und obwohl Claudia allem Spirituellen abhold war, hatte sie verstanden, was sie gemeint hatte.

Claudia hatte noch ein paarmal versucht, mit Anouk über deren Ängste zu sprechen, aber die hatte sich entzogen. In ihr hatte das Gespräch lange nachgewirkt. Das Gefühl der Hilflosigkeit, das sie angesichts von Anouks Verzweiflung empfunden hatte, war neu für sie. Bisher hatte sie es geschafft, auf jede Situation mit den Kindern angemessen zu reagieren. Dieses Mal fühlte sie sich wie gelähmt, unfähig, das Richtige zu sagen oder zu tun. Alte und neue Schuldgefühle vermischten sich auf ungute Weise, und sie musste sich zwingen, nicht ihre Tochter dafür verantwortlich zu machen.

Sie drehte sich auf die andere Seite und stützte den Kopf auf. Martin war schon wach und las etwas auf dem Handy.

»Achtzehn«, sagte sie ohne Einleitung. »Kannst du das fassen?«

Er legte das Telefon weg und lächelte. »Unglaublich, oder? Wie wär's mit Champagner?«

Claudia fuhr hoch. »Um Gottes willen. Dann kann ich gleich den Rest des Tages im Bett bleiben.«

Sie küsste ihn und wollte aufstehen, aber er hielt sie fest. »Gute Idee.«

Er sah sie an, mit diesem jungenhaften Ausdruck im Gesicht, den sie schon immer an ihm gemocht hatte und mit dem er sie früher zu fast allem bewegen konnte. Diesmal verfehlte er seine Wirkung. Mit einem entschuldigenden Lächeln löste sie sich von ihm und ging ins Bad.

Es herrschte eine seltsame Stimmung zwischen ihnen. Zu Hause verhielten sie sich wie das Ehepaar, das sie waren. In der Firma schienen sie sich in Gegner zu verwandeln, die einander belauerten. Claudia schaffte es einfach nicht, mit Martin über ihre Zweifel zu sprechen. Es wäre eine so unverblümte Demonstration des Misstrauens, dass sie ihm auch gleich eine Scheidungsvereinbarung vorlegen könnte. So spielte sie auf Zeit und hoffte, dass ihre Zweifel sich legen würden.

Für die Mitarbeiter und Mitarbeiterinnen im Unternehmen sah es so aus, als liefe alles nach Plan. Martin war schon zuvor fürs Tagesgeschäft zuständig gewesen. Claudias Aufgaben waren überwiegend repräsentativer Art, außerdem kümmerte sie sich ums Strategische. Kein Mitarbeiter würde danach fragen, ob Claudia die Geschäftsführung auch formal an Martin abgetreten hatte.

Sie musste sich eingestehen, dass sie einen Fehler gemacht hatte. Ihre Absicht war es gewesen, sich demonstrativ von Abele abzusetzen, der seit dem Beginn seiner Amtszeit weiter Geld mit seiner Anwaltskanzlei verdiente. Offiziell betreute er keine Mandanten, aber es war ein offenes Geheimnis, dass er im Hintergrund weiter mitmischte. Sie wollte zeigen, dass sie als Bürgermeisterin einen klaren Schnitt machen und sich vollständig aus der Firma verabschieden würde. Dabei war es üblich, dass Unternehmer, die ein politisches Mandat annahmen, ihre Geschäftsführertätigkeit ruhen ließen und fürs operative Geschäft einen Vertreter einsetzten. Es würde ihrer Glaubwürdigkeit keinen Abbruch tun, wenn sie es ebenso handhabe. Außer dass sie Martin gegenüber wortbrüchig werden müsste.

»Typisch Claudia Berner«, hatte Ceyda kommentiert, als sie ihr von ihrem Dilemma erzählt hatte. »Alles hundertfünfzigprozentig machen, immer besser sein wollen als die anderen. Auch wenn es auf deine Kosten geht.«

Claudia seufzte. Sie betrachtete ihr Gesicht im Spiegel über dem Waschbecken. Nächstes Jahr würde sie fünfzig werden. Das perfekte Alter, endlich zu tun, was sie wirklich wollte. Alt genug, mit Lebenserfahrung punkten zu können, jung genug, der kommenden Herausforderung standzuhalten. Politik war auch körperlich anstrengend, das hatte sie begriffen. Man musste oft mit wenig Schlaf auskommen, viel Alkohol vertragen und manchmal einfach länger durchhalten als der politische Gegner. »Mit Sitzfleisch wurde schon manche Abstimmung gewonnen«, hatte sie Abele mal sagen hören.

Sie duschte und zog sich an. Für den Nachmittag hatte sie die

Familie und ein paar Freunde zum Kaffee eingeladen. Dann würde auch Anouk nach Hause kommen; sie hatte in ihren Geburtstag hineingefeiert und bei ihrer Freundin Finja übernachtet, mit der sie seit der Grundschulzeit befreundet war.

In letzter Zeit war Anouk äußerst sparsam mit Informationen gewesen. Die Frage, wohin sie gehe, beantwortete sie mit: »Wir treffen uns zum Lernen.« Auf die Frage, wann sie nach Hause komme, antwortete sie mit einem Achselzucken oder einem hingeworfenen »Weiß ich noch nicht«.

Claudia nahm es hin. Sie musste akzeptieren, dass Anouk jetzt erwachsen war und tun und lassen konnte, was sie wollte. Sie würde noch eine Weile zu Hause wohnen, mindestens bis nach dem Abitur. Wenn Claudia Konflikte vermeiden wollte, müsste sie ihr Bedürfnis nach Kontrolle im Zaum halten. Es war schließlich richtig, dass Anouk sich abnabelte und ihre eigenen Wege ging. Sie war so lange die brave Tochter gewesen, die sich an alle Vorschriften hielt, dass schon die kleinste Verweigerung wie ein Aufstand wirkte.

Wieder musste sie an das Kind denken, das Anouk gewesen war. Ein zartes Mädchen mit starkem Willen, voller Empathie für andere Lebewesen. Als sie zum ersten Mal einen Bettler sah und begriff, dass er kein Zuhause hatte und um Geld für eine Mahlzeit bat, füllten sich ihre Augen mit Tränen. Sie fragte Claudia, wie viel ein Essen im Restaurant kostete, und verlangte von ihr, dass sie dem Mann zwanzig Euro gab.

Als sie elf war, sollte eine ihrer Mitschülerinnen mit ihren Eltern und Geschwistern nach Afghanistan abgeschoben werden. Sie bekniete Claudia, sich für die Familie einzusetzen und die Ausweisung zu verhindern, was schließlich gelungen war. Damit hatte Anouk ihr den Anstoß gegeben, sich auch weiterhin für die Integration von Geflüchteten in Meutlingen zu engagieren.

Und nun war es das Umweltthema, das Anouk beschäftigte. Sie

vermied Plastikmüll und brachte Petitionen nach Hause, die sich gegen die Verschwendung von Lebensmitteln richteten. Sie verteidigte das Containern, die Mitnahme weggeworfener Lebensmittel aus Mülltonnen von Supermärkten.

Auf den Einwand, das sei illegal, reagierte sie verständnislos.

»Es ist doch viel schlimmer, aus Profitgier einwandfreie Lebensmittel wegzuschmeißen, als sie zu nehmen und Bedürftigen zu geben«, sagte sie. »Eigentlich gehören doch die Verschwender bestraft.«

Dem konnte Claudia nicht ernsthaft widersprechen.

Martin und sie tranken in der Küche im Stehen ihren Kaffee. Er sah müde aus, als hätte er nicht genügend geschlafen. Sein Kinn und seine Wangen waren von einem blauschwarzen Schatten bedeckt, der den Eindruck von Erschöpfung verstärkte. Claudia kämpfte gegen einen Anflug von schlechtem Gewissen.

Sie besprachen, was noch zu tun war, bevor die Gäste kamen. Claudia würde in die Stadt fahren, den Wochenendeinkauf machen und den bestellten Kuchen abholen. Martin würde sich um das Geschenk kümmern.

Lange hatten sie überlegt, was sie ihrer Tochter zu diesem besonderen Anlass schenken sollten. Ein Wochenende mit Freundinnen an einem schönen Ort? Ein wertvolles Kofferset für ihren bevorstehenden Aufbruch in die Welt? Ein Sofa für die erste eigene Wohnung?

Schließlich hatte Marianne die Diskussion beendet. »Sie stammt aus einer Autohausdynastie«, hatte sie energisch gesagt. »Was sollte sie anderes bekommen als ihr erstes eigenes Auto?«

Claudia erinnerte sich daran, wie sehr sie sich über ihr erstes Auto gefreut hatte. Martin hielt es sowieso für eine gute Idee, und so war das kleinste Elektromodell bestellt worden, das vom Hersteller gebaut wurde, ein originell designter kompakter Wagen, natürlich in Himmelblau, Anouks Lieblingsfarbe. Auch wenn sie keine große Affinität zu Autos hatte, dieses Exemplar würde ihr gefallen, da war Claudia sich sicher. Schließlich hatte sie den Führerschein gemacht, zielstrebig und mit der geringstmöglichen Anzahl an Stunden. Also wollte sie irgendwann auch ein Auto besitzen.

»Ich bringe den Wagen her und verstecke ihn hinter dem Haus unter einer Plane«, schlug Martin vor. »Wenn alle da sind, gibt es die feierliche Enthüllung. Ich freu mich jetzt schon auf ihr Gesicht!«

»Tolle Idee.« Claudia lächelte. »Ich besorge passendes Geschenkband. Damit machen wir eine Schleife fürs Dach!«

Martin rührte sie. Wenn er sich für etwas begeisterte, wurde er wieder zu dem jungen Mann, in den sie sich verliebt hatte. Er war mitreißend gewesen, voller Selbstbewusstsein und Optimismus, ganz anders als sie, die vieles kritisch sah und sich oft schwer damit tat, einfach mal zu entspannen. Sie schienen zu unterschiedlich zu sein und nicht zusammenzupassen, entsprechend wurde über ihre Beziehung getuschelt. Martin sei ein Womanizer, der ihr niemals treu sein würde, völlig ungeeignet als Familienvater und nur hinter ihrem Geld her. Ihre Freundinnen warnten sie vor ihm, selbst ihre Eltern, die seine Fähigkeiten als Verkäufer schätzten, trauten ihm nicht über den Weg.

Anfangs hatte Claudia kein Interesse an ihm gehabt, sie hielt ihn für einen Angeber, und entsprechend ignorierte sie ihn. Als sie nach einem ihrer Auslandsaufenthalte für einige Zeit nach Meutlingen zurückgekehrt war, kam sie beim Sommerfest der Firma mit ihm ins Gespräch und stellte zu ihrer Überraschung fest, dass sich hinter dem großmäuligen Verkäufer ein sensibler Mann verbarg, dessen Selbstbewusstsein zu einem guten Teil gespielt war. Als mittlerer von fünf Söhnen hatte er ständig um Zuwendung und Aufmerksamkeit kämpfen müssen, und so war ihm großspuriges Auftreten regelrecht anerzogen und zu einer Überlebensstrategie geworden. Claudia begriff, dass er eine ganz andere Seite hatte und dass er und sie sich auf wunderbare Weise ergänzten. So waren sie zusammengekommen, und entgegen allen Unkenrufen hatte ihre Ehe gehalten.

In einer plötzlichen Gefühlsaufwallung stellte sie ihre Tasse ab und umarmte ihn. »Ich liebe dich«, murmelte sie.

Er hob ihr Haar an und küsste sie in den Nacken.

Der große Parkplatz im Zentrum war schon zu drei Vierteln gefüllt, als Claudia aus ihrem Wagen stieg. Der Samstag war für viele Besucher aus dem Umland ein Shoppingtag, in der Fußgängerzone flanierten die Menschen, die Cafés hatten ihre Tische ins Freie gestellt. Die Sonne strahlte von einem tiefblauen Himmel und vermittelte, obwohl noch Frühling war, die Atmosphäre eines Sommertages.

Claudia zog ihre schicke Sonnenbrille mit den riesigen runden Gläsern an und ertappte sich bei dem hoffnungsvollen Gedanken, dass sie damit nicht von so vielen Menschen erkannt werden würde. Seit sie ihre Kandidatur bekannt gegeben hatte, konnte sie kaum noch durch die Stadt gehen, ohne von Bürgern angesprochen zu werden. Meistens waren sie freundlich, stellten eine Frage oder riefen ihr etwas Aufmunterndes zu. Manchmal aber glaubte sie, hasserfüllte Blicke auf sich zu spüren, die sie erschreckten und momentweise den Wunsch in ihr entstehen ließen, alles ungeschehen zu machen.

Sie wusste, dass dies nur ein Vorgeschmack war auf das, was noch kommen würde. Sie musste sich wappnen, vor allem gegen Angriffe im Netz, die sich bislang auf ein paar dämliche Kommentare oder hämische Grins- und Wutemojis beschränkten. Aber das würde sich ändern, davor hatte Celik sie gewarnt, als sie gemeinsam ihre Webseite und ihre Social-Media-Accounts eingerichtet hatten. Sie bezahlte Celik dafür, dass er die Inhalte, die sie veröffentlicht haben wollte, in die angemessene Form brachte und die Kommentare moderierte. Als sie sich über die ersten negativen Reaktionen aufregte, hatte er sie eindringlich angesehen.

»Wenn dich so was schon nervt, solltest du dir vielleicht lieber einen anderen Job suchen.«

Claudia fragte sich, was für ein Job das sein sollte. Auch unsachliche oder ungerechte Bewertungen des Autohauses regten sie auf, und sie hatte schon viel Zeit damit zugebracht, mit den Betreibern von Bewertungsportalen zu streiten und dafür zu kämpfen, dass unwahre Behauptungen gelöscht wurden.

Martin waren Onlinebewertungen völlig egal. Er war der Meinung, dass die sowieso niemand ernst nahm, seit bekannt geworden war, wie leicht man sie kaufen oder manipulieren konnte. Aber Claudias Gerechtigkeitsgefühl verbot es ihr, eine offensichtliche Lüge oder Falschbehauptung einfach stehen zu lassen.

»Ich werde schon lernen, damit klarzukommen«, sagte sie zu Celik, der sie zweifelnd anblickte.

Sie stellte sich in die Schlange vor dem Feinkostladen, besorgte alles Nötige beim Gemüsehändler und ging mit ihren zwei vollen Einkaufskörben in das einzige Fachgeschäft für Textil- und Nähbedarf, das in der Stadt noch existierte. Sie erklärte der Verkäuferin, was sie brauchte.

»Geschenkband für ein Auto?«, wiederholte die, als fürchtete sie, sich verhört zu haben.

Claudia lächelte verlegen. »Unsere Tochter wird heute achtzehn und bekommt ein Auto geschenkt, so eine kleine Knutschkugel, wissen Sie?«

Noch während sie den Satz aussprach, wurde ihr bewusst, wie er für die Verkäuferin klingen musste, die sich von ihrem Gehalt vermutlich kein Auto leisten konnte.

»Es ist nur ein gebrauchtes, kleines Auto«, schwindelte sie.

Die Verkäuferin ging nicht darauf ein und legte ihr mehrere Bahnen mit seidigem Stoff in verschiedenen Farben vor. Claudia entschied sich für einen glänzenden roten Stoff, der am meisten Ähnlichkeit mit einem Geschenkband hatte.

»Das ist echte Seide«, sagte die Verkäuferin. »Da kostet der Meter achtundvierzig Euro. Wie viele Meter brauchen sie denn für Ihre ... Knutschkugel?«

In der kurzen Pause glaubte Claudia die ganze Verachtung zu spüren, die diese Frau für eine Kundin hegen musste, die ihrer Tochter ein Auto zum Geburtstag schenken und es mit einem Band aus teurer Seide umwickeln konnte.

»Ach, wie schade«, sagte Claudia, obwohl ihr der Stoff sehr gefiel. »Haben Sie etwas Günstigeres?«

Die Verkäuferin holte andere Stoffbahnen, und schließlich kaufte Claudia sechs Meter eines billigen Tüllstoffes, aus dem man bestenfalls einen Petticoat für ein Faschingskostüm nähen konnte.

Nachdem sie bezahlt hatte und sich zum Gehen wandte, hörte sie die Frau hinter sich sagen: »Auf Wiedersehen, Frau Berner. Alles Gute für Ihre Tochter.«

Claudia schloss kurz die Augen. Na super. Nie im Leben hatte die Frau ihr abgenommen, dass es sich um ein gebrauchtes Auto handelte.

Zurück aus der Stadt, verstaute Claudia die Geburtstagstorte mit der großen 18 aus Marzipan in der Speisekammer. Sie schnitt zwei Scheiben Brot ab, bestrich sie mit Butter und belegte sie mit gekochtem Schinken. Gut, dass Anouk sie nicht sehen konnte. Die sprach zwar bei den gemeinsamen Mahlzeiten meist nicht über die Sünden des Fleischverzehrs, aber ihre Blicke genügten, um Claudia den Appetit zu verderben. Es war nicht angenehm, ständig an etwas erinnert zu werden, was man zwar wusste, aber lieber verdrängen würde.

Während sie lustlos kaute, blätterte sie durch die Zeitung.

Debatte um Laufzeitverlängerung hält an lautete eine Schlagzeile.

Meutlinger Stadtrat stimmt erneut gegen Windräder eine andere. Im Vorspann hieß es: »Die Front der Windkraftgegner hält weiterhin stand. Auch der geänderte Antrag der Umweltpartei wurde nach kurzer Debatte mit großer Mehrheit abgelehnt. Stattdessen plädiert Bürgermeister Manfred Abele für eine Verlängerung der Laufzeiten bei Kernkraftwerken.«

Claudia faltete die Zeitung mit einer heftigen Bewegung zusammen. Von wegen »kurze Debatte«. Sie war tags zuvor im Stadtrat dabei gewesen, hatte ein leidenschaftliches Plädoyer für die Errichtung der Windräder gehalten und erlebt, wie lange und hitzig die Diskussion darüber gewesen war. Und eine »große Mehrheit« war es auch nicht gewesen. Es waren genau die paar Stimmen Mehrheit von Abeles Partei gewesen, außerdem hatten einige von den Liberalen dagegen gestimmt.

Derartige Lügen gehen also beim *Meutlinger Tagblatt* als neutrale Berichterstattung durch, dachte Claudia. Sie fragte sich, womit Abele sich Helmut Höcker, den Chefredakteur, gefügig gemacht hatte. Ob Höcker eine Leiche im Keller hatte? Fahrerflucht, Puffbesuche, unsaubere Geldgeschäfte?

Nach der Sitzung war Abele mit Heuweiler im Schlepptau zu ihr gekommen und hatte ihr in seiner leutseligen Art auf die Schulter geklopft. »Na, Frau Kandidatin, wie läuft's denn so?«

»Gut, vielen Dank.«

Heuweiler grinste süffisant.

»Netter Slogan, den Sie sich da ausgedacht haben«, sagte Abele. »Modern, nachhaltig, sozial, da fehlt wirklich nichts. Oder doch: transparent, vielleicht.«

Überrascht sah Claudia ihn an. »Transparent? Was meinen Sie?«

Er hatte ein Gesicht aufgesetzt wie ein wohlmeinender Vater, der seiner Tochter einen guten Rat geben möchte.

»Sie wissen, dass die Menschen nichts mehr verübeln als unsauberes Geschäftsgebaren?«, sagte er. »Wer den Rücktritt von seiner Geschäftsführerposition groß ankündigt und keine Taten folgen lässt, macht sich unglaubwürdig. So was gibt schlechte Presse.«

»Sehr schlechte Presse«, echote Heuweiler.

Claudia wunderte sich. Woher wusste der Kerl davon?

Einen kurzen Moment lang hatte sie Martin im Verdacht, aber sie verwarf den Gedanken sofort. Mit so einer Intrige würde er alles aufs Spiel setzen, das wusste er genau. Vielleicht hatte Huber gequatscht, vielleicht gab es Mitarbeiter, die ihr nicht wohlgesinnt waren. Irgendjemanden würde es immer geben, der ihr Steine in den Weg legte. Davon würde sie sich nicht aufhalten lassen.

»Vielen Dank«, hatte sie kühl gekontert. »Ich weiß schon, was ich tue. Ratschläge von alten Männern habe ich in meinem Leben übrigens zur Genüge bekommen. Längst nicht alle waren gut.«

Sie schluckte den letzten Bissen des Schinkenbrotes hinunter und räumte ihren Teller in die Spülmaschine. Dann bekam sie ein schlechtes Gewissen und nahm ihn wieder heraus, spülte ihn mit der Hand, fand kein Geschirrtuch, wollte ihn aber auch nicht zum Abtropfen stehen lassen, es sollte ja nachher ordentlich aussehen. Schließlich stellte sie ihn genervt zurück in die Maschine. Warum war es bloß so verdammt schwer, ein guter Mensch zu sein?

Ihr Blick fiel in den Garten. Sie öffnete die Terrassentür und trat mit einem Seufzen in den hellen Sonnenschein. Es war tatsächlich warm genug, die Kaffeetafel auf die Terrasse zu verlegen. Sie holte einen Lappen, wischte den Tisch ab, klappte die Stühle auf und legte die Sitzpolster darauf. Dann deckte sie den Tisch und faltete bunte Papierservietten zu kunstvollen Gebilden, die wie geöffnete Blüten aussahen.

Sie ließ den Blick über ihr Werk schweifen und überlegte. War es an Anouks Geburtstag immer schon so sommerlich gewesen? Früher hatten sie an diesem Tag manchmal im Garten gespielt. Sackhüpfen, Eierlaufen, Seilziehen – Spiele, bei denen Anouk geweint hatte, wenn sie verlor. Aber Claudia konnte sich nicht erinnern, dass sie jemals auf der Terrasse gesessen hätten.

Als sie die Espressomaschine einschaltete, hörte sie von draußen fröhliches Hupen. Sie lief zur Haustür, wo sie um ein Haar mit Julian zusammengestoßen wäre.

»Wo kommst du denn her?«, fragte sie überrascht. Sie hatte ihn heute noch gar nicht gesehen.

»Vom Training.« Er machte eine Bewegung in Richtung Keller.

Es war nicht zu fassen. Selbst an einem so schönen Tag hielt ihr Sohn sich lieber stundenlang im dunklen Keller auf, um Dartpfeile auf Korkscheiben zu werfen, als ins Freie zu gehen.

Sie riss die Haustür auf. Das himmelblaue Auto stand in der Einfahrt und sah so knutschkugelmäßig entzückend aus, dass Claudia es am liebsten für sich behalten hätte.

Die Fahrertür stand offen, das Radio lief auf voller Lautstärke.

»Noch immer kämpfen die Bewohner des Ahrtals mit den Folgen der Überschwemmung des letzten Sommers, bei der einhundertachtzig Menschen ums Leben kamen und Hunderte verletzt wurden. Tausende Häuser und Wohnungen wurden zerstört oder beschädigt, nur ein Bruchteil davon ist bislang wiederhergestellt oder ersetzt worden. Viele Bewohner werden noch lange Zeit in Provisorien leben müssen …«

Martin schaltete das Radio aus. »Na, was sagt ihr zu dem Schmuckstück?« Er blickte so stolz auf den Wagen, als hätte er ihn persönlich zusammengeschraubt.

»Das soll ein Auto sein?« Julian blickte verächtlich. »Mit so was würde ich mich nicht mal gegen Bezahlung sehen lassen.«

»Keiner zwingt dich«, sagte Claudia. »Den Ferrari zu deinem Achtzehnten kannst du dir ja dann selbst zusammensparen.«

Julian reagierte nicht. Er nahm seinen Rucksack vom Garderobenhaken und machte Anstalten, das Haus zu verlassen.

»Wohin willst du?«

»Zu Lukas, wieso?«

Jetzt baute Martin sich in der Haustür auf und versperrte ihm den Weg. »Du gehst nirgendwohin, mein Freund. Deine Schwester hat Geburtstag.«

»Als wollte sie den mit mir feiern«, gab Julian zurück. »Die ist doch froh, wenn sie mich nicht sehen muss.«

»Kannst du dich nicht wenigstens heute mal zusammenreißen?« Claudias Stimme klang flehend. So sehr wünschte sie sich einen harmonischen Nachmittag mit einer glücklichen Tochter und einem Sohn, der sie nicht permanent seine Verachtung spüren ließ.

»Nee, kann ich nicht«, sagte Julian und wollte zur Tür.

Mit einer energischen Bewegung packte Martin seinen Sohn am Kragen und zog sein Gesicht ganz nah an seines.

»Jetzt pass mal auf«, sagte er mit gefährlich leiser Stimme. »Du bleibst jetzt hier und benimmst dich wie ein Mensch, sonst kannst du was erleben, verstanden?«

Erschrocken sah Julian ihn an. So kannte er seinen Vater nicht.

Claudia bekam eine Ahnung davon, wie Martins Vater mit ihm und seinen Brüdern geredet haben mochte. Sie hatte ihren Schwiegervater nur kurze Zeit erlebt, bevor er ganz plötzlich an einem Herzinfarkt gestorben war. Ein imposanter, leicht aufbrausender Mann, vor dem sie ein bisschen Angst gehabt hatte.

»Ihr seid so scheiße«, fauchte Julian, warf seinen Rucksack in die Ecke und verschwand im Keller.

»Du kleiner Mistkerl«, murmelte Martin durch zusammengebissene Zähne.

Claudia strich ihm lächelnd über den Arm. »Einfach weiteratmen.«

Sie griff nach der Tüte mit dem Tüllstoff, den sie an der Garderobe deponiert hatte. »Los, komm mit!«

Martin parkte das blaue Auto hinter dem Haus, sodass man es nicht sehen konnte, wenn man den Gartenweg entlang zur Haustür ging. Gemeinsam zogen sie das breite rote Band unter dem Fahrgestell durch und verknoteten es auf dem Dach. Dann band Claudia eine Schleife. Der Tüll stand ein bisschen ab, was sogar noch besser aussah, als wenn das Band aus Seide gewesen wäre.

Kurz durchzuckte Claudia die Erinnerung an die Verkäuferin. Hoffentlich hatte sie Claudia nicht als blöde, reiche Tussi abgetan, die sie auf keinen Fall wählen würde.

Eine Stunde später kamen die Gäste. Als Erstes erschien Marianne in einem karamellfarbenen Hemdblusenkleid und einem gemusterten Tuch, das sie lässig um den Hals geschlungen hatte.

»Du willst wirklich draußen sitzen?«, fragte sie Claudia mit Blick auf die Terrasse.

Claudia deutete wortlos auf das Thermometer, das unter dem Küchenfenster lehnte. Es zeigte einundzwanzig Grad.

»Wo ist denn das Geburtstagskind?«

»Anouk kommt gleich.« Claudia rückte die Kuchenplatten auf dem Küchenblock zurecht und nahm die Schlagsahne aus dem Kühlschrank. »Sie hat gestern Abend gefeiert und bei Finja übernachtet. Die beiden müssten jeden Moment hier sein.«

»Bei Finja, soso«, sagte Marianne.

Weitere Gäste trafen ein. Anouks Patentante Tina, Claudias älteste Freundin, mit der sie schon die Grundschule besucht und ihre Jugend verbracht hatte. Tina war neugierig und unerschrocken, sie hatte Claudias Interesse an Politik geweckt und sie dazu gebracht, den Meutlinger Dunstkreis wenigstens für ein paar Jahre zu verlassen. Sie selbst lebte inzwischen in Berlin, kam aber regelmäßig, um ihre Eltern zu besuchen.

»Hey, wie schön, dass du da bist!« Claudia umarmte die Freundin stürmisch. »Wie lange haben wir uns nicht gesehen?«

»Zu lange.« Tina gab ihr zwei schallende Küsse auf die Wangen. »Du kannst unmöglich eine erwachsene Tochter haben. Du siehst ja selber aus wie ein Teenie!«

Claudia lachte. Wie sehr Tina ihr fehlte, merkte sie immer dann, wenn sie mal wieder da war. Sie drückte die Hand der Freundin.

»Wir müssen unbedingt nachher ein paar Takte in Ruhe quatschen, okay?«

Als Nächstes kam Hans. Er war einer von Martins Brüdern und Anouks Patenonkel.

»Heiligs Blechle«, sagte er. »Isch mei Mädle wirklich scho achtzehn?«

Claudia nickte und lächelte wehmütig. Sie erinnerte sich noch gut daran, wie der große, schwere Mann bei der Taufe das winzige Baby im Arm gehalten hatte und ihm vor Anspannung Schweißperlen auf die Stirn getreten waren. Heute war er selbst Vater von drei Kindern, die zu seinem Kummer bei seiner geschiedenen Frau lebten.

Die gescheiterte Ehe von Hans war für Marianne ein willkommener Anlass gewesen, über die charakterlichen Defizite aller fünf Brüder zu spekulieren.

»Sie sind eben die Söhne ihres Vaters«, hatte sie gesagt. »Der Mann war ein Choleriker.«

Das hatte zu einem heftigen Streit zwischen ihnen geführt, weil Claudia nicht hinnehmen wollte, dass Martin einer Art Sippenhaft unterworfen wurde. Nie hatte er gegen irgendjemanden die Hand erhoben, nie war er auch nur laut geworden. Er war weit davon entfernt, ein Choleriker zu sein.

Claudia begrüßte weitere Gäste. Eine alleinstehende Nachbarin, die früher manchmal als Babysitterin eingesprungen war, und zwei Kindheitsfreundinnen von Anouk, die schon länger nicht mehr in Meutlingen lebten, aber als Überraschungsgäste gekommen waren.

»Wie lieb von euch!« Claudia umarmte die jungen Frauen. »Anouk wird sich so freuen!«

Sie unterhielt sich ein bisschen mit den beiden, fragte nach ihren Zukunftsplänen und wunderte sich, dass sie schon so genau wussten, wie ihr weiteres Leben verlaufen sollte. Die eine wollte Bibliothekarin werden, die andere Landschaftsgärtnerin. Beide hatten entsprechende Studien- und Ausbildungsplätze, feste Freunde und die Absicht, in nicht allzu ferner Zukunft eine Familie zu gründen.

Anouk hatte zwar mal gesagt, dass sie sich Kinder wünsche, und ein paarmal erwähnt, sie könne sich vorstellen, Lehrerin zu werden, aber neuerdings antwortete sie auf Fragen nach ihrer beruflichen Zukunft ausweichend.

»Keine Ahnung. Irgendwas Sinnvolles.«

Claudia entdeckte Julian, der mit seinem Freund Lukas im Schlepptau in der Küche auftauchte und den Kühlschrank aufriss, um Getränkedosen herauszunehmen. Offenbar hatte er Lukas heimlich herbestellt, wohl wissend, dass seine Eltern ihn nicht hinauswerfen konnten, ohne einen Eklat zu provozieren.

Claudia kannte nicht viele von Julians Freunden, aber Lukas war ihr am wenigsten sympathisch. Ein großmäuliger Typ, der aus ihrer Sicht einen schlechten Einfluss auf Julian ausübte und dessen problematische Neigungen noch verstärkte.

Sie beobachtete, wie die beiden zum Kuchenbuffet schlenderten. Schnell entschuldigte sie sich bei ihren Gesprächspartnerinnen und eilte in die Küche.

»Hallo, Lukas«, sagte sie und zog die Augenbrauen hoch. »Das ist ja eine … Überraschung.«

Lukas grinste. »Ich wollte mir die Gelegenheit nicht entgehen lassen, Anouk an ihrem großen Tag zu gratulieren.«

»Sie wird begeistert sein«, sagte Claudia. Dann drehte sie sich zu Julian. »Wir warten mit dem Kuchen, bis Anouk hier ist. Sie schneidet die Torte an.«

»Ich habe aber Hunger«, sagte Julian.

»Dann mach dir ein Brot.« Claudia schoss ihm einen Blick zu, der unmissverständlich ausdrückte, dass sie nicht bereit war, weitere Unverschämtheiten von ihm hinzunehmen.

Murrend nahm er eine Packung Erdnüsse aus dem Schrank, und die beiden Jungen verschwanden im Wohnzimmer.

Claudia seufzte. Wann war diese verfluchte Pubertät endlich vorbei?

Sie sah auf ihr Handy und erschrak. Anouk und Finja hätten bereits vor einer Stunde eintreffen sollen. Anouk wollte sich ja noch umziehen, bevor die Gäste eintrafen. Inzwischen waren alle da, bloß das Geburtstagskind fehlte.

Sie wählte Anouks Nummer. Mailbox.

»Anouk, Schätzchen, wo steckst du denn? Wir warten auf dich! Bitte melde dich!«

Sie wählte Finjas Nummer. Ebenfalls Mailbox.

Sie überlegte, ob Anouk noch andere Freundinnen erwähnt hatte, aber sie erinnerte sich nicht. Ihre Tochter war wählerisch bei Freundschaften, und es dauerte lange, bis sie jemanden nach Hause mitbrachte. In letzter Zeit schienen neue Freunde dazugekommen zu sein, der eine oder andere unbekannte Name war gefallen, aber Claudia hatte sich bewusst bemüht, Anouk nicht mehr zu kontrollieren, und deshalb nicht nachgefragt.

Sie sah Martin im Flur und winkte ihn zu sich.

»Wo steckt sie denn bloß?«, fragte sie besorgt.

»Keine Ahnung.« Er schüttelte den Kopf. »Dieser Joshua? Kennen wir seinen Nachnamen?«

Claudia verneinte. Eine unangenehme Vorahnung überkam sie, das Gefühl, dass etwas nicht in Ordnung war. Ganz und gar nicht in Ordnung.

»Was machen wir denn jetzt?«

Nervös ging sie einige Schritte in die eine, dann in die andere Richtung. Mal zu spät zu kommen oder bei Freunden zu übernachten, ohne Bescheid zu sagen, war das eine. Aber zur eigenen Geburtstagsfeier nicht aufzutauchen war etwas völlig anderes. So etwas würde Anouk nicht ohne schwerwiegenden Grund tun, da war sie sich ganz sicher. Sie blieb stehen und fuhr sich mit beiden Händen durchs Haar. »Ich versteh das nicht.«

»Ich rufe die Polizei an«, sagte Martin.

»Was?« Claudias Magen krampfte sich zusammen. »Ist das nicht übertrieben?«

»Die können mir wenigstens sagen, ob es in den letzten Stunden einen Unfall gegeben hat.«

Er zog das Handy aus der Hosentasche, ging ins Gästezimmer und schloss die Tür hinter sich.

Claudia spürte, wie ihr die Hitze ins Gesicht stieg und ihre Hände kalt wurden.

Mit zittrigen Beinen ging sie zurück auf die Terrasse, wo die Gäste sich angeregt miteinander unterhielten. Als sie auftauchte, erstarb das Gespräch, alle Blicke richteten sich auf sie.

»Wo isch denn jetzt das Geburtstagskind?«, fragte Hans. »Isch die Überraschung so groß, dass nicht mal sie davon weiß?«

»Ja, wo ist sie?« Marianne blickte Claudia ungehalten an, als wäre sie schuld am Fortbleiben ihrer Enkelin.

»Ehrlich gesagt, fragen wir uns das auch gerade«, sagte Claudia und hielt sich am Rahmen der Terrassentür fest. »Aber ihr kennt ja Anouk, sie ist einer der zuverlässigsten Menschen überhaupt. Bestimmt wird sie jeden Moment hier sein.«

»Das glaube ich nicht«, sagte jemand hinter ihr.

Claudia fuhr herum.

Julian kam mit dem Handy vor dem Gesicht auf sie zu.

»Was soll das heißen?« Irritiert blickte sie ihn an.

Er gab keine Antwort, sondern starrte weiter fasziniert aufs Display.

Martin war neben Claudia getreten. »Kein Unfall«, flüsterte er ihr zu. »Nicht in den letzten acht Stunden.«

Sein Blick fiel auf Julian. »Was ist das, was schaust du da an?«

Julian sah auf. »Ich habe eine gute und eine schlechte Nachricht für euch. Die gute ist: Sie lebt.« Dann drehte er das Handy um, sodass seine Eltern den Bildschirm sehen konnten. »Und das ist die schlechte.«

Claudia und Martin starrten auf den Bildschirm. Es war die Liveberichterstattung eines regionalen Nachrichtenkanals. Sieben Personen mit orangefarbenen Warnwesten und Transparenten vor dem Körper saßen quer auf einem Fußgängerübergang und blockierten die Straße. Vor ihnen stauten sich Autos und hupten, ein Autofahrer stieg aus und ging schimpfend und mit geballter Faust auf die Gruppe zu.

»Geht arbeiten, ihr Loser!«

Ein zweiter gesellte sich zu ihm. »Macht die Straße frei, sonst kehr ich euch weg!«

Passanten blieben stehen und sahen neugierig zu. Der eine oder andere sagte etwas, was nicht zu verstehen war. Die Demonstranten saßen ganz ruhig, keiner von ihnen sprach oder verzog auch nur eine Miene. Im Hintergrund war eine Polizeisirene zu hören, gleich darauf eine zweite.

Die Kamera zoomte näher. Claudia hielt die Luft an. Einen der Demonstranten kannte sie, es war Joshua. Neben ihm saß Anouk.

7

Während Martin die Gartenmöbel zusammenklappte und an ihren Platz stellte, räumte Claudia die Spülmaschine ein. Sie fühlte sich benommen, wie in einem Nebel.

Der Rest des Nachmittags war in einem Durcheinander aus hochgehaltenen Handys, betroffenem Schweigen, erregten Debatten und hilflosen Mitleidsbekundungen vergangen. Sie hatten weiter zugesehen, wie die jungen Leute Tuben mit Sekundenkleber aus den Jackentaschen geholt, ihre Handflächen damit bestrichen und sich auf dem Asphalt festgeklebt hatten. Der Aktivist, der in der Mitte saß, hatte sich nicht angeklebt, er saß nur da und hielt mit beiden Händen ein Transparent mit den Worten *Stoppt den fossilen Wahnsinn*. Wie der Kommentator erklärte, sollte er jederzeit aufstehen können, damit im Notfall eine Rettungsgasse gebildet werden konnte.

Sie bekamen mit, wie die Polizei mit immer mehr Einsatzwagen anrückte, wie die Beamten sich rund um die Straßenkreuzung aufstellten und so auch noch den restlichen Verkehr blockierten. Mit gefährlichen Wendemanövern versuchten die aufgebrachten Autofahrer, der Blockade zu entkommen; dabei fuhr einer so gefährlich nah an die Aktivisten heran, dass Claudia erschrocken aufschrie.

Der Einsatzleiter der Polizei trat vor die Demonstranten und fragte nach dem Versammlungsleiter. Als keiner antwortete, forderte er die Demonstranten auf, die Versammlung aufzulösen. Niemand von den Festgeklebten reagierte, nur der Mann in der Mitte hob das Transparent hoch und rief: »Wir sitzen hier auch für euch!«

Danach brach die Übertragung ab, und es wurde in ein Studio umgeschaltet, wo ein eilends herbeigerufener Experte etwas zu zivilem Ungehorsam sagen sollte.

Claudia bemerkte, wie Marianne auf das Handy von Martins Bruder starrte und immer wieder murmelte: »Was will sie damit bloß erreichen? Warum macht sie das?«

Hans erklärte ihr umständlich, dass es sich um eine Aktion von Klimaaktivisten handelte, die gegen die Politik der Regierung protestierten.

»Ich bin doch nicht blöd«, fauchte sie ihn an. »Ich lese schließlich Zeitung. Ich will wissen, warum ausgerechnet Anouk bei diesem Unfug mitmacht.«

»Das musst du sie schon selbst fragen«, sagte Hans beleidigt.

Claudia dachte an das kleine blaue Auto hinter dem Haus.

Sie drückte die Klappe der Spülmaschine zu und schaltete sie an. Den restlichen Kuchen verpackte sie in Alufolie und legte ihn in den Kühlschrank. Alufolie. Wie kannst du nur, hörte sie eine Stimme in ihrem Kopf. Sie ließ sich auf einen der Stühle am Küchentisch sinken und rieb sich erschöpft das Gesicht. Martin trat hinter sie, und sie spürte seine Hände auf ihren Schultern.

»Hast du sie noch mal angerufen?«, wollte er wissen.

»Mindestens fünfmal. Sie geht nicht dran.«

Sie schwiegen eine Weile, er massierte ihre Schultern.

»Ich versteh das nicht«, sagte er. »Warum macht sie bei so was mit?«

Claudia dachte an ihr Gespräch mit Anouk. »Sie macht sich eben Sorgen.«

»An uns denkt sie dabei wohl überhaupt nicht«, sagte Martin finster.

»Ich finde es nicht schlecht, wenn junge Menschen sich für etwas engagieren.«

»Na ja, ich habe gearbeitet, als ich jung war«, sagte Martin. »Mit achtzehn war ich in der Lehre, da hatte ich keine Zeit für Demos.«

»Man kann auch am Wochenende demonstrieren. Es war dir eben nicht wichtig.«

Er hörte auf, ihre Schultern zu massieren. »Willst du sie etwa verteidigen?«

Claudia seufzte. »Ich glaube ja auch nicht, dass Straßenblockaden der richtige Weg sind. Aber was das Thema angeht, da verstehe ich sie.«

»Dann lass dich doch für die Umweltpartei aufstellen«, sagte Martin bissig. »Und anschließend können wir das Autohaus endgültig dichtmachen.«

Claudia antwortete nicht.

Sie dachte zurück an die Zeit, als sie achtzehn war. Es war kurz nach der Wiedervereinigung, alle hofften auf gute Geschäfte im Osten. Ihr Vater überlegte, eine Filiale in Dresden zu eröffnen, und war viel dort. Über Politik wurde, wie immer im Hause Berner, kaum gesprochen, was Claudia heute noch absurder vorkam als früher. Alles, was damals passierte, war schließlich hochpolitisch.

Und dann war da der drohende zweite Golfkrieg. An einer der Demos hatte sie mit Tina teilgenommen, heimlich natürlich. Sie hatte es aufregend gefunden und das Gefühl gehabt, Teil der Weltpolitik zu sein.

Ihre Eltern wären entsetzt gewesen, wenn sie davon gewusst hätten.

Was sollen denn die Kunden denken, wenn du auf so einer Demo gesehen wirst?

Zu allem Überfluss hatte sie dann Politik studiert. Sie hatte die Stimme ihres Vaters noch im Ohr, der auf sie einredete, etwas »Vernünftiges« zu studieren: Jura, Betriebswirtschaft oder Wirtschaftsingenieurwesen.

Als sie eines Tages verkündete, dass sie nach Kolumbien wolle, um Frauen dabei zu unterstützen, sich mithilfe von Mikrokrediten eine Existenz aufzubauen, unabhängig von saufenden und prügelnden Ehemännern, hatten alle gedacht, nun sei sie endgültig verrückt geworden. Und hatten wahrscheinlich heimlich triumphiert, als die Schwangerschaft ihre Pläne zunichtemachte. Danach gab es nur noch die Firma. Immer nur die Firma.

Plötzlich wurde sie wütend. Seit zwanzig Jahren saß sie nun in diesem verdammten Gefängnis! In einem goldenen Käfig aus Autoblech. Sie durfte nicht zulassen, dass auch Anouk in dieses Gefängnis gesperrt wurde! Ihre Tochter sollte eine Wahl haben und selbst entscheiden, wie sie ihr Leben gestalten wollte. Und wenn Autos darin keine Rolle spielten, dann war das eben so. Und wenn sie glaubte, sich auf der Straße festkleben zu müssen, weil sie Angst vor dem Weltuntergang hatte, dann war das immer noch besser, als wenn sie deprimiert im Bett lag und sich womöglich eines Tages etwas antun würde.

Marianne wanderte unruhig durch ihre Wohnung und zog heftig an ihrer Marihuanazigarette. Mehrmals hatte sie sich das Video angesehen, das direkt nach der Liveausstrahlung viral gegangen und viele Male aufgerufen worden war. Sie hatte auf Anouks bewegungsloses Gesicht gestarrt, als könnte es ihr Aufschluss darüber geben, was sie zu diesem Schritt getrieben hatte. Das Kind hatte doch alles! Die besten Bildungschancen, tolerante (aus Mariannes Sicht viel zu tolerante) Eltern, mit denen sie über alles reden konnte, finanzielle Sicherheit, ein intaktes soziales Umfeld. Wie war es möglich, dass sie in solche Kreise geraten war?

Es musste dieser Kerl sein, dieser Joshua. Mit seinem Auftauchen hatte sich etwas verändert. Anouk war in letzter Zeit selten zu Hause, sprach wenig, wirkte in sich gekehrt. Beim Familienfrühstück lehnte sie Schinken und Leberwurst ab, weil sie jetzt Vegetarierin war. Mehrmals hatte sie ihre Mutter gebeten, keine Plastiktüten mehr zu verwenden; seither ging Claudia bereitwillig mit zwei großen Körben zum Einkaufen und verwendete Mehrwegnetze für Obst und Gemüse.

Aber wirklich extreme Ansichten hatte Anouk bisher nicht geäußert, sie hatte sich auch nicht kritisch über Autos ausgelassen oder sonst etwas gesagt, aus dem man hätte schließen können, dass sie sich neuerdings in einem so radikalen Umfeld bewegte.

Aus Mariannes Sicht war es nämlich radikal, sich auf die Straße zu kleben und unbescholtene Bürger davon abzuhalten, zur Arbeit, zum Arzt oder zum Einkaufen zu fahren. Da könnte ja jeder kommen und seine politischen Ziele mit dieser Art von Nötigung durchsetzen wollen! Sie fand, das war undemokratisch und konnte nicht hingenommen werden.

Sie fragte sich, wie ausgerechnet ihre intelligente und vernünftige Enkeltochter glauben konnte, mit solchen Aktionen etwas zu erreichen. Damit brachte man doch bloß die Leute gegen sich auf. Und die Regierung ließ sich davon nicht beeindrucken.

Diese ganze Klimahysterie war doch sowieso lächerlich! Es hatte immer schon heiße und weniger heiße Phasen auf der Erde gegeben. Trockene Perioden und Perioden mit vielen Niederschlägen. Was jetzt »Klima« genannt wurde, war einfach Wetter. Wetter, das sich änderte. Und wieder änderte.

Marianne schnaubte und nahm einen langen Zug von ihrer Marihuanazigarette. Sie hatte ihr Leben lang hart gearbeitet und auf viele ihrer Träume verzichtet. Sie hatte keine Lust, sich jetzt, im Alter, von irgendwelchen Wohlstandsbälgern vorschreiben zu lassen, was sie tun und lassen sollte. Ja, auch Anouk gehörte ihrer Meinung nach zu diesen verwöhnten Kindern, die noch nichts im Leben geleistet hatten, aber alles infrage stellten, was Marianne und ihre Generation aufgebaut hatten.

Sogar in den bundesweiten Abendnachrichten war ein Bericht über diese dummen Kinder gekommen, die sich auf Straßen klebten, um Aufmerksamkeit zu erzwingen. Wieder wurden die Bilder von der heutigen Aktion gezeigt, sieben junge Menschen, die schweigend am Boden hockten und die Beschimpfungen und Drohungen der Autofahrer über sich ergehen ließen. Und mittendrin Anouk, neben diesem gelockten Typen, von dem Marianne immer noch nicht wusste, an wen er sie erinnerte.

Bestimmt zerriss sich bereits ganz Meutlingen das Maul über sie. Die Familie Berner war immer schon Zielscheibe für Spott und Lästereien gewesen; der Erfolg gebar Neider, so war das nun mal. Schon Walter war einerseits hoch respektiert gewesen und andererseits angefeindet worden. Und sie mit ihrer direkten Art hatte sich sowieso reichlich Feinde gemacht. Viele in Meutlingen gönnten ihr nicht das Schwarze unterm Fingernagel. Sehr wohl aber eine Enkelin, die sich, aus dem größten Autohaus der Region stammend, ausgerechnet den Klimaschützern anschloss. Zum Totlachen würden sie das finden, da war Marianne sich sicher. Anouk hatte sie zum Gespött der Leute gemacht!

Allmählich merkte sie die Wirkung des Marihuanas. Noch immer war sie wütend, aber das Gefühl schien auszufransen, an Schärfe zu verlieren. Leichte Entspannung breitete sich in ihr aus, und sie beschloss, ins Bett zu gehen.

Mitten in der Nacht wachte Martin auf und lauschte. Was war das für ein Geräusch? War Anouk heimgekommen?

Claudia und er waren lange aufgeblieben, aber irgendwann hatten sie es aufgegeben, auf sie zu warten, und waren schlafen gegangen.

Er lauschte noch einmal, es war ruhig im Haus. Er musste sich getäuscht haben.

Wie lächerlich er sich fühlte, wenn er daran dachte, wie er voller Vorfreude das Auto für Anouk abgeholt hatte. Für die kurze Fahrt von der Zentrale nach Hause hatte er sich einen Beatles-Song heruntergeladen und laut mitgesungen.

Baby, you can drive my car, yes, I'm gonna be a star, and maybe I'll love you ... Wie Claudia und er gemeinsam das rote Band um das blaue Auto geschlungen hatten in der Überzeugung, ihrer Tochter ein tolles Geschenk zu machen. Und wie Anouk sie vor allen blamiert hatte, indem sie einfach nicht aufgetaucht war. Wie ein Idiot hatte er sich gefühlt, als er die Blicke der Gäste auf sich spürte, manche mitleidig, manche vorwurfsvoll, als hätte er als Vater versagt.

Warum hatte sie ausgerechnet bei dieser Demo mitmachen müssen? Und warum ausgerechnet an ihrem Geburtstag? Es war, als wollte sie ihnen eine Botschaft zukommen lassen.

Ich bin jetzt achtzehn, und ihr habt mir gar nichts mehr zu sagen.
Bämm. Stinkefinger.

Womit hatten er und Claudia das verdient? Sie waren keine vernagelten, intoleranten Eltern. Sie hatten Bücher über Erziehung gelesen und sogar eine psychologische Beratung in Anspruch genommen, als sie in einer besonders stressigen Phase das Gefühl hatten, ihren Kindern nicht gerecht zu werden. Sie wussten, dass Druck nichts brachte und es das Wichtigste war, miteinander zu sprechen. Es fühlte sich so verdammt ungerecht an.

Wieder knackte irgendwas im Haus. Er stand auf und schlüpfte in seine Hose und ein Sweatshirt. Claudia drehte sich um und seufzte leise. Er wartete einen Augenblick, um sie nicht zu wecken, dann verließ er das Schlafzimmer.

Anouks Zimmertür stand offen, sie war also immer noch nicht nach Hause gekommen.

Er schlich die Treppe hinunter. Die Küche war leer, auch im Wohnzimmer war niemand. Ein kurzer Blick ins Gästezimmer, ebenfalls nichts. Dann hörte er leises Wasserrauschen. Das Gästebad war im Keller. Jemand duschte dort.

Die Morgendämmerung hatte bereits eingesetzt. Martin ging in die Küche und schaltete die Espressomaschine ein. Bei geöffneter Küchentür setzte er sich hin und wartete. Nach einigen Minuten hörte er, wie sich die Kellertür öffnete und schloss. Dann leise Schritte von nackten Füßen. Im nächsten Moment huschte Anouks zarte Gestalt im Bademantel und mit einem um den Kopf gewickelten Handtuch an der Küchentür vorbei.

»Anouk!«

Sie blieb stehen und starrte ihn mit großen Augen an. »Papa! Du hast mich zu Tode erschreckt!«

»Sag mal, was sollte das?«, sagte Martin. »Was fällt dir ein, uns so zu blamieren?«

»Ach, Papa, wenn du sonst kein Problem hast …« Sie ließ den Satz in der Luft hängen und wollte weitergehen.

»Du bleibst hier! Ich will mit dir reden!«

»Papa, bitte. Ich bin müde.«

»Kein Wunder.« Er sah auf die Uhr, es war fast halb sechs. »Wo warst du überhaupt so lange?«

»Lass uns morgen reden, okay?«

Nein, es war ganz und gar nicht okay. Ein ungutes Gefühl stieg in ihm hoch, eine Mischung aus Trauer und Zorn, die er in letzter Zeit immer häufiger spürte. Etwas tief in ihm begann zu brodeln, und er musste sich mit aller Kraft zusammenreißen, um nicht loszubrüllen.

»Bleib hier«, sagte er gepresst. »Tu mir den Gefallen. Happy Birthday, übrigens.«

Schuldbewusst senkte sie den Kopf. »Sorry, Papa. Ich konnte euch vorher nichts sagen, das verstehst du doch, oder?«

»Nein, das verstehe ich nicht. Aber vielleicht willst du's mir ja erklären? Du kannst doch mit uns über alles reden.«

»Ich weiß, Papa. Danke.« Sie warf ihm ein trauriges Lächeln zu und setzte sich wieder in Bewegung.

»Anouk!«, rief er ihr nach. »Bleib da, verdammt noch mal!« Er war kurz davor, aufzuspringen und sie festzuhalten, zwang sich aber, sitzen zu bleiben.

Er hörte sie die Treppe hoch und in ihr Zimmer gehen.

Seine Hand umklammerte die Kaffeetasse. Was war mit seiner geliebten Nukki-Maus passiert? Die ihm als Zweijährige im Bobbycar überallhin gefolgt war und die Kunden entzückt hatte. Die lernen wollte, wie man »ein Auto heile macht« und ihm bewundernd zusah, als er nach einer Panne den Reifen wechselte. Die sich vertrauensvoll an ihn gekuschelt und ihm das Gefühl gegeben hatte, der wichtigste Mann in ihrem Leben zu sein. Dann tauchte irgend so ein gelockter Jüngling auf, und plötzlich war alles anders. Glaubte sie ernsthaft, sie könne ihn wie einen Idioten behandeln?

Er hob mit einer so heftigen Bewegung die Tasse an den Mund, dass der Inhalt überschwappte. Mit aller Kraft musste er sich zurückhalten, sie nicht gegen die Wand zu schleudern.

8

Claudia traf eine halbe Stunde vor dem Interview mit Jasmin Betz in Ceydas Agentur ein. Sie hatten lange überlegt, ob es klug war, jetzt schon an die Öffentlichkeit zu gehen. Aber nach Anouks Teilnahme an der Klimaaktion hatte Ceyda dafür plädiert.

»Du musst jetzt das Narrativ vorgeben. Wenn du einmal in der Defensive bist, hast du ein Problem. Aus der Defensive heraus gewinnt man keine Wahl.«

Claudia zögerte. »Spielen wir das Ganze dadurch nicht unnötig hoch?«

»Im Gegenteil, wir spielen es runter. Und natürlich musst du Anouk dazu bringen, damit aufzuhören.«

»Natürlich.« Sie stieß die Luft aus. »Sagst du mir bitte noch, wie ich das machen soll?«

Ceyda zuckte die Schultern. »Ich bin PR-Beraterin, nicht Erziehungsberaterin.«

Mit Jasmin Betz hatten sie sorgfältig die Bedingungen ausgehandelt, unter denen das Gespräch fürs *Meutlinger Tagblatt* stattfinden sollte. Es würde ein Wortlautinterview sein, das in Anwesenheit von Ceyda geführt wurde, die ein Aufnahmegerät mitlaufen ließ. Claudia durfte das Interview vor Drucklegung gegenlesen und Korrekturen vornehmen.

Sie war nervös. Es war ihr erstes großes Interview nach Bekanntgabe ihrer Kandidatur, und als Erstes würde sie erklären müssen, warum ihre Tochter an einer nicht angemeldeten Protestaktion teilgenommen hatte, nach deren Ende sie erkennungsdienstlich behandelt worden war.

Auf seltsam gleichmütige Weise hatte Anouk ihnen vom weiteren Verlauf der Demo erzählt. Die Polizei hatte sie und ihre Mitstreiter insgesamt dreimal aufgefordert, die Aktion zu beenden.

»Wie blöd von denen«, sagte sie kopfschüttelnd. »Wir waren doch angeklebt und hätten gar nicht aufstehen können.«

Schließlich war ein Polizeiwagen mit zwei weiteren Beamten angekommen, die mithilfe von Lösungsmittel, Öl und Spachteln die Hände der Aktivisten vom Asphalt gelöst hatten. Als Anouk sich weigerte aufzustehen, hatten zwei Polizisten sie kurzerhand unter den Achseln gepackt und zu einem Einsatzwagen getragen. Dort wurden ihre Personalien aufgenommen, und sie wurde verwarnt. Beim nächsten Mal würde Anzeige gegen sie erstattet werden.

»Wegen Nötigung, Widerstand gegen Vollstreckungsbeamte, gefährlichem Eingriff in den Straßenverkehr und was weiß ich noch alles«, zählte Anouk auf, als wäre es das Selbstverständlichste von der Welt, mit solchen Anschuldigungen konfrontiert zu sein.

»Das ist dir hoffentlich eine Warnung«, sagte Martin. »Du willst doch wohl nicht vor Gericht landen, oder?«

Anouk gab keine Antwort.

»Wieso hast du da bloß mitgemacht?«

»Ach, weißt du, Papa, es gibt eigentlich keinen Grund. Nur, dass wir ungebremst auf die Klimakatastrophe zurasen und unsere Regierung nichts dagegen tut. Euch kann es ja egal sein, ihr seid tot, wenn es so weit ist. Aber wir müssen auf der kaputten Welt weiterleben.«

Sie wirkte nicht mehr deprimiert, wie neulich noch, sie wirkte auf stille Art entschlossen. Einerseits war Claudia erleichtert, andererseits machte es ihr Angst.

»Und du glaubst, wenn du dich auf die Straße klebst, ändert sich irgendwas?«, fragte Martin. Er saß vornübergebeugt auf seinem Stuhl, seine Haltung ein einziger Vorwurf.

»Wenn ich das nicht glauben würde, würde ich es nicht tun.«

»Ist es … wegen dieses Jungen?«

Anouk verdrehte die Augen.

»Als Nächstes fragst du mich wahrscheinlich, ob ich meine Tage habe. Hältst du mich für unzurechnungsfähig oder was?«

Martin seufzte. »Natürlich nicht.«

»Viel wichtiger ist doch, warum du glaubst, mit solchen Aktionen was erreichen zu können«, schaltete Claudia sich ein.

»Weil alles andere nichts gebracht hat«, sagte Anouk. »Seit Jahren wird demonstriert, und was ist passiert? Gar nichts.«

»Wie weit würdest du denn gehen, damit was passiert?«, fragte sie.

Anouk überlegte. »Ich weiß nicht genau. So weit wie nötig eben.«

»Was heißt das konkret?«, hakte Claudia nach.

Als Antwort kam nur ein Achselzucken.

»Du weißt, dass du mir mit solchen Aktionen massiv schadest, ja?«

»Das tut mir leid«, sagte Anouk.

»Ich möchte dich dringend bitten, während meines Wahlkampfes damit aufzuhören«, sagte Claudia. »Ich habe Jahre auf diese Kandidatur hingearbeitet. Bitte mach mir das nicht alles kaputt.«

Anouk senkte den Blick.

»Versprich es mir«, insistierte Claudia. »Bitte.«

Anouk stand auf. »Ich muss jetzt gehen.«

»Du kannst doch jetzt nicht einfach abhauen!« Martin war

aufgesprungen. Er packte sie an den Schultern. »Sag uns, dass du mit diesem Scheiß aufhörst!«

Anouk verzog das Gesicht. »Du tust mir weh, Papa.«

»Lass sie los!«, sagte Claudia heftig.

Martin ließ los, seine Arme fielen hilflos herunter.

Anouk rieb sich die linke Schulter und ging ohne ein weiteres Wort aus dem Raum.

Ceydas Stimme holte Claudia in die Gegenwart zurück.

»Okay, du setzt dich hierhin, Frau Betz platzieren wir dir gegenüber.« Sie dirigierte Claudia in die Sitzecke und rückte die Sessel zurecht. »Ich bleib hier an der Seite und mache die Aufnahme.«

Claudia setzte sich und holte einige Unterlagen aus ihrer Tasche, die sie vor sich auf den Beistelltisch legte. Ceyda stellte Mineralwasser und Gläser auf den Tisch und schaltete die Espressomaschine ein. Dann klingelte es, sie ging zur Tür.

Claudia erhob sich, um die Journalistin zu begrüßen. Sie musste sich bemühen, ihr Gesicht unter Kontrolle zu halten. Die junge Frau trug schwarze Lederleggings und hochhackige Stiefeletten. Eine schwarzer Wickeljacke lenkte den Blick in ein üppiges Dekolleté, ähnlich wie auf dem Foto, das Claudia schon kannte. Das blondierte Haar, die mit Lidstrich theatralisch betonten Augen und die üppigen Lippen, die unmöglich natürlichen Ursprungs sein konnten, vervollständigten das Bild. Claudia hätte dieses Outfit mit vielen Berufen in Verbindung gebracht – von der Nagelpflegerin bis zur Domina –, nicht aber mit einer offenbar ziemlich cleveren Journalistin. Vielleicht war genau das ihr Erfolgsrezept: von anderen unterschätzt zu werden.

»Grüß Gott, Frau Betz«, sagte Claudia freundlich. »Vielen Dank für Ihr Interesse an meiner Arbeit. Nehmen Sie doch Platz.«

»Hallo, vielen Dank.« Die junge Frau lächelte und nahm Claudias ausgestreckte Hand. Dabei beugte sie den Kopf so tief, dass Claudia fürchtete, sie könnte gleich einen Knicks machen. »Cool, dass Sie sich Zeit für mich nehmen.«

Sie setzte sich sehr aufrecht auf den ihr zugewiesenen Ledersessel, schlug die Beine übereinander und legte ihr Handy, das in einer glitzernden pinkfarbenen Hülle steckte, aufnahmebereit vor sich hin.

Ceyda bot Getränke an und schenkte der Journalistin Wasser ein. Claudia machte ein bisschen Smalltalk, dann trank sie den letzten Schluck Espresso und stellte die Tasse ab.

»Also, Frau Betz, dann schießen Sie mal los. Was möchten Sie gern wissen?«

Eine Stunde später, die Journalistin war gerade gegangen, blickte Claudia ihre PR-Beraterin erschöpft an. »Bist du dir immer noch sicher, dass das eine gute Idee war?«

Ceyda hob die Schultern und ließ sie fallen.

Jasmin Betz hatte die Handyaufnahme gestartet, einen Block und einen Stift zur Hand genommen und mit Kleinmädchenstimme angefangen zu fragen. Wie es sei, aus so einer erfolgreichen Unternehmerfamilie zu stammen; wie sie und Martin sich kennengelernt hätten, wer wem den Heiratsantrag gemacht habe, welches Herstellermodell ihr am besten gefalle, welcher ihr liebster Modedesigner sei; warum ihre Tochter Anouk heiße, ob das wegen der Schauspielerin Anouk Aimée sei, für die habe ihre Oma so geschwärmt.

Claudia hatte die Fragen zunächst geduldig beantwortet, irgendwann aber das Gespräch unterbrochen und gesagt, es komme ihr vor, als würde sie für ein Boulevardmagazin oder eine Frauenzeitschrift befragt, und eigentlich sollte es doch um ihre politische Arbeit und ihre Kandidatur gehen.

Jasmin Betz hatte nett gelächelt und erklärt, es sei immer schön, wenn man beim Lesen »den Menschen spüre«, das bringe Claudia auch als Politikerin näher zu ihren Wählerinnen und Wählern und helfe ihnen, sich ein umfassenderes Bild von ihr zu machen.

Sie begann, nach ihren politischen Zielen zu fragen, und endlich konnte Claudia ausführen, was sie unter nachhaltig, sozial und modern verstand.

»Ich glaube, viele Menschen fühlen sich von der Politik nicht mehr verstanden und denken, sie müssten sich für eine Seite entscheiden und alles bekämpfen, was nicht zu dieser Seite gehört. Dabei geht es doch gerade in einer Zeit wie heute darum, sich anzunähern, Verständnis für andere Positionen zu entwickeln, Kompromisse zu finden. Eine umweltfreundliche Politik darf nicht nur für Wohlhabende sein, sie muss das Soziale mitdenken. Individuelle Freiheit kann nur so weit gehen, wie sie die Interessen der Allgemeinheit nicht aus den Augen verliert. Entscheidungen dürfen nicht nur mit Blick auf die nächsten Wahlen getroffen werden, sondern müssen die Interessen unserer Kinder und Enkel im Auge haben.«

»Apropos Kinder«, schaltete sich Jasmin Betz ein. »Ihre Tochter hat kürzlich bei einer Protestaktion der Gruppe ›Fünf nach zwölf‹ mitgemacht und sich auf der Straße festgeklebt. Wussten sie vorher davon?«

Bitch, dachte Claudia. Wenn sie sagte, sie sei überrascht worden, stand sie wie eine Idiotin da. Wenn sie sagte, sie hätte davon gewusst, würde man ihr unterstellen, sie decke kriminelle Aktionen.

»Meine Tochter ist erwachsen, sie ist nicht verpflichtet, ihren Eltern zu erzählen, was sie in ihrer Freizeit tut.«

»Heißen Sie diese Aktion gut?«

»Ich respektiere die Meinungs- und Demonstrationsfreiheit,

die glücklicherweise bei uns herrscht. Die gilt selbstverständlich auch für meine Tochter.«

»Wir sprechen hier von Nötigung.« Plötzlich war die Kleinmädchenstimme weg.

»Man kann über die Wirksamkeit von Straßenblockaden diskutieren«, sagte Claudia. »Aber es handelt sich auf jeden Fall um eine gewaltfreie Form des Protestes.«

»Ist es sozial, wenn jemand auf dem Weg zur Arbeit oder zu einem wichtigen Bewerbungsgespräch aufgehalten wird und deshalb zu spät kommt?«

»Es gibt viele Gründe für Verspätungen«, sagte Claudia. »Jeder kommt mal zu spät zur Arbeit.«

»Und wenn jemand Schaden nimmt, weil durch den Stau der Rettungswagen nicht durchkommt?«

Am liebsten hätte Claudia gesagt, dass es jeden Tag Hunderte von Staus gab, die bestimmt mehr Schäden anrichteten als eine lächerliche Straßenblockade, aber Ceyda hatte sie davor gewarnt, sich auf inhaltliche Diskussionen einzulassen. Dabei könne sie nur verlieren, hatte sie gemeint.

»Ist das denn schon mal vorgekommen?«, spielte Claudia den Ball zurück.

»Es könnte jederzeit vorkommen.«

»Dann ist das also eine hypothetische Frage«, sagte Claudia. »Ich würde mich gerne auf das Faktische konzentrieren.«

Jasmin Betz kritzelte ein paar Worte auf ihren Block. Dann nahm sie einen Schluck Wasser und überlegte.

»Was machen Sie, wenn Ihre Tochter weiter an Aktionen von ›Fünf nach zwölf‹ teilnimmt?«

»Ach, wissen Sie, Frau Betz, mein Mann und ich haben unsere Kinder zu selbstständig denkenden und handelnden Menschen erzogen, da müssen wir es aushalten, wenn sie tatsächlich eigene Meinungen entwickeln.«

»Und wenn Anouk sich weiter radikalisiert? Können Sie Ihre Kandidatur dann aufrechterhalten?«

Claudia schluckte. Mit einem solchen Frontalangriff hatte sie nicht gerechnet. Zum Glück sprang Ceyda ihr bei.

»Frau Betz, wir wissen Ihr Interesse wirklich zu schätzen, aber wir haben nun einen erheblichen Teil der Zeit über Frau Berners Tochter gesprochen statt über ihre Kandidatur. Das war nicht die Abmachung.«

Jasmin Betz setzte ihr Influencerinnenlächeln auf. »Oh, ich wollte Sie nicht verärgern. Ich dachte nur, das interessiert unsere Leserinnen und Leser. Da sind ja auch viele Eltern dabei, und die wollen sicher gern wissen, wie es ist, wenn das eigene Kind so … abdriftet.«

Claudia spürte ein zorniges Aufwallen. »Sie können sich sicher sein, dass meine Tochter nicht ›abdriftet‹, wie Sie es nennen«, sagte sie energisch. »Es handelt sich um eine intelligente und vernünftige junge Frau, die lediglich von ihren demokratischen Rechten Gebrauch macht. Und nun wäre ich dankbar, wenn wir das Thema wechseln könnten.«

Bereitwillig stellte die Journalistin noch ein paar Fragen zu Claudias bisheriger Tätigkeit als Stadträtin und ihrem ehrenamtlichen Engagement, aber Claudia konnte sich des Eindrucks nicht erwehren, dass diese Fragen nur als Alibi dienten. Die Journalistin hatte längst gehört, was sie hören wollte.

Schließlich klappte sie ihren Block zu und schaltet ihr Handy ab.

»Vielen Dank für Ihre Zeit, Frau Berner. Es war toll, mit Ihnen zu sprechen. Ich wünsche Ihnen alles Gute für die Wahl.«

Sie tauschte einen Händedruck mit Claudia, dann brachte Ceyda sie zur Tür.

»Ob das eine gute Idee war?«, wiederholte Ceyda nun Claudias Frage. »Das wissen wir spätestens, wenn wir die Geschichte lesen, die sie daraus macht.«

»Wieso Geschichte?«, fragte Claudia alarmiert. »Ich dachte, es sollte ein Wortlautinterview sein?«

Ceyda wiegte den Kopf. »Man kann ihr nicht verbieten, im Vorspann oder zwischendurch ein paar persönliche Eindrücke unterzubringen. Trotzdem war es wichtig, dass du jetzt mal den Ton gesetzt hast. Dass deine Tochter nicht abgedriftet ist. Dass sie lediglich von ihren demokratischen Rechten Gebrauch macht. Und dass es nichts mit deiner Kandidatur zu tun hat, weil sie erwachsen und für sich selbst verantwortlich ist. Das sind die entscheidenden Punkte, und die hast du gut rübergebracht.«

Claudia seufzte. »Dein Wort in Gottes Gehörgang.«

»Lass Gott da raus«, sagte Ceyda und grinste. »Der hat noch immer für Ärger gesorgt.«

Sie begann, die Tassen und Gläser auf ein Tablett zu stellen.

Claudia half ihr. »Übrigens hat Abele mich angesprochen. Nichts nähmen die Menschen so übel wie ›unsauberes Geschäftsgebaren‹.« Sie schnaubte. »Das sagt ausgerechnet er mit seinen Nebeneinkünften!«

Ceyda hielt inne. »Was meint er denn damit?«

»Die Sache mit der Geschäftsführung.«

Sie hob die Augenbrauen. »Woher weiß er das?«

Claudia seufzte. »Keine Ahnung.«

»Denkst du, dass Martin …?«

»Nein, auf keinen Fall«, sagte sie energisch. »So was würde er nicht tun.«

»Abele hat leider recht«, sagte Ceyda nach einer Pause. »Du musst endlich eine Entscheidung treffen, und du musst sie klar kommunizieren.«

»Und wie soll ich mich entscheiden?«, fragte Claudia.

»Du solltest auf deine innere Stimme hören«, sagte Ceyda.

»Wenn ich das tue, kriege ich ein Riesenproblem mit Martin und verliere nach außen meine Glaubwürdigkeit.«

»So schlimm wird's schon nicht kommen«, sagte Ceyda. »Wenn die Sache schiefgeht, kannst du dir von deiner Glaubwürdigkeit nichts kaufen. Und wenn deine Tochter weiter mit diesen Klimaaktivisten abhängt, dann wird die Sache schiefgehen.«

9

Claudia saß vor ihrem Computer und gab verschiedene Suchbegriffe ein. Schnell stieß sie auf die Webseite der Aktivistengruppe »Fünf nach zwölf«, die überraschend professionell aussah. Die Rubrik *Über uns* zeigte das Foto einer Gruppe entschlossen dreinblickender junger Menschen und enthielt eine Erklärung der Ziele, die sie erreichen wollte: das Ende fossiler Brennstoffe, den schnellstmöglichen Ausbau alternativer Energien, ein Tempolimit von 100 Stundenkilometern auf Autobahnen, kostenlosen öffentlichen Nahverkehr.

Es gab einen Artikel zum Thema *Ziviler Widerstand,* der mit Beispielen aus der Geschichte und Zitaten aus wissenschaftlichen Publikationen unterfüttert war. Claudia entdeckte eine Liste mit Terminen für Vorträge und Aktionstrainings in mehreren Städten. Sogar ein Link zu einem Onlinetraining war auf der Seite. Sie klickte ihn an und verfolgte staunend, wie zwei eloquente junge Menschen, ein Mann und eine Frau, zur Einstimmung Entspannungsübungen durchführten und anschließend detailliert Vorbereitung und Ablauf einer Blockadeaktion beschrieben. So wurde erklärt, dass man Ort und Zeit einer Blockade über verschlüsselte Messenger auf eigens ausgegebenen Aktionshandys erfuhr. Eigene Telefone sollten nicht mitgeführt werden, da diese bei einer Festnahme von der Polizei einkassiert würden. Warme Unterwäsche und Wärmepads für Aktionen im Winter wurden empfohlen. Es gab Tipps zum Umgang mit aggressiven Autofahrern (»unbedingte Gewaltfreiheit«) und der Polizei. Schließlich wurde noch ausgeführt, mit welchen Strafen für welches Vergehen zu rechnen war, inklusive Hinweis auf einen Spendenfonds, aus dem Anwälte bezahlt wurden. »Falls ihr festgenommen werdet, könnt ihr unsere Aktionsnummer anrufen.«

Es handelte sich bei »Fünf nach zwölf« also nicht um einen bunt zusammengewürfelten Haufen von Idealisten, wie Claudia angenommen hatte, sondern um eine effizient durchstrukturierte, hierarchische Organisation mit klar verteilten Rollen und Zuständigkeiten. Sogar einen Pressekontakt gab es, an den man sich wenden und einen regelmäßigen Newsletter bestellen konnte.

Claudia war sich nicht sicher, ob sie das alles beruhigend oder beängstigend finden sollte. Ihre Annahme, Anouk habe sich eben verliebt und von Joshua überreden lassen, bei einer mehr oder minder spontanen Straßenblockade mitzumachen, war offensichtlich naiv gewesen. Andererseits konnte sie sich nicht vorstellen, dass eine so professionell agierende Organisation ihre Mitglieder sehenden Auges in die Kriminalität treiben würde. Und auch Anouk war doch eigentlich klug genug, sich nicht in etwas hineinziehen zu lassen, was Konsequenzen für ihr ganzes weiteres Leben haben könnte.

Mit jedem Tag, der verging, wuchs Claudias Zuversicht, dass Anouks Teilnahme an der Klebeaktion ein einmaliger Ausrutscher gewesen war. Sie kam und ging weiterhin, ohne Erklärungen abzugeben, aber Claudia hatte den Eindruck, dass sie regelmäßig zur Schule ging und fürs Abi lernte. Außerdem hatte sie an keiner weiteren Aktion mehr teilgenommen. Wahrscheinlich war sie inzwischen zur Einsicht gekommen, dass diese Art von Protest nichts brachte außer einer Menge Ärger.

Claudia konzentrierte sich auf ihre Unterschriftenliste. Sie führte zahlreiche Gespräche mit potenziellen Unterstützern, einige telefonisch, andere – wenn ihr jemand besonders wichtig war – auch persönlich.

An diesem Nachmittag hatte sie einen Termin mit Arnold Leitgeb, einem Kunden des Autohauses und großzügigem Unterstützer der von ihr ins Leben gerufenen Flüchtlingsinitiative von Meutlingen. Nicht nur gab er regelmäßig Geld, er hatte am Anfang auch geholfen, Notunterkünfte aufzubauen und dringend benötigte Gegenstände wie Generatoren und mobile Toiletten zu organisieren.

»Die Sache ist doch ganz einfach«, hatte Leitgeb ihr damals erklärt. »Kümmert man sich nicht um diese Menschen, wird es über kurz oder lang Probleme geben. Kümmert man sich um sie und sorgt dafür, dass sie sich hier integrieren, wird es keine Probleme geben.«

Er hatte recht behalten. Meutlingen war in Sachen Flüchtlingspolitik zu einer Vorzeigegemeinde geworden. Unterkünfte, Sprachkurse, die Suche nach Arbeitsplätzen, Hausaufgabenbetreuung für Kinder – alles, was nicht von staatlicher Seite geregelt werden konnte, wurde auf privater Ebene organisiert. Natürlich gab es da und dort Reibereien oder Missverständnisse, wie überall, wo Menschen aufeinandertrafen. Aber keiner der Geflüchteten, die in Meutlingen lebten, war straffällig geworden. Und es hatte keine Anschläge auf Unterkünfte gegeben, worüber Claudia besonders erleichtert war. Abele, der sie damals kaum unterstützt hatte, schmückte sich heute gern mit diesen Erfolgen. »Uns kann keiner nachsagen, dass mir Schwaben nicht gaschtfreundlich sind gegen Fremde, sogar wenn es Ausländer sind.«

Arnold Leitgeb drückte Claudia in einer freundschaftlichen Umarmung an sich.

»Schön, dich zu sehen, Lieblingskandidatin!«

»Danke ebenfalls, Lieblingsmäzen!«

Sie standen im Büro der Großschreinerei Leitgeb, die einen Fuhrpark von rund dreißig Fahrzeugen unterhielt – Firmenwagen der Angestellten und Transporter –, die seit Jahrzehnten vom Autohaus Berner geliefert und gewartet wurden.

»Wie geht's Anja?«, erkundigte sich Claudia. Leitgebs Frau hatte eine Krebserkrankung hinter sich und war derzeit in der Reha.

»Erstaunlich gut. Sie hat diese neuartige Immuntherapie gemacht, und wenn weiter alles glattgeht, bleibt ihr sogar die zweite OP erspart.«

»Ich drücke euch die Daumen«, sagte Claudia. »Grüß sie von mir.«

Er nickte. »Und bei euch hat's einen großen Geburtstag gegeben?«

Claudia wusste nicht, inwieweit Leitgeb über den Verlauf dieses großen Geburtstages informiert war.

»Ja, das war ein … besonderer Tag«, sagte sie ausweichend.

Er musterte sie voller Sympathie. »Ich hab davon gehört. Mach dir keinen Kopf, Claudia. In diesem Alter müssen sie mal über die Stränge schlagen.«

Leitgebs Kinder waren ein bisschen älter als Anouk und Julian, er wusste also, wovon er sprach.

»So sehe ich das auch«, sagte sie. »Wir können sie ja nicht ermuntern, ihren eigenen Weg zu gehen, und uns dann wundern, wenn sie es tun.«

Schade, dachte sie, diese Formulierung hätte sie im Interview mit Jasmin Betz verwenden sollen. Immer fielen einem die guten Antworten hinterher ein.

Leitgeb erzählte von den jüngsten Eskapaden seiner Kinder. Seine sechzehnjährige Tochter hatte sich mit einem Mitschüler geprügelt, der ein jüngeres Mädchen gemobbt hatte, und ihm ein

Stück von einem Zahn ausgeschlagen. »Mit dem Handy«, sagte Leitgeb und schüttelte den Kopf.

Sein Sohn Paul hatte bei einem Besuch in Thüringen Wahlplakate der AfD abgerissen, was Leitgeb zwar inhaltlich völlig richtig fand, aber trotzdem nicht gutheißen konnte, da es sich um Sachbeschädigung handelte. »Da machsch fei was mit«, sagte er seufzend.

Claudia fühlte sich getröstet. Natürlich, alle Eltern hatten Probleme mit ihrem Nachwuchs. Und was Julian und Anouk ihnen zumuteten war ein Klacks.

Schließlich kam sie zur Sache. »Du ahnst vermutlich, warum ich hier bin.«

Er lächelte sie an. »Da gibt's nicht allzu viele Möglichkeiten. Entweder du brauchst Geld oder eine Unterschrift.«

Sie lachte. »Was wäre dir lieber?«

»Du weißt doch, du kannst fast alles von mir haben.« Er zögerte. »Aber ... heute habe ich auch ein Anliegen.«

Claudia horchte auf. »Ach ja?«

Leitgeb wand sich ein bisschen, als wäre es ihm unangenehm.

»Also ... na ja, du weißt ... ich schätze Martin«, begann er. »Wir haben immer gut zusammengearbeitet. Trotzdem hat es mich ein bisschen ... erschreckt, dass du die Geschäftsleitung gänzlich ihm überlassen willst.«

»Wieso?«

»Versteh mich nicht falsch, Martin ist ein prima Kerl, aber er ist eben ein ... Verkäufer.«

»Was willst du damit sagen?«

»Verkäufer können verkaufen, und sie wollen nichts anderes. Martin ... meiner Meinung nach ist er kein Mensch mit Visionen. Und eure Firma wird nur überleben, wenn ihr eine Vision für die Zukunft entwickelt.«

Claudia schwieg.

»Ich weiß«, sagte Leitgeb und lachte verlegen. »Wer Visionen hat, gehört zum Arzt. Aber du verstehst, was ich meine.«

Sie verstand es nur allzu gut. Es war ihr Vater gewesen, der zu Beginn ihrer Ehe fast gleichlautende Worte gesagt hatte: *Martin ist ein Verkäufer, und er wird immer einer bleiben. Wenn du die Firma weiterentwickeln willst, dann vertrau deinen eigenen Ideen.*

Und das war es, was sie all die Jahre getan hatte. Als sie Berner E-Mobility gegründet hatte, eine Firma, in der außer E-Autos auch Elektroroller und E-Bikes verkauft wurden und wo man demnächst Kraftstoff mit E-Fuel-Beimengung tanken konnte. Oder als sie ein regionales Carsharingprogramm entwickelt hatte, und einen Bürger-Mitfahrservice. Oft musste sie gegen Widerstände vom Hersteller, von ihrer Mutter und von Martin kämpfen. Aber am Ende hatte sie meistens den richtigen Riecher bewiesen.

»Sag Martin nichts davon«, bat Leitgeb. »Und selbstverständlich ist es deine Entscheidung.«

»Danke für deine Offenheit, Arnold.«

Einen Moment lang war sie versucht, ihm ihr Dilemma zu offenbaren. Aber dann behielt sie es für sich.

Ihr Handy klingelte. Ceyda.

Entschuldigend blickt sie zu Leitgeb. »Kann ich kurz?«

Ceyda teilte ihr mit, dass Jasmin Betz das Interview geschickt hatte.

»Sieht gut aus«, sagte sie. »Ich will trotzdem, dass du noch mal drüberschaust.«

Claudia versprach es.

»Und nun zu deinem Anliegen«, sagte Leitgeb und lächelte breit. »Geld oder Unterschrift?«

Marianne saß in ihrem angestammten Friseursalon und sah im Spiegel ihrer Friseurin Alina bei der Arbeit zu. Die junge Frau war äußerst gesprächig, daher blieb die Zeitschrift mit Neuigkeiten aus der Welt der Reichen und Schönen, die auf Mariannes Schoß lag, unberührt.

»Finden Sie das eigentlich richtig, was die Anouk da neulich gemacht hat?«, fragte Alina und drehte eine von Mariannes Haarsträhnen um einen Lockenwickler. »Also, der Benny, mein Freund, der stand da im Stau und hat sich total aufgeregt.«

»Das verstehe ich gut«, sagte Marianne. »Ich hätte mich auch aufgeregt.«

»Diese Leute gehören bestraft, finde ich.« Die Friseurin biss sich auf die Lippen. »Ähm … also, wegen der Anouk würde es mir leidtun. Aber so generell, meine ich.«

»Wie würden Sie diese Leute denn bestrafen?«

Die junge Frau überlegte. »Auf jeden Fall eine Geldstrafe. Aber vielleicht wäre auch Gefängnis nicht schlecht. Das würde abschreckend wirken.«

Wenn der Abschreckungsgedanke funktionieren würde, müsste es deutlich weniger Kriminalität geben, dachte Marianne, aber die Gefängnisse waren voll. Die Angst vor Bestrafung schien sich also in Grenzen zu halten.

»Die Politiker müssten auch was dagegen unternehmen«, fuhr Alina fort und zog die Trockenhaube heran. »Die dürfen sich doch nicht auf der Nase rumtanzen lassen.«

Während Marianne unter der Haube saß und die heiße Luft um ihren Kopf wirbelte, dachte sie nach. Sie hatte es noch nicht geschafft, Anouk zu einem Gespräch zu bewegen. Sie war selten zu Hause, und wenn Marianne sie mal zu fassen bekam, musste sie angeblich lernen.

»Ich weiß doch sowieso, was du mir sagen willst, Oma«, hatte sie ihr neulich geantwortet, und natürlich hatte sie damit recht.

Vielleicht wäre es viel klüger, Anouk nicht aufzuhalten. Wenn sie sich weiterhin an radikalen Aktionen beteiligte, würde das über kurz oder lang zu einem Problem für Claudia werden. Es könnte ihren Wahlkampf behindern, im besten Fall sogar ihre Kandidatur zu Fall bringen.

Sie fragte sich, warum Claudia nach ihrer vollmundigen Ankündigung die Geschäftsführung noch nicht abgegeben hatte. Es passte nicht zu ihrer Tochter, Zusagen nicht einzuhalten. Vermutlich ahnte sie, dass Anouk weitere Schwierigkeiten machen würde. Vielleicht, so dachte Marianne, würde das Problem der Kandidatur sich von allein lösen, ganz ohne ihr Zutun.

Als sie nach anderthalb Stunden den Friseursalon verließ, war sie beschwingter Stimmung. Alina winkte ihr fröhlich nach und freute sich über ihr üppiges Trinkgeld.

Zu Hause setzte sich Claudia sofort an den Laptop und las das Interview, das Jasmin Betz mit der Bitte um Freigabe bis siebzehn Uhr geschickt hatte. Claudia sah auf die Uhr, es war kurz nach halb fünf. Wieso hatte die Journalistin es plötzlich so eilig?

Die Fragen und Antworten waren korrekt wiedergegeben, natürlich gekürzt, aber ohne den Sinn zu entstellen. In ihrer Begleitmail hatte Frau Betz darauf hingewiesen, dass sie keinen Einfluss auf die endgültige Länge, die Überschrift und den Vorspann habe – das seien Aufgaben, die der Chef vom Dienst übernehme.

Claudia schrieb zurück, dass sie das Interview in der vorliegenden Form freigebe, und bedankte sich. Fast war sie überrascht, wie reibungslos das Ganze nun doch über die Bühne gegangen war.

Sie beantwortete einige Mails, dann zog sie ihre Laufkleidung und die Schuhe an und lief los, vorbei an den Einfamilienhäusern und Villen ihres Viertels, entlang einiger Obstwiesen und bis zum Waldrand. Sie wollte ihren Kopf frei bekommen und sich endlich klar darüber werden, wie sie es mit ihrem Posten in der Firma halten sollte. Innerhalb kürzester Zeit war sie durchgeschwitzt, obwohl es schon Abend war. Seit Wochen herrschte drückende Hitze. Das Laufen fiel ihr schwer, aber sie zwang sich durchzuhalten. Erst im Wald wurde es kühler.

Martin hatte angeboten, sich ums Essen zu kümmern, und Sushi von Claudias Lieblingsasiaten mitgebracht. Nicht dass die Auswahl in Meutlingen besonders groß gewesen wäre, aber es gab einen Laden, in dem das Sushi nach Claudias Meinung frischer war als im anderen.

Während er den Fisch zusammen mit dem Ingwer auf einer schwarzen Schieferplatte anrichtete, rührte sich ein vages Schuldgefühl in ihm. Wie war das mit dem Thunfisch, warum sollte man den nicht mehr essen? Oder war es Lachs? Aber der wurde doch inzwischen sowieso gezüchtet. Ach, egal. Man konnte ja nicht immer alles richtig machen.

Er deckte den Tisch für zwei, natürlich mit Stäbchen. Die Wasabi-Paste füllte er in ein Schälchen, die Sojasoße in ein zweites. Claudia mochte zu Sushi lieber Bier als Wein, deshalb stellte er mehrere Flaschen mit und ohne Alkohol kalt.

Er war entschlossen, heute Abend eine Entscheidung von Claudia zu erzwingen. Die Warterei war demütigend, die ständigen Angriffe von Marianne zermürbend. Wenn er nicht den letzten Rest seiner Würde verlieren wollte, müsste Claudia endlich von der Geschäftsführung zurücktreten. Notfalls auch gegen den Willen ihrer Mutter.

Es war kurz vor sieben, Zeit für die Nachrichten. Er schaltete den Fernseher ein und nahm sich ein Bier. Es lief Werbung; wie immer um diese Zeit fast ausschließlich für geriatrische Produkte. Ginkgopräparate, Schmerzgel, Tabletten gegen Blasenschwäche und Impotenz, Treppenlifte.

Claudia kam, das Haar noch feucht, in einem gemütlichen Hausanzug mit trägerlosem Oberteil ins Wohnzimmer. Mit einem alkoholfreien Bier in der Hand ließ sie sich neben ihm aufs Sofa fallen, zeitgleich mit dem Eröffnungsjingle der Sendung.

»Guten Abend, meine Damen und Herren, ich begrüße Sie zu den Nachrichten«, sagte der Moderator mit sonorer Stimme. »Für den Sport ist heute meine Kollegin zuständig …« Eine wohlfrisierte Blondine lächelte in die Kamera und kündigte spannende Fußballergebnisse an.

Martin lauschte mit halbem Ohr den Meldungen aus dem In- und Ausland, von denen er die meisten im Laufe des Tages schon online gelesen hatte. Claudia hatte die Füße aufs Sofa hochgezogen und lehnte sich an ihn. Hie und da nippte sie an ihrem Bier.

Die üblichen Meldungen von Krieg, Pandemie, Umweltschäden und ergebnislosen Verhandlungen über die verschiedensten Konflikte flimmerten über den Bildschirm. Das Bild von zwei Frauen, die in kämpferischer Pose vor einem rot befleckten Ölgemälde standen, wurde eingeblendet. Im Hintergrund sah man einen Museumswärter, der sich eilig näherte.

»Wieder hat die Gruppe ›Fünf nach zwölf‹ mit einer heftig diskutierten Aktion auf sich aufmerksam gemacht«, sagte der Sprecher. »In einem Münchner Museum warfen zwei Aktivistinnen den Inhalt einer Dose Tomatensuppe auf ein berühmtes Gemälde des Malers …«

Claudia richtete sich auf und stellte die Füße auf den Boden. Martin zog scharf die Luft ein und starrte auf den Bildschirm.

»Nach Angaben der Gruppe erfolgte der Angriff, um die nahende Klimakatastrophe ins Bewusstsein der Öffentlichkeit zu bringen. Die Höhe des Schadens steht noch nicht fest.«

Das Bild verschwand, die nächste Meldung wurde verlesen.

Die Höhe des Schadens steht noch nicht fest.

Martin und Claudia blickten sich an.

»Sie war nicht dabei«, sagte er erleichtert, fast erstaunt.

Claudia nickte. »Offenbar hat sie's begriffen. Sie ist eben ein kluges Kind.«

»Dieser Sommer droht einer der trockensten seit Beginn der Wetteraufzeichnungen zu werden«, sagte der Sprecher. »Schon jetzt ist die Temperatur ungewöhnlich warm für die Jahreszeit, und es gibt viel zu wenig Niederschlag. Ganze Ernten drohen auszufallen, besonders Mais und Zuckerrüben sind gefährdet. Auch für die Weinernte wird das Schlimmste befürchtet. Was das für die Landwirte bedeutet, erläutert Ihnen …«

Martin schaltete den Fernseher aus und lächelte. »Das Sushi wartet!«

Während des Essens erzählte Claudia von ihrem Besuch bei Leitgeb.

»Anja ist auf dem Weg der Besserung«, sagte sie. »Diese Immuntherapie soll Wunder wirken.«

»Hat er unterschrieben?«, wollte Martin wissen. »Oder gibt es bei Leitgeb auch die Wir-mischen-uns-nicht-in-die-Politik-ein-Policy?«

Claudia lachte. »Er und Paul haben unterschrieben, Anja holt es nächste Woche nach. Die Unterstützer stehen damit fast alle fest.«

Martin legte seine Stäbchen weg. »Zeit für den nächsten Schritt, oder?«

Claudia legte ebenfalls ihre Stäbchen ab und lehnte sich zurück.

»Genau darüber wollte ich mit dir sprechen.«

Er spürte ein nervöses Grummeln im Magen und forschte in Claudias Gesicht nach einem Hinweis auf das, was sie ihm sagen würde.

»Es ist eine komplexe Situation«, begann Claudia. »Aber nach Abwägung aller Aspekte bin ich zu folgender Entscheidung gekommen …«

Ihr Handy klingelte, sie brach ab und blickte aufs Display.

»Entschuldige, da muss ich ran.«

»Ceyda?«, fragte Martin.

Claudia nickte und hörte zu, ihr Gesichtsausdruck veränderte sich. »Wirklich? ... Das gibt's doch nicht ... Scheiße.«

Claudia blickte stirnrunzelnd zu Martin.

»Okay, mache ich.«

Sie drückte den Aus-Knopf und stand auf.

»Bin gleich wieder da.«

Mit ihrem Laptop unterm Arm kehrte sie zurück und platzierte ihn so, dass sie beide auf den Bildschirm sehen konnten. Sie rief die Onlineausgabe des *Meutlinger Tagblattes* auf, und die Titelseite der morgigen Ausgabe erschien. Links unten war ihr Foto zu sehen, darüber die Zeile: »Soll diese Frau wirklich Bürgermeisterin werden?« Unter dem Bild hieß es: »Das Interview mit Stadträtin Claudia Berner, die Amtsinhaber Manfred Abele herausfordern will, finden Sie auf Seite fünf.«

Sie scrollte weiter. Das Interview nahm die halbe Seite ein. In der Mitte prangten zwei Fotos. Eines zeigte den Anschlag in dem Museum, von dem sie gerade in den Nachrichten gehört hatten. Daneben ein Bild der Sitzblockade, an der Anouk teilgenommen hatte. Die Überschrift lautete: »Unterstützt Claudia Berner die Klimachaoten?« Im Vorspann hieß es: »Die Tochter der Politikerin ist Mitglied der Aktivistengruppe ›Fünf nach zwölf‹, die unter anderem gestern einen Anschlag auf ein Gemälde verübt hat, dessen Sachschaden möglicherweise in die Hunderttausende geht. Erst kürzlich hat Anouk Berner (18) an einer Sitzblockade teilgenommen und sich auf der Straße festgeklebt. Befragt zu den Aktivitäten ihrer Tochter, sagte Claudia Berner: ›Es handelt sich um eine intelligente und vernünftige junge Frau, die nicht abgedriftet ist, sondern lediglich von ihren demokratischen Rechten Gebrauch macht.‹« Es folgte die Autorenzeile und der Rest des Interviews.

»Na super.« Claudia fuhr sich mit beiden Händen durch die Haare und starrte auf den Bildschirm.

»Hast du das wirklich gesagt?«, fragte er.

»Ja, aber doch nicht im Zusammenhang mit dem Anschlag auf das Gemälde!«, sagte sie heftig. »Das haben sie mir untergeschoben.«

Er stieß die Luft aus. »Du weißt doch, wie die Presse ist. Mit denen redet man am besten gar nicht.«

Claudia sah ihn genervt an. »Wie soll man denn Politik machen, ohne mit der Presse zu reden?« Sie war aufgestanden und ging auf und ab wie immer, wenn sie sich aufregte. »Dieses Drecksblatt«, murmelte sie.

»Wie soll ich das bloß unseren Kunden erklären?«, murmelte Martin finster.

»Sag mir lieber, wie ich das meinen Wählern erklären soll!«, fuhr sie ihn an.

»Du könntest dich beim Herausgeber beschweren, diesem Höcker«, schlug er vor. »Den kennst du doch.«

Claudia schüttelte den Kopf. »Never explain, never complain. Entweder man verklagt die Schmierfinken gleich, oder man hält die Klappe. Wenn ich mich jetzt beschwere, verfolgen die mich bis zur Wahl mit einer Hetzkampagne.«

»Ich kann dir da leider nicht helfen«, sagte Martin schließlich. »Für deine Pressearbeit ist Ceyda zuständig. Ich kann nur deinen Job in der Firma übernehmen, damit du dich voll und ganz auf die Politik konzentrieren kannst. Willst du das jetzt oder willst du es nicht?«

Erschrocken sah sie ihn an.

»Du hast gesagt, du hättest eine Entscheidung getroffen«, erinnerte er sie.

»Das hatte ich auch.« Sie räusperte sich. »Ich wollte dir heute Abend sagen, dass wir die Übergabe jetzt durchziehen. Aber das hier … verändert alles. Tut mir leid, Martin.«

10

Martin saß in seinem Büro und starrte gedankenverloren auf die Zahlen vor sich auf dem Bildschirm. Er nahm einen Schluck Kaffee und bemerkte, dass der längst kalt geworden war. Dann klickte er die Zahlen weg und rief nacheinander Claudias Webseite, ihren Instagramaccount und ihre Facebook-Seite auf.

Seit sie ihre Kampagne im Netz gestartet hatte, waren diese Kontrollen bei ihm zunächst zu einer Art Ritual geworden, dann zu einer Sucht. Es verschaffte ihm einen seltsamen Kitzel, die Reaktionen völlig fremder Menschen auf Claudias Aktivitäten zu verfolgen.

Ceyda hatte einige Videos mit ihr aufgenommen und online gestellt. An verschiedenen Plätzen in und außerhalb der Stadt hatte Claudia sich fotogen in Pose gesetzt und scheinbar spontan, jedenfalls ohne Notizzettel, in die Kamera gesprochen, was sie verändern würde, wenn sie Bürgermeisterin werden sollte: Der Platz vor dem Rathaus würde autofrei werden, die städtischen Kitas vergrößert und mit mehr Personal ausgestattet, auf einem kürzlich erworbenen Baugrund der Stadt würden hundertzwanzig neue Wohnungen entstehen. Und weit draußen, wo es ganz bestimmt niemand störte, würden endlich die umstrittenen Windräder gebaut werden. Widerwillig musste Martin zugeben, dass Claudia überaus sympathisch und glaubwürdig rüberkam. Er würde sie sofort wählen.

Unter den Videos fanden sich Kommentare wie:

— Gut, dass eine Frau antritt, die Herrschaft der weißen alten Männer ist vorbei
— tun sie endlich mal was für die deutshcen und nich immer nur for die ausländer
— Wenigstens sehen Sie gut aus
— Die Scheiß-Windräder können Sie sich sonst wohin schieben

Heute war Claudias Interview im *Tagblatt* erschienen, und in den Kommentarspalten fanden sich massenhaft neue Einträge.

— Erziehen Sie erst mal ihre Kinder richtig!
— Grüne Griminelle nicht ins Rathaus!
— Klimaspinner in den Knast. Lebenslänglich!
— Mit Autos reich werden, aber sich als Klimaschützerin aufspielen, haha

Martin hatte sich mehrere Fake-Accounts zugelegt, mit denen er selbst hie und da kommentierte. Meist beschränkte er sich aber darauf, die Kommentare der anderen zu lesen und gelegentlich mit einem zustimmenden, lachenden oder wütenden Emoji zu reagieren.

Natürlich wusste er, dass Ceydas Bruder Celik diese Seiten betreute und die wenigsten Posts tatsächlich von Claudia selbst stammten. Er gab auch nicht viel auf Onlinekommentare, weil sich seiner Meinung nach sowieso nur die Gestörten äußerten. Welcher vernünftige Mensch hatte denn die Zeit, sich auf unzähligen Internetforen herumzutreiben und alles, von der Waschmaschine über die Qualität von Ärzten und Restaurants bis hin zu einer Bürgermeisterkandidatin, zu bewerten? Trotzdem faszinierte und erschreckte es ihn, was die Leute so von sich gaben. Richtige Hasskommentare wurden glücklicherweise von Celik schnell gelöscht und mit einem strengen Hinweis über die Einhaltung der Netiquette beantwortet.

Er dachte an den gestrigen Abend und daran, dass Claudia ihn erneut vertröstet hatte. Sie hatte es nicht so gesagt, aber ihm war klar, was los war. Sie fürchtete, dass Anouk an weiteren Aktionen teilnehmen könnte. Für diesen Fall wollte sie sich eine Hintertür offen lassen. Und er wäre der Gelackmeierte.

Plötzlich überkam ihn eine wilde Lust, sich einzumischen. Er loggte sich mit einem seiner Fake-Accounts ein, der den Namen *Biggi Seller* trug. Er, der große Verkäufer, der »Big Seller«, versteckte sich hinter einem Fantasienamen und dem Profilfoto einer Frau, das er irgendwo kopiert hatte. Er ging auf Claudias Seite und klickte die Kommentarspalte an.

Hoffentlich wissen Sie zu schätzen, was Sie Ihrem Mann verdanken. Wie man hört, soll er zukünftig das Autohaus leiten, damit Sie Bürgermeisterin werden können. Ganz schönes Glück, so einen Mann zu haben.

Er überlegte kurz und entschied, dass niemand auf die Idee kommen würde, dass er den Kommentar verfasst haben könnte, und schickte ihn ab. Dann überlegte er, sich über einen zweiten Fake-Account einzuloggen und ein paar von den Idioten zu beschimpfen, die nicht mal richtig deutsch schreiben konnten, aber in diesem Moment hörte er Schritte auf dem Flur, dann energisches Klopfen. Schnell klickte er die Facebook-Seite weg.

»Herein.«

Der Serviceleiter stand mit hochrotem Kopf da. »Ich hab jetzt wirklich genug«, schimpfte er. »Können Sie mal ein Machtwort sprechen, Herr Berner?«

»Was ist denn jetzt schon wieder?«, fragte er ungeduldig. »Hat die Mediation denn gar nichts gebracht?«

Aber diesmal ging es nicht um einen Streit zwischen Ernie und Bert. Der Serviceleiter ärgerte sich über einen der Auszubildenden.

»Ständig will dieser Benedikt Gruber mit mir diskutieren«, sagte er. »Ich hab dafür wirklich keine Zeit!«

»Schicken Sie mir den Kollegen doch mal hoch«, sagte Martin.

Der Serviceleiter verschwand, und einige Minuten später klopfte es erneut. Die Tür öffnete sich, bevor Martin »herein« rufen konnte.

Ein junger Kerl im Blaumann schob sich ins Zimmer und stellte sich breitbeinig vor seinem Schreibtisch auf.

»So, grüß Gott«, begrüßte ihn Martin. »Sie sind also ...« Er warf einen Blick auf die Personalakte, die er sich inzwischen auf den Bildschirm geholt hatte. »... der Benedikt Gruber. Seit wann sind Sie bei uns, Herr Gruber?«

»Seit drei Monaten. Und Sie können mich Benny nennen.«

»Gut, Benny. Was gibt es für ein Problem?«

»Meine Arbeitszeiten.«

»Was ist damit? Müssen Sie Überstunden machen? Die kriegen Sie bezahlt, das wissen Sie, oder?«

Benny schüttelte den Kopf. »Darum geht's nicht. Sie haben bestimmt schon mal von der Life-Work-Balance gehört, oder? Sie können sich ein Video auf Tiktok angucken, da wird das genau erklärt.«

»Ich glaube, das heißt Work-Life-Balance«, sagte Martin.

Er war nur allzu vertraut mit diesem Begriff. Julian musste das gleiche Video gesehen haben, denn bei jeder Diskussion über seine mangelhaften Schulleistungen argumentierte er damit.

»Ja, genau«, sagte Benny. »Es geht um den Punkt, wo ... also, wo die persönliche Zeit, die man hat, wertvoller wird als das Geld, was man in der Zeit verdienen könnte.«

»Verstehe.«

»Ich hätte gern mehr persönliche Zeit«, erklärte Benny. »Meine Freundin ist Friseurin und hat montags frei. Ich muss montags arbeiten, und manchmal auch am Samstag, und dann haben wir am Wochenende kaum Zeit miteinander.«

In Martin fing es leise an zu brodeln. Er wies mit der Hand auf einen der beiden Stühle vor seinem Schreibtisch.

»Und wie stellen Sie sich das konkret vor?«

Benny setzte sich hin. »Na ja, ich hab mir gedacht, ich hätte gern den Montag frei. Ich hab gelesen, es gibt sogar Führungskräfte, die nur vier Tage die Woche arbeiten.«

»Sie sind aber keine Führungskraft«, sagte Martin.

Die dreiste Selbstgewissheit, die von dem jungen Kerl ausging, erinnerte ihn an Julian. Und an die permanente Enttäuschung über diesen Sohn, der mit seinem Desinteresse, seiner Faulheit und seinen viel zu hohen Ansprüchen so ganz anders war, als er ihn sich wünschte.

»Dann würde sich halt meine Ausbildungszeit verlängern, aber das würde ich akzeptieren«, erklärte Benny großspurig.

Martin verzichtete darauf, ihm etwas über Ausbildungsverordnungen und Tarifverträge zu erzählen. Er tat einfach so, als würde er den Vorschlag ernsthaft in Erwägung ziehen.

»Sie würden zwanzig Prozent weniger Geld im Monat kriegen«, gab er zu bedenken.

Der Junge winkte ab. »Das kriege ich schon hin. Ich kann mir was dazuverdienen.«

Zusatzverdienste schienen unter den Azubis üblich zu sein, auch wenn Martin keine Ahnung hatte, woher die kamen. Reparierten sie schwarz die Autos ihrer Freunde? Vertickten sie irgendwas im Internet? Auf jeden Fall war es nicht anders zu erklären, dass seine Lehrlinge Autos fuhren und Klamotten trugen, die entschieden zu teuer für ihr Azubigehalt waren. Und jetzt auch noch das Geschwafel von der Work-Life-Balance. Das Brodeln in Martin schwoll an.

Hatte ihn schon mal irgendwann im Leben jemand gefragt, ob seine Work-Life-Balance in Ordnung war? Er konnte sich nicht erinnern, in den letzten zwanzig Jahren auch nur eine einzige

Überstunde abgerechnet zu haben. Er hatte sich für die Firma den Arsch aufgerissen, hatte gekuscht und sich runterputzen lassen. Und was war der Lohn? Seine Frau hielt ihn zum Narren, sein Sohn war ein Versager, und seine Tochter, auf der all seine Hoffnungen geruht hatten, wurde zur Klimafanatikerin. Und dieses Bürschchen erklärte ihm allen Ernstes, dass es mehr Zeit mit seiner Freundin verbringen wolle?

»Ich will dir mal was sagen.« Ohne es zu bemerken, war er ins Du verfallen. »Du kannst dich glücklich schätzen, einen Ausbildungsplatz in einer renommierten Firma zu haben. Leider bist du ganz und gar nicht in der Position, irgendwelche Forderungen zu stellen. Wenn du was leistest und dich fortbildest, kommst du vielleicht irgendwann an den Punkt, wo du über deine Arbeitszeit verhandeln kannst. Aber bis dahin würde ich dir raten, deine Vorgesetzten nicht weiter zu nerven, verstanden? Und jetzt schau zu, dass du zurück in die Werkstatt kommst.«

Benny sah ihn mit offenem Mund an, dann fasste er sich wieder. Er setzte eine herausfordernde Miene auf.

»Schade. Ich hab geglaubt, dass Sie cooler sind als die anderen.«

Das Brodeln in Martin wurde zu einem Sturm. Mit aller Kraft riss er sich zusammen.

»Für dich bin ich allemal cool genug, klar?«, sagte er durch zusammengebissene Zähne.

»Na ja«, sagte Benny leichthin. »Die Kollegen sagen, Ihre Frau bleibt sowieso die Chefin, dann versuch ich's eben bei der.«

Martin stand so ruckartig auf, dass sein Stuhl ins Kippeln geriet und fast umgefallen wäre. Drohend beugte er sich ein Stück nach vorn und musterte den jungen Kerl vor sich.

»Wer sagt das?«

Benny zuckte die Schultern. »Die Kollegen halt.«

Martin hatte das Gefühl, sein Kopf würde jeden Moment platzen. Er setzte sich wieder hin und holte tief Luft.

»Verpiss dich, du … kleiner Scheißer«, zischte er.

Benny starrte ihn entgeistert an. »Was haben Sie gesagt?«

»Raus!«, brüllte Martin.

Nach ihrem Besuch in der Rehaklinik bei Anja Leitgeb kam Claudia mit einer weiteren Unterschrift nach Hause. Als sie die Küche betrat, stieß sie fast mit Julian zusammen, der gerade den Raum verlassen wollte. Es kam ihr vor, als flüchte er vor ihr.

»Bleib doch da«, sagte sie und hielt ihn am Arm fest. »Wo ist Papa?«

»Fußball«, sagte er und entzog sich ihrem Griff.

Jetzt fiel es Claudia wieder ein. Heute lief ein angeblich lebenswichtiges Spiel seines Vereins. Martin war bei seinem Freund Stefan, um es sich in einer Männerrunde anzusehen.

»Und Anouk?«

»Keine Ahnung.« Julian war schon aus der Tür.

»Was willst du essen, Knubbel?«

»Pizza.«

Rums. Die Tür fiel zu.

Ihr Sohn hockte mal wieder in seiner kommunikativen Gletscherspalte, aus der nur hie und da ein Wort an die Oberfläche drang. Sie kannte das schon und wusste aus Erfahrung, dass man abwarten musste.

Sie schob zwei Tiefkühlpizzen in den Ofen und schnitt Tomaten für einen Salat. Als das Essen fertig war, rief sie nach ihm. Irgendwann hörte sie ihn auf der Treppe, dann betrat er schweigend die Küche.

»Holst du bitte Getränke aus dem Keller?«, bat sie.

Er nahm den Getränkekorb und kam wenig später mit Mineralwasser, Apfelsaft und alkoholfreiem Bier zurück. Achtlos ließ er den Korb auf dem Boden stehen und setzte sich an den Tisch.

»Was ist eigentlich los mit dir?« Sie legte die Pizzen auf zwei vorgewärmte große Teller, stellte sie auf den Tisch und setzte sich ihm gegenüber. »Du sprichst noch weniger als sonst.«

Julian begann, die Pizza in Stücke zu schneiden. »Kommunikation wird überschätzt.«

Claudia lachte. »Wie kommst du denn darauf?«

»Hast du vielleicht mit mir über diesen peinlichen Artikel gesprochen?«, brach es aus ihm heraus. »Ich musste mir in der Schule die ganze Scheiße von den anderen anhören!«

Claudia zuckte zusammen. Dass das Ganze auch Auswirkungen auf Julian haben könnte, hatte sie nicht bedacht. »Das tut mir leid, Knubbel.«

»Hast du dir überhaupt mal überlegt, wie das für mich ist, wenn du wirklich Bürgermeisterin wirst?«

Claudia sah ihn an und lächelte. »Ich habe gehofft, dass du dann stolz auf mich bist.«

Er schnaubte. »Ja klar.«

Ihr Lächeln erstarb.

»Was ist schlimm daran, wenn deine Mutter sich für die Menschen hier in Meutlingen einsetzen will?«

»Wer will denn mit dem Sohn von der Bürgermeisterin befreundet sein?«, sagte er und betonte das Wort Bürgermeisterin, als wäre es etwas Unanständiges. »Keiner will dann mehr was mit mir zu tun haben, weil alle denken, ich bin voll die Spaßbremse.«

Claudia runzelte die Stirn. »Wieso denn das?«

Julian klappte ein großes Stück Pizza zusammen und fuchtelte damit in der Luft herum, während er sprach.

»Anouk setzt sich mit ein paar von diesen Klimaidioten auf die Straße, und schon steht es groß in der Zeitung. Stell dir vor, was passiert, wenn ich mal Scheiße baue! Dabei bist du noch nicht mal gewählt.«

Wütend biss er ab und kaute.

Sie schwieg. Natürlich hatte er recht. Sollte sie gewählt werden, würden sie alle stärker unter Beobachtung stehen. Theoretisch war ihr das klar, aber was es praktisch bedeutete, dämmerte ihr gerade erst.

»Das kann aber nicht der Grund sein, dass ich meine Ambitionen nicht weiterverfolge«, sagte sie mit fester Stimme. »Du bist in einem Alter, in dem dir alles peinlich ist, was deine Eltern tun, und das ist okay. Aber es wird vorbeigehen. Und bis dahin werden wir uns nicht in einem Erdloch verstecken, nur damit du dich nicht für uns schämen musst.«

Julian ließ den abgekauten Pizzarand auf seinen Teller fallen.

»Kannst du wenigstens dafür sorgen, dass Anouk nicht länger mit diesen Ökofreaks rumhängt? Das ist so megapeinlich!«

»Und wie soll ich das machen?«, fragte Claudia, nun auch ziemlich gereizt. »Soll ich sie in ihrem Zimmer anketten und ihr dreimal am Tag was zu essen bringen?«

»Du könntest ihr den Geldhahn zudrehen«, schlug Julian vor. »Das machen Eltern doch, wenn ihre erwachsenen Kinder nicht folgen.«

Claudia schüttelte den Kopf. »Ach, Knubbel. Nicht alles lässt sich mit Geld regeln.«

»Aber das meiste«, knurrte er.

Sie bot ihm die Schüssel mit Tomatensalat an. »Magst du?«

Er winkte ab.

Sie machte noch einige Versuche, das Gespräch fortzusetzen, aber Julian schwieg hartnäckig. Nachdem sie fertig gegessen hatten, stand sie auf.

»Räumst du bitte die Küche auf? Ich muss noch mal an den Computer.«

Im Arbeitszimmer öffnete Claudia das Chatprogramm. Sie machte sich Sorgen um Anouk. An vielen Abenden kam sie gar nicht nach Hause, und wenn sie da war, blieb sie die meiste Zeit in ihrem Zimmer. Bei den Mahlzeiten sprach sie wenig. Es war, als hätte sie sich in eine Art inneres Exil zurückgezogen. Die zunehmende Fremdheit zwischen ihnen beunruhigte Claudia. Sie wollte den Kontakt zu ihrer Tochter nicht verlieren. In Kontakt zu bleiben war das Wichtigste, hatte ihnen die Psychologin damals gesagt, auch wenn die Situation schwierig war. Gerade dann.

»Ich will bitte mit dir reden«, schrieb sie ihr. »So bald wie möglich.«

Es kam keine Antwort. Anouk hatte ihr Chatprogramm so eingestellt, dass nicht zu erkennen war, ob sie eine Nachricht gelesen hatte oder nicht.

Am nächsten Tag hatte Claudia in der Stadt zu tun. Die Unterstützerliste war inzwischen abgegeben, ihre Bewerbung damit offiziell. Sofort waren Schreiben verschiedener Interessenverbände eingetrudelt, die sie zu informellen Mittagessen, internen Veranstaltungen oder öffentlichen Diskussionen einladen wollten. Die Vereinigung mittelständischer Unternehmer, Umweltverbände, Sozialverbände – alle wollten sondieren, ob Claudia ihnen nützlich sein könnte. Sie musste mit Ceyda besprechen, welche Einladungen sie annehmen und welche besser ausschlagen sollte. Man musste höllisch aufpassen, sich nicht von irgendwelchen Lobbygruppen instrumentalisieren zu lassen.

Sie kam an mehreren Verkaufskästen des *Meutlinger Tagblattes* vorbei, jedes Mal gab es ihr einen Stich. Es war passiert, wovor Ceyda sie bewahren wollte: Sie war in die Defensive geraten. Das tendenziös präsentierte Interview hatte viel mehr Aufregung erzeugt als die Klebeaktion selbst. Ständig musste Claudia den Leuten erklären, dass sie zwar das Anliegen der Aktivisten nachvollziehen konnte, aber die Protestaktionen nicht guthieß. Dass sie natürlich gegen Nötigung und Sachbeschädigung war und die Reaktionen der Polizei für angemessen hielt. Ein Balanceakt, bei dem sie versuchte, aufrichtig zu sein und sich trotzdem nicht selbst zu schaden.

Es war Mittagszeit. Sie betrat eine Espressobar und bestellte einen Cappuccino und ein Schokohörnchen. Dann setzte sie sich ans Fenster und überflog eine Zeitung, die wie früher an einem Holzhalter mit Haken klemmte. Als sie aufblickte, sah sie draußen Arnold Leitgeb mit einer Aktentasche unterm Arm vorbeigehen. Sie klopfte ans Fenster. Als er sie entdeckte, lächelte er und machte ihr ein Zeichen, dass er ins Café komme.

»Wichtige Geschäfte?« Claudia deutete auf die Aktentasche.

Er feixte. »Steuerberater. Fast so schön wie Zahnarzt.«

Die Kellnerin kam an den Tisch, und er gab seine Bestellung auf.

»Und du?«, fragte er.

»Ich hatte gerade eine Strategiebesprechung mit meiner Wahlkampfmanagerin.«

Leitgeb nickte bedächtig. »Ich will dich nicht beunruhigen, aber einige deiner Unterstützer werden ein bisschen nervös.«

»Das verdammte Interview, ich weiß.« Claudia fuhr sich mit der Hand durch die Haare.

»Die Geschichte war ein gefundenes Fressen fürs *Tagblatt*«, sagte Leitgeb und malte mit den Fingern Anführungszeichen in die Luft. »Tochter von Bürgermeisterkandidatin in krimineller Klimaklebergruppe aktiv – was Besseres konnte denen doch gar nicht passieren.«

Claudia seufzte. »Und sie werden nicht aufhören.«

»Nur, wenn deine Tochter aufhört. Du hast doch mit ihr gesprochen?«

»Natürlich habe ich mit ihr gesprochen.«

»Und?«

Claudia hob die Schultern und ließ sie fallen. »Ich weiß es nicht. Sie lässt sich nicht in die Karten schauen, sie macht keine Zusagen. Ich komme nicht an sie heran.«

»Dir ist klar, was die Leute reden?«, sagte Leitgeb. »Wenn die nicht mal ihre eigene Tochter im Griff hat, wie will sie dann die Stadt regieren?«

Sie fühlte einen Stich. Es war so verdammt unfair.

»Seit der Klebeaktion neulich war sie nirgendwo mehr dabei«, sagte sie. »Ich glaube, sie hat begriffen, dass es nichts bringt.«

»Du glaubst es?«

Sie schwieg.

»Du musst dir sicher sein, dass Anouk damit aufhört, sonst verlierst du deine Unterstützer«, sagte Leitgeb. »Von der öffentlichen Meinung mal ganz abgesehen.« Er stand auf. »Ich muss los, Claudia. Wenn ich irgendwas für dich tun kann, sag Bescheid.« Er zog sein Portemonnaie aus der Hosentasche.

Claudia winkte ab. »Das geht auf mich. Danke, Arnold.«

In Gedanken versunken, blieb sie zurück. Es gab nur eine Möglichkeit, ihre Kandidatur fortzusetzen: Anouk musste ihr hoch und heilig versprechen, dass sie an keiner weiteren Aktion teilnehmen würde. Es musste doch möglich sein, ihre Tochter zur Vernunft zu bringen. Sie sah auf die Uhr, in zehn Minuten war Schulschluss. Sie trank ihre Tasse aus und bezahlte, dann machte sie sich auf den Weg.

Pünktlich zum Klingeln, das den Schulschluss verkündete, traf sie am Gymnasium ein. Die Schülerinnen und Schüler strömten aus dem Gebäude und an ihr vorbei auf die Straße. Anouk war nicht darunter.

Plötzlich fiel ihr ein, dass die Abiturklasse andere Unterrichtszeiten hatte, womöglich saß Anouk in einer Arbeitsgruppe oder war längst zu Hause.

Sie entdeckte ihre Freundin Finja, ein großes Mädchen mit breiten Schultern und kurz geschnittenem Haar. Sie spielte seit ihrer Kindheit Basketball, und Anouk hatte sie früher oft zu Spielen begleitet und angefeuert. Die beiden waren so unterschiedlich wie Tag und Nacht, und genau das schien die Anziehung zwischen ihnen auszumachen. Finja war extrovertiert und fröhlich, Anouk nachdenklich und in sich gekehrt. Auch äußerlich waren sie völlig verschieden, neben Finja wirkte Anouk noch zierlicher und kleiner, als sie ohnehin war.

Finja und ich können niemals Rivalinnen sein, hatte Anouk einmal zufrieden gesagt, *deshalb werden wir immer Freundinnen bleiben.*

»Hallo, Finja«, rief Claudia und winkte ihr zu. Das Mädchen scherte aus einer Gruppe aus und kam zu ihr.

»Hallo, Frau Berner.«

»Ich suche Anouk. Weißt du, wo sie ist?«

Finja schüttelte den Kopf. »Äh, nein … nicht genau.«

»Wie meinst du das?« Claudia verstand nicht. Entweder man wusste, wo sich jemand aufhielt, oder man wusste es nicht.

»Na ja, wir haben nicht mehr so viel Kontakt in letzter Zeit. Und wir haben kaum Kurse gemeinsam. Ich hab schon länger nicht mehr mit ihr gesprochen.«

Claudia war verwirrt. »Hast du eine Idee, wo ich sie finden könnte?«

Finja zögerte. »Sie hat doch diese … neuen Freunde, diese Aktivisten. Vielleicht bei denen?«

Sie klang verletzt.

»Kennst du einen von ihnen?«, fragte Claudia. »Hast du einen Namen, eine Telefonnummer?«

Finja schüttelte den Kopf. »Tut mir leid.«

Claudia bedankte sich, und Finja lief zurück zu ihren Freundinnen.

Nachdenklich blickte Claudia ihr nach. Sie überlegte, was sie als Nächstes tun sollte. Anrufen hätte keinen Sinn, Anouk würde sie ignorieren oder das Gespräch wegdrücken.

»Frau Berner?«

Sie sah auf. Anita Weber, Anouks nette Deutschlehrerin, stand vor ihr. Deutsch war immer Anouks Lieblingsfach gewesen, es hatte kein Zeugnis gegeben, in dem sie nicht eine Eins gehabt hatte. Entsprechend war sie wohl so etwas wie der Liebling ihrer Lehrerin.

»Es tut mir sehr leid, das mit Anouk«, sagte die Frau. »So ein begabtes Mädchen.«

Claudia erstarrte. »Was meinen Sie? Was tut Ihnen leid?«

Frau Weber sah sie überrascht an. »Ach, Sie wissen es noch gar nicht …«

»Was?« Claudia schrie fast.

Die Lehrerin trat nervös von einem Fuß auf den anderen.

»Anouk … hat sich vom Abitur abgemeldet. Sie ist schon seit einer Woche nicht mehr zum Unterricht gekommen.«

11

Liebe Mama, lieber Papa,

ich weiß, dass ich euch wehtue, und es tut mir leid, aber es geht nicht anders. Ich gehe nicht weiter in die Schule. Es bringt nichts. Ihr sagt immer, ohne Schulabschluss hätte man keine Zukunft, aber die haben wir sowieso nicht, wenn es so weitergeht. Was soll ich mit dem Abi und einem Studium, wenn in der Zwischenzeit die Welt kaputtgeht? Wie soll ich es mit meinem Gewissen vereinbaren, gemütlich zu studieren, während auf der Welt Menschen wegen der Klimakatastrophe sterben? Ihr habt mir beigebracht, dass man im Leben Verantwortung übernehmen muss. Ich will jetzt Verantwortung übernehmen und dafür kämpfen, den fossilen Wahnsinn aufzuhalten.

Ich bin zu Freunden in eine WG gezogen und habe mir einen Job gesucht. Ihr braucht mir also kein Geld mehr zu überweisen. Ich kann euch nicht sagen, wo ich bin, aber bitte macht euch keine Sorgen. Ich konnte auf dem Fahrrad nicht alle Sachen mitnehmen, die ich brauche. Aber wenn ich noch mal heimkomme, versucht ihr, mich aufzuhalten, und das will ich nicht. Deshalb kommt heute Abend Joshua und holt die Tasche ab, die in meinem Zimmer steht. Bitte gebt sie ihm und macht ihn nicht fertig, er kann nichts dafür.

Hab euch lieb,

Anouk

Claudia blickte von ihrem Laptop hoch. Sie schüttelte ungläubig den Kopf, dann druckte sie den Text aus und las ihn ein weiteres Mal, als hoffte sie, der Inhalt könnte sich dadurch verändert haben. Sie stand auf und ging, das Blatt Papier in der Hand, die Treppe hoch.

Anouks Zimmer war noch ordentlicher als sonst, kein Buch, kein Kleidungsstück, nichts lag herum. Sie ging ums Bett und entdeckte die Reisetasche, mit der Anouk in den Jahren zuvor zur Klassenreise und ins Sommercamp aufgebrochen war. Sie öffnete den Reißverschluss. Hauptsächlich Kleidung, ein paar Bücher, eine Mappe mit Ausdrucken von Zeitungsartikeln und Fotokopien, zwei Paar Schuhe.

Sie wollte die Tasche gerade wieder schließen, als ihr Blick aufs Bett fiel. Das Bärchen! Anouk hatte ihr Bärchen vergessen! Sie nahm das abgewetzte Kuscheltier und drückte es an ihr Gesicht. Der Geruch ihrer Tochter stieg ihr in die Nase, intensiv und vertraut. Sie ließ sich auf den Bettrand sinken und kämpfte gegen die Tränen.

Nach Anouks Geburt hatten sie Albträume gequält, in denen ihr das Kind entrissen wurde oder Anouk weglief, einem Abgrund entgegen. Claudia konnte sich nicht von der Stelle rühren, sie war wie gelähmt. Die Hilflosigkeit und Verzweiflung, die sie damals empfunden hatte, waren mit einem Mal wieder da. Die furchtbare Gewissheit, dass ihr Kind sich von ihr entfernte und sie es nicht beschützen konnte.

Claudias Hände wurden feucht, sie spürte ihren beschleunigten Herzschlag und hatte das Gefühl, nicht mehr aufstehen zu können, so schwach fühlte sie sich. Was sollte sie bloß tun? Sie konnte Anouk zu nichts zwingen, ganz abgesehen davon, dass sie dafür zuerst wissen müsste, wo sie war. So, wie sie ihre Tochter in den letzten Wochen erlebt hatte, war sie für gutes Zureden und Argumente nicht mehr erreichbar. Sie hatte sich in die Überzeugung hineingesteigert, dass die Welt kurz vor der Katastrophe stand und sie persönlich dafür sorgen musste, diese aufzuhalten. Claudia wusste plötzlich mit schockierender Gewissheit, dass Anouk ihren Weg gehen würde, egal wie zerstörerisch er für sie selbst und die Familie wäre.

Martins Hand zitterte, während er den Brief las. Er ließ den Ausdruck sinken und sah Claudia an.

»Ist sie jetzt völlig verrückt geworden?«

Sie runzelte die Stirn. »Warum bist du so grob? Merkst du nicht, wie verzweifelt sie ist?«

Er warf den Ausdruck auf den Küchentisch. »Du verteidigst sie schon wieder.«

»Ich verteidige sie nicht, ich versuche nur, sie zu verstehen!« Claudia hatte die Stimme erhoben.

Martin stampfte zum Kühlschrank und nahm ein Bier heraus, ohne Claudia eines anzubieten. »Sie pfeift einfach auf alles, was wir ihr gegeben haben«, wütete er. »Und sie lässt uns wie Versager dastehen!«

»Das ist deine größte Angst, was?«, sagte Claudia bissig. »Was andere von dir denken könnten.«

Sie spürte einen Groll in sich, von dem sie nicht sagen konnte, gegen wen er sich stärker richtete. Gegen Anouk, die sich ihnen auf diese grausame Weise entzog und ihnen keine Chance gab, sie zu erreichen. Oder gegen Martin, dem es nur um sich selbst ging und der so wenig Empathie für seine Tochter aufbrachte.

»Am schlimmsten ist doch, dass sie sich mit all dem selbst schadet«, sagte Claudia.

»Du hast doch nur ein schlechtes Gewissen«, sagte er und öffnete die Flasche mit einem Zischen. Er nahm einen langen Schluck und wischte sich mit dem Handrücken über den Mund.

Claudia verstand nicht. »Ich? Wieso?«

Er schnaubte leise. »Als wüsstest du das nicht.«

Sie blickte ihn an und schüttelte nur stumm den Kopf. Sie wollte lieber nicht genauer ergründen, was sich hinter seiner Bemerkung verbarg. Dann stand sie auf und ging ans Fenster.

Die Sonne, die seit Tagen unerbittlich schien, warf lange Schatten. Der Kater der Nachbarn schlich über den trockenen

Rasen und belauerte eine Beute, die Claudia nicht sehen konnte. Das Tier blieb stehen, duckte sich, dann machte es einen Satz. Ein Vogel flatterte auf und flog weg. Belämmert blieb der Kater sitzen und sah ihm nach.

Claudia drehte sich um.

»Nachher kommt ihr Freund, um die Tasche zu holen. Ich glaube, es ist besser, wenn du nicht dabei bist.«

»Du glaubst doch nicht, dass ich diesen Kerl ins Haus lasse?«, rief er.

»Ich will aber mit ihm sprechen«, sagte Claudia.

»Und was soll das bringen?«

»Das weiß ich erst, wenn ich es versucht habe«, sagte sie.

Martin zuckte die Schultern und verließ die Küche.

Sie sah ihm nach und spürte, wir ihr Inneres sich verkrampfte. In diesem Moment hatte sie nur Verachtung für ihn.

Als es klingelte, fing Claudias Herz an zu rasen. Sie musste sich erst einmal sammeln und tief durchatmen, bevor sie die Tür öffnen konnte.

Davor stand Joshua und lächelte sie an, mit diesem unverschämten Selbstbewusstsein, das er schon bei ihrer ersten Begegnung an den Tag gelegt hatte. Als wäre er sich sicher, dass er alles richtig machte und dass ihm nichts passieren konnte.

»Komm rein«, sagte sie und ging voraus in Richtung Küche.

»Ich will nur die Tasche holen«, hörte sie ihn hinter sich sagen.

Sie drehte sich um. »Ich möchte aber mit dir reden.«

»Ich habe Ihnen nichts zu sagen, und für Anouk kann ich nicht sprechen.«

»Das weiß ich.« Sie blickte ihm fest in die Augen. »Bitte komm trotzdem kurz mit.«

Er zögerte, schließlich folgte er ihr.

Sie hatte den Eindruck, dass er eigentlich gut erzogen war und es deshalb nicht schaffte, ihre freundlich vorgebrachte Aufforderung zu ignorieren. Im Grunde wirkte er wie ein Kind aus gutem Hause, das auf Abwege geraten war. Genau wie ihre Tochter.

Sie bot ihm einen Stuhl an. »Willst du was trinken?«

Er setzte sich nur auf die Stuhlkante, als wollte er signalisieren, dass er nicht zu einer längeren Unterhaltung bereit war. »Nein danke.«

Macht ihn nicht fertig, er kann nichts dafür.

»Ich möchte dich um etwas bitten«, sagte sie und setzte sich ihm gegenüber. »Kannst du dafür sorgen, dass Anouk nichts tut, was sie später bereut?«

Er wirkte verunsichert, fing sich aber schnell wieder. »Sie würde es später höchstens bereuen, wenn sie jetzt nichts tun würde.«

Claudia hob die Hände in einer resignativen Geste und ließ sie fallen.

»Ich mache dir keine Vorwürfe, Joshua, ich versuche nicht, dich von irgendwas zu überzeugen oder dich von irgendwas abzuhalten. Ich will nur, dass du meine Tochter beschützt. Im Grunde … vor sich selbst.«

»Verstehe ich nicht.« Er sah sie kühl an.

»Anouk ist sehr empathisch«, erklärte Claudia. »Das hast du ja sicher schon bemerkt. Sie fühlt das Leid anderer Menschen manchmal stärker als ihr eigenes. Jetzt hat sie das Gefühl, sie müsste die ganze Welt retten, und ich will nicht, dass sie sich dabei … selbst schadet.«

Joshua beugte sich vor und stand auf. »Sie haben wirklich nichts kapiert, Frau Berner. Sie sollten solidarisch sein mit Ihrer Tochter, statt sie als durchgeknallt hinzustellen. Anouk weiß genau, was sie tut, und sie tut das Richtige. Nur weil Ihnen das nicht passt, werde ich bestimmt nicht versuchen, sie davon abzuhalten.«

Claudia fühlte einen Stich. Er war schuld daran, dass Anouk das alles tat, das spürte sie genau. Er hatte sie da reingezogen und würde sie immer tiefer mit hineinziehen. Er nahm ihnen ihre Tochter weg. Am liebsten hätte sie ihn angeschrien oder mit Fäusten auf ihn eingeschlagen. Stattdessen stand sie ebenfalls auf und streckte die Hand nach ihm aus, als wollte sie ihn aufhalten.

»Sag mir wenigstens, wo sie ist«, bat sie. »Gib mir deine Telefonnummer, damit ich dich im Notfall erreichen kann, wenn sie sich nicht meldet!«

Sie griff nach ihrem Handy und legte einen neuen Kontakt an.

»Wie heißt du mit Nachnamen, Joshua?«

Er lachte leise. »Joshua ist mein Künstlername. Und ich habe keinen Nachnamen.«

Er blieb mitten in der Küche stehen, die Arme vor der Brust verschränkt.

»Die Tasche.«

Claudia zögerte, überlegte fieberhaft, was sie noch sagen könnte, dann gab sie auf. Sie ging zur Küche hinaus und die Treppe hoch in Anouks Zimmer. Dort stand plötzlich Martin vor ihr.

»Du gibst ihm die Tasche nicht«, fauchte er sie an. »Sie soll merken, was passiert, wenn sie uns so behandelt.«

»Es geht hier nicht um dich oder mich, verdammt noch mal«, sagte Claudia, schob ihn energisch zur Seite und betrat Anouks Zimmer.

Sie griff nach der Tasche. Ihr Blick fiel auf das Bärchen, das immer noch auf dem Bett lag. Nach kurzem Zögern ließ sie es dort liegen.

Als sie die Treppe hinunterging, sah sie, dass Martin sich unten im Flur vor Joshua aufgebaut hatte.

»Eines sage ich dir«, hörte Claudia ihn sagen. »Wenn meiner Tochter was passiert, dann kannst du was erleben.« Er versetzte ihm einen Stoß gegen die Schulter, dass er taumelte. »Du verfluchter Terrorist!« Damit drehte er sich um und stampfte in sein Arbeitszimmer.

Claudia nahm die letzten Stufen und hielt Joshua die Tasche hin. Er griff danach. Ihre Blicke trafen sich. Kurz hatte Claudia das Gefühl, dass er noch etwas sagen wollte, aber dann drehte er sich um und verließ wortlos das Haus.

Marianne betrat den Friseursalon und winkte Alina zu, die gerade für eine Kundin den Spiegel hielt, damit die ihren Hinterkopf betrachten konnte.

»Sehr schön«, lobte die Kundin und berührte mit der Hand das stufig geschnittene Haar in ihrem Nacken.

Marianne überlegte, ob sie sich auch mal einen neuen Haarschnitt zulegen sollte. Ein bisschen kürzer und frecher vielleicht? Angeblich machte das jünger. Schnell verwarf sie den Gedanken wieder. Sie war nun mal der damenhafte Typ, dazu passte ihr halblanges Haar besser.

Alina kassierte und verabschiedete die Kundin, dann wandte sie sich Marianne zu.

»Nur waschen und aufdrehen?«

Marianne nickte. »Ich bin heute Abend bei einer Freundin und ihrem Mann eingeladen. Da möchte ich ordentlich aussehen.«

»Sie sehen immer gut aus, Frau Berner.« Alina zwinkerte ihr zu und bedeutete ihr, sich ans Waschbecken zu setzen.

»Das sagen Sie zu allen Ihren Kundinnen, stimmt's?«

Alina errötete. »Nein, ehrlich nicht. Sie sind immer so ... elegant. Das gefällt mir.«

Marianne lächelte geschmeichelt. Sie setzte sich hin und schloss die Augen, während das warme Wasser über ihren Kopf lief und Alina mit kräftigen Bewegungen das Shampoo einmassierte. Nach dem Ausspülen trug sie noch eine Haarkur auf, die sie einige Minuten einwirken ließ und dann ebenfalls auswusch. Sie drückte Mariannes nasses Haar aus und wickelte ein Handtuch um ihren Kopf.

»Wie geht's Ihrem Freund?«, erkundigte sich Marianne, als sie wieder vor dem Spiegel saß und die Friseurin vorsichtig ihr Haar durchkämmte. »Stand er mal wieder im Stau?«

Der Gesichtsausdruck der jungen Frau veränderte sich. Sie wirkte plötzlich verlegen.

»Nein, nein, alles okay«, sagte sie schnell. »Benny geht's gut.«

»Wirklich?«

Alina seufzte. »Es ist was passiert. Aber es ist mir peinlich, es Ihnen zu erzählen.«

»Mich kann nichts mehr erschüttern, glauben Sie mir«, sagte sie. »Was ist denn los?«

Sie fürchtete, die junge Frau würde ihr gleich erzählen, dass ihr Freund sie betrogen oder verlassen hatte. Sie hoffte, Alina würde nicht anfangen zu weinen. Mit Gefühlsausbrüchen, noch dazu von fremden Menschen, konnte sie ganz schlecht umgehen.

Die Friseurin war fertig mit dem Durchkämmen der Haare und begann nun, breite Strähnen abzuteilen und auf große Wickler zu drehen.

»Der Benny ist echt ein guter Typ«, begann sie. »Und er liebt mich wirklich.«

»Da haben Sie ja Glück«, sagte Marianne.

»Er würde gern mehr Zeit mit mir verbringen«, fuhr Alina fort. »Deshalb hat er seinen Chef gefragt, ob der schon mal was von Life-Work-Balance gehört hat.«

»Sie meinen Work-Life-Balance«, korrigierte Marianne sie.

»Jedenfalls hat der Benny vorgeschlagen, dass er nur noch vier Tage die Woche arbeitet, damit er am Montag freihat. Weil ich da auch freihabe.«

»Klingt logisch«, sagte Marianne. »Wie hat sein Chef reagiert?«

Alina seufzte. »Er hat ihn angeschnauzt und rausgeworfen. Verpiss dich, du kleiner Scheißer, hat er zu ihm gesagt.«

Marianne zog die Augenbrauen hoch. »Oh. Hat das jemand gehört?«

Die Friseurin schüttelte den Kopf. »Benny war mit ihm allein.«

»Das geht natürlich gar nicht«, sagte Marianne. »Wo arbeitet denn Ihr Freund?«

Alina ließ die Hand mit dem Lockenwickler, den sie gerade eindrehen wollte, sinken und starrte sie im Spiegel erschrocken an.

»Hab ich Ihnen das noch nicht gesagt? Ich war mir sicher, ich hätte es Ihnen erzählt.«

»Bisher nicht.«

Sie zögerte. »Er ist … Azubi im Autohaus Berner.«

»Sieh mal an.«

Marianne überlegte. Für die Azubis waren der Verkaufs- und der Serviceleiter zuständig, je nachdem in welchem Bereich der oder die Auszubildende gerade tätig war.

»Wissen Sie zufällig, welcher von den beiden Abteilungsleitern das war?«, erkundigte sie sich.

Alina wand sich verlegen. »Keiner von beiden. Es war sein oberster Boss.«

Marianne brauchte eine Sekunde, um zu begreifen.

»Mein Schwiegersohn?«

Alina nickte. »Aber bitte verraten Sie niemandem, dass ich es Ihnen erzählt habe! Benny soll keinen Ärger kriegen!«

Der nächste Sonntagsbrunch stand an. Claudia überlegte, ob sie absagen sollte. Die Stimmung zwischen ihr und Martin war im Keller; entweder sie stritten sich oder sie schwiegen sich an. Die ungeklärte Frage der Geschäftsführung stand ebenso im Raum wie Anouks plötzlicher Auszug und der Schock über ihren Schulabbruch.

Marianne war außer sich gewesen, als sie davon erfahren hatte.

»Das dumme Kind!«, hatte sie ausgerufen. »Alles macht sie sich kaputt!« Dann hatte sie Claudia missbilligend angesehen und den Kopf geschüttelt.

»Was?«, hatte Claudia angriffslustig gefragt.

»Nichts.« Marianne hatte weiter den Kopf geschüttelt, aber geschwiegen.

Julian hatte erklärt, er wolle ebenfalls mit der Schule aufhören, es sei total ungerecht, dass Anouk einfach hinwerfen dürfe, er aber nicht.

Claudia hatte ihm klargemacht, dass sie und Martin absolut nicht einverstanden mit ihrer Entscheidung seien, Anouk aber leider volljährig sei und von niemandem zum Schulbesuch gezwungen werden könne.

»In drei Jahren kannst du die Schule auch hinschmeißen«, sagte sie und hoffte, dass er diesen Satz bis dahin vergessen haben würde.

Ihre Verzweiflung über Anouk flammte immer wieder auf. So kurz vor dem Abi! Wie konnte sie nur! Dieser Schritt erschien ihr so unsinnig, ja geradezu aggressiv. Als wollte sie mutwillig alles zerstören. Ihre Zukunftsperspektiven, die Beziehung zu ihren Eltern, aber auch das Bild der intelligenten, vernünftigen jungen Frau, das alle von ihr hatten.

Nicht zu wissen, wo Anouk wohnte, mit wem sie zusammen war, ob sie sich mit weiteren Aktionen in Gefahr bringen würde – all das war quälend für Claudia, deren größtes Bedürfnis es war, die Dinge unter Kontrolle zu haben. Sie stellte sich vor, unter welchen Umständen ihre Tochter womöglich hauste, in einer Wohnung mit versifften Bädern und Stapeln von dreckigem Geschirr in der Küche, unter Menschen, die einen schlechten Einfluss auf sie hatten, in einer Gegend, in der es gefährlich war. Sie wusste ja nicht mal, in welchem Ort sich die WG befand, in die Anouk gezogen war, ob es in der Nähe war, auf dem Land oder in der Stadt. Womöglich war sie längst in Stuttgart, Frankfurt oder Berlin – sie würde es nicht erfahren, solange Anouk sich weigerte, mit ihnen zu sprechen.

Claudia saß allein am Küchentisch, eine erste Tasse Kaffee vor sich. Sie stützte den Kopf in die Hände und massierte ihre Schläfen. Es war kurz nach zehn.

Martin kam herein und warf die Sonntagszeitung vor ihr auf den Tisch.

»Ich haue ab«, sagte er. »Ich schaff's heute nicht, auf Happy Family zu machen.«

Überrascht sah sie auf. Der Sonntagsbrunch war ein ungeschriebenes Gesetz, ihm fernzubleiben ein unverzeihlicher Affront.

»Und was sage ich meiner Mutter?«, fragte sie.

»Dir fällt doch immer für alles eine Erklärung ein.« Seine Stimme klang bitter. Er nahm eine Banane aus der Obstschale und verließ die Küche.

Bedrückt sah Claudia ihm nach. Sie spürte seine Wut geradezu körperlich, und es erschien ihr unmöglich, in diesem Zustand mit ihm zu sprechen. Dabei wünschte sie sich so sehr, dass er ihre Zweifel an seinen Führungsfähigkeiten zerstreute. Sie wollte ihm vertrauen können, wollte ihr Wort halten und ihn zum Geschäftsführer machen. Sie brauchte ihn an ihrer Seite, um all die Herausforderungen, vor die Anouk sie stellte, gemeinsam mit ihm zu bewältigen. Aber er schien immer weiter weg zu driften, immer abweisender und fremder zu werden.

Seufzend faltete Claudia die Zeitung auseinander und blätterte sie flüchtig durch. »Fünf nach zwölf« hatte bei zwei Raffinerien in Brandenburg die Pipelines abgedreht und damit die Ölversorgung unterbrochen. Anschließend hatten sich die Aktivisten an den Leitungen festgekettet. Neben den Fotos von dieser Aktion waren Fotos früherer Aktionen abgedruckt, auf einem davon war auch Joshua. Wie immer betrachtete Claudia die Fotos genau, aber zu ihrer Erleichterung war Anouk auf keinem zu sehen.

Was meinte sie bloß damit, wenn sie schrieb: *Ich will jetzt Verantwortung übernehmen und dafür kämpfen, den fossilen Wahnsinn aufzuhalten?* Seit der Blockade an ihrem Geburtstag hatte sie bei keiner öffentlichen Aktion mehr mitgemacht. Hieß das, sie war irgendwo im Hintergrund aktiv? Schrieb sie Pressemeldungen, organisierte sie Aktionstrainings, hielt sie Einführungsvorträge für Interessenten, die bei »Fünf nach zwölf« mitmachen wollten? Vielleicht genügte es ihr, sich so zu engagieren, ohne in der Öffentlichkeit zu erscheinen. Vielleicht war das der Kompromiss, den sie für sich gefunden hatte: mitzumachen, aber der Kampagne ihrer Mutter nicht zu schaden. Claudia fand diesen Gedanken plötzlich plausibel und hielt sich an ihm fest. Womöglich kam es ja doch nicht so schlimm, wie sie befürchtete.

Ihr Handy summte.

mir is schlecht bleibe im bett

Julian. Jedes Wochenende fanden in seinem Freundeskreis irgendwelche Partys statt, bei denen auch Typen dabei waren, die Claudia nicht gefielen. Junge Männer mit Auto und Geld und schlechten Angewohnheiten, die Julian imponierten und Claudia beunruhigten. Ihm zu verbieten hinzugehen hätte bedeutet, ihn auch von seinen anderen Freunden fernzuhalten, und das brachte sie nicht übers Herz. Sie wollte ihn nicht zum Außenseiter machen. Also appellierte sie jedes Mal an seine Vernunft, und jedes Mal versprach er ihr, nicht zu trinken.

Sie brühte eine große Tasse Fencheltee auf und ging nach oben. Julians Zimmer war nahezu vollständig abgedunkelt, trotzdem konnte sie die Kleiderhaufen auf dem Boden, den mit Schulsachen überfüllten Schreibtisch und den umgeworfenen Stuhl erkennen. Ein leichter Geruch von Erbrochenem lag in der Luft.

Sie näherte sich dem Bett. Julian lag auf dem Rücken, sein Gesicht war blass.

Sie fühlte seine Stirn, sie war von kaltem Schweiß bedeckt.

»Knubbel, was ist denn? Bist du krank?«

Er brummte etwas Unverständliches und drehte sich von ihr weg.

»Oder hast du wieder gesoffen?«

»Lass mich«, jammerte er leise.

Offenbar ging es ihm wirklich schlecht. Konnte es etwas anderes sein? Ging nicht gerade dieses fiese Magen-Darm-Virus herum? Sie beschloss, ihn erst einmal in Ruhe zu lassen und der Sache später auf den Grund zu gehen.

Sie stellte die Tasse ab. »Trink das, okay? Ich schaue nachher noch mal nach dir.«

Inzwischen war es Viertel vor elf, zu spät für einen Rückzieher. Claudia bereitete Frühstück für zwei Personen zu: Brötchen, Aufschnitt, Butter, Marmelade. Zwei Croissants zum Aufbacken wanderten in den Ofen.

Marianne erschien Punkt elf und sah sich erstaunt um. »Was ist denn hier los? Sind jetzt alle ausgezogen?«

Claudia erklärte, dass Julian krank sei und Martin einem Freund beistehen müsse, der von seiner Frau verlassen worden sei. »Es tut ihm sehr leid, dass er nicht hier sein kann«, sagte sie.

»Glaube ich nicht«, gab Marianne trocken zurück.

Sie setzte sich und sah sich auf dem Tisch um.

»Kein Obstsalat heute?«

»Tut mir leid, den macht immer Martin«, sagte Claudia und schob ihr die Obstschale zu. »Möchtest du Rührei?«

Marianne winkte ab. »Hast du was von Anouk gehört?«

Claudia zeigte ihr den Artikel über die abgedrehten Pipelines und erzählte von ihrer Hypothese, dass Anouk sich zwar weiterhin bei »Fünf nach zwölf« engagiere, aber offenbar bewusst außerhalb der Öffentlichkeit.

»Hoffen wir, dass du recht hast.« Marianne betrachtete nachdenklich die Bilder. »Da ist wieder dieser Kerl, Joshua.«

»Angeblich heißt er gar nicht so«, sagte Claudia. »Der Name scheint eine Art … Tarnung zu sein.«

Marianne seufzte. »Hoffentlich kommt das Kind wieder zur Vernunft. Ich mache mir Sorgen um sie.«

Claudia war überrascht. Für Mariannes Verhältnisse war diese nüchterne Äußerung ein mittlerer Gefühlstsunami. Sie drückte die Hand ihrer Mutter. »Wir machen uns alle Sorgen, Mutter. Aber ich habe Vertrauen in Anouk. Es wird schon alles gut gehen.«

Marianne erwiderte Claudias Händedruck, dann wechselte sie schnell das Thema.

»Was duftet denn da so gut?«

Claudia holte die Croissants aus dem Ofen. Sie waren knusprig und buttrig und hatten bestimmt eine Million Kalorien. Mit der hausgemachten Erdbeermarmelade, die ihr Frau Horn vom Empfang als Dank für die Strumpfhose geschenkt hatte, schmeckten sie einfach köstlich.

Sie unterhielten sich über dies und das. Claudia berichtete von der bevorstehenden Großveranstaltung zum Wahlkampfauftakt, Marianne erzählte von einem Abend bei ihrer alten Freundin und deren Mann.

»Ein schrecklicher Langweiler«, sagte sie. »Ich verstehe nicht, wie sie es bei ihm aushält.«

»Ach, Mutter, wer trennt sich denn noch mit Mitte siebzig?«

»Es ist nie zu spät«, sagte Marianne. »Lieber einsam allein als einsam zu zweit.«

»Warst du eigentlich jemals richtig verliebt?«, fragte Claudia unvermittelt. »Ich meine, bevor du Papa kanntest?«

Marianne blickte sie mit einem so abwesenden Ausdruck an,

als hätte sie die Frage nicht verstanden. Plötzlich fasste sie sich mit der Hand an die Stirn und murmelte: »Zeig mir noch mal die Bilder.«

»Welche Bilder?«

»Die in der Zeitung.«

Claudia nahm die achtlos zusammengefaltete Zeitung und faltete sie an der Stelle mit den Fotos der Fünf-nach-zwölf-Aktivisten wieder auf. Marianne zog sie zu sich heran und beugte sich darüber.

»Klaus«, murmelte sie und schlug mit der Hand auf die Zeitungsseite. »Die ganze Zeit frage ich mich, an wen dieser Joshua mich erinnert. Jetzt weiß ich es endlich.«

»Wer ist Klaus?«

Marianne gab ein glucksendes Lachen von sich. »Meine Jugendliebe. Du hast doch gerade gefragt.«

Claudia schaute sie entgeistert an. »Davon hast du mir nie was erzählt!«

»Kinder müssen nicht alles wissen«, sagte ihre Mutter. »Schon gar nicht über die Vergangenheit der eigenen Eltern.«

»Ich bin ja froh, dass du überhaupt so was wie eine Vergangenheit hast«, sagte Claudia mit leichtem Spott. »Sonst müsste ich ewig glauben, ich hätte eine Heilige zur Mutter.«

»Ach, Kind«, sagte Marianne lächelnd. »Wenn du wüsstest.«

Ja, dachte Claudia, wenn sie wüsste. Vielleicht hätte sie dann nicht ihr Leben lang das Gefühl gehabt, nicht zu genügen, ihrer nahezu perfekten Mutter nie das Wasser reichen zu können. Vielleicht hätte es ihr gutgetan, wenn sie gewusst hätte, dass auch ihre Mutter Fehler gemacht und falsche Entscheidungen getroffen hatte.

Marianne räusperte sich und wurde ernst. »Genug mit den alten Geschichten, Claudia. Ich muss mit dir über Martin sprechen.«

»Über Martin?«

Sie erzählte von ihrer Friseurin und deren Freund Benny, der Azubi im Autohaus sei, von Work-Life-Balance und einer Begegnung zwischen Benny und Martin.

»Martin muss sich ziemlich aufgeführt haben«, sagte Marianne. »Er hat den Jungen angeschnauzt, er sei ein kleiner Scheißer und solle sich verpissen.«

Claudia versuchte sich die Situation vorzustellen. Bis vor kurzem wäre ihr das kaum möglich gewesen, Martin war immer die Ruhe und Ausgeglichenheit in Person gewesen. In letzter Zeit hatte sie aber mehrfach erlebt, wie er laut geworden war, und auf einmal erschien ihr ein solches Vorkommnis nicht mehr ausgeschlossen. Trotzdem wehrte sie sich gegen den Gedanken.

»Nur weil deine Friseurin dir das erzählt, glaubst du es?«, sagte sie. »Gibt es denn Zeugen dafür? Hat der Junge irgendjemandem in der Firma davon erzählt? Hat er sich beschwert?«

»Nicht offiziell«, sagte Marianne. »Ich weiß natürlich nicht, ob er es im Kollegenkreis herumerzählt hat oder unter seinen Freunden.«

Claudia dachte nach. »Ich muss mit Martin sprechen«, sagte sie schließlich.

»Er wird es abstreiten«, gab Marianne zu bedenken.

»Kann sein. Aber falls es stimmt, muss er wissen, dass ich es weiß.«

»Wobei ich geneigt bin, ihm diesmal recht zu geben«, sagte Marianne. »Work-Life-Balance unter Azubis, das wird ja immer irrer!« Sie schlug sich mit der Hand gegen die Stirn.

»Trotzdem geht es nicht«, sagte Claudia. »So kann er nicht mit Mitarbeitern reden.«

»Verrate mich bloß nicht, er ist sowieso schon sauer auf mich«, bat Marianne. »Und sei vorsichtig, Kind. Niemand ist unberechenbarer als ein Mann, der sich gedemütigt fühlt.«

12

Am nächsten Morgen erwachte Claudia mit starken Kopfschmerzen. Nachdem ihre Mutter am Vortag die Wohnung verlassen hatte, war sie lange sitzen geblieben und hatte nachgedacht. Dann hatte sie eine Entscheidung getroffen.

Unruhig war sie durchs Haus getigert, hatte den leidenden Julian mit Tee und Gemüsebrühe versorgt und begonnen, Strümpfe zu stopfen und Kleidungsstücke auszubessern, die seit Monaten in einem Wäschekorb lagen. Sie hasste diese Tätigkeiten und schob sie immer so lange wie möglich vor sich her, aber an diesem Nachmittag war sie zu nichts anderem fähig.

Gegen fünf kam Martin zurück. Sie wartete, bis er geduscht und gegessen hatte, dann setzte sie sich zu ihm an den Küchentisch. Sie verschränkte die Hände vor sich auf der Tischplatte, räusperte sich – wusste nicht, wie sie beginnen sollte.

»Ist irgendwas?« Er wartete nicht auf ihre Antwort, sondern stand auf und stellte sein Geschirr in die Spülmaschine. Dann schaltete er die Espressomaschine ein.

Sie wartete, bis er wieder saß, dann nahm sie einen neuen Anlauf.

»Ich habe nachgedacht, Martin. Es geht nicht.«

Fragend blickte er sie an. »Was geht nicht?«

»Du weißt, wie viel du mir bedeutest und wie sehr ich deine Loyalität schätze. Aber wir beide ... funktionieren in der Firma am besten als Team. Deshalb will ich, dass wir weiterhin ein Team bleiben.«

Martin hielt in der Bewegung inne und schnaubte leise. »Das ist vermutlich die schonende Version von ›ich bleibe Geschäftsführerin, und du wirst nur mein Vertreter, aber nicht mein Nachfolger‹, richtig?«

Claudia nickte fast unmerklich.

»Dann hat deine Mutter also erreicht, was sie wollte.«

»Es hat nichts mit meiner Mutter zu tun«, sagte Claudia. »Du hast es selbst verbockt.«

»Ich?«, sagte er, mehr entgeistert als empört.

Claudia zählte ihm auf, was in den letzten Wochen in der Firma schiefgelaufen war und wo er sich aus ihrer Sicht nicht angemessen verhalten hatte. Die Aufzählung endete bei seinem Zusammenstoß mit Benny.

»Wie kannst du nur dermaßen die Beherrschung verlieren?«, sagte sie. »So kenne ich dich gar nicht.«

Martin blickte sie mit dem trotzigen Gesichtsausdruck eines Kindes an, das bei einer Missetat ertappt wurde. »Woher willst du überhaupt wissen, dass es stimmt?«

»Davon muss ich nach Lage der Dinge ausgehen.«

»Du glaubst diesem Bengel also mehr als deinem Mann?« Seine Augen funkelten zornig.

»Der Junge hat keinen Grund, eine solche Geschichte zu erfinden«, sagte Claudia. »Im Übrigen hat er sich nicht mal offiziell beschwert.«

Das schien ihn zu überraschen. Offenbar war er davon ausgegangen, dass der Azubi sich bei seinem Ausbildungsleiter beklagt und dieser die Information an Claudia weitergegeben hatte.

»Dass er das nicht getan hat, ist ein Indiz dafür, dass die Geschichte stimmt«, sagte Claudia. »Wenn er dir hätte schaden wollen, hätte er doch ein Fass aufgemacht.«

»Und woher weißt du davon, wenn er sich nicht beschwert hat?«

»Ich weiß es, das muss genügen.«

Martin schien einzusehen, dass weiterer Widerspruch sinnlos war. Er war ein schlechter Lügner, und er wusste es.

»Na, dann ist ja alles klar«, sagte er und stand auf.

Claudia hielt ihn am Ärmel fest. »Bitte, Martin, bleib hier. Ich hab es mir nicht leicht gemacht, das musst du mir glauben. Aber für den Moment ist es die beste Lösung.«

»Und wie lange soll dieser ›Moment‹ dauern?«

»Ich dachte … ich dachte, wir warten bis nach der Wahl. Dann überlegen wir weiter.«

Martin schüttelte ungläubig den Kopf.

»Erst erzählst du öffentlich, was für ein toller Geschäftsführer ich sein werde, und dann machst du plötzlich einen Rückzieher? Ist dir klar, dass du mich damit vor der ganzen Stadt blamierst?«

»So ist es doch nicht …«, begann Claudia, aber Martin fiel ihr ins Wort.

»Und warum tust du das?«, fuhr er mit immer lauter werdender Stimme fort. »Nicht weil dein Ehemann unfähig wäre, das ist er nämlich nicht. Sondern weil deine Tochter plötzlich durchdreht und du wahrscheinlich nicht Bürgermeisterin wirst. Und obwohl die Firma dich einen Scheißdreck interessiert, bleibst du lieber an deinem Stuhl kleben, als einen klaren Schnitt zu machen. Und weil es nicht gut aussehen würde, wenn du dich öffentlich von deiner Tochter distanzierst, machst du lieber mich zum Sündenbock.«

Betroffen hörte Claudia ihm zu. Klar, dass er es so sehen musste, alles andere würde sein Selbstbild zu sehr erschüttern. Außerdem hatte sie schon zu lange Anouk vorgeschoben, um ihm nicht die Wahrheit sagen zu müssen.

Martin stand auf, blieb sehr nah vor ihr stehen und durchbohrte sie mit seinem Blick. »Weißt du was, Claudia?«, sagte er kalt. »Du kannst mich mal! Ich kündige.«

Er stampfte aus dem Zimmer und warf die Tür hinter sich zu.

Claudia blieb wie betäubt sitzen. Das konnte nur ein Witz sein. Er würde sie nicht im Stich lassen, nicht jetzt, mitten in dem ganzen Chaos.

Wenig später hörte sie ihn die Treppe herunterpoltern und das Haus verlassen. Der Motor seines Autos heulte auf, dann war er weg.

Und bis heute Morgen war er nicht wiedergekommen.

Stöhnend rollte sie sich aus dem Bett und zog die Schublade ihres Nachttischs auf, wo sie ihre Tabletten vermutete. Die Migräne hatte sie von ihrer Mutter geerbt, zum Glück waren die Anfälle bei ihr etwas seltener. Aber wenn sie kamen, waren sie heftig. Sie griff nach einer Packung und drückte eine ovale Pille aus dem Blister. Im Bad trank sie einige Schlucke Wasser aus dem Hahn und kühlte ihre Stirn.

Sie duschte und zog sich an, dann sah sie nach Julian.

»Wie geht's dir, Knubbel?«, fragte sie und strich ihm über die Wange.

»Bisschen besser«, murmelte er. »Aber ich geh lieber nicht in die Schule.«

Sie hatte keine Energie für einen Kampf, deshalb nickte sie. »Ich rufe für dich an.«

In der Küche bereitete sie eine große Kanne Fencheltee zu, von dem sie selbst eine Tasse trank. Schon der Geruch von Kaffee hätte wahrscheinlich einen Brechreiz bei ihr ausgelöst. Mit Mühe würgte sie zwei Stück trockenen Zwieback hinunter, dann trug sie den Tee auf einem Tablett nach oben.

Als sie die Treppe wieder hinunterging, klingelte das Telefon. Nicht ihr Handy, der Apparat des Festnetzanschlusses. Sie hob ab und hörte die zitternde Stimme von Frau Horn. »Können Sie schnell kommen, Frau Berner? Es ist was passiert.«

Regungslos blickte Claudia auf den roten Karmann Ghia, der nur noch mit den Hinterreifen an seinem Podest festhing und jeden Moment in die Ausstellungshalle zu rollen drohte. Sein glänzender roter Lack wies zahlreiche Kratzer und Beulen auf, eine Tür hing schief nach unten.

Martin! – war ihr erster Gedanke. Sie sah ihn vor sich, wie er wutentbrannt aus dem Haus stürmte, ins Auto stieg, in die Firma fuhr, durch die Halle rannte, das Cabrio erblickte und mit dem nächstbesten Gegenstand, dessen er habhaft werden konnte, darauf einschlug. Mit diesem Cabrio waren sie auf Hochzeitsreise gefahren, es war ein Familienerbstück, es symbolisierte alles, was er verlieren würde, wenn er seine Drohung wahr machte. Und vieles, was er vielleicht schon immer gehasst hatte, dachte sie bedrückt.

Dann entdeckte sie etwas auf der anderen Seite des Wagens: CO_2-KILLER stand dort in hastig aufgesprühten Buchstaben. Verwirrt starrte sie darauf. Ein Anschlag? Klimaaktivisten? Anouk?

Die pochenden Schmerzen in ihrer Stirn wurden wieder stärker, ihr wurde schwindelig. Sie lehnte sich gegen eine der Säulen.

»Ist Ihnen nicht gut?« Die Stimme von Frau Horn waberte neben ihrem rechten Ohr. »Warten Sie, ich bringe Ihnen was zu trinken.«

»Schließen Sie den Haupteingang«, rief Claudia ihr mit schwacher Stimme nach. Sie wollte nicht, dass jemand reinkam, ein früher Kunde womöglich. Erst musste sie nachdenken. Mit dem Rücken an der Säule rutschte sie auf den Boden.

Gleich darauf hielt sie ein Glas in der Hand, aus dem sie kleine Schlucke Wasser trank. Als der Schwindel nachließ, stand sie vorsichtig auf.

Frau Horn schob ihr einen Stuhl zu.

»Geht's Ihnen besser?«, fragte sie besorgt.

Claudia nickte. Sie nahm eine zweite Schmerztablette aus der

Packung, die sie geistesgegenwärtig eingesteckt hatte, und leerte das Glas.

»Ich verstehe das nicht«, sagte die junge Frau. »Die Türen waren zu, ich habe keine Einbruchspuren gesehen. Wie sind die bloß reingekommen?«

Claudia antwortete nicht. Ein beunruhigendes Gefühl beschlich sie.

Ziemlich viele Menschen kannten den Code für die Alarmanlage; außer Marianne, Martin und ihr auch die führenden Mitarbeiter und Mitarbeiterinnen und die Leiterin des Putztrupps. Ein Autohaus hatte keine Abendkasse, die man ausrauben könnte, und ein Auto war nichts, was man eben mal in die Tasche steckte und mitnahm, daher hatten sie dem Thema Einbruchsicherheit bisher keine allzu große Bedeutung beigemessen. Es gab keine Überwachungskameras, und die Alarmanlage war ein älteres Modell ohne große Raffinessen. Meine Güte, sie waren in Meutlingen! Was sollte hier schon passieren? Mit Vandalismus hatte niemand von ihnen gerechnet, deshalb war der Schock für Claudia nun umso größer.

»Soll ich die Polizei rufen?«, fragte Frau Horn.

»Nein«, sagte sie, ohne nachzudenken. »Keine Polizei.«

Frau Horn sah sie überrascht an. »Nein?«

Es war inzwischen kurz vor acht, die Mitarbeiter des Autohauses trafen ein. Ratlos standen sie vor dem verschlossenen Haupteingang und spähten in die Halle.

»Machen Sie bitte wieder auf«, sagte Claudia. »Und schauen Sie nach, ob schon jemand von der Werkstatt da ist.«

Frau Horn schloss die Glasschiebetüren auf und ließ ihre Kollegen und Kolleginnen ein, die betroffen auf den beschädigten Oldtimer blickten. Claudia hörte sie leise miteinander reden.

»Boah, was ist denn hier passiert?«

»Ist hier eingebrochen worden?«

»Schaut mal, da steht was!«

»Das waren diese Klimachaoten!«

Claudia stand auf und ging auf ihre Mitarbeiter zu, die sie erschrocken anstarrten.

»Guten Morgen«, sagte sie und versuchte, so gefasst wie möglich zu wirken. »Das ist ein sehr unschöner Start in die Woche, aber Sie können sicher sein, dass wir die Sache aufklären werden. Wenn irgendjemand von Ihnen etwas weiß oder etwas gesehen hat, wäre ich Ihnen dankbar für einen Hinweis«, sagte sie. »Auch anonym.«

Die Leute murmelten und nickten.

»Klar, Frau Berner.«

»Tut uns sehr leid, Frau Berner.«

Claudia glaubte, ihre Gedanken lesen zu können. Natürlich dachten alle an Anouk, an die Bilder der Straßenblockade, an Claudias Interview. Vermutlich fragten sie sich, wie tief das Zerwürfnis innerhalb der Familie Berner sein musste, wenn die eigene Tochter so etwas tat. Claudia wollte sich gar nicht ausmalen, wie in der Belegschaft getuschelt wurde.

In diesem Moment kehrte Frau Horn durch den Hintereingang mit dem Werkstattleiter zurück, der die Schäden kopfschüttelnd begutachtete.

»Wer macht denn bloß so was?«, murmelte er und strich mit der Hand über die eingedellte Karosserie, als handelte es sich um ein verletztes Tier. »Was für eine sinnlose Gewalt.« Dann blickte er zu Claudia. »Ich kümmere mich darum, Frau Berner.«

»Ich danke Ihnen. Und bitte, behandeln Sie die Angelegenheit diskret, ja?«

»Sie können sich auf mich verlassen.«

Sie sah dem Mann nach, der sichtlich fassungslos in seine Werkstatt zurückkehrte. Dann zog sie ihr Handy heraus und fotografierte den Wagen von allen Seiten. Auf den Bildern sahen die

Schäden fast noch schlimmer aus als in der Realität. Die Dellen erschienen größer, die Kratzer tiefer.

War ihre Entscheidung, die Polizei rauszuhalten, richtig? Egal welche der möglichen Erklärungen für den Vorfall sie in Erwägung zog, sie waren allesamt äußerst unangenehm. So unangenehm, dass sie auf keinen Fall in die Öffentlichkeit gelangen sollten.

Sie ging zum Lift und fuhr nach oben in ihr Büro. Ihre persönlichen Sachen hatte sie bereits ausgeräumt, nur der Schreibtisch, ein Computer, das Telefon und die leeren Regale standen noch dort. In einer verschlossenen Schublade waren einige Unterlagen, die sie für die Übergabe der Geschäftsführung vorbereitet hatte.

Claudia fiel auf den Schreibtischstuhl und vergrub das Gesicht in den Händen.

Nach einer Weile richtete sie sich auf. Der Schmerz in ihrem Kopf war dumpfer geworden, hatte sich hinter ihre rechte Schläfe zurückgezogen und lauerte dort wie ein Raubtier vor dem Sprung.

Sie griff nach ihrem Handy, lud die Fotos hoch und tippte.

Anouk, sag mir die Wahrheit. Habt ihr das getan?

Lange starrte sie auf das Display und hoffte, dass eine Antwort kam. Aber nichts passierte.

Marianne hatte schlecht geschlafen. Das Gespräch mit Claudia hatte sie aufgewühlt und bis in die Nacht hinein beschäftigt. Sie spürte, in welchem Konflikt ihre Tochter war, aber sie hatte es ihr nicht ersparen können, sie über Martins Fehlverhalten aufzuklären.

Sie war sich auch über ihre eigene widersprüchliche Rolle im Klaren. Einerseits wäre es ihr am liebsten, wenn Claudia auf ihrem Posten bliebe, da spielte ihr Martins Patzer natürlich in die Karten. Andererseits wollte sie nicht die böse Schwiegermutter sein, die einen Keil zwischen die beiden trieb, das wäre weder in ihrem noch im Interesse der Firma.

Und schließlich hatte sie begriffen, dass es nicht in ihrer Macht lag, Claudias Kandidatur zu verhindern. Im Gegenteil, je mehr sie dagegen protestierte, desto sicherer würde Claudia dagegen opponieren. Schon immer hatte ihre Tochter sich ihr bei wichtigen Entscheidungen widersetzt, und sie hatten oft heftig miteinander gerungen. Inzwischen setzte meist Claudia sich durch, da sie in der Firma faktisch das Sagen hatte.

Und so befand Marianne sich selbst in einem Dilemma. Wenn sie nicht wollte, dass Martin die Geschäftsführung übernahm, Claudias Weggang aber nicht verhindern konnte – wer sollte dann die Firma leiten? Immer wieder grübelte sie über diese Frage nach, ohne zu einem Ergebnis zu kommen.

Und dann war da die Sache mit Klaus. Wie ein Blitz aus heiterem Himmel hatte Marianne die Erkenntnis getroffen, dass er es war, an den dieser Joshua sie die ganze Zeit erinnert hatte. Nicht dass sie Klaus vergessen hätte. Aber er gehörte einer Vergangenheit an, die so weit zurücklag, dass sie fast schon nicht mehr real erschien. Plötzlich war diese Vergangenheit lebendig geworden und geisterte nun durch ihre Gedanken.

Es war 1968 gewesen, im Jahr der Studentenproteste. Sie war neunzehn, hatte gerade Abitur gemacht und war mit einer Freundin nach Frankfurt auf eine Party gefahren, natürlich ohne Wissen ihrer Eltern. Die hielten schon Stuttgart für das reinste Sündenbabel, nie hätten sie ihr die Erlaubnis gegeben, fremde Leute in Frankfurt zu besuchen.

Es war der Gründonnerstag, sie gerieten mitten hinein in die Osterunruhen, die nach den Schüssen auf Rudi Dutschke von Berlin auf andere deutsche Städte übergeschwappt waren, so auch auf Frankfurt, wo ein wütender Mob die Auslieferung der Bildzeitung verhindern wollte.

Unversehens fand Marianne sich in der Menge wieder, eingehakt bei ihrer Freundin und einem ihr nicht bekannten jungen Mann mit dunkler Lockenmähne und flammendem Blick.

»Bild tötet!«, brüllte er die lauten Sprechchöre mit. »Enteignet Springer!«

Sie wurde mitgerissen, hatte keine Chance, sich aus der aufgeheizten Menschenmasse zu lösen, und je länger sie den muskulösen Arm des jungen Mannes an ihrem Körper spürte, desto weniger wollte sie dort weg, bis sie schließlich selbst die Protestparolen rief und sich auf berauschende Weise als Teil dieser Bewegung fühlte. Zu Hause wurde über Politik kaum gesprochen, trotzdem war ihr klar, dass ihre Eltern diese Leute als Linksradikale und Terroristen bezeichnen würden und entsetzt wären, wenn sie Marianne jetzt sehen könnten. Zum ersten Mal spürte sie so etwas wie Trotz, ein inneres Aufbegehren gegen die Zwänge ihres Elternhauses, was sich zu ihrem eigenen Erschrecken lustvoll anfühlte.

Als die Polizei begann, auf die Demonstranten einzuprügeln und Tränengas einzusetzen, schrie sie vor Angst und versuchte, sich loszureißen, aber der junge Mann hielt sie fest, zerrte sie mit sich in eine Seitenstraße und von da in einen Hauseingang, wo sie schwer atmend stehen blieben.

Erst da, so kam es ihr vor, sah er sie das erste Mal richtig an. »Wer bist du eigentlich?«, fragte er.

»Marianne«, sagte sie, noch immer nach Luft schnappend. »Wo ist Inge?«

Ihre Freundin war verschwunden, vom reißenden Strudel der flüchtenden Demonstranten mitgerissen.

»Klaus«, sagte der junge Mann. »Klaus Jordan.«

Panik stieg in ihr auf. Sie war völlig allein in einer fremden Stadt, sie kannte die Adresse von Inges Freunden nicht, wo sie übernachten sollten und wo morgen die Party stattfinden würde.

Mit weit aufgerissenen Augen starrte sie ihn an. »Was mache ich denn jetzt?«

»Keine Ahnung«, sagte er. »Wenn du willst, kannst du mit zu mir kommen.«

Und so hatte sie begonnen, die Romanze zwischen ihr und dem Revoluzzer, wie sie ihn bei sich nannte. Fast ein halbes Jahr lang hatte sie ihn immer wieder heimlich in Frankfurt getroffen, und gerade die Heimlichkeit war es, die einen besonderen Reiz auf sie ausübte.

An Klaus verlor sie ihre Jungfräulichkeit, und obwohl sie aus völlig unterschiedlichen Welten kamen – er der Junge aus dem Arbeiterviertel, sie die Tochter aus gutem Hause –, entspann sich etwas zwischen ihnen, was Marianne in diesen wilden Sommermonaten des Jahres 1968 wohl als Liebe bezeichnet hätte.

Wie aus weiter Ferne kehrten ihre Gedanken in die Gegenwart zurück. Sie überlegte, ob sie ihren morgendlichen Gang im Park heute ausnahmsweise ausfallen lassen sollte. Dann rügte sie sich selbst. Mit solchen Nachlässigkeiten fing es an, das dürfte sie gar nicht erst einreißen lassen. Disziplin war alles.

Wenig später verließ sie das Haus. Die Wagen von Claudia und Martin waren bereits weg. Die beiden mussten früh aufgebrochen sein.

Die schwüle Hitze schlug ihr wie ein feuchtes Handtuch ins Gesicht, schon nach wenigen Metern fing sie an zu schwitzen. Unglaublich, wie heiß es die ganze Zeit schon war; sie kam kaum noch nach mit dem Wässern des Gartens und der Balkonpflanzen. Die Pflanzen im Park schienen ebenfalls unter der Hitze zu leiden, sie ließen die Köpfe hängen, und der Rasen war gelblich statt von dem sommerlich satten Grün, wie sie es aus früheren Jahren kannte.

Die Enten schwammen ermattet auf dem Teich herum, die jungen Schwäne, deren Heranwachsen sie mit Freude verfolgte, hatten sich unter die Äste der Trauerweide geflüchtet, die einen Teil des Gewässers beschatteten.

Es kam Marianne so vor, als wäre der Teich kleiner geworden. Bald würde er nur noch ein Tümpel sein, wenn es so heiß bliebe und kein Regen fiele.

Einen kurzen Moment dachte sie an die Diskussionen um den Klimawandel, an die Proteste der Aktivisten. Schnell schob sie den Gedanken weg. Dummes Zeug. Es war eben ein besonders heißer Sommer, so was kam vor.

Der Gedanke an Anouk erfüllte sie mit einer Mischung aus Zorn und Trauer, die immer wieder in ihr hochkochte. Natürlich liebte sie ihre Enkelin, vor allem aber hatte sie hohe Erwartungen an sie, anders als an Julian, der als Stammhalter eine einzige Enttäuschung war. Anouk hingegen hätte das Zeug, eines Tages die Firma fortzuführen. Nun war dieses vielversprechende Kind dabei, all ihre Hoffnungen zu zerstören. An diesem Morgen überwog die Trauer, wie sie überrascht feststellte. Aus irgendeinem Grund war ihr Zorn auf Anouk ein kleines bisschen schwächer geworden.

Mit äußerster Kraftanstrengung absolvierte Marianne ihre gewohnte Strecke. Als sie endlich die Parkbänke am Ende erreicht hatte, atmete sie auf und setzte sich hin. Die Zunge klebte ihr am Gaumen, ihr Mund war so trocken, als hätte sie die Wüste durchquert. Nächstes Mal müsste sie unbedingt eine Wasserflasche mitnehmen.

Mit geschlossenen Augen ruhte sie sich aus und wartete, bis ihr Atem wieder normal ging. Dann nahm sie ihr Handy aus der Gürteltasche und kontrollierte die Schrittzahl, die – wenig überraschend – die gleiche wie immer war.

Einen Moment lang zögerte sie, dann gab sie den Namen Klaus Jordan in die Suchleiste des Browsers ein. Das Erste, was Google ihr zeigte, waren mehrere Todesanzeigen. Erschrocken studierte sie die Daten und Fotos, aber es sah nicht so aus, dass »ihr« Klaus dabei war. Dann scrollte sie weiter nach unten. Mehrere LinkedIn- und Facebook-Profile gleichen Namens, keines davon zeigte den Gesuchten. Noch ein Stück weiter unten wurde sie fündig.

Klaus Jordan, Installation und Wartung von Prüfsystemen für die Autoindustrie, Erding/Obb.

Das Foto zeigte einen älteren Herrn mit leicht spöttischem Lächeln, wilder grauer Mähne und durchdringendem Blick. Marianne durchzuckte es. Kein Zweifel, das war er! Nun erinnerte sie sich auch, dass er Ingenieur gewesen war und davon geträumt hatte, den Fortschritt in Länder der Dritten Welt zu bringen. Maschinen, die den Menschen das Leben erleichtern, für Arbeitsplätze und das Ende der Armut sorgen würden. Ob er seinen Traum wahr gemacht hatte? Zuletzt hatte er jedenfalls Rüttelmaschinen montiert und gewartet, wie die Prüfstände für Neuwagen in der Branche mit liebevollem Spott genannt wurden. Seit ein paar Jahren müsste er im Ruhestand sein.

Was für ein Zufall, dass sie in ihrem Berufsleben beide mit Autos zu tun hatten. Ob das ein Zeichen war?

Dummes Zeug, schalt Marianne sich selbst, was denn für ein Zeichen?

Trotzdem sah sie nach, ob es eine E-Mail-Adresse gab.

Ohne nachzudenken, fing sie an zu tippen.

Lieber Klaus … Sie hielt inne und sah auf. Sollte sie ihn duzen oder siezen? Sie mochte es nicht, ungefragt geduzt zu werden, und legte Wert auf eine gewisse Form. Trotzdem wäre es seltsam, ihn zu siezen, entschied sie schließlich.

… ich weiß nicht, ob Du Dich überhaupt an mich erinnerst. Sommer 1968, die Demo gegen Springer, das verirrte Mädchen aus der Provinz, das Du unter Deine Fittiche genommen hast?

Erneut unterbrach sie sich. *Unter Deine Fittiche genommen …*

Klang das nicht ein bisschen antiquiert? Aber genau das hatte er damals getan. Dann war sie eben altmodisch. Sie schrieb weiter.

Du bist mir neulich in den Sinn gekommen, und ich habe mich gefragt, was wohl aus Dir geworden ist. Und weil ich inzwischen zu alt bin, um Dinge auf die lange Bank zu schieben, schreibe ich Dir einfach diese Mail. Ich würde mich freuen, von Dir zu hören.

Wieder überlegte sie, dann fügte sie hinzu: *Wenn Du keine Lust hast zu antworten, ist es auch in Ordnung.* Gleich darauf strich sie den Satz.

Herzliche Grüße
Marianne (Berner)

13

Der Meutlinger Marktplatz begann sich bereits zu füllen, obwohl die Veranstaltung erst in einer Stunde anfangen würde. Der Übertragungswagen eines regionalen Fernsehsenders stand bereit, dicke Kabel führten zu den fahrbaren Kameras auf und vor der Bühne. Eine Liveband baute ihre Instrumente und Boxen auf und machte den Soundcheck. Imbissbuden und Crêpes-Stände, die für den Tag eine Sondergenehmigung erhalten hatten, bedienten ihre ersten Kunden.

Die Sonne brannte von einem stahlblauen Himmel. Ältere Menschen suchten Zuflucht im Schatten der Arkaden und Vordächer, Gruppen junger Leute hockten auf Blumenkübeln und Bänken und kippten sich den Inhalt ihrer Wasserflaschen über Kopf und Körper. Ein großer, wuscheliger Hund weigerte sich, seinem Frauchen aus dem Schatten in die Sonne zu folgen. Sie zog an der Leine und redete auf ihn ein, aber der Hund hatte sich unter einem Vordach hingelegt und rührte sich keinen Millimeter von der Stelle.

Gleich würden sich Amtsinhaber Manfred Abele und seine Herausforderer ihren Wählerinnen und Wählern vorstellen. Dafür erhielt jeder fünf Minuten Redezeit und ebenso viel Zeit, um Fragen zu beantworten. Das bekannteste Gesicht des Lokalsenders Meutlingen-TV, eine hübsche junge Frau mit roten Locken, war als Moderatorin verpflichtet worden und ging bereits nervös hinter der Bühne auf und ab, einen Stapel Karteikarten in der Hand, in die sie immer wieder hineinblickte.

Claudia saß mit Ceyda im Marktcafé und blickte von oben hinunter auf den Platz. Es war der Tag, auf den sie hingearbeitet hatte. Die Sammlung der Unterschriften für die Unterstützerliste, die Einreichung ihrer Bewerbung, erste Presse- und Social-Media-Aktivitäten – all das war nur Vorgeplänkel gewesen. Erst mit dieser Veranstaltung wurde der Wahlkampf offiziell eröffnet. Claudia war angespannt und brannte darauf, endlich in den Ring zu steigen und den Kampf gegen ihren Widersacher aufzunehmen.

Ceyda hatte recht behalten; sowohl die Ökopartei wie auch die Liberalen schickten Kandidaten ins Rennen, wohl wissend, dass sie keine Chance hatten. Aber ein Wahlkampf diente auch dazu, Aufmerksamkeit hervorzurufen und sich ins Gespräch zu bringen; die Kandidaten konnten ihr Profil schärfen und später davon profitieren. Politik war eben auch Showbusiness, es ging darum, gesehen und gehört zu werden.

Bei der Wahl lief es voraussichtlich auf ein Rennen zwischen Claudia und Abele hinaus, auf einen Wettkampf von weiblich gegen männlich, jünger gegen älter, progressiv gegen konservativ. Die Meutlinger standen vor einer Richtungsentscheidung, und Claudia würde alles daransetzen, sie von sich und ihrem Programm zu überzeugen.

Sie ging mit Ceyda noch einmal ihre Ansprache durch, feilte an den Formulierungen, fügte da und dort etwas ein oder strich Sätze weg, die zu kompliziert klangen. In diesen fünf Minuten musste sie die Menschen erreichen und überzeugen, oder zumindest positiv auf sich aufmerksam machen. Es musste deutlich werden, worin sie sich von Abele unterschied und warum sie die bessere Alternative für die Stadt war.

»Lass uns nachhaltiges Wachstum noch um den Begriff *um-*

weltverträglich ergänzen«, schlug Claudia vor. »Es darf kein Zweifel daran bestehen, dass es Klima- und Umweltschutz nicht zum Nulltarif geben kann. Dass wir alle gemeinsam etwas dafür tun müssen.«

»Das Wort *Verzicht* nimmst du bitte nicht in den Mund«, sagte Ceyda. »Damit soll sich die grüne Kandidatin unbeliebt machen.«

»Verstanden«, sagte Claudia.

»Herrscht eigentlich zurzeit Ruhe an der Aktivistenfront?«, fragte Ceyda.

Sie hatte Claudia unmissverständlich klargemacht, dass Anouk die Einzige war, die ihren Wahlkampf ruinieren und sie den Sieg kosten könnte. Und dass es in ihrer Verantwortung lag, das zu verhindern.

Claudia hatte es geschafft, nicht nur Ceyda, sondern auch ihre anderen Unterstützer zu beruhigen und davon zu überzeugen, dass Anouk ihr nicht weiter mit Klimaprotesten schaden würde. Tatsächlich war Anouk seit der Klebeaktion an ihrem Geburtstag nicht mehr öffentlich in Erscheinung getreten, und so glaubte Claudia inzwischen selbst, dass diese Gefahr gebannt war.

»Alles okay«, sagte sie, »mach dir keine Sorgen.«

»Hast du denn mal was von ihr gehört?«

Ceyda wusste von Anouks Schulabbruch, ihrem überstürzten Auszug und Joshuas Besuch. Sie wusste auch, wie schlimm all das für Claudia war und wie viel Energie es sie kostete, ihre Pläne trotzdem weiterzuverfolgen.

Claudia senkte den Blick. »Nur eine kurze Nachricht auf meine Frage, ob ihre Aktivistengruppe hinter der Sache mit dem Cabrio steckt.«

»Und?«, fragte Ceyda gespannt. »Hat sie es zugegeben?«

Claudia schüttelte den Kopf. Anouk hatte das Emoji eines

weinenden Gesichts geschickt und dazugeschrieben: *Dass du mir so was zutraust.*

Seither hatte sie auf keine Nachricht von Claudia mehr geantwortet, die sich mit Schuldgefühlen herumschlug. Schließlich gab es viele mögliche Erklärungen für das beschädigte Cabrio. Aktivisten, mit denen Anouk gar nichts zu tun hatte, könnten dahinterstecken. Es könnte der Racheakt eines wütenden Mitarbeiters gewesen sein – vielleicht dieser Benny, der von Martin abgekanzelt worden war. Oder es war tatsächlich Martin selbst, der – womöglich nicht nur wütend, sondern auch betrunken – seiner Wut Luft gemacht hatte, indem er zuerst auf das Auto eingeschlagen und danach die Parole aufgesprüht hatte. Mit Autolack, wie sich inzwischen herausgestellt hatte, der zur Ausbesserung kleiner Schäden überall in der Werkstatt herumstand.

Von Martin hatte sie nur eine lapidare Nachricht erhalten: *Ich brauche Abstand und bleibe eine Weile bei Stefan.*

Stefan war der Freund, der von seiner Frau verlassen worden war. Nach ihrem Auszug hatte er Platz in seiner Wohnung, den er offenbar Martin zur Verfügung stellte. Zwei gekränkte Männer, die sich gegenseitig trösteten. Oder, so befürchtete Claudia, sich gemeinsam in Wut gegen die vermeintlichen Verursacherinnen ihres Kummers hineinsteigerten.

Martin war am Montagfrüh nicht in die Firma gekommen, sodass Claudia sich gezwungen sah, eine Rundmail an die Führungskräfte zu verschicken.

Liebe Kolleginnen und Kollegen,
Martin Berner ist leider erkrankt und kann für einige Tage seine Aufgaben nicht wahrnehmen. Die heutige Montagskonferenz fällt deshalb aus.
Bitte wenden Sie sich bei allen anfallenden Fragen an mich.

Mit freundlichen Grüßen
Claudia Berner

Heute war Samstag, und Martin war immer noch nicht zurück-gekommen. Er hatte auch nicht auf die Fotos des beschädigten Cabrios reagiert, die sie ihm geschickt hatte. Entweder wusste er nur zu genau, wie es zu den Dellen und Kratzern gekommen war, oder er war so sauer, dass er nicht einmal auf eine so gravierende Mitteilung reagieren wollte.

Aber noch immer hoffte Claudia, dass er sich beruhigen würde und sie bald vernünftig miteinander reden könnten. Wenn er sie jetzt im Stich ließe, könnte sie die Kandidatur knicken. Sie würde unmöglich gleichzeitig Wahlkampf machen und die Geschäfts-leitung wieder übernehmen können.

Von dieser neuen Schwierigkeit ahnte Ceyda noch nichts, und Claudia hatte nicht die Absicht, sie damit zu beunruhigen.

Endlich waren sie beide mit dem Text der Rede zufrieden. Claudia faltete das Manuskript zusammen und steckte es in ihre Handtasche.

»Ich geh noch mal kurz zur Toilette«, sagte sie und stand auf.

»Und ich zahle schon mal«, sagte Ceyda und winkte der Kellnerin.

Als Claudia wenig später aus der WC-Kabine trat, stand eine Frau am Waschbecken und zog sich die Lippen nach. Ihre Blicke trafen sich im Spiegel.

»Frau Doktor Mendel«, sagte Claudia überrascht.

»Grüß Gott, Frau Berner«, gab die Frau freundlich zurück. »Sie haben gleich Ihren großen Auftritt, stimmt's?«

Claudia nickte. »Sind Sie mit dabei?«

Die Frau schraubte den Lippenstift zu und steckte ihn in ihre Tasche.

»Leider nein, ich muss zurück in die Praxis. Wir hatten einen Wasserschaden, und ich konnte einen Bekannten überreden, die Malerarbeiten zu machen, obwohl Wochenende ist.«

»Da haben Sie ja Glück«, sagte Claudia und lächelte ihr im

Spiegel zu. »Wir haben neulich sechs Wochen auf einen Handwerker gewartet.«

»Dann alles Gute für Ihren Auftritt«, sagte Doktor Mendel und wandte sich zum Gehen, hielt aber plötzlich inne. »Frau Berner«, sagte sie zögernd. »Ich weiß, dass ich das eigentlich nicht tun sollte, aber ich würde Ihnen gern etwas sagen.«

Überrascht drehte Claudia sich um und sah die Frau an, während sie sich die Hände an einem Papiertuch abtrocknete. Sicher kam jetzt eine Kritik an ihrer Kandidatur oder einer ihrer öffentlichen Äußerungen. Mit so etwas musste man immer rechnen.

Doktor Mendel rang sichtlich mit sich, schließlich gab sie sich einen Ruck.

»Anouk war neulich bei mir in der Praxis. Sie darf wegen ihrer Blutgerinnungsstörung die Pille nicht nehmen, das wissen Sie ja. Also hat sie mich gefragt, welche Alternativen es gibt, und ich habe sie beraten.«

Claudia runzelte die Stirn. »Warum erzählen Sie mir das?«

»Das ist noch nicht alles«, fuhr die Ärztin fort. »Anouk wirkte sehr aufgewühlt. Sie hat mir erklärt, es sei verantwortungslos, Kinder in diese kaputte Welt zu setzen. Sie habe sich immer Kinder gewünscht, aber nun beschlossen, dass sie auf keinen Fall welche bekommen wolle. Und dann hat sie mich gefragt, was sie unternehmen müsste, um sich sterilisieren zu lassen.«

Claudia griff Halt suchend nach dem Waschbeckenrand und starrte die Frau schockiert an.

»Sterilisieren? Geht das denn so einfach?«

»Es gibt keine Beratungspflicht. Sie müsste nur einen Arzt finden, der sich bereit erklärt, den Eingriff durchzuführen.«

»Und Sie?«, fragte Claudia. »Was haben Sie ihr gesagt?«

»Ich habe ihr natürlich gesagt, dass ich dringend raten würde, bei einer so schwerwiegenden Entscheidung nichts zu überstürzen. Dass man in so jungen Jahren nicht wissen kann, ob man diesen Schritt später nicht schrecklich bereut. Sie können mir glauben, Frau Berner, ich habe mit Engelszungen auf Anouk eingeredet, aber sie wirkte ... wie soll ich sagen ... fanatisiert?«

»Fanatisiert ...«, wiederholte Claudia.

»Ich muss jetzt gehen«, sagte Doktor Mendel. »Ich weiß, dass ich Ihnen das nicht hätte sagen dürfen, aber ich konnte nicht anders. Wäre ich Anouks Mutter, ich würde es wissen wollen.«

Claudia nickte wie betäubt. »Danke, dass Sie es mir gesagt haben.«

Die Frau drückte ihr kurz die Hand und ging zur Tür. Dort drehte sie sich um. »Aber von mir wissen Sie es nicht.«

Claudia blieb am Waschbecken stehen und starrte ihr blasses Spiegelbild an.

Was war nur mit ihrer Tochter geschehen? Die Vorstellung, sie könnte diese Idee in die Tat umsetzen, verursachte Claudia fast körperlichen Schmerz. Sie war sich sicher, dass Anouk irgendwann zur Besinnung kommen und eine solche Entscheidung zutiefst bereuen würde.

Es konnte doch nicht sein, dass ihre Tochter sich die gesamte Zukunft verbaute! Kein Abi, kein Studium, keine Kinder ... Wofür wollte sie überhaupt noch leben, wenn sie alles, was dieses Leben ausmachen könnte, unmöglich machte?

Sie musste mit ihr sprechen! Wenn sie nur wüsste, wo sie war ...

Claudia benetzte ihr Gesicht mit kaltem Wasser und verwendete Augentropfen gegen ihre gerötete Bindehaut. Sie kämmte ihre Haare, dann straffte sie den Rücken und verließ die Damentoilette.

Als sie zum Tisch zurückkam, saß Ceyda aufrecht auf der Stuhlkante und spielte ungeduldig mit dem Verschluss ihrer Handtasche.

»Wo bleibst du denn so lange?«, fragte sie und erhob sich.

»Ich habe eine Bekannte getroffen«, murmelte Claudia.

»Du siehst aus, als hättest du ein Gespenst gesehen«, stellte Ceyda fest. »Ist dir schlecht? Bist du dir wirklich sicher, dass du auftreten kannst?«

»Alles okay«, sagte Claudia so munter, wie sie konnte. »Nur ein bisschen Lampenfieber.«

Wie in Trance verließ sie das Café und folgte ihrer Freundin hinunter zur Bühne, wo die Band inzwischen angefangen hatte zu spielen. Der Platz war voller Menschen; Claudia schätzte, dass es mehrere Hundert waren, vielleicht sogar tausend. Es war noch heißer geworden, und neben Sonnenhüten und Baseballkappen waren auch mehrere Regenschirme als Sonnenschutz im Einsatz.

Claudia schwitzte. Sie hoffte, dass keine Schweißflecke unter ihren Armen sichtbar werden würden.

Als Ceyda und sie hinter der Bühne ankamen, herrschte dort große Aufregung. Die Moderatorin stürzte auf sie zu.

»Da sind Sie ja endlich, Frau Berner! Wir dachten schon, Sie kommen nicht mehr.«

Sie erklärte Claudia den Ablauf. »Der Bürgermeister fängt an, dann kommen Sie, danach die Kandidaten von Liberalen und Grünen. Sie kennen ja die Regeln, fünf Minuten Sprechzeit, fünf Minuten Fragen. Wenn das Tonsignal ertönt, bitte sofort aufhören zu sprechen.«

Claudia tupfte sich den Schweiß von der Stirn und nickte. »Alles klar.«

Fünf Minuten, dachte sie, wie absurd. Aber länger konnten sich die meisten Menschen offenbar nicht mehr konzentrieren.

Ein Tontechniker zeigte ihr das Mikro, das sie gleich bekommen würde, und wie sie es ein- und ausschalten konnte.

Eine Maskenbildnerin näherte sich mit einer Puderdose. »Darf ich?«

Claudia schloss die Augen und streckte ihr das Gesicht entgegen.

Die Rathausuhr schlug zwölf, die Band kam zum Schluss ihres Stückes.

Dann ging die Moderatorin hinaus auf die Bühne, begrüßte die Anwesenden, sagte ein paar Worte zum Programm und bat um einen Applaus für die Band. Anschließend kündigte sie den ersten Redner an.

Manfred Abele, der auf der anderen Seite der Hinterbühne gewartet hatte, ging an Claudia vorbei, flankiert von Pascal Heuweiler und seiner Pressereferentin, die in diesem Moment das Mikrofon einschaltete und ihm reichte.

»Frau Berner«, sagte Abele und tippte sich an eine imaginäre Hutkrempe, dann schob er den Vorhang zur Seite und trat auf die Bühne.

Verhaltener Applaus begrüßte ihn.

Claudia beobachtete Heuweiler und seine Kollegin, die sich ganz vorne an die Bühne stellten und versuchten, einen »Abele, Abele«-Sprechchor anzustimmen. Nur wenige Umstehende fielen ein.

Der Bürgermeister machte beschwichtigende Bewegungen mit den Händen und bedankte sich überschwänglich, als würde lautstarker Jubel ihn vom Sprechen abhalten. Als er dann zu seiner Rede ansetzte, hatte Claudia das Gefühl, sie schon unzählige Male zuvor gehört zu haben. Wirtschaft, Leistung, Versorgungssicherheit, Tradition, wahre Werte, die Ahnungslosen in Berlin, blablabla. Und weiter ging es mit: Abele als Bollwerk gegen Gendergaga, woken Wahnsinn, grüne Verzichtsideologie und, na klar, gegen die Klimaterroristen. Alles routiniert in fünf Minuten gepresst. Claudia konnte nicht einen einzigen neuen Gedanken in seiner Litanei entdecken.

Als das Tonsignal ertönte, beendete er den Satz und sah, wie immer, höchst zufrieden mit sich aus. War dieser Mann jemals auch nur von einem Hauch Selbstzweifel befallen? Claudia hatte es jedenfalls noch nie erlebt.

Heuweiler und die Pressefrau klatschten sich die Seele aus dem Leib und versuchten es wieder mit »Abele, Abele«-Rufen, aber diesmal blieb das Echo vollständig aus. Die Fragerunde lief ähnlich überraschungsfrei ab wie die Rede, und nach weiteren fünf Minuten musste den Menschen auf dem Platz klar sein, dass sie mit Abele ein kompromissloses »Weiter so« wählen würden.

Abele trat ab und wurde von seinen zwei Getreuen in Empfang genommen, die ihn überschwänglich lobten.

»Hervorragende Rede, Herr Bürgermeister, ganz hervorragend«, säuselte Heuweiler. Die Pressefrau nahm ihm das Mikro wieder ab und gab es dem Tontechniker, der es kurz checkte und dann an Claudia weiterreichte.

»Ist schon eingeschaltet.«

Unauffällig zog sie ein Erfrischungstuch hervor und wischte den Griff des Mikros ab, der von Abeles Handschweiß verklebt war.

Abele nickte dem Team hinter der Bühne zu und verabschiedete sich mit Handschlag von der Moderatorin. Als er mit seinen Begleitern an Claudia vorbeistolzierte, warf er ihr einen gönnerhaften Blick zu.

»Viel Glück, Frau Kollegin.«

Selbst wenn ich jetzt die Gebrauchsanweisung für den Thermomix vorlesen würde, dachte sie, wäre das immer noch spannender als deine Rede. Sie verkniff sich einen Spruch und blieb höflich.

»Danke, Herr Bürgermeister.«

Die Band gab ein kurzes Zwischenspiel. Gleich danach wäre sie an der Reihe.

Noch immer fühlte sich Claudia, als hätte sie einen Schlag auf den Schädel bekommen. Mit aller Kraft versuchte sie, sich auf ihren Auftritt zu konzentrieren und das, was sie gerade von Frau Doktor Mendel erfahren hatte, aus ihrem Kopf zu verbannen.

Als die Musik verstummte, ging die Moderatorin nach vorn, bedankte sich und kündigte Claudia an.

Sie hörte ihren Namen und spürte im selben Moment einen aufmunternden Schubs von Ceyda. »Digga. Du rockst es.«

Sie drückte Ceyda ihre Tasche in die Hand, straffte die Schultern und setzte ihr strahlendstes Lächeln auf. Mit wenigen Schritten war sie in der Bühnenmitte und hob das Mikrofon an den Mund, wie sie es gelernt hatte: Nicht zu nah dran, nicht zu weit weg, schräg halten wie eine Eistüte.

»Herzlich willkommen, liebe Meutlinger!«

Freundlicher Applaus begrüßte sie, um einiges stärker als der, den Abele erhalten hatte.

»Ich bin Claudia Berner. Manche von Ihnen werden mich kennen, manchen habe ich vielleicht sogar schon mal ein Auto verkauft. Viele Jahre war ich begeisterte Unternehmerin, aber mein Herz hat immer auch für die Politik geschlagen. Die Amtszeit unseres geschätzten Bürgermeisters geht demnächst zu Ende, und ich denke, liebe Meutlinger, es ist Zeit für etwas Neues. Zeit für einen Aufbruch!«

Die Leute klatschten. Claudia wartete den Applaus ab, dann sprach sie weiter.

»Viele von Ihnen machen sich Gedanken. Ob Ihre Arbeitsplätze sicher sind, ob Sie auch in Zukunft bezahlbare Wohnungen finden werden, ob es wirtschaftlich weiter bergauf geht. Aber auch um die Umwelt und das Klima sorgen sich viele, und um den Erhalt unserer Landschaft. Die Diskussionen darüber, welche Politik die richtige ist, sind heftiger geworden. Für manche gibt es anscheinend nur noch Schwarz oder Weiß, und alle, die anders denken, sind ihre Feinde.

Ich sehe das nicht so. Ich glaube an die Gemeinschaft. Daran, dass wir ganz viel schaffen können, wenn wir einander zuhören und respektieren. Wenn wir uns nicht als Gegner betrachten, sondern als Verbündete. Denn am Ende wollen wir doch alle das Gleiche: Frieden, Wohlstand und eine möglichst intakte Natur, in der auch unsere Kinder und Enkel noch ein gutes Leben führen können.

Ich behaupte nicht, dass diese Aufgaben leicht zu lösen wären, und allein schaffen wir das sowieso nicht. Aber irgendwer muss irgendwo anfangen. Es gibt einen Satz, den ich sehr mag: Wenn viele kleine Menschen an vielen kleinen Orten viele kleine Schritte tun, dann werden sie das Gesicht der Welt verändern.« Sie lächelte. »Ich gebe zu, das klingt ein bisschen naiv und nach Revoluzzerromantik. Aber es ist wahr, jeder Einzelne von uns kann einen Unterschied machen. Wir sind nicht so machtlos, wie wir uns manchmal fühlen!«

Sie machte eine Pause und nahm einen Schluck Wasser.

»Wir Meutlinger haben schon eine Menge zusammen geschafft!«, fuhr Claudia fort, nachdem der Applaus abgeebbt war. »Unsere Stadt ist wirtschaftlich gesund, wir Meutlinger leben gerne hier und sind bereit, unseren Wohlstand zu teilen, wie die unglaubliche Hilfsbereitschaft gegenüber Geflüchteten seit vielen Jahren zeigt. Das ist ein großartiges Beispiel für ein erfolgreiches Miteinander, und dieses Beispiel lässt sich aus meiner Sicht übertragen. So bin ich überzeugt, dass wir vernünftige Kompromisse finden können, wenn wir uns nicht in unseren jeweiligen Lagern verschanzen, sondern miteinander sprechen und einander wirklich zuhören. Zum Beispiel beim Thema Windenergie, ebenso bei bestimmten Punkten der Stadtentwicklung, über die noch Uneinigkeit herrscht, und auch bei anderen strittigen Fragen.

Sie, die Bürgerinnen und Bürger, haben das Recht, erklärt zu bekommen, was die Politik tut. Das fängt in der Bundespolitik an und gilt bis hierher in unser Städtchen. Ich möchte dafür sorgen, dass Sie alle die Politik, die wir in und für Meutlingen machen, verstehen und mittragen können! Dazu gehört, dass die Ressourcen unserer Stadt transparent und zum Wohle aller eingesetzt werden.«

Dieser Teil war ein Seitenhieb gegen Abele und seinen Klüngel. Jeder wusste, dass es in der Stadt eine undurchsichtige Vergabepraxis bei Aufträgen gab, dass Vetternwirtschaft und Protektionismus herrschten. Abele selbst stand im Verdacht, seinem Freund Roland Schwab einen großen Bauauftrag zugeschanzt zu haben. Claudia wusste, dass Arnold Leitgeb immer wieder überlegte, ob er Anzeige erstatten sollte, so sehr ärgerte er sich darüber.

Zögernder Beifall, der langsam stärker wurde und wieder abebbte.

»In unserer Region gibt es viele Unternehmen, und der Wohlstand der Menschen hängt davon ab, dass es denen gut geht. Gleichzeitig ist uns allen klar, dass wir uns mehr ums Klima kümmern müssen. Wir dürfen aber nicht zulassen, dass Wirtschaft und Umwelt gegeneinander ausgespielt werden, denn wir brauchen beides. Nur weil einer ein schnelles Auto fährt, ist er nicht gleich eine Umweltsau. Und nur weil jemand sich für Windräder einsetzt, ist er kein Ökospinner. Wir müssen wegkommen von den Schubladen, in die wir uns gegenseitig gern stecken, und mit nüchternem Blick die Probleme angehen, die sich stellen. Umwelt- und Klimaschutz dürfen auch keine Frage des Geldbeutels sein. Menschen müssen sich umweltbewusstes Verhalten und ein gesundes Leben leisten können. Sich darum zu kümmern ist Aufgabe der Politik. Und dazu möchte ich meinen Beitrag leisten.«

Hier brandete wieder Applaus auf.

Nun kam Claudia zum heiklen Teil ihrer Rede. Sie hatte lange überlegt, ob sie so weit ins Persönliche gehen sollte, aber in diesem Moment entschied sie sich dafür.

»Ich bin Ehefrau und Mutter. Ich kenne den Spagat zwischen Familie und Beruf, den viele von Ihnen täglich vollführen. Ich gehe wie Sie auf den Wochenmarkt, koche für meine Familie und schwinge den Staubsauger. Ich diskutiere mit meinen heranwachsenden Kindern, und wir sind nicht immer einer Meinung, so viel kann ich Ihnen verraten. Ich kenne das ganz normale Leben, aber natürlich ist mir klar, dass ich aufgrund meiner Herkunft privilegiert bin. Genau das aber war mir immer ein Ansporn, mich zu engagieren.

Als junge Frau war ich in der Entwicklungspolitik. Seit vielen Jahren bin ich hier in Meutlingen ehrenamtlich tätig, als Stadträtin und in der Geflüchtetenhilfe. Ich kann soziale Unterschiede nicht verschwinden lassen, aber ich möchte etwas dafür tun, dass sie kleiner werden. Ich möchte dazu beitragen, dass das Leben aller Meutlinger Bürgerinnen und Bürger gut bleibt oder besser wird. Ich möchte mich gemeinsam mit Ihnen den Herausforderungen der Zukunft in unserer schönen Stadt stellen. Ich bin Claudia Berner, und ich stehe für eine nachhaltige, soziale und moderne Politik. Danke schön!«

Begeisterter Applaus hüllte Claudia ein, ließ sie für einen Moment regelrecht schweben und alles andere vergessen. Sie hatte es geschafft, sie hatte die Menschen erreicht und emotional mitgenommen! Sie hatte ihnen eine Vision der Zukunft präsentiert statt eines simplen »Weiter so«.

Im Bühnenhintergrund sah sie Ceyda, die ganz ergriffen wirkte und beide Daumen frenetisch in die Luft stieß.

Die Moderatorin trat neben Claudia, bedankte sich und kündigte die Fragerunde an. Sie stellte selbst die erste Frage, da die Menschen im Publikum sich meist nicht gleich trauten.

»Frau Berner, Sie haben gerade erwähnt, dass Sie eigentlich Unternehmerin sind. Wie wollen Sie es schaffen, Ihre unternehmerischen Interessen aus der Politik rauszuhalten?«

»Ich glaube, die meisten Unternehmer haben verstanden, dass es nur gemeinsam geht, und nehmen stärker als früher ihre gesellschaftliche Verantwortung wahr. Deshalb ist es auch kein Widerspruch, als Unternehmerin in die Politik zu gehen. Und die Vermischung persönlicher und politischer Interessen verbietet sich für mich von selbst. Ich finde, das ist eine Frage des Charakters.«

Es kamen noch zwei Nachfragen, unter anderem dazu, wie Claudia den Übergang von der Geschäftsführerin zur Politikerin organisieren wolle und wer zukünftig das Autohaus leiten werde. Sie hielt stur an der Version fest, sie lege die Verantwortung in die Hände ihres Mannes, ohne auszuführen, wie das im Einzelnen aussehen solle. Niemand außer ihr wusste, dass Martin ihr wenige Tage zuvor seine Kündigung mitgeteilt hatte.

Dann kam die erste Frage aus dem Publikum. »Wie stehen Sie zum Gendern?«

Einige Leute lachten.

Claudia erklärte, sie sei der Meinung, dass es durchaus Nachholbedarf bei der Gleichberechtigung gebe, und wenn sprachliche Anpassungen dazu führten, dass sich mehr Menschen gemeint fühlten, fände sie das prinzipiell gut. Viel wichtiger sei es aber, Lohn- und Chancengleichheit herzustellen und die Vereinbarkeit von Familie und Beruf für Frauen und Männer zu stärken. Sie selbst denke manchmal daran zu gendern, oft vergesse sie es auch, aber jede und jeder könne das ja so halten, wie er oder sie wolle.

Es folgten weitere, eher harmlose Fragen, dann kam die Frage, auf die Claudia gewartet hatte.

»Ihre Tochter hat sich neulich mit diesen Klimachaoten auf der Straße festgeklebt. Finden Sie das gut? Und ist Ihre Tochter immer noch in dieser Gruppe, wie heißen die noch … äh, fünf vor zwölf?«

Claudia holte tief Luft und sagte: »Ich habe ja erzählt, dass ich durchaus nicht immer einer Meinung mit meinen Kindern bin. Aber ich finde es wichtig, dass wir über unsere unterschiedlichen Standpunkte sprechen, und das tun wir. Ich kann die Sorge vieler junger Menschen um das Klima verstehen. Das heißt nicht, dass ich mit allen Protestformen einverstanden bin. Meine Tochter ist erwachsen und trifft ihre eigenen Entscheidungen. Ich habe großes Vertrauen, dass sie die richtigen Entscheidungen treffen wird.«

Das Tonsignal ertönte, die fünf Minuten waren um.

Die Moderatorin bedankte sich, und die Band fing wieder an zu spielen. Claudia verließ erleichtert die Bühne und stieg die kleine Treppe an der Rückseite hinunter. Unten wurde sie von Ceyda in Empfang genommen, die sie stürmisch umarmte.

»Das war der Knaller, Claudia! Gegen dich sieht der Abele so was von alt aus, und die zwei, die jetzt noch kommen, haben eh keine Chance. Wenn du mich fragst, bist du so gut wie gewählt.«

Claudia lachte. »Wir werden sehen.«

Sie griff nach ihrer Handtasche, die Ceyda ihr hinhielt, und zog ein weiteres Erfrischungstuch aus der Packung, mit dem sie sich Gesicht und Hände abwischte. Obwohl sie nass geschwitzt war, zeigten sich auf ihrer bunten Bluse zum Glück keine Flecken.

Sie nahm ihr Telefon aus der Tasche und blickte überrascht aufs Display. Acht Nachrichten, darunter eine von Martin.

Anouk heute Morgen bei Klimaprotest in München festgenommen und in Haft.

Claudia schnappte nach Luft. Sie hatte das Gefühl, ein Abgrund tue sich vor ihr auf. Stumm reichte sie Ceyda das Telefon. Die las ebenfalls und erblasste.

»Scheiße.«

Claudia nahm ihr das Telefon aus der Hand. »Ich fahre sofort zu ihr.«

»Auf keinen Fall!« Ceyda packte sie an beiden Armen, als wollte sie Claudia an der Flucht hindern. »Du kannst doch jetzt nicht ins Gefängnis zu deiner Tochter fahren! Stell dir die Schlagzeilen vor. Und die Bilder!«

»Das ist mir egal.«

»Außerdem lassen sie dich dort gar nicht rein. Dafür brauchst du eine Erlaubnis vom Gericht.«

»Das werden wir sehen.«

Claudia wollte an Ceyda vorbei, aber die hielt sie weiter fest. »Wenn du das tust, sind wir geschiedene Leute!«, sagte sie heftig. »Ich reiße mir nicht den Arsch für dich auf, nur damit du alles kaputt machst!«

Erschrocken sah Claudia ihre Freundin an, dann löste sie sich mit einem Ruck von ihr und lief los.

14

»Während hierzulande die Menschen unter Hitze und Trockenheit stöhnen, wird nach Bangladesch, den Philippinen und Pakistan nun der Osten Australiens von den schlimmsten Überschwemmungen seit Jahrzehnten heimgesucht. Besonders betroffen ist der Bundesstaat New South Wales ...«

Marianne schaltete den Fernseher aus. Sie hatte Claudias Ansprache und die anschließende Fragerunde verfolgt und musste sich eingestehen, dass ihre Tochter eine wirklich gute Figur abgegeben hatte. Ihre Fähigkeit, die Menschen emotional anzusprechen und ein Wirgefühl herzustellen, unterschied sie fundamental von Abele, der immer den Eindruck erweckte, dass es ihm nur um Selbstdarstellung ging.

Die Resonanz des Publikums war eindeutig gewesen. Abele hatte höflichen Applaus erhalten, aber keinerlei Begeisterung hervorgerufen. Bei Claudia war das Publikum viel stärker mitgegangen, hatte mit Beifall auf einzelne Äußerungen reagiert, und der Schlussapplaus war fast euphorisch gewesen. Marianne ertappte sich bei dem Gedanken, dass sie Claudia den Erfolg gönnen würde. Ihre Tochter würde eine gute Bürgermeisterin sein.

Aber was sollte aus der Firma werden? Innerlich bereitete Marianne sich schon darauf vor, notfalls einzuspringen. Sie hatte den Laden so viele Jahre geleitet, sie könnte es wieder tun. Aber zu ihrer eigenen Überraschung verspürte sie keine Lust mehr auf diese Aufgabe.

Lange hatte sie das Alter verdrängt und vor sich selbst so getan, als hätte sich nichts verändert. Was sollte der Unterschied sein zwischen Ende sechzig und Mitte siebzig? Sie war gesund, geistig auf der Höhe, und es gab in ihrem Leben keine Anforderung, die sie nicht bewältigte.

Trotzdem bemerkte sie seit einiger Zeit das Nachlassen ihrer Kräfte. Und ein neuartiges Bedürfnis, die Jahre, die ihr blieben, mit Dingen zu verbringen, die sie glücklich machten. Die Leitung des Autohauses war eine Aufgabe gewesen, die sie pflichtschuldig und mit vollem Einsatz bewältigt hatte. Sie war erfolgreich gewesen, und das hatte sie mit Stolz erfüllt. Aber glücklich? Nein, glücklich hatte es sie nie gemacht.

Die unverhofft aufgetauchte Erinnerung an Klaus hatte etwas in ihr angestoßen. Häufiger als früher verfiel sie ins Grübeln über die Vergangenheit, über die verpassten Chancen und verschütteten Träume ihrer Jugend. Damals hatte sie geglaubt, sie müsse den Erwartungen ihrer Familie entsprechen und habe kein Recht auf eigene Wünsche. Ihre Eltern waren von den Härten des Krieges gezeichnet und stellten eine moralische Autorität dar, die sie nicht infrage zu stellen wagte. Marianne lebte ihr Leben, als wäre es nur die Generalprobe, und das eigentliche käme erst später. Nun stellte sie bestürzt fest, dass die Generalprobe die Aufführung gewesen war. Wenigstens die Schlussakkorde dieser Aufführung wollte sie nun selbst bestimmen, aber sie war es so wenig gewohnt, das zu tun, was sie wollte, und nicht das, was andere von ihr erwarteten, dass sie Mühe hatte herauszufinden, welches ihre eigenen Wünsche waren.

Sie holte sich ein Glas Wasser und wanderte durch die Wohnung, deren Fenster offen standen und deren Läden zu drei Vierteln heruntergelassen waren, um die Hitze zu mildern. Die letzten zwei Tage hatte sie mit schlechtem Gewissen auf ihren morgendlichen Gang durch den Park verzichtet und ihn durch nächtliche Spaziergänge ersetzt, wenn die Temperaturen wieder erträglich waren. Sie hoffte, dieser Bruch mit ihren Gewohnheiten war nicht der Anfang vom Ende ihres körperlichen Niederganges. Andererseits hatte ja auch niemand etwas davon, wenn sie vor lauter Disziplin einen Hitzschlag erlitt.

Sie setzte sich an den Küchentisch vor ihren aufgeklappten Laptop und berührte die Maus. Der Bildschirm erwachte zum Leben und zeigte an, dass eine E-Mail eingetroffen war. Mit einer Mischung aus Überraschung und Erschrecken starrte Marianne auf den Namen des Absenders. Lange überlegte sie, ob sie die Nachricht lesen oder doch lieber löschen sollte. Was hatte sie bloß dazu getrieben, in ihrer Vergangenheit zu stochern?

Liebe Marianne,

was für eine Überraschung, von dir zu hören! Ich habe immer mal wieder an dich gedacht, und hie und da habe ich auch etwas in der Presse gelesen über das erfolgreiche Autohaus Berner. Wart ihr nicht sogar mal „Unternehmen des Jahres"? Vermutlich hast du mich gegoogelt (sonst hättest du meine E-Mail-Adresse nicht gefunden), daher weißt du sowieso schon alles über mich.

Wenn du mal in meine Gegend kommen solltest, melde dich doch. Dann trinken wir einen Kaffee und reden über alte Zeiten.

Herzlich

der Klaus

Marianne klappte den Laptop zu. Ihr Gesicht fühlte sich heiß an, und sie hätte nicht sagen können, ob es Freude oder Verlegenheit war. Freude darüber, dass Klaus tatsächlich geantwortet hatte. Verlegenheit darüber, dass sie die Vergangenheit nicht ruhen lassen konnte. Was hatte sie sich davon versprochen, ihm zu schreiben? Was hatte er gedacht, als er ihre Nachricht las? Seine Antwort war freundlich, aber unverbindlich.

Wenn du mal in meine Gegend kommen solltest, melde dich doch.

Das würde sie auch antworten, wenn jemand, den sie vor über fünfzig Jahren gekannt hatte, ihr plötzlich schreiben würde. Und hoffen, dass er nie in ihre Gegend käme.

Claudia hatte ihre Sonnenbrille angezogen und war so unauffällig wie möglich hinter dem Marktplatz in eine Seitengasse geglitten. Sie hoffte, dass ihr Verschwinden unbemerkt bleiben würde. Natürlich hätte sie bleiben müssen, um dem Auftritt ihrer beiden Mitbewerber beizuwohnen, aber das war unmöglich.

Während sie zu ihrem Wagen lief, tippte sie auf ihrem Handy.

Können wir miteinander reden, Martin? Bitte lass mich jetzt nicht hängen!

Als sie gerade losgefahren war, rief er an.

»Wo bist du?«, rief Claudia. Ihre schweißnassen Hände umklammerten das Lenkrad.

»Bei Stefan.« Seine Stimme klang ausdruckslos.

»Können wir uns sehen?« Als er nicht antwortete, fügte sie hinzu: »Bitte, Martin!«

Er ließ sich Zeit mit der Antwort. Schließlich sagte er: »Also gut, ich komme nach Hause.«

Claudia atmete auf. »Bis gleich.«

Daheim angekommen, lief sie Marianne in die Arme, die mit einer Kühltasche in der Hand aus dem Keller kam. »Du warst sehr gut!«, rief sie. »Ich habe deinen Auftritt gesehen.«

»Danke, Mutter«, sagte Claudia atemlos. »Martin kommt gleich, wir müssen …«

Ihr wurde klar, dass ihre Mutter nicht wusste, was passiert war.

»Anouk ist im Gefängnis«, sagte sie.

Mariannes Gesicht verzog sich, als hätte sie Schmerzen.

»Das dumme Kind«, sagte sie, aber es klang nicht zornig wie

sonst. Vielmehr wirkte es, als würde sie gleich anfangen zu weinen.

»Was hat sie denn gemacht? Sie hat doch nichts Schlimmes angestellt, oder?«

»Komm rein«, sagte Claudia. »Gleich erfahren wir mehr.«

Wenige Minuten später traf Martin ein. Claudia hörte, wie die Tür aufgeschlossen wurde, und ging hinaus auf den Flur, um einen Moment allein mit ihm zu sprechen.

Sie erschrak über seinen Anblick. Die Bartstoppeln ließen ihn ungepflegt wirken, seine Augen waren gerötet. Er sah aus, als hätte er in den letzten Tagen wenig gegessen, dafür umso mehr getrunken.

»Danke, dass du gekommen bist«, sagte sie und versuchte ein Lächeln, das nicht erwidert wurde. »Wie geht's dir?«

»Wie soll's mir schon gehen?«, gab er knapp zurück.

»Marianne ist da.« Claudia wies mit der Hand zur Küche.

Er verzog stumm das Gesicht und schien zu überlegen, ob er wieder gehen sollte.

»Jetzt komm schon, bitte«, drängte sie und hielt ihm die Küchentür auf.

Schließlich trat er ein, begrüßte Marianne mit einem Nicken und einem kurzen Hallo und setzte sich demonstrativ so weit weg von ihr, wie es ihm möglich war. Eine beklemmende Atmosphäre senkte sich über den Raum. Claudia fragte sich, ob es eine gute Idee gewesen war, ihre Mutter dazuzubitten. Aber wie hätte sie einfach über sie hinweggehen können?

Claudia verteilte Gläser und stellte eine Flasche Mineralwasser auf den Tisch.

»Kaffee?« Sie blickte die beiden fragend an, aber sowohl Marianne als auch Martin lehnten ab.

Sie legte auffordernd eine Hand auf Martins Arm.

»Also, was weißt du über Anouk?« Sie hörte, wie angespannt

sie klang. »Ich war beim Wahlkampfauftakt. Als ich deine Nachricht gelesen habe, bin ich sofort heimgefahren.«

Martin nahm einen tiefen Schluck, dann stellte er das Glas ab.

»Anouk hat heute früh um acht mit ein paar anderen zusammen einen Zaun durchtrennt und eine Startbahn auf dem Münchner Flughafen blockiert«, berichtete er nüchtern. »Es gab eine Flughafensperrung, Stau auf der Autobahn, Chaos.«

Claudia starrte ihn ungläubig an. »Die sind in den Flughafen eingedrungen? Woher weißt du das?«

Martin zögerte. »Ich habe mir einen Google-Alert für ›Fünf nach zwölf‹ eingerichtet. Ich will wissen, was die treiben, solange Anouk dabei ist. Nach dem Anschlag haben sie sofort eine Pressemeldung verschickt.«

Er macht sich also doch Sorgen um seine Tochter, dachte Claudia.

»Bist du dir denn sicher, dass Anouk ... dass sie wirklich mit dabei war?«, fragte sie.

»Sie war dabei«, sagte Martin. Er zog sein Telefon heraus und zeigte ihnen ein Video, auf dem man sechs Gestalten in orangefarbenen Warnwesten durch einen Zaun schlüpfen sah, der an einer Stelle offensichtlich aufgeschnitten worden war. Die Kamera folgte ihnen innen am Zaun entlang, bis Markierungen zu sehen waren, die eindeutig das Rollfeld anzeigten. Innerhalb von Sekunden verteilten sich die sechs Aktivisten quer über die Bahn, setzten sich hin und entrollten ihre Transparente. Die Kamera zoomte näher, sodass man die Gesichter erkennen konnte. Die junge Frau auf dem zweiten Platz von rechts war ohne jeden Zweifel Anouk.

»Das darf einfach nicht wahr sein!«, rief Claudia und schlug sich mit einer Hand gegen den Kopf. »Warum macht sie ihr Leben kaputt?«

»Nicht nur ihres«, sagte Marianne finster.

»Die Bayern fahren inzwischen eine harte Linie und sperren die Aktivisten sofort für ein bis zwei Tage ein«, erklärte Martin. »Manche lassen sie auch länger drin, als Präventivmaßnahme.«

»Weiß man schon, wie lange sie Anouk behalten wollen?«, fragte Claudia.

Wenn sie nach ein oder zwei Tagen wieder auf freien Fuß käme, wäre der Schaden vielleicht gerade noch begrenzbar.

»Die Beteiligten haben erklärt, sie würden sofort die nächste Aktion starten, wenn sie freigelassen würden. Daraufhin hat der Richter eine Präventivhaft von zwei Wochen angeordnet.«

»Zwei Wochen Gefängnis? Einfach so, ohne Verfahren?« Entgeistert starrte Claudia ihn an.

Martin zuckte die Schultern. »In Bayern geht das. Dafür haben sie extra ein neues Gesetz gemacht, das es ihnen erlaubt, die Leute bis zu zwei Monate einzusperren, sogar wenn sie noch keine Straftat begangen haben. Der Verdacht, dass sie eine begehen könnten, genügt.«

»Ich dachte, so was gibt es nur in Diktaturen«, sagte Claudia fassungslos.

Sie stellte sich Anouk in einer Gefängniszelle vor, auf einer harten Pritsche kauernd, einsam und verängstigt.

»Warum hat sie uns denn nicht angerufen?«, fragte Marianne. »Man darf doch einen Anruf machen, wenn man verhaftet wird, oder nicht?«

Claudia erinnerte sich an das Onlinetraining mit den Hinweisen für den Fall einer Verhaftung, das sie sich neulich angesehen hatte.

»Da gibt es so eine Aktionsnummer der Gruppe, wo die Aktivisten sich melden können, wenn sie festgenommen werden«, erklärte sie.

»Kannst du Anouk denn nicht anrufen?«

»Das hat keinen Sinn«, sagte Claudia. »Die nehmen ihre eigenen Handys nicht mit zu den Aktionen, damit die Polizei sie ihnen nicht wegnehmen kann.«

»Woher weißt du das alles?«, fragte Marianne erstaunt.

»Kannst du auf der Webseite von ›Fünf nach zwölf‹ nachlesen«, sagte Claudia. »Das sind keine durchgeknallten Hippies, das sind Profis.«

»Ist euch eigentlich klar, was jetzt alles auf Anouk zukommt?«, sagte Martin, und seine Stimme klang düster. »Prozesse, Schadenersatzforderungen, Geldstrafen, das volle Programm.«

»Sie braucht einen Anwalt«, sagte Marianne energisch und griff nach ihrem Handy. »Ich rufe Hauner an.«

Dr. Hauner war der Anwalt, der sich seit Jahrzehnten um alle juristischen Belange der Firma kümmerte. Da er außerdem ein Freund der Familie war, würde er im Notfall hoffentlich auch an einem Samstag zur Verfügung stehen.

»Das lässt du schön bleiben«, sagte Martin.

»Wie bitte?« Marianne ließ das Telefon sinken und sah ihn konsterniert an.

»Ich bin dafür, Anouk jede Unterstützung zu verweigern«, sagte er heftig. »Sie soll selbst sehen, wie sie aus der Scheiße wieder rauskommt, in die sie sich reingeritten hat.«

»Du sprichst von unserer Tochter«, erinnerte ihn Claudia in scharfem Ton. »Und egal was sie getan hat, ich werde nicht zulassen, dass sie zwei Wochen im Gefängnis hockt, ohne dass jemand von uns sich um sie kümmert!«

Martin schlug mit der Hand auf den Tisch. »Du mit deiner ewigen Nachsicht! Du hast sie doch erst dahin gebracht, wo sie jetzt ist!«

»Jetzt wirst du unfair«, sagte Marianne.

Er drehte sich zu ihr und schnaubte verächtlich. »Sagst ausgerechnet du, die größte Intrigantin von allen.«

Claudia hob beide Hände. »Martin, bitte. Jetzt geht's um Anouk!«

»Von mir hat sie jedenfalls keine Hilfe zu erwarten«, sagte er energisch und verschränkte die Arme vor der Brust.

»Und warum willst du dann überhaupt erfahren, was die Gruppe macht?«, fragte Claudia. »Um dich aufzuregen?«

»Ich rufe jetzt Hauner an«, sagte Marianne und verließ mit dem Telefon die Küche.

Martin stierte finster vor sich hin und schwieg.

»Was ist bloß los mit dir?«, fragte Claudia. »Wieso bist du so hart gegenüber Anouk?«

»Weil du viel zu weich bist.«

»Ich versuche lediglich, meine Tochter zu verstehen und den Kontakt zu ihr nicht völlig zu verlieren«, widersprach Claudia. »Was ist daran falsch?«

»Du beruhigst doch nur dein schlechtes Gewissen«, sagte Martin. »Du wolltest das Kind damals nicht. Deshalb hast du bis heute Schuldgefühle, und deshalb hast du Anouk ihr Leben lang verzogen und verzärtelt. Jetzt siehst du, wohin das geführt hat!«

Wieder ließ er die Hand auf den Tisch fallen wie ein Richter, der sein Urteil mit einem Hammerschlag bekräftigte.

Claudia saß da wie erstarrt und blickte durch einen Tränenschleier vor sich auf den Tisch. Es stimmte, im ersten Moment war sie verzweifelt gewesen, als sie von ihrer Schwangerschaft erfahren hatte. Alles, worauf sie hingearbeitet hatte, alle ihre Pläne und Träume waren mit einem Schlag dahin. Es dauerte eine Weile, aber irgendwann fand sie sich damit ab. Und schließlich begann sie, sich auf das Kind zu freuen. Und ja, es stimmte, dass ihr nichts wichtiger war, als Anouk ihre Liebe spüren zu lassen. Ihre Tochter sollte sich in jedem Moment erwünscht fühlen. Und davon würde sie auch jetzt nicht abrücken, wo sie nicht mehr das brave Kind war, das alles tat, um ihren Eltern zu gefallen.

Plötzlich schoss ihr ein Gedanke durch den Kopf. War es möglich, dass die ersten, unglücklichen Wochen ihrer Schwangerschaft Spuren in Anouks Seele hinterlassen hatten? Hatte sie sich vielleicht immer so angepasst, weil sie tief in ihrem Innern daran zweifelte, gewollt zu sein?

Der Gedanke traf sie mit solcher Wucht, war so schmerzhaft, dass die Tränen erneut flossen. Sie schlug die Hände vors Gesicht und schluchzte.

Dann spürte sie eine Hand auf ihrer Schulter.

»Es tut mir leid«, hörte sie Martins heisere Stimme. »Ich weiß nicht, was in mich gefahren ist.«

Sie antwortete nicht.

Mit einem Handstreich hatte er alles infrage gestellt: ihre Ehe, ihre jahrelange Zusammenarbeit, ihre Liebe zu Anouk. Sie fühlte sich innerlich wie taub, unfähig zu reagieren.

In diesem Moment kam Marianne zurück in die Küche.

»Hauner übernimmt die Sache. Als Erstes kümmert er sich um eine Besuchserlaubnis. Wahrscheinlich kann am Dienstag jemand zu ihr.«

»Ich fahre nicht hin«, sagte Martin.

Marianne sah zu Claudia. »Und du kannst nicht hinfahren. Im Gegenteil, du musst dich sogar öffentlich von Anouk distanzieren. Sonst ist deine Kampagne im Eimer.«

Überrascht blickte Claudia auf. »Seit wann interessierst du dich für meine Kampagne?«

Marianne seufzte. »Seit ich begriffen habe, dass wir nur ein Leben haben. Wenn dieses verdammte Bürgermeisteramt dein sehnlichster Wunsch ist, dann musst du eben darum kämpfen.«

»Das wird Anouk mir nie verzeihen«, sagte Claudia verzweifelt.

»Nun«, erwiderte Marianne spöttisch, »wer hier wem etwas zu verzeihen hat, wird sich erst noch zeigen.«

Draußen auf dem Flur bewegte sich etwas. Die Tür ging auf, und ein verschlafen aussehender Julian erschien.

»Was'n hier los?«, fragte er.

»Auch schon wach?« Marianne blickte tadelnd. »Ist ja auch erst halb zwei nachmittags.«

»Es ist Samstag, Oma.« Überrascht entdeckte er Martin. »Dad! Kommst du wieder heim?«

Claudia und Martin tauschten einen Blick.

Martin räusperte sich. »Hm, ja, mal sehen.«

»Hast du mitgekriegt, was mit dem Karmann Ghia passiert ist?« Julian zog sein Handy heraus und wollte seinem Vater die Bilder zeigen.

»Ja, ist das nicht furchtbar?« Marianne entriss Julian das Telefon und fuchtelte damit vor Martins Gesicht herum. »Ich dachte, ich bekomme einen Herzinfarkt, als ich es gesehen habe. Walter würde sich im Grabe herumdrehen!«

»Wieso zeigst du mir das?«, sagte Martin und schob Mariannes Hand weg. »Ich kenne die Bilder.«

»Das waren diese Scheißklimaterroristen!«, sagte Julian und entwand seiner Großmutter das Telefon. »Bestimmt hat Anouk sie reingelassen. Die ist doch jetzt völlig durchgeknallt.«

»Wie hätte Anouk denn die Alarmanlage deaktivieren sollen?«, fragte Claudia.

Julian lachte spöttisch. »Der Code steht auf einem Zettel, und der klebt an Papas Computer in der Firma.«

Entgeistert blickte Claudia zu Martin, während Marianne ein Stöhnen von sich gab.

»Stimmt das?«, fragte Claudia.

Martin fuhr sich mit der Hand durch die Haare. »Meine Güte, den habe ich vielleicht am Anfang mal notiert und da hingehängt, aber das ist Jahre her. Haben wir den nicht mal geändert?«

»Offenbar nicht«, sagte Marianne. »Schien euch ja sehr wichtig zu sein, unser Schmuckstück zu beschützen.«

»Viele Leute kennen den Code«, verteidigte sich Martin. »Der Putztrupp, die Empfangsdame, die Abteilungsleiter … jeder von denen könnte was damit zu tun haben. Und überhaupt, warum habt ihr nicht einfach die Polizei geholt?«

Claudia sah ihn vielsagend an. »Genau deshalb.«

»Was passiert denn jetzt mit Anouk?«, erkundigte sich Julian unbeirrt. »Ich finde, sie muss bestraft werden!«

Entnervt blickte Claudia ihren Sohn an. »Wenn es dich beruhigt, Anouk sitzt seit heute im Gefängnis.«

Jetzt sah er erschrocken aus. »Echt?« Schnell fasste er sich wieder. »Geschieht ihr recht.«

»Julian!«

Der empörte Ausruf seiner Mutter und die strafenden Blicke von Vater und Großmutter brachten ihn zur Besinnung.

»Ja, sorry«, sagte er verlegen. »War nicht so gemeint.«

»Sie sitzt nicht wegen des Autos«, erklärte Martin. »Sie hat den Münchner Flughafen blockiert.«

»O Mann«, murmelte Julian und verdrehte die Augen. »Das gibt wieder einen Shitstorm von meinen Kumpels.«

»Vielleicht solltest du bei der Wahl deiner Freunde etwas anspruchsvoller sein«, sagte Claudia verärgert. »Echte Freunde halten zu einem, wenn man in Schwierigkeiten ist.«

»Ich bin nicht in Schwierigkeiten«, sagte er.

Das glaubst du, dachte Claudia.

»Wer fährt denn nun am Dienstag zu Anouk?«, fragte sie.

»Ich nicht«, sagte Martin.

»Danke, das haben wir begriffen«, sagte Marianne gereizt.

»Wäre schon cool, sie im Knast zu sehen.« Julian feixte.

Niemand ging auf seine Provokation ein.

»Ich würde so gern zu ihr fahren, aber es geht wirklich nicht«, sagte Claudia verzweifelt. »Ceyda wirft sonst das Handtuch, und dann kann ich einpacken.«

»Ich fahre«, erklärte Marianne.

»Du?« Verblüfft sah Claudia ihre Mutter an.

15

Claudia machte sich Notizen auf einer Liste, während Ceyda aufgeregt in ihrem Büro auf und ab lief, das Handy am Ohr, einen Stapel Computerausdrucke in der Hand. Die Nachricht von Anouks Festnahme und der zweiwöchigen Präventivhaft war wie ein Lauffeuer durch die lokale und regionale Presse gerast, und auf allen Kanälen wurden sie seither zugeschüttet mit Kommentaren und Anfragen. Vor allem der Satz: »Ich habe großes Vertrauen, dass meine Tochter die richtigen Entscheidungen treffen wird«, den Claudia bei ihrer Antrittsrede gesagt hatte, wurde immer wieder hämisch zitiert.

Schnell war ihnen bewusst geworden, dass zur Schadensbegrenzung eine klare und konsequente Kommunikationsstrategie wichtig war, und so hatten sie eine To-do-Liste der dringendsten Maßnahmen erstellt, die sie nun gemeinsam abarbeiteten.

Claudia rief die Bürgerinnen und Bürger auf ihrer Unterstützerliste an und versuchte, sie bei der Stange zu halten. Immer wieder betonte sie, dass sie die Aktionen der Gruppe »Fünf nach zwölf« nicht gutheiße und dies auch öffentlich kundtun werde, dass sie aber keinen Einfluss auf das Verhalten ihrer volljährigen Tochter habe und hoffe, dass man sie nicht für deren Aktionen in Mithaftung nehmen werde. Obwohl sie sich alle Mühe gab, hatten ihr bereits achtzehn Personen die Unterstützung aufgekündigt. Andere hatten damit gedroht, falls Anouk noch einmal an einer Protestaktion teilnehmen sollte.

»Mir wollet net mit diese Klimaterrorischten in Verbindung gebracht werden, des müsset Sie doch verstehen, Frau Berner.« So lautete der Tenor bei den Abtrünnigen.

»Ich habe dich gewarnt«, sagte Arnold Leitgeb, als Claudia ihm ihr Leid klagte. »Wenn du es nicht schaffst, deine Tochter aufzuhalten, bist du erledigt.«

Ceyda hatte eine Pressemeldung entworfen, in der Claudia Verständnis für die Sorgen der Menschen vor dem Klimawandel äußerte (Ceyda hatte ihr in einer heftigen Debatte das Wort Klimakatastrophe ausgeredet), sich aber vom Mittel der Blockade ausdrücklich distanzierte. Sie gab ihrer Hoffnung Ausdruck, dass engagierte Aktivistinnen und Aktivisten bald »andere Möglichkeiten des Protestes finden, die ihrem Anliegen Gehör verschaffen, ohne zu Störungen oder möglichen Gefährdungen zu führen«.

Claudia hatte dieser Formulierung nur ungern zugestimmt. »Protest muss stören, sonst nimmt ihn doch keiner wahr«, sagte sie. »Wenn Verdi streikt, legen sie das ganze Land lahm, und wofür? Weil sie mehr Geld wollen. Wenn die Klimaaktivisten ein paar Autos aufhalten, drehen alle durch und tun so, als wäre das ein Kapitalverbrechen.«

Ceyda hatte sie zweifelnd angesehen. »Willst du nicht doch lieber für die Ökopartei antreten?«

»Natürlich nicht«, gab Claudia zurück. »Es nervt mich nur, wie die Aktivisten kriminalisiert werden.«

»Wirst du dich nun in dem Statement zu Anouk äußern oder nicht?«, fragte Ceyda.

Claudia war sich unsicher. Sie sah sich in einem unlösbaren Konflikt gefangen. Einerseits wollte sie ihrer Tochter nicht öffentlich in den Rücken fallen, andererseits war ihr klar, dass sie ohne eine Distanzierung von Anouks Teilnahme an der Flughafenaktion gleich aufgeben könnte. Und das wollte sie nicht, trotz dieses Rückschlages. Sie wollte kämpfen. Und ahnte, dass es dabei unvermeidlich zu weiteren Verletzungen kommen würde.

Wer hier wem etwas zu verzeihen hat, wird sich erst noch zeigen.

»Du könntest das Ganze vielleicht noch drehen«, sagte Ceyda sinnend. »Wenn du statt einer Distanzierung von Anouk einen emotionalen Appell an sie richtest, so nach dem Motto: Geliebte Tochter, komm zur Vernunft! Wir können über alles reden, aber verlasse deinen Irrweg, und kehr zurück in den Schoß der Familie.«

Claudia sah sie überrascht an. »Ich wusste nicht, dass eine Zynikerin in dir steckt.«

Ihre Freundin zuckte die Schultern. »Das ist nicht Zynismus, das ist Pragmatismus. Die Frage ist: Willst du weiter zur Wahl antreten, ja oder nein? Wenn ja, musst du ein paar Entscheidungen treffen.«

»Zum Beispiel die, meine Familie den Boulevardmedien zum Fraß vorzuwerfen?«

Ceyda seufzte. »Du hast mich engagiert, deine Kampagne zu organisieren und zum Erfolg zu machen. Genau das versuche ich die ganze Zeit. Wenn es dir nicht gefällt, auf welche Weise ich das tue, müssen wir unsere Zusammenarbeit beenden.«

Claudia bekam einen Schreck. »Bitte nicht, Ceyda, ich brauche dich! Aber es muss doch möglich sein, darüber zu reden, wie wir vorgehen!«

Ihre Freundin sah sie kopfschüttelnd an. »Weißt du, manchmal denke ich, du bist einfach zu anständig für die Politik.«

»Im Gegenteil«, sagte Claudia. »Nicht ich bin zu anständig, die Politik ist manchmal unanständig. Und wir können die Macht nicht solchen Gaunern wie Abele überlassen.«

»Also, was machen wir jetzt mit Anouk?«, kam Ceyda zum Ausgangspunkt zurück. »Willst du was formulieren?«

»Lass mich einen Moment nachdenken«, bat sie.

Die Idee mit dem Appell war indiskutabel, darauf würden sich die bunten Blätter mit Hingabe stürzen. Claudia sah schon die Schlagzeilen vor sich:

Familiendrama bei Bürgermeisterkandidatin – Tochter wegen Klimaterrorismus in Haft! Verzweifelte Lokalpolitikerin richtet herzzerreißenden Appell an ihre kriminelle Tochter!

Diese Vorlage würde sie ihren Gegnern nicht liefern. Warum sollte sie nicht einfach die Wahrheit sagen? Jede Mutter, jeder Vater würde begreifen, in welchem Dilemma sie sich befand. Und wenn nicht, könnte sie es auch nicht ändern. Sie würde sich nicht verbiegen.

Sie nahm einen Filzstift und schrieb nach einiger Überlegung aufs Whiteboard:

Wie Sie der Presse entnehmen konnten, hat auch unsere Tochter Anouk an der Blockade der Rollbahn am Münchner Flughafen teilgenommen. Mein Mann und ich teilen mit, dass wir diese Aktion ausdrücklich verurteilen. Trotzdem werden wir immer für unsere Tochter da sein, wenn sie uns braucht.

Ceyda nahm schweigend ihren Laptop und fügte die Zeilen in die Pressemeldung ein. Sie bat Claudia, den fertigen Text noch einmal durchzulesen, dann schickte sie ihn ab.

Claudia öffnete das Schloss an ihrem Fahrrad und überlegte. Sie legte ihre Tasche in den Korb, nahm das Handy heraus und wählte eine Nummer.

»Finja? Hier ist Claudia Berner. Wie geht's dir? Wie lief das Abi?«

Sie spürte einen Stich im Magen, als Finja von ihrem erfolgreich abgelegten Abitur erzählte und wie froh sie sei, dass die Prüfungen vorüber waren.

Auch Anouk könnte jetzt ein Abiturzeugnis in der Tasche haben und mit einem Auslandspraktikum, einem Studium oder einer Ausbildung ins Erwachsenenleben starten. Claudia fühlte sich plötzlich elend.

»Bist du denn noch in Meutlingen?«, wollte sie wissen.

»Nur noch ein paar Tage«, sagte Finja. »Gerade bin ich in der Stadt und suche ein Kleid für den Abiball. Für meine Größe scheint es nur Zelte zu geben!« Sie lachte.

Claudia zögerte. »Hättest du Zeit, mich auf einen Kaffee zu treffen? Ich kann überall hinkommen.«

Das Mädchen zögerte. »Ist es wegen … Anouk?«

»Du kennst sie am besten von allen ihren Freundinnen«, sagte Claudia.

»Okay«, sagte Finja. »Wenn ich in einer Stunde kein Kleid gefunden habe, gebe ich es sowieso auf.«

Eine Stunde später saß Claudia unter einem Sonnenschirm im Außenbereich des Marktcafés und wartete. Finja näherte sich aus Richtung der Fußgängerzone. Sie schwenkte eine Tüte mit dem Logo eines Bekleidungsgeschäfts.

Claudia lächelte ihr zu. »Hast du doch noch was gefunden?«

Finja verzog das Gesicht. »Ich hoffe es.« Sie ließ sich auf den Stuhl neben Claudia sinken.

»Was kann ich dir bringen?«, fragte die Kellnerin, die an ihren Tisch gekommen war.

Finja gab ihre Bestellung auf, dann zog sie ein blaues, schulterfreies Kleid mit geraffter Taille aus der Tüte, das sie sich vor den Körper hielt. »Wahrscheinlich sehe ich darin aus wie eine Dragqueen!«

»Das ist ein tolles Kleid«, sagte Claudia. »Du wirst großartig damit aussehen.«

Finja steckte das Kleid wieder in die Tüte. Dann blickte sie Claudia direkt an.

»Sie machen sich Sorgen wegen Anouk, stimmt's?«

»Früher hast du mich mal geduzt«, sagte Claudia lächelnd.

»Ich weiß.« Das Mädchen errötete. »Jetzt traue ich mich nicht mehr.«

»Wieso das denn?«

»Weil Sie … weil du bald Bürgermeisterin bist.«

Claudia seufzte. »Das wird sich erst noch rausstellen. Wenn Anouk so weitermacht …« Sie legte Finja die Hand auf die Schulter. »Aber du darfst mich sogar noch duzen, wenn ich irgendwann Bundeskanzlerin werden sollte.«

Die Kellnerin stellte ein großes Glas Cola light mit einer Zitronenscheibe und Eiswürfeln vor Finja auf den Tisch. Die bedankte sich und trank durstig.

Claudia zog ihren Stuhl näher an den Tisch. Sie wollte nicht, dass jemand mithören konnte.

»Du hast ja sicher mitbekommen, was mit Anouk los ist, und ich … ich würde es gerne besser verstehen.«

»Ich verstehe es ja selbst nicht«, sagte Finja, die mit einem Mal traurig aussah. »Sie wissen ja … ähm … du weißt ja, wie eng wir mal waren. Vor ungefähr einem halben Jahr hat Anouk sich immer mehr von mir zurückgezogen. Zuerst dachte ich, sie hätte Liebeskummer, weil dieser Typ mit ihr Schluss gemacht hat.«

»Du meinst diesen Philipp, der ihr vorgeworfen hat, sie sei ›zu nett‹?«, erkundigte sich Claudia.

Finja nickte. »Eine Weile hat sie ihm wohl nachgetrauert, aber dann schien es vorbei zu sein. Ich hab gehofft, dass sie wieder Lust hat, mit mir abzuhängen, aber nachdem wir uns ein paarmal gesehen haben, hatte sie plötzlich keine Zeit mehr für mich.«

»Hat sie dir erklärt, warum?«

»Na ja, sie hat wohl Leute kennengelernt, die nachts containern gehen und die Sachen dann an Bedürftige verschenken. Das fand sie cool. ›Lebensmittel retten‹ nannte sie es.«

»Hat sie da selbst auch mitgemacht?«

Finja zuckte die Schultern. »Genau weiß ich es nicht, aber ich glaub schon.«

Claudia erinnerte sich an mehrere Unterhaltungen über dieses Thema, doch sie wäre nicht im Traum auf den Gedanken gekommen, dass Anouk in die Abfalltonnen von Supermärkten tauchte, um Lebensmittel zu »retten«. Konnte es sein, dass ihre Tochter schon länger eine Art Doppelleben geführt hatte? Tagsüber brave Schülerin und nachts Aktivistin?

»Wie ging es dann weiter?«

»Wir haben uns kaum noch gesehen«, sagte Finja, »und wenn, war sie irgendwie … abwesend.«

»Hat sie was von einem Jungen erzählt?«

Finja überlegte. »Ja, da gab es jemanden, den sie ein paarmal erwähnt hat. So einen Macher aus dieser Containergruppe. Ich glaub, den hat sie ziemlich bewundert.«

»Erinnerst du dich an seinen Namen?«

Finja nahm einen Schluck aus ihrem Glas und überlegte. »Ich weiß nicht … Johannes? Jonas?«

»Joshua?«

Finjas Augen blitzten auf. »Genau!«

»Was hat sie dir von ihm erzählt?«

»Nicht viel. Dass er schlau ist, dass er vor nichts Angst hat … solche Sachen.«

»Hattest du den Eindruck, sie ist in ihn verliebt?«

Finja schaute über den belebten Platz, dann sah sie Claudia wieder an. »So direkt hat sie es nicht gesagt, aber es war schon klar, dass sie ihn mega findet.«

Claudia nickte. Allmählich bekam sie eine Vorstellung davon, wie es gelaufen sein könnte. Erst begeistert sich Anouk fürs Containern, dabei lernt sie Joshua kennen, sie verlieben sich, und – zack! – ab diesem Moment folgt sie ihm treu ergeben hinein in den Aktionismus, der sich irgendwann aufs Klima verlagert und wer weiß, wohin noch.

»Du weißt, dass sie zurzeit im Gefängnis sitzt?«, fragte Claudia.

»Wundert mich nicht«, sagte Finja. »Wenn sie was macht, dann richtig. Für ihre Überzeugung geht sie dann eben auch in den Knast.«

Claudia lief es kalt den Rücken hinunter. Was würde Anouk noch für ihre Überzeugung tun? Wie weit würde sie gehen?

»Hättest du dir das vorstellen können, dass Anouk mal so was Extremes macht?«, fragte Claudia. »Sie war immer so … unauffällig. Wir mussten uns nie Sorgen um sie machen.«

Finja knetete gedankenverloren ihre Finger, ihr Blick schweifte in die Ferne.

»Vor ein paar Jahren habe ich mal … einen Brief gefunden. Eigentlich war es nur ein zusammengeknülltes Blatt Papier, das sie weggeworfen hatte, aber es war neben ihrem Papierkorb gelandet. Ich habe es aufgefaltet und gesehen, dass es ein Brief an dich und Martin war.«

»Ein Brief an uns?« Claudia machte große Augen. »Was stand drin?«

Finja berichtete, Anouk sei unglücklich gewesen und habe sich unverstanden gefühlt, aber das war, soweit Claudia es beurteilen konnte, der normale Gemütszustand einer Pubertierenden. Nur, wieso hatte sie ihre Gefühle nicht mit der besten Freundin besprochen, sondern einen Brief an ihre Eltern geschrieben, den sie ihnen nie gegeben hatte?

»Was stand noch drin?«

»Eine Sache ist mir besonders in Erinnerung geblieben«, sagte Finja zögernd. »Sie hat geschrieben, dass ihr beide so viel arbeitet und so wenig Zeit für sie habt und dass die Firma immer wichtiger wäre als alles andere.«

Claudia schluckte. Das waren genau die gleichen Empfindungen, die sie als Jugendliche in ihrem Tagebuch festgehalten hatte. Auch sie hatte sich von ihren Eltern vernachlässigt gefühlt. Sie waren schnell bei der Hand gewesen mit Vorschriften und Verboten, aber vor allem Marianne hatte sich selten Zeit für Claudia genommen oder echtes Interesse an ihr gezeigt.

»Und dann stand da noch, sie wäre in der Familie sowieso überflüssig, wegen Julian. Der würde irgendwann die Firma übernehmen, und dass das für euch das einzig Wichtige wär.«

Claudia stiegen die Tränen in die Augen. »Das hat sie wirklich geglaubt?«

»Ich weiß es nicht«, sagte Finja. »Ich habe sie nie auf den Brief angesprochen. Jetzt wünsche ich mir, dass ich es gemacht hätte.«

»Hat sie … so was in der Art auch bei anderer Gelegenheit mal gesagt?«, fragte Claudia stockend.

Finja überlegte, dann lachte sie kurz auf. »Einmal hat sie gesagt, vielleicht sollte sie mehr Blödsinn machen, damit ihr sie bemerkt. Julian würde ständig Scheiße bauen und bekäme viel mehr Aufmerksamkeit als sie.«

Das Treffen mit Finja hatte Claudia schwer zugesetzt. Eine Weile fuhr sie ziellos durch die Stadt und versuchte zu verarbeiten, was sie gehört hatte. Sie hätte viel darum gegeben, den Brief zu lesen, aber Finja hatte ihn nicht aufgehoben. Es war ihr so peinlich gewesen, ihn gelesen zu haben, dass sie ihn wieder zusammengeknüllt und in den Papierkorb geworfen hatte.

Ohne dass es ihr bewusst gewesen wäre, hatte Claudia den Weg zur Firma eingeschlagen. Sie entschloss sich, dort ein paar Dinge zu regeln, um die sie sich ohnehin kümmern musste. Zu ihrer Überraschung wurde sie von Martin empfangen.

»Was fällt dir ein, mich in deiner Pressemeldung zu erwähnen?«, fuhr er sie an. »Ich werde Anouk nicht unterstützen, das habe ich dir ausdrücklich gesagt!«

Claudia wurde sauer. »Hätte ich schreiben sollen: ›Ich werde immer für meine Tochter da sein, weil ich so schlimme Schuldgefühle habe, meinem Mann dagegen ist es scheißegal, was mit unserer Tochter passiert, Hauptsache, sein Image leidet nicht‹? Wäre dir das lieber gewesen?« Als Martin betroffen schwieg, fuhr sie fort: »Erklär mir besser, was du hier noch machst. Packst du deine Sachen, oder hast du dich entschlossen, mich doch nicht im Stich zu lassen?«

»Ich habe eine Kündigungsfrist von drei Monaten«, erklärte er, »und selbstverständlich erfülle ich meinen Vertrag.«

Sie musterte ihn kühl. »Du erwartest hoffentlich nicht, dass ich mich dafür bedanke.«

Damit ließ sie ihn stehen und ging in ihr Büro. Auf dem Schreibtisch lag ein Umschlag mit ihrem Namen in Martins Handschrift. Sie hob ihn auf, überlegte kurz und warf ihn dann ungeöffnet in eine Schublade.

Gestern hatte er ihr mitgeteilt, dass er wieder zu Hause einziehen wolle, vorerst aber nur ins Gästezimmer. Sie war zu erschöpft gewesen, um darüber zu diskutieren. Schon jetzt fragte sie sich, ob es eine gute Idee gewesen war, ihn wieder ins Haus zu lassen.

Ihr Telefon klingelte. Sie sah aufs Display und stöhnte. Dann schloss sie die Tür und nahm das Gespräch an.

»Herr Huber, was verschafft mir die Ehre?«, fragte sie betont munter.

»Ich nehme an, das wissen Sie bereits«, sagte er.

»Das fürchte ich auch.«

»Der Hersteller ist nicht glücklich mit der Situation«, sagte Huber. »Der Name unserer Marke und der Ihrer Familie sind eng miteinander verbunden. Bislang war das eine Beziehung, von der beide Seiten profitiert haben. Schlagzeilen, in denen der Name unserer Marke mit den ... nun ja, höchst zweifelhaften Aktivitäten

Ihrer Tochter in Verbindung gebracht wird, schätzen wir ganz und gar nicht.«

Claudia atmete tief durch. Sie hatte sehr wohl registriert, dass Huber die Formulierung *eng verbunden* gewählt hatte, nicht *untrennbar verbunden.* »Was wollen Sie mir damit sagen, Herr Huber?«

»Ich will Ihnen auf keinen Fall drohen, falls Sie das denken sollten«, sagte er. »Ich überbringe nur die Bitte des Herstellers, dafür zu sorgen, dass diese Situation so schnell wie möglich in unserem Sinne geklärt wird.«

Claudia spürte Zorn in sich aufsteigen. »Haben Sie Kinder, Herr Huber?«

»Zwei Jungs. Vierzehn und sechzehn.«

»Gut«, sagte sie. »Stellen Sie sich bitte vor, Ihr älterer Sohn wird achtzehn, also volljährig. Er beschließt, die Schule hinzuwerfen, in eine Wohngemeinschaft zu ziehen und sich einer Aktivistengruppe anzuschließen. Was würden Sie tun?«

»Das würde ich nicht zulassen.«

Claudia lachte spöttisch. »Und wie verhindern Sie es?«

»Ich spreche mit ihm. Ich setze alles daran, ihn mit Argumenten zu überzeugen. Und wenn das nicht hilft, gebe ich ihm kein Geld mehr.«

»Genau das haben wir getan«, sagte Claudia. »Alle vernünftigen Eltern würden so handeln. Aber unsere Tochter verdient ihr eigenes Geld, sie wohnt offenbar sehr günstig und braucht unsere finanziellen Zuwendungen nicht. Welches Druckmittel haben Sie noch?«

»Enterben.«

Wieder lachte Claudia bitter. »Kinder sind klug«, sagte sie. »Die glauben Ihnen das nicht. Oder es ist ihnen egal, weil diese Maßnahme sie voraussichtlich in den nächsten vierzig bis fünfzig Jahren nicht betreffen wird und sie keine Ahnung haben, was es tatsächlich bedeutet.«

Er gab ein ungeduldiges Räuspern von sich. »Frau Berner, es geht hier um Ihre Tochter, also liegt es in Ihrer Verantwortung, deren Aktivitäten zu beenden.«

»Und wenn uns das nicht gelingt?«

»Müssen wir vonseiten des Herstellers über Konsequenzen nachdenken. Ihre Zahlen sind übrigens auch nicht gut. Vielleicht gibt es da sogar einen Zusammenhang? Kunden sind sehr sensible Wesen.«

»Das ist also keine Drohung, nein?« Claudia hörte selbst, wie zornig sie klang.

Huber schwieg. Nach einer Weile sagte er unvermittelt: »Wie steht es um die Übergabe der Geschäftsleitung, Frau Berner? Mir sind … Gerüchte zu Ohren gekommen.«

»Was für Gerüchte?«

»Nun ja …«, sagte er zögernd. »… dass es Verzögerungen gibt, die auf … wie soll ich es nennen … persönliche Verstimmungen zurückgehen.«

Claudia biss sich auf die Lippen. Irgendjemand in der Firma musste einen direkten Draht zu Huber haben und ihn mit Informationen füttern.

»Was die Übertragung der Geschäftsführung angeht, erfahren Sie es als Erster, wenn wir so weit sind«, sagte Claudia kühl. »Bis dahin ist und bleibt mein Mann Ihr Ansprechpartner. Auf Wiedersehen.«

Sie drückte den Aus-Knopf und warf das Handy in ihre Tasche.

»Verdammt!«, schrie sie und hieb mit der Hand so fest auf die Schreibtischplatte, dass es schmerzte.

Ihr ganzer Körper zitterte, als rollte mit dumpfem Grollen eine Lawine auf sie zu, die alles mitzureißen drohte, woraus ihr Leben bestand. Ihre Ehe, die Kinder, die Existenz der Firma, alles stand plötzlich auf dem Spiel, und sie konnte nichts tun, um diese Lawine aufzuhalten. Die sture Entschlossenheit einer

Achtzehnjährigen, die davon überzeugt war, um jeden Preis den Weltuntergang aufhalten zu müssen, brachte das gesamte Gebäude ihrer Existenz ins Wanken.

Du verdammtes Gör, dachte sie zornig, du hast mir schon einmal alles kaputt gemacht. Noch mal lasse ich das nicht zu!

Erschrocken über sich selbst, schlug sie die Hand vor den Mund, als müsste sie verhindern, diesen Gedanken laut auszusprechen.

Marianne steuerte ihr Cabrio über die Landstraße Richtung Autobahn. Das Dach war geöffnet, ihr Haar von einem straff gebundenen Kopftuch festgehalten. Sie trug eine große Sonnenbrille, die ihre Augen nicht nur vor der Helligkeit, sondern auch vor dem Luftzug schützte.

Sie hatte es immer genossen, offen zu fahren. Heute kam es ihr vor, als bliese ein riesiger Fön glühend heiße Wüstenluft in ihr Gesicht. Ihr Hals war trocken, der Atem schmerzte in der Lunge. Bis kurz vor der Autobahn hielt sie durch, dann fuhr sie an den rechten Straßenrand und schloss das Dach. Sie nahm einige tiefe Schlucke aus ihrer Wasserflasche, die sie seit einiger Zeit immer dabeihatte, dann schaltet sie die Klimaanlage an und fuhr weiter. Dankbar spürte sie den kühlen Luftzug auf ihrer Haut.

War es wirklich heißer als früher, oder war sie einfach nur empfindlicher? Sie erinnerte sich an die herrlichen Fahrten im roten Karmann Ghia und an den Schreckenstag, wo sie in der Firma vor dem verbeulten Wagen gestanden hatte. Der Anblick hatte ihr die Tränen in die Augen getrieben. Walters geliebtes Schmuckstück, das Symbol ihrer Liebe, von fanatischen Banausen mutwillig beschädigt und beschmiert!

Für sie bestand kein Zweifel, dass diese irren Klimaaktivisten dahintersteckten. Vielleicht nicht Anouk persönlich, das konnte sie sich nicht vorstellen, aber irgendwelche Leute aus ihrem Umfeld, die sich Anouks Ortskenntnis zunutze gemacht und sie gezwungen hatten, den Code der Alarmanlage preiszugeben. Claudia schien aus irgendeinem Grund nicht interessiert daran zu sein, die Sache aufzuklären. Aber sie würde ihrer Enkelin schon noch auf den Zahn fühlen; sie, Marianne Berner, würde dahinterkommen, wer ihnen das angetan hatte.

Sie versuchte, an etwas anderes zu denken, schaltete den CD-Player ein und summte die Songs von Kate Bush mit. Schon als junge Frau hatte sie die Sängerin geliebt; einmal war sie bei einem ihrer Konzerte gewesen, 1979 in Frankfurt. Zurzeit gefiel es ihr, die Musik ihrer Jugend zu hören und sich an damals zu erinnern.

Die automatische Verkehrsinformation schaltete sich ein und meldete Staus auf zwei Streckenabschnitten, von denen Marianne nicht betroffen war. Anstatt zur CD zurückzuwechseln, lief das Radioprogramm weiter.

»Und jetzt die Nachrichten. ›... rund neun Monate nach der Bundestagswahl sind viele Menschen unzufrieden mit der Klimapolitik der Regierung. Es passiere viel zu wenig und das viel zu langsam, um die drohende Klimakatastrophe aufzuhalten‹, so eine Sprecherin ...«

Marianne drückte auf verschiedene Knöpfe, um den CD-Player wieder einzuschalten, aber es gelang ihr nicht. Das Radio sprang zu einem anderen Sender.

»... die anhaltende Hitze und Dürre führt bei immer mehr Menschen in Deutschland zu gesundheitlichen Problemen wie Atemnot, Herz-Kreislauf-Schwäche und Dehydrierung. Besonders Ältere sind gefährdet. Schätzungen gehen davon aus, dass die anhaltende Hitzewelle mehr als doppelt so viele Tote fordern wird wie im vergangenen Jahr ...«

»Himmel Herrgott ...«, fluchte Marianne und drückte weitere Knöpfe.

»... in Kenia, Somalia und Äthiopien sind schätzungsweise zwanzig Millionen Menschen von Hungersnöten durch Dürre bedroht. Die anhaltende Trockenheit führt zu Ernteausfällen, der Wassermangel zu Krankheiten und Todesfällen. Hunderttausende haben bereits ihre angestammten Gebiete verlassen, weitere große Flüchtlingsbewegungen werden erwartet …«

»Aufhören!«, schrie Marianne und hieb auf die Knöpfe, bis sie den Apparat zum Schweigen gebracht hatte.

Zitternd hielt sie das Lenkrad umklammert und starrte auf die Straße.

Die Frauenabteilung der JVA war in einem modernen roten Gebäude mit schmalen, vergitterten Fenstern untergebracht, dessen halbrunde Front zu einer breiten Ausfallstraße zeigte. Der Eingang lag in einer Seitenstraße.

Marianne betrat das Gebäude und meldete sich an. Rechtsanwalt Hauner hatte, wie versprochen, eine Besuchserlaubnis erwirkt und den Termin vereinbart. Sie musste sich ausweisen, erhielt einen Besucherschein und den Schlüssel zu einem Schließfach, in dem sie ihre Tasche und das Handy einschließen musste.

Gleich würde sie ihrer Enkelin gegenübersitzen und ihr gründlich die Meinung sagen. Sie würde ihr klarmachen, welche ruinösen Konsequenzen ihr Verhalten für sie und die ganze Familie hatte. Sie würde an ihre Vernunft appellieren und, ja, das auch, ihr ein schlechtes Gewissen machen. Nach diesem Besuch sollte Anouk voller Scham und Reue auf das blicken, was sie angerichtet hatte. Und sich sehr gut überlegen, ob sie damit fortfahren wollte.

Claudia hatte ihr Anouks Bärchen und einen Brief mitgegeben, mit der dringenden Bitte, ihr beides auszuhändigen, aber die Beamtin an der Anmeldung teilte Marianne mit, dass »der Gefangenen« nichts übergeben werden dürfe. Also wurden Brief und Bärchen ebenfalls eingesperrt.

Marianne ging durch die Sicherheitsschleuse und wurde anschließend mit einem Metalldetektor untersucht. Dann erreichte sie den Wartebereich, meldete sich ein weiteres Mal an und wartete, dass »die Gefangene« geholt wurde. Nach ungefähr fünfzehn Minuten wurde ihr eine Besucherkabine zugewiesen, in der sie, von einer Beamtin bewacht, mit Anouk sprechen konnte; allerdings durch eine Glasscheibe von ihr getrennt. Marianne war irritiert. Im Fernsehen saßen nur die Schwerverbrecher hinter Glas.

Die gegenüberliegende Tür wurde geöffnet. Anouk trat ein und setzte sich. Sie sah so blass und zart aus, dass Marianne erschrak. Ihr schulterlanges Haar hing strähnig herunter, die Augen lagen tief in ihren Höhlen.

»Meine Güte, Kind«, sagte sie. »Was machst du bloß für Sachen?«

Anouk schenkte ihr ein flüchtiges Lächeln. »Hallo, Oma. Das ist ja eine Überraschung.«

»Das hättest du nicht erwartet, was?«, sagte Marianne. »Hier kann ich dir endlich mal gründlich den Kopf waschen, und du kannst nicht weglaufen!«

Anouk murmelte etwas.

»Was?« Marianne beugte sich vor und presste ihre Hand gegen die Glasscheibe. »Dieses blöde Ding. Ich höre dich gar nicht richtig.«

Sie drehte sich zu der Beamtin um, die hinter ihr auf einem Stuhl saß und sie bewachte.

»Kann man die blöde Scheibe nicht wegtun?«

»Die ist Vorschrift«, sagte die Frau.

Marianne drehte sich wieder um.

»Das hat mit dem Drogentest zu tun«, erklärte Anouk. »Ich habe mich geweigert, einen zu machen, damit gelte ich automatisch als Konsumentin. Die Glasscheibe soll verhindern, dass du mir Drogen zusteckst.«

»Ich und Drogen?« Marianne lachte scheppernd. »Aber wieso hast du dich geweigert, den Test zu machen? Du nimmst doch gar keine Drogen.«

»Aus Prinzip.«

»Wie bitte?« Sie verstand nicht.

»Man wird hier total entmündigt«, erklärte Anouk. »Bei der Ankunft muss man sich nackt ausziehen und wird überall untersucht, sogar im Arschloch und in der Scheide. Man hat keine freie Entscheidung mehr, alles wird einem aufgezwungen. Nur beim Drogentest kann man nein sagen. Wenn man einen Rest Selbstachtung behalten will, verweigert man ihn.«

Sie wirkte ruhig und gefasst, so als berührte sie das alles nicht in ihrem Innersten. Trotzdem empfand Marianne plötzlich Mitgefühl mit ihr.

»Wie geht's dir denn, Kind?«, fragte sie.

»Okay.« Es klang trotzig.

»Behandeln Sie dich anständig?«

»Ja.«

»Kriegst du genügend zu essen?«

»Es gibt nicht viele vegane Sachen«, sagte Anouk, »deshalb esse ich fast nur Brot mit Margarine.«

Wieso war sie jetzt Veganerin? Reichte es nicht, Vegetarierin zu sein? Was war an Käse oder Quark das Problem? Ach ja, erinnerte sie sich, die pupsenden Kühe waren auch schlecht fürs Klima.

Sie räusperte sich. »Hör zu, Anouk, wir haben Dr. Hauner beauftragt, sich um die Sache zu kümmern. Er wird versuchen, dich so schnell wie möglich hier rauszubekommen.«

Anouk verschränkte die Arme und lehnte sich auf ihrem Stuhl zurück. »Ich will nicht vorzeitig raus.«

»Wie bitte?«

Eine Stimme hinter Marianne ertönte. »Es ist nicht gestattet, über das Verfahren zu sprechen.«

Anouk ließ sich nicht beirren. »Ich will keinen Anwalt, und ich will kein Rechtsmittel einlegen«, fuhr sie fort. »Der Staat soll seine hässliche Fratze ruhig zeigen, indem er uns gefangen hält.«

»Es ist nicht gestattet, über das Verfahren zu sprechen«, wiederholte die Stimme, diesmal etwas lauter.

Marianne fuhr herum. »Es gibt ja überhaupt kein Verfahren«, fauchte sie. »Meine Enkelin sitzt hier ohne Verurteilung!«

»Wir haben sogar extra in Bayern den Flughafen blockiert, weil klar war, dass sie uns inhaftieren würden«, sagte Anouk jetzt laut. »Da zeigt sich, dass diejenigen, die vor der Klimakatastrophe warnen, eingesperrt werden, während die Verursacher ungeschoren bleiben. Das ist doch pervers, oder?«

Marianne war so verblüfft, dass sie nicht wusste, was sie sagen sollte. Sie hatte nicht geahnt, wie sehr Anouk sich bereits radikalisiert hatte. Es erschien ihr unfassbar, dass sie sich lieber zur Märtyrerin machen und im Gefängnis bleiben wollte, als sich von einem cleveren Anwalt raushelfen zu lassen. Damit hatte sie nicht gerechnet.

»Was ist, wenn du vor Gericht kommst?«, wollte sie wissen. »Willst du dich dann etwa selbst verteidigen?«

»Wir haben Anwälte«, gab Anouk zurück.

»Wir?«

»Meine Gruppe.«

Meine Gruppe. Wer waren diese Leute? Und warum waren sie für Anouk plötzlich so wichtig? Ein beklemmendes Gefühl beschlich sie. Es war, als würde sie Zeugin einer Entführung. Als würden unsichtbare Hände ihre Enkelin von ihr wegziehen, in eine unbekannte, gefährliche Welt, in die sie ihr nicht folgen konnte.

»Wenn Sie nicht aufhören, über das Verfahren zu sprechen, ist der Besuch beendet«, schaltete sich die Beamtin wieder ein.

Für einen Moment herrschte Stille in der Besucherkabine.

Schließlich sagte Marianne mit belegter Stimme: »Mama und Papa lassen dich grüßen. Mama wollte, dass ich dir dein Bärchen und einen Brief von ihr mitbringe, aber sie haben es nicht erlaubt.«

»Das ist lieb. Sag Mama vielen Dank und liebe Grüße. Und Papa auch.« Anouk biss sich auf die Lippen, und Marianne konnte sehen, wie sie um Fassung rang.

»Kannst du dir eigentlich vorstellen, welche Sorgen sich deine Eltern machen?«, sagte Marianne. »Deine Mutter schläft nicht mehr, dein Vater ist krank vor Angst um dich. Du weißt gar nicht, was du uns allen antust!«

»Es tut mir echt leid, Oma«, sagte Anouk. »Ich will niemandem wehtun. Ehrlich.«

»Wieso antwortest du nicht auf Nachrichten? Oder meldest dich einfach mal bei ihnen?«

Sie senkte den Blick. »Das geht nicht.«

»Wieso nicht?«

»Weil sie versuchen würden, mich von dem abzubringen, was ich tue«, sagte Anouk heftig, »und weil ich die ganze Zeit mit ihnen diskutieren müsste.«

»Na, überleg mal, warum«, sagte Marianne. »Weil sie dich lieben! Und weil ihnen wichtig ist, dass du dir deine Zukunft nicht verbaust.«

»Ich weiß, Oma«, sagte Anouk. »Es wäre viel leichter, wenn meine Eltern ignorante Idioten wären. Aber es geht eben nicht anders. Wir haben keine Zeit zum Diskutieren. Wir müssen die Politik jetzt zum Handeln zwingen.«

»Indem ihr ein paar Flugzeuge vom Fliegen abhaltet?« Mariannes Tonfall war sarkastisch. »Das wird die Politik aber schwer beeindrucken.«

Anouk reagierte nicht.

»Politiker lassen sich doch nicht erpressen«, sagte Marianne.

»Und die Mehrzahl der Menschen ist genervt von euch. Wie wollt ihr denn auf diese Weise irgendwas erreichen?«

»Wenn viele kleine Menschen an vielen kleinen Orten viele kleine Schritte tun, dann werden sie das Gesicht der Welt verändern«, sagte Anouk.

»Schön wär's«, gab Marianne zurück.

»Wir müssen die Leute nerven, sonst hört uns keiner zu«, sagte Anouk drängend und ballte eine Faust.

Marianne schüttelte resigniert den Kopf.

»Während ich hier drin festsitze, erhitzt sich das Klima unaufhaltsam weiter«, sagte Anouk. »Jeder Tag, an dem wir nicht kämpfen, ist ein verlorener Tag. Warum versteht ihr das denn alle nicht?« Ihre Stimme brach, sie kämpfte gegen die Tränen an.

Mariannes Herz zog sich zusammen. Ihr gegenüber saß keine fanatisierte Guerillakämpferin, die demnächst Molotowcocktails werfen würde. Da saß auch kein trotziger Teenager, der sich aus Lust an der Provokation gegen die Eltern und die Gesellschaft auflehnte. Auf der anderen Seite der Glasscheibe saß ein zutiefst verängstigtes, verzweifeltes Kind.

Marianne legte die rechte Hand ans Glas, als könnte sie die Glasscheibe dadurch zum Verschwinden bringen. Sie hoffte, dass Anouk ihre Hand von der anderen Seite dagegenlegen würde als Zeichen, dass da bei allen Differenzen doch noch eine Verbindung war.

Aber Anouk hielt weiter die Arme vor der Brust verschränkt, als müsste sie sich schützen. Und sei es nur vor ihren eigenen Gefühlen.

»Soll ich deinen Eltern etwas ausrichten?«, fragte Marianne sanft.

»Sag ihnen, sie sollen sich nicht so viele Gedanken machen«, sagte Anouk. »Ich weiß schon, was ich tue.« Sie stand auf. »Also dann, Oma. Lieb, dass du gekommen bist.«

»Warte«, sagte Marianne. »Ich muss dich noch was fragen.«

Anouk wartete, die Hände auf die Ablagefläche vor sich gestützt.

»Warst du …« Marianne stockte. »Hast du … etwas mit dem Angriff auf das Cabrio zu tun, Anouk?«

Ihre Enkelin schüttelte schweigend den Kopf, dann sagte sie mit fester Stimme: »Nein, Oma. Das habe ich Mama schon gesagt.«

»Weißt du, wer dahintersteckt?«

»Nein.«

»Aber du weißt, was mir der Wagen bedeutet«, sagte Marianne eindringlich. »Dieser Gewaltakt hat mir das Herz gebrochen.«

Mit einem resignierten Ausdruck im Gesicht schüttelte Anouk den Kopf. »Wenn du sonst keine Probleme hast …«, murmelte sie.

Sie stand auf und klopfte gegen die Tür, um zurück in ihre Zelle gebracht zu werden.

Als Marianne wieder vor dem Gefängnisgebäude stand, war sie ziemlich durcheinander. Keine ihrer Erwartungen, mit denen sie zu diesem Besuch aufgebrochen war, hatte sich erfüllt. Anouk war nicht gewillt gewesen, nach ihrer Standpauke dankbar das Angebot anwaltlicher Unterstützung anzunehmen. Sie hatte keine Reue und kein Bedauern gezeigt. Sie hatte sich nicht mal über die Zustände im Gefängnis beschwert. Sie war in einer Weise ruhig und entschlossen zugleich gewesen, die Marianne beängstigend fand.

Als sie auf dem Weg zum Auto war, klingelte ihr Telefon.

»Und, wie geht's ihr?«, ertönte Claudias angespannte Stimme. »Was hat sie gesagt?«

Marianne versuchte, ihren Besuch in Worte zu fassen. Sie beschrieb Anouks Aussehen und dass sie jetzt Veganerin war, nicht nur Vegetarierin. Dass sie keinen Anwalt wollte, weil »die Gruppe« sich um alles kümmere. Und dass die Aufsichtsbeamtin mehrmals versucht habe, Anouk zum Schweigen zu bringen, allerdings ohne Erfolg, wie sie nicht ohne Stolz anmerkte.

»Da sperren sie die Leute ohne Verfahren ein und verbieten ihnen dann, über das Verfahren zu sprechen«, sagte sie, »völlig hirnrissig.«

»Hat sie sich über das Bärchen gefreut?«, fragte Claudia hoffnungsvoll, »und über den Brief?«

Einen Moment lang war Marianne versucht, sie anzuschwindeln, um sie nicht zu enttäuschen.

»Man darf den Gefangenen nichts geben«, sagte sie schließlich leise.

Sie hörte Claudias Schlucken.

»Klar, hätte ich mir denken können.«

16

Martin saß in seinem Büro und versuchte zu verstehen, was er auf dem Bildschirm sah. Vier Stornierungen in drei Tagen. Er konnte sich nicht erinnern, dass es das in der Geschichte des Autohauses Berner schon einmal gegeben hatte.

Er lehnte sich zurück und überlegte. Im Grunde konnte es ihm egal sein. Er hatte seine Kündigung bei Claudia eingereicht, und in weniger als drei Monaten wäre das Autohaus für ihn Geschichte. Nach mir die Sintflut, dachte er. Eigentlich hätte er gleich hinwerfen können, da er so viele Urlaubstage angehäuft hatte, dass ein ganzes Sabbatical zusammengekommen wäre, aber er wollte die Situation nicht weiter eskalieren.

Er verschränkte die Arme hinter dem Kopf und ließ gedankenverloren die Lehne seines Schreibtischstuhls wippen. Verkäufer zu sein war wie eine Sucht, und er litt jetzt schon unter Entzug. Er sah alles genau vor sich: wie er Witterung aufnahm, wenn ein Kunde das Autohaus betrat, wie er ihn beobachtete, seine Körpersprache zu deuten versuchte, den Moment abpasste, in dem der Kunde aus seinem Selbstgespräch erlöst werden und mit einem vertrauenswürdigen Gegenüber sprechen wollte. Genau dann tauchte er wie aus dem Nichts auf und ging auf den Kunden zu, aufrecht und mit ihm zugewandten Handflächen, ein sympathisches Lächeln im Gesicht, nicht das verlogene Haifischgrinsen schlechter Verkäufer, das spürten Kunden sofort und wurden misstrauisch.

Grüß Gott, kann ich Ihnen behilflich sein?

Den richtigen Abstand zum Kunden einhalten, nicht zu nah, das wurde als aufdringlich empfunden, nicht zu weit, das wirkte desinteressiert. Nach dem Auftakt der Begrüßung folgte der Tanz des Verkaufsgesprächs: zwei vor, eins zurück, Seite, Seite und wieder nach vorn.

Augenblicke der Übereinstimmung schaffen (»natürlich ist es wichtig, dass der Verbrauch im Rahmen bleibt, aber der Wagen muss auch anständig ziehen, da gebe ich Ihnen völlig recht«), dann kurz die Hand auf den Arm des Kunden legen, Bindung herstellen. Vorsicht bei Frauen, die reagierten schnell pikiert.

Unter Männern war es leichter, das Gefühl der Gemeinsamkeit herzustellen, Verständnis für die manchmal widersprüchlichen Wünsche der Kaufwilligen zu signalisieren. Es war wie bei der Jagd, wo eine einzige falsche Bewegung die Beute verscheuchen konnte, während ein umsichtiger Jäger so gut wie jeden Bock zur Strecke brachte. Ein guter Verkäufer schaffte vier Abschlüsse bei zehn Gesprächen. Ein sehr guter fünf bis sechs. Sein Schnitt hatte, als er noch ausschließlich im Verkauf tätig gewesen war, bei acht von zehn gelegen. Noch heute brachte er die meisten Transaktionen zum Abschluss, auch wenn es manchmal zwei Gespräche brauchte. Er war immer noch ein verdammt guter Jäger.

Ihm war schon klar, warum Claudia ihn so dringend brauchte: Sie könnte es gar nicht allein wuppen. Sie hatte alle Welt glauben gemacht, sie sei die große Macherin, dabei war er es, der den Laden am Laufen hielt. Sie war fürs Repräsentative und Strategische zuständig, aber das war aus seiner Sicht kein Fulltimejob. Das hätte er locker nebenher geschafft.

Martin nahm die Arme nach unten und rollte den Stuhl näher zum Tisch. Einem inneren Zwang folgend, öffnete er zum hundertsten Mal seit Anouks Verhaftung Facebook und las die Kommentare zu Claudia.

– Politiker sind sowieso alle korrupt ich wähle nicht mehr
– Nach ihrer Rede am Samstag hätte ich sie sofort gewählt, aber jetzt, wo die Tochter im Knast sitzt?
– Die arme Frau kann doch nichts dafür, wenn die Tochter spinnt
– Die ist so reich, die kann ihre Tochter freikaufen
– jemand der gendert ist unwälbar
– jemand, der nicht gendert, ist unwählbar. Und Rechtschreibung ist Glückssache, was?
– die Berner ist eine Kapitalistin. Nieder mit der kapitalistischen Gewaltherrschaft
– wer Klimaterror unterstützt ist unwehlbar

Resigniert schüttelte Martin den Kopf. Was für Dumpfbacken. Und die durften alle wählen. Er ließ Biggi Seller schreiben: *Keine Ahnung, aber viel Meinung. Hoffentlich tanzen euch eure Kinder ordentlich auf der Nase herum.*

Er klickte Facebook weg und zwang sich, nicht auch noch Twitter, Instagram oder Youtube aufzurufen.

Stattdessen holte er sich die Liste mit den Stornierungen zurück auf den Schirm. Alles gute Kunden, die er persönlich kannte. Kurz entschlossen griff er zum Telefonhörer und rief den ersten an.

»Hannes, grüß dich, Martin hier.«

Am anderen Ende blieb es still.

Hannes war ein Mitschüler von Martin aus der Grundschule, sie kannten sich über vierzig Jahre. Er betrieb einen erfolgreichen Sanitätsfachhandel, ebenfalls ein Familienunternehmen. Als Jungen waren sie gute Freunde gewesen, später hatten sie sich immer mal wieder auf ein Bier getroffen und die alten Zeiten aufleben lassen.

»Was ist los, Hannes, warum habt ihr storniert?«, fragte er ohne Einleitung.

Er hörte ein Räuspern, dann eine Stimme, die unüberhörbar verlegen klang.

»Es tut mir leid, Martin. Mein Vater ... du kennst ihn ja ...«

»Klar kenne ich den reaktionären alten Knochen«, sagte Martin scherzhaft. Sie hatten sich oft über die konservativen Ansichten des alten Herrn mokiert, der am liebsten die Monarchie wieder einführen würde. Immerhin war er kein Nazi.

»Er fand schon die Kandidatur von der Claudia unmöglich, du weißt schon, Frauen gehören an den Herd und so. Clara und ich streiten auch immer mit ihm, weil er sie nicht in der Firma haben will.«

»Ja, und?«, sagte Martin ungeduldig.

»Die Sache mit eurer Tochter. Er ist total ausgerastet. Diese Leute seien Verbrecher, sie wollten eine Ökodiktatur errichten und ihm alles nehmen, wofür er sein Leben lang gearbeitet hat. Kurz, wenn ihr zulasst, dass Anouk mit solchen Typen gemeinsame Sache macht, wird er bei euch nicht mehr kaufen.«

Martin schluckte. Obwohl er etwas in der Art erwartet hatte, traf es ihn stärker als angenommen.

»Und du ... du lässt dir das von ihm gefallen?«, fragte er. »Du weißt, dass wir keine Ökospinner sind. Wir können nichts für den Blödsinn, den unsere Tochter verzapft.«

»Was soll ich machen?«, sagte Hannes. »Der alte Herr sitzt auf dem Geld.«

»Verstehe«, sagte Martin resigniert. Dann kam ihm ein Gedanke. »Mal ehrlich, Hannes, wie denkst du denn darüber?«

Wieder verlegenes Schweigen, diesmal so lange, dass Martin glaubte, sein Gesprächspartner hätte aufgelegt. Dann sagte er doch noch etwas.

»Natürlich seid ihr nicht schuld an dem, was eure Tochter macht. Aber wenn sie in solche radikalen Kreise gerät, da ist doch vorher schon irgendwas schiefgelaufen.«

»Alles klar, mach's gut, Hannes«, sagte Martin knapp und legte auf.

Da war er wieder, der Vorwurf, dass er und Claudia etwas falsch gemacht haben mussten. Diese Selbstgerechtigkeit ging ihm auf die Nerven. Und eigentlich war Hannes immer schon ein Depp gewesen, wenn er es sich recht überlegte. Wer sich mit fünfzig noch vom eigenen Vater herumkujonieren ließ, mit dem konnte doch was nicht stimmen.

Es dauerte eine Weile, bis er sich von dem Telefonat erholt hatte. Dann wählte er die zweite Nummer und erreichte die Sekretärin von Annette von Weitersdorff, der Besitzerin einer großen Zulieferfirma für Maschinenteile in der Region, auch sie eine Stammkundin.

»Frau Schiebler«, sagte Martin munter. »Wie geht's Ihnen? Was macht das Knie?«

Die Frau erzählte ihm ausführlich von ihrer Operation und der Reha. Martin hörte geduldig zu. Schließlich konnte er ihren Redeschwall unterbrechen.

»Dann wünsche ich Ihnen weiter gute Genesung, Frau Schiebler. Ist denn die Gräfin zu sprechen?«

Annette von Weitersdorff war keine Gräfin, duldete es aber wohlwollend, wenn gute Bekannte sie bei diesem Spitznamen nannten.

»Leider nein«, sagte die Frau. »Sie ist unterwegs. Kann ich was ausrichten?«

Martin wollte sich schon bedanken und das Gespräch beenden, da fiel ihm etwas ein.

»Frau Schiebler, Sie wissen doch immer alles und sind besser über die Geschäfte informiert als die Gräfin selbst, stimmt's?«

Die Sekretärin lachte geschmeichelt. »Na ja, ich bin ja inzwischen auch ein paar Jährchen dabei.«

»Gestern ging eine Stornierung bei uns ein«, sagte er. »Sie

wissen schon, für die zwei Minivans. Wir würden gern verstehen, was der Grund dafür ist.«

Nervöses Lachen. »Da weiß ich gar nichts drüber, Herr Berner, wirklich gar nichts.«

»Sind Sie sich da sicher?«

Nach einer längeren Pause sagte die Sekretärin, plötzlich sehr förmlich: »Frau von Weitersdorff ist im Aufsichtsrat der Münchner Flughafengesellschaft, wenn Ihnen das hilft.«

»Danke«, sagte Martin.

Es half nicht, aber es erklärte einiges.

Marianne konnte es selbst kaum glauben, aber sie hatte es getan. Als abzusehen war, dass sie nach München fahren würde, hatte sie sich bei Klaus gemeldet. Zu ihrer Überraschung hatte er umgehend geantwortet und ihr vorgeschlagen, sich zu treffen. Er wohne nicht weit von München entfernt und könne gern in die Stadt kommen. Und so stand sie nun hoch über der Isar mitten auf der Corneliusbrücke, blickte auf das Deutsche Museum und wartete auf einen Mann, der fünfundzwanzig gewesen war, als sie ihn das letzte Mal gesehen hatte, vor mehr als fünfzig Jahren.

Sie fühlte sich der Wirklichkeit seltsam entrückt, vielleicht lag das an dem Gespräch mit Anouk, an der beklemmenden Atmosphäre im Gefängnis, vielleicht auch an der Hitze oder daran, dass sie schon lange nichts so Leichtsinniges mehr getan hatte. Sich mit einem quasi wildfremden Menschen zu verabreden wäre bis vor kurzem außerhalb ihrer Vorstellungskraft gewesen.

Noch immer war ihr nicht klar, warum sie Klaus nach dieser langen Zeit sehen wollte. Natürlich, der Auslöser war das Foto von diesem Joshua gewesen, der ein wenig so aussah wie Klaus als junger Mann. Aber was genau erwartete sie sich von diesem Treffen? Die Bestätigung, dass es damals richtig gewesen war, den »Revoluzzer« zu verlassen und zurückzukehren in die Sicherheit ihres Zuhauses in der schwäbischen Kleinstadt? Oder die Erinnerung an ein Gefühl der Leidenschaft, das sie in dieser Form danach niemals mehr empfunden hatte? Wollte sie sich, so spät in ihrem Leben, beruhigen oder aus der Ruhe bringen lassen? Sie wusste es selbst nicht.

Aufmerksam musterte sie die Passanten, die von beiden Seiten kommend die Brücke überquerten. Es war verblüffend, wie genau man das Alter einer Person anhand des Ganges einschätzen konnte. Meist sah sie auf den ersten Blick, ob es sich um einen älteren oder jüngeren Menschen handelte, und da alle an ihr vorbeimussten, um auf die jeweils andere Uferseite zu kommen, konnte sie ihre Beobachtungen aus der Nähe überprüfen.

Mit einem Mal durchzuckte es sie. Ein älterer Mann mit grauen Locken kam, den Blick fest auf sie gerichtet, überraschend elastisch auf sie zugefedert. Jetzt wäre der letzte Augenblick, sich wegzudrehen und davonzugehen. Sie straffte den Rücken und blieb, wo sie war.

Er verlangsamte seinen Schritt, blieb stehen und sah sie an. »Marianne.«

Sie lächelte. »Klaus.«

Sein Blick war derselbe. Warm und durchdringend zugleich, als wollte er sicherstellen, dass ihm nichts entging.

Hoffentlich sagt er jetzt nichts Dummes, dachte sie. *Du hast dich aber gut gehalten.* Oder: *Meine Güte, ist das lange her.*

»Trinkst du immer noch so gern Äppelwoi?« Er grinste.

Von einer Sekunde zur nächsten sah sie sich mit ihm am Ufer des Mains sitzen, das seltsame süßsaure Gebräu schlürfend, das sie damals kennen- und lieben gelernt hatte. Sie konnte sich nicht erinnern, es nach diesem Sommer jemals wieder getrunken zu haben.

Sie lachte ungläubig. »Dass du dich daran erinnerst!«

»Das liegt lange genug zurück«, sagte er. »Aber frag mich besser nicht, was vorgestern war.«

»Kenne ich«, sagte sie. »Das ist der Beginn der Verblödung.«

Er gluckste zustimmend und nahm ihren Arm. »Lass uns ein paar Schritte gehen. Da unten ist es schattig.« Er deutete auf einen Weg am Isarufer, der in einiger Entfernung vom Fluss unter Bäumen verlief.

Sie spürte seinen Arm an ihrem Körper, wie damals bei der Demo, und erschauerte leicht. Sie durchquerten ein kleines Parkstück mit einem Schachbrett am Boden, um das hauptsächlich alte Männer herumstanden und auf die Figuren starrten, während nebenan Bälle in einen Basketballkorb geworfen wurden. Junge Mütter schoben Kinderwagen, während sie auf ihre Handys starrten.

Als sie die schattige Allee erreicht hatten, atmete Marianne auf. Hier war es angenehmer. Klaus ließ ihren Arm los und ging, seine Geschwindigkeit an ihre anpassend, neben ihr her. Bisher hatten sie kaum gesprochen, nur ein paar Bemerkungen übers Wetter ausgetauscht. Wie nimmt man einen Gesprächsfaden wieder auf, der mehr als fünfzig Jahre zuvor geendet hatte?

»Erzähl doch mal«, begann sie unbeholfen. »Wie ist es dir denn so ergangen?«

Anderthalb Stunden später saßen sie in einem schattigen Biergarten unter großen Kastanienbäumen, aßen Obatzter mit Brezen und tranken Weißbier, das Münchner Äquivalent zum Frankfurter Äppelwoi.

Sie erzählten sich gegenseitig ihr Leben, zwangsläufig unvollständig, von Fragen unterbrochen, hin und her springend, immer wieder staunend und lachend. Vor allem aber mit einer selbstverständlichen Vertrautheit, die Marianne verblüffte. Es kam ihr vor, als wären gerade mal ein paar Jahre vergangen zwischen damals und heute, kein halbes Jahrhundert.

Klaus war nach dem Studium tatsächlich viel in der Welt herumgekommen, hatte in Dubai, im Sudan und in Ägypten gelebt und immer irgendwelche Maschinen gebaut oder gewartet.

Ob er das Leben von Menschen besser gemacht hätte, wie er es sich erträumt hatte, wollte sie wissen.

»Eine große Frage«, sagte er, nachdem er sich Zeit zum Nachdenken genommen hatte. »Ich hoffe, dass ich es zumindest nicht schlechter gemacht habe – bis vor ein paar Jahren jedenfalls. Damals habe ich umgesattelt auf die Autoprüfstände. Das bedaure ich heute.«

»Wieso denn das?«, fragte Marianne.

Er seufzte und nahm den letzten Schluck aus seinem Weißbierglas. »Lass uns gehen, ich würde dir gern was zeigen.«

»Was denn?«

»Du bist noch genauso ungeduldig wie früher«, sagte er lächelnd.

Sie bezahlten und verließen das Lokal. Diesmal führte er sie aus dem Schatten der Bäume heraus direkt ans Ufer des Flusses, das in der prallen Sonne lag. Sie gingen immer noch stadtauswärts. Marianne begann, sich Sorgen über den Rückweg zu machen. Sie war, obwohl sie über eine gute Kondition verfügte, allmählich erschöpft.

»Es ist so heiß«, stöhnte sie nach kurzer Zeit. »Wieso gehen wir nicht im Schatten?«

»Wenn es dir zu viel wird, können wir für den Rückweg die S-Bahn nehmen«, schlug Klaus vor.

Nach einer Weile zeigte er auf das an den Rändern ausgetrocknete Flussbett, in dem der sonst reißende Strom mit halber Kraft dahinplätscherte. Den wenigen Badegästen, die in der Hitze Abkühlung suchten, ging das Wasser nicht einmal bis zu den Knien. Am gegenüberliegenden Ufer ragte das Gestein mehrere Meter in die Höhe.

»Siehst du es?«

Sie hob die Sonnenbrille an und kniff die Augen zusammen. »Was?«

»Lass uns näher rangehen.«

Sie folgte ihm ein Stück weiter ins trockene Flussbett hinein, über Steine und Geröll. Glücklicherweise hatte sie flache Schuhe an.

Die Gesteinsformation auf der anderen Seite war nun deutlich zu sehen. Marianne erkannte zwei Platten, in die etwas eingeritzt war.

»Wenn du ... mich siehst, dann ... weine«, entzifferte sie. »Wir ... hungern heute, ihr werdet ... wieder hungern.«

Trotz der Hitze lief es ihr eiskalt den Rücken hinunter. »Was ist das?«

»Man nennt sie Hungersteine«, sagte Klaus. »In früheren Zeiten dienten sie als Markierungen, die Niedrigwasser anzeigten.«

»Und was bedeuten die Jahreszahlen?«, fragte sie.

»1842 und 1857 gab es große Dürren, in deren Folge schlimme Hungersnöte entstanden sind. Dieses Jahr kann man die Steine nach fast zwanzig Jahren zum ersten Mal wieder sehen.«

Erschlagen von der Hitze und dem Anblick der Inschriften stand Marianne am Ufer des halb ausgetrockneten Flusses. Vor ihrem geistigen Auge sah sie ausgezehrte Menschen, die sie mit hohlen Augen anstarrten und die Hände ausstreckten, als wollten sie um Nahrung bitten.

Sie schüttelte den Kopf, um das Bild loszuwerden.

»Können wir zurückgehen?«, bat sie.

Sie schlugen den Weg zur S-Bahn ein. Eine Weile gingen sie schweigend nebeneinander her.

»Was hat das hier mit den Rüttelmaschinen zu tun?«, fragte sie schließlich.

Er blieb stehen und sah sie an. »Verstehst du das wirklich nicht?«

»Menschen brauchen Autos«, sagte Marianne. »Da ist es doch besser, sie bekommen welche, die sicher sind.«

»Ist klar, dass du das so sehen musst. Mir wäre es trotzdem lieber, ich hätte die letzten Jahre meiner Berufstätigkeit mit etwas Sinnvollerem verbracht.«

Sie gingen weiter. Marianne konnte ein leises Gefühl der Enttäuschung nicht unterdrücken. Kritik an Autos, und sei sie noch so indirekt, fühlte sich für sie immer persönlich an. Wie konnte es auch anders sein, ihr ganzes Leben hatte sich um Autos gedreht. Sie war es müde, sich deshalb verteidigen zu müssen. Klaus, der zu spüren schien, was in ihr vorging, wechselte das Thema.

»Was hat dich eigentlich heute nach München geführt?«, fragte er.

Als sie nach einer kurzen Pause unvermittelt auflachte, war er sichtlich verwirrt.

»Eigentlich ist es überhaupt nicht lustig«, sagte sie.

»Offenbar schon.«

»Ich habe meine Enkelin Anouk besucht«, sagte sie schließlich. »Sie ist Klimaaktivistin und sitzt gerade für zwei Wochen in Präventionshaft. Sag noch mal einer, das Schicksal habe keinen Sinn für Ironie.« Sie feixte.

Zuerst musste auch er lächeln, aber schnell hatte er sich wieder im Griff.

»Das tut mir leid«, sagte er.

»Ihr Freund, der sie in das Ganze reingezogen hat, ist übrigens der Grund dafür, dass ich dir geschrieben habe«, fuhr Marianne fort. »Er hat mich irgendwie an dich erinnert.« Sie lachte wieder auf. »Du hast nicht zufällig einen Enkel?«

Bedauernd schüttelte er den Kopf. »Nicht mal Kinder.«

Für einen Moment schwiegen beide.

»Wie geht's deiner Enkelin?«, fragte Klaus. »Ich stelle mir das schlimm vor im Knast.«

»Ich weiß nicht«, sagte Marianne. »Sie hat mir erklärt, dass sie und ihre Freunde extra hier in Bayern protestiert haben, weil sie wussten, dass sie dann in Haft kommen. Sie wollen, dass der Staat sich selbst entlarvt und seine ›hässliche Fratze‹ zeigt.«

»Und das tut er.« Klaus guckte grimmig.

»Fängst du jetzt auch noch an«, sagte sie und versuchte, es scherzhaft klingen zu lassen.

Eine Weile gingen sie schweigend nebeneinander her. Dann blieb Marianne stehen und sah ihn ernst an.

»Weißt du, Klaus, wir sind in einem Alter, in dem man zwei Optionen hat: sich in eine Katastrophe hineinzusteigern, die man gar nicht mehr erleben wird, oder sich auf die schönen Dinge zu konzentrieren, die vielleicht noch vor einem liegen. Ich habe mich zu Letzterem entschlossen.«

»Man könnte das ignorant finden«, sagte er und zog eine Augenbraue hoch.

»Oder vernünftig«, gab sie zurück.

Plötzlich fasste er sie an beiden Schultern und schaute ihr ins Gesicht.

»Zu schade, dass wir uns damals aus den Augen verloren haben, Marianne. Wir hätten uns all die Jahre so herrlich streiten können.«

17

Claudia wälzte sich seit Stunden schlaflos im Bett, wie neuerdings fast jede Nacht. Sie litt so sehr unter dem andauernden Schlafmangel, dass sie dachte, sie würde irgendwann einfach zusammenbrechen. Aber dann stand sie die Tage doch irgendwie durch, funktionierte wie auf Autopilot und wunderte sich jeden Abend, dass sie sich noch auf den Beinen halten konnte. Bald könnte sie sich der Wissenschaft als medizinisches Wunder andienen: Die Frau, die keinen Schlaf braucht.

Ihre Gedanken kreisten unaufhörlich um Anouk. Einerseits fühlte sie sich hilflos und war wütend auf ihre Tochter, andererseits zerriss es ihr fast das Herz, wenn sie sich vorstellte, wie die einsam in ihrer Gefängniszelle hockte, Brote mit Margarine aß und sich immer weiter in Weltuntergangsszenarien hineinsteigerte. Ob das Wachpersonal sie wirklich anständig behandelte? Die Aktivisten und Aktivistinnen riefen so viel Aggression in der Bevölkerung hervor – vielleicht nutzte die eine oder andere Aufseherin die Gelegenheit, ihren Zorn an ihr auszulassen?

Claudia konnte nicht glauben, dass sie sich überhaupt derartige Gedanken machen musste. Ihre Tochter! Im Gefängnis! Bald würde Anouk vor Gericht kommen und danach vorbestraft sein. Lehrerin könnte sie dann bestimmt nicht mehr werden. Wer wusste schon, was sie überhaupt noch werden konnte? Vielleicht würde sie ihr Leben lang Schulden abbezahlen müssen, und jeder

Cent, den sie über das Existenzminimum hinaus verdiente, würde gepfändet werden. Claudia konnte es einfach nicht fassen.

Vor wenigen Wochen noch war alles in Ordnung gewesen, sie hatte ihr Leben im Griff gehabt und sich zuversichtlich und stark gefühlt. Und nun kam sie sich vor wie in einem bösen Traum, aus dem sie einfach nicht erwachen konnte. Ihre Tochter im Knast, ihre Ehe in der Krise, die Firma in Turbulenzen ... was könnte jetzt noch kommen? Sie begann sich Horrorszenarien auszumalen, was ihren Stresspegel noch weiter in die Höhe trieb.

Auch zwischen ihr und Ceyda kriselte es. Die Doppelrolle als Freundin und Auftragnehmerin schien ihr immer mehr über den Kopf zu wachsen. Nach ihrem Ausraster hinter der Wahlkampfbühne hatte sie ein paarmal gedroht, die Zusammenarbeit zu beenden, und Claudia hatte sie angefleht, es nicht zu tun. Sie hatte ja kein Team, in dem jemand einfach ausgetauscht werden konnte. Sie hatte nur Ceyda, die Wahlkampfmanagerin, Pressefrau, Coach und Beraterin in einem war und damit für Claudia unentbehrlich.

Ceyda aber war zunehmend frustriert. Alle ihre Bemühungen stünden ständig auf der Kippe und drohten von einem Moment zum nächsten nutzlos zu werden, wenn die Situation mit Anouk und »Fünf nach zwölf« weiter eskalierte. Schon jetzt hatte sie sich skeptisch gezeigt, dass sie die Lage wieder unter Kontrolle bekommen würden.

»Stell dir vor, eine Frau hat mir gesagt, sie glaube an die genetische Vererbbarkeit von Kriminalität«, hatte sie Claudia augenrollend erzählt. »Wenn ein Familienmitglied kriminell wird, wär das ein Zeichen dafür, dass der Gendefekt in der Familie jederzeit auch bei anderen ausbrechen könnte. So eine würde dich ganz bestimmt nicht mehr wählen.«

Von jemandem, der solchen Quatsch glaube, wolle sie gar nicht gewählt werden, hatte Claudia geantwortet. Aber dann musste sie einsehen, dass sie sich ihre Wählerinnen und Wähler nicht aussuchen konnte, sondern dankbar für jeden einzelnen sein sollte. Sie setzte auf Zeit. Bis zur Wahl war es noch etwas hin, und die Menschen waren vergesslich. Das würde aber nur funktionieren, wenn von Anouk keine neuen Störmanöver kamen.

Für Ceyda, die keine Kinder hatte, war es unvorstellbar, dass man die eigene Tochter nicht zur Vernunft bringen und dazu zwingen konnte, ihr zerstörerisches Verhalten einzustellen. Ganz egal, wie oft Claudia der Freundin erklärte, dass Anouk ein freier Mensch war und ihre eigenen Entscheidungen traf, für Ceyda blieb es unverständlich. In ihrer Familie würde niemand etwas tun, was einem anderen Familienmitglied schadete, fertig.

Morgen würde Anouk aus dem Gefängnis kommen, und es war völlig unberechenbar, was sie als Nächstes tun würde. Wäre sie nach dieser Erfahrung geheilt, oder würde sie sich sofort wieder irgendwo festkleben? Würde sie vielleicht für eine Weile nach Hause kommen und sich von den Strapazen erholen oder erneut untertauchen, sodass ihre Familie sie nicht erreichen konnte?

Claudia sehnte ein Treffen mit Anouk herbei. Weil sie mit eigenen Augen sehen wollte, wie es ihr ging, aber auch, um den Zorn, der sich im Laufe der letzten Wochen gegen sie angestaut hatte, zu besänftigen. Sie war erschrocken über die Wucht der negativen Gefühle, die plötzlich in ihr hochgekommen waren. Sie musste ihre Tochter sehen, um sich ihrer Liebe zu ihr zu vergewissern.

Sie hatte überlegt, sie am Gefängnis abzuholen, wenn sie entlassen wurde. Das wäre der einzige Moment, in dem sie Anouk mit Sicherheit abfangen könnte. Aber Ceyda war schon ausgeflippt, als sie diese Idee nur erwähnt hatte.

»Da lauern doch garantiert irgendwelche Presseheinis, wenn die Aktivisten rauskommen«, sagte sie. »Ein Foto von dir und deiner Tochter vor dem Knast, und wir haben den nächsten Shitstorm.«

Claudia sah auf die Uhr und stöhnte. Schon Viertel vor fünf. Wenn sie jetzt nicht wenigstens zwei bis drei Stunden schliefe, würde der kommende Tag noch schlimmer werden als alle vorigen. Aber sie war so aufgewühlt und unruhig, dass daran nicht zu denken war. Sie wälzte sich weiter hin und her und grübelte.

Zum Glück schlief Martin immer noch im Gästezimmer, sodass sie nicht fürchten musste, ihn mit ihrer Unruhe zu stören. Wenn sie an die kühle Stimmung zwischen ihnen dachte, an den künstlichen Tonfall, das vordergründige So-tun-als-wäre-nichts, drohte sie vollends zu verzweifeln. Demnächst würden sie anfangen, sich gegenseitig wieder zu siezen, so krampfhaft bemühten sie sich, ihre Gefühle zu verbergen und höflich zu bleiben. Sie hatte keine Ahnung, wie sich dieses Gemisch aus Verletzung, Wut und Resignation, das zwischen ihnen entstanden war, jemals wieder auflösen sollte.

Claudia setzte sich auf den Bettrand und vergrub ihren Kopf in den Händen. Ihr ganzer Körper vibrierte vor Erschöpfung. Schließlich stand sie auf und ging in die Küche, wo sie einen Becher Milch in der Mikrowelle erhitzte und Honig hineinrührte. Angeblich kurbelte das die Serotoninproduktion an und wirkte schlaffördernd. Sie würde auch aufgelöste Spinneneier trinken, wenn es ihr zu Schlaf verhelfen würde. Vorsichtig schlürfte sie kleine Schlucke der süßen Flüssigkeit, die nach Kindheit und mütterlicher Fürsorge schmeckte. Während sie trank, tippte sie auf ihrem Tablet herum, das auf dem Küchentisch lag. Aus Gewohnheit checkte sie auch die Nachrichten auf der Webseite von »Fünf nach zwölf« und fand eine Meldung vom Vorabend:

Die mutigen Aktivist:innen von „Fünf nach zwölf", die in Präventivhaft in München einsitzen, weil der Staat lieber die Mahnerinnen und Mahner vor der Klimakatastrophe bestraft als deren Verursacher:innen, kommen morgen

nach zwei Wochen planmäßig aus dem Gefängnis. Um möglichst wenig Aufmerksamkeit in der Öffentlichkeit zu erregen, werden die Aktivist:innen bereits
um sieben Uhr früh entlassen – drei Stunden früher als angekündigt.

Claudia war wie elektrisiert. Es war zehn nach fünf, nach München würde sie anderthalb Stunden brauchen, zur JVA am anderen Ende der Stadt etwas länger. Sie könnte es gerade bis sieben
Uhr schaffen. Sie könnte Anouk dort abfangen und überzeugen,
mit ihr nach Hause zu kommen.

Sie stürmte die Treppe hoch, zog sich an, putzte ihre Zähne
und band ihr Haar zusammen. Dann griff sie nach Handtasche und Autoschlüssel, und wenig später war sie unterwegs.
Die Straßen waren leer, nur vereinzelt begegneten ihr andere
Autos. Je näher sie der Autobahn kam, desto voller wurde es,
die Autobahn selbst war stark befahren. Der morgendliche Be-
rufsverkehr hatte begonnen, Lkws überholten sich gegenseitig,
und die übermüdeten Fahrer hupten ungeduldig, wenn einer
sich zu viel Zeit ließ.

Claudias Augen brannten, die Müdigkeit war einer fiebrigen
Erregung gewichen. Gleich würde sie ihre Tochter in die Arme
schließen, sie würde sie trösten und ihr versichern, dass sie zu ihr
stand, egal was kam. Zu Hause würde sie ihr ein Bad einlassen,
etwas Gutes für sie kochen, Gulasch mit Spätzle und Preiselbee-
ren vielleicht? Ach nein, sie war ja jetzt Veganerin, na dann eben
Kässpätzle mit geschmorten Zwiebeln oder Maultaschen. Es gab
inzwischen auch veganen Käse und sogar vegane Maultaschen,
die angeblich gar nicht so schlecht waren.

Sie würden sich zusammen aufs Sofa kuscheln und endlich
über alles reden; sie würden sich wieder näherkommen und versuchen, einander zu verstehen. Vielleicht würde auch Martin zur
Besinnung kommen und die Liebe zu seiner Tochter und auch
zu ihr wiederfinden, die unter einer Schicht aus Zorn und Frust

begraben war, aber nicht tot, da war sich Claudia sicher. Alles würde gut werden.

Hinter ihr erklang martialisches Hupen, sie schreckte zusammen, kam zu sich und verließ die linke Spur, wo ein wütend gestikulierender Lkw-Fahrer an ihr vorbeizog. Sie versuchte mit aller Kraft, sich zu konzentrieren, trotz der schmerzenden Augen und der bleiernen Müdigkeit in ihrem Körper. Kurz überlegte sie, eine Pause an einer Raststätte zu machen, um schnell einen Kaffee zu trinken und eine Flasche Wasser zu kaufen, aber sie wollte kein Risiko eingehen. Ihr Navi gab an, dass sie um 6.52 Uhr ihr Ziel erreichen würde. Nur eine kleine Verzögerung, und sie käme zu spät.

Als sie am Frauengefängnis eintraf, wartete dort ein Grüppchen von Demonstranten mit einem Transparent, vermutlich Anhänger von »Fünf nach zwölf«. Claudia sah niemanden mit Kamera oder Mikrofon, den sie eindeutig als Pressevertreter hätte identifizieren können. Aber da ein Handy ausreichte, um Bild- und Tonaufnahmen zu machen, konnte man sich darauf nicht verlassen. Sie schob den Gedanken weg. Wenn irgendjemand ihr schaden wollte, könnte er das sowieso. Inzwischen ärgerte sie sich, dass sie sich von Ceyda hatte verrückt machen lassen.

Sie sah sich nach einem Parkplatz um. Gegenüber dem Eingang waren alle Plätze belegt. Erst ein ganzes Stück entfernt, in einer Seitenstraße, wurde sie fündig. Das Display ihres Handys zeigte 6.58 Uhr.

Sie warf einen Blick in den Rückspiegel und erschrak. Sie sah aus, als hätte sie die Nacht trinkend und koksend in einer Bar verbracht. Schnell setzte sie ihre Sonnenbrille auf, um ihre geröteten Augen und die Tränensäcke zu verbergen. Mit schnellen Schritten lief sie auf das Gefängnis zu. In diesem Moment öffnete sich die Tür, und drei Frauen kamen nach draußen. Die Gruppe johlte und winkte zur Begrüßung. Claudia entdeckte ihre Tochter unter den Entlassenen und winkte ebenfalls.

»Anouk!«, rief sie, war aber noch zu weit entfernt, um die Rufe der anderen übertönen zu können.

Sie lief weiter, bis sie auf wenige Meter herangekommen war.

»Anouk«, rief sie noch einmal. »Hier bin ich.«

Anouks Blick richtete sich für den Bruchteil einer Sekunde auf sie, dann schaute sie weg. Sie verschwand in der Gruppe, tauchte kurz wieder auf und ging dann eilig zur Straße.

Entgeistert sah Claudia, wie sie mit den zwei anderen Frauen in ein bereitstehendes Auto stieg, das sofort startete und sich schnell entfernte.

Regungslos stand sie da und blickte dem Wagen nach. Warum tat sie das? Was hatte sie ihrer Tochter angetan, um eine solche Behandlung zu verdienen? Niedergeschlagen und zornig zugleich, kehrte sie zu ihrem Auto zurück und stieg ein. Sie knallte die Tür zu und schloss für einen Moment die brennenden Augen. Dann zog sie ihr Telefon heraus und tippte.

Wieso läufst du vor mir weg? Ich will doch nur mit dir reden, verdammt noch mal! Bitte melde dich!

Martin saß in seinem Büro und studierte Stellenanzeigen. Neugierig ließ er seinen Blick über die Angebote schweifen und hatte das Gefühl, etwas Verbotenes zu tun. Es war, als surfte er heimlich durch Pornoseiten, dabei versuchte er doch nur, eine vernünftige Lösung für den Konflikt zwischen Claudia und ihm zu finden.

- *Leiter Verkauf für Nutzfahrzeugsparte gesucht*
- *Logistikunternehmen sucht Geschäftsführer*
- *Sie suchen eine neue Herausforderung? Vertriebsleiter Deutschland für Neuheit im Bereich Mobilität gesucht*

Alles nicht sehr verlockend, wenn nicht gar dubios. *Neuheit im*

Bereich Mobilität – was sollte das sein? Elektroroller mit Passagier-kabine? Selbstfahrendes Auto? Flugtaxi? Martin stieß die Luft aus.

Eine Weile scrollte er noch herum, dann klickte er die Seiten frustriert weg.

Er blickte sich in seinem Büro um. Obwohl es sich um einen ausgesprochen nüchternen Raum handelte, konnte er einen An-flug von Wehmut nicht unterdrücken. Dreiundzwanzig Jahre war er nun im Autohaus Berner angestellt, zwanzig davon hatte er – zumindest zu einem erheblichen Teil – in diesem Büro verbracht. Ein Mal war es renoviert worden; neuer Anstrich, neuer Teppich, neue Regale. War auch schon wieder fast zehn Jahre her.

Gegenüber, auf der anderen Seite des Flurs, hatte Claudia ge-sessen. Unzählige Male hatten sie sich Blicke zugeworfen, Zei-chen gemacht, einander aufgesucht, um etwas persönlich zu be-sprechen. Ihre Zusammenarbeit hatte reibungslos funktioniert, als griffen ihre unterschiedlichen Begabungen und Fähigkeiten auf geheimnisvolle Weise ineinander und ergäben gemeinsam etwas Neues, was mehr war als die Summe seiner Einzelteile. Martin hatte sich genau am richtigen Platz gefühlt, und anders als viele Ehepaare, die es nicht ertragen könnten, auch noch mit dem Partner zusammenzuarbeiten, hatte es die Beziehung zwi-schen Claudia und ihm gestärkt. Das Gefühl, über die Familie hinaus ein gemeinsames Projekt zu haben, hatte sie über die Jahre zusätzlich zusammengeschweißt. »Wir sind das Dreamteam«, hatte Claudia ihm lächelnd zugeflüstert, wenn sie einen beson-ders guten Abschluss gemacht hatten.

Er war sich unentbehrlich vorgekommen, nein, er war un-entbehrlich für Claudia, das wusste er. Umso unglaublicher er-schien es ihm, dass all das vorbei sein sollte. Aber das Gefühl der Demütigung, das in ihm bohrte, war stärker als seine Sehnsucht nach der Vergangenheit. Jetzt ging es nur noch darum, eine Lö-sung zu finden, die es ihm erlaubte, einigermaßen unbeschädigt aus der Sache rauszukommen. Was aus Claudia und der Firma wurde, musste ihm gleichgültig sein. Nun ja, nicht ganz, er blieb Anteilseigner.

Heute Morgen hatte er Claudia noch gar nicht gesehen, offenbar hatte sie das Haus früh verlassen. Er fragte sich nicht mehr, wohin sie ging und was sie tat. Sie könnte eine Affäre haben, und er würde nichts davon mitbekommen. Seit Beginn der Kampagne, so schien es ihm, war die innere Verbindung zwischen ihnen abgerissen. Das gemeinsame Projekt war von ihr aufgekündigt worden, sie waren wieder zu Individuen geworden, die ihren Aufgaben getrennt nachgingen und sich oft nicht mal mehr abends zu Hause begegneten.

Was all das auf Dauer für ihre Ehe bedeutete, wusste er nicht. Immer wieder stritten sie heftig über den Umgang mit Anouk, und Claudia ergriff in einer Weise Partei für sie, die er absurd fand. Er hingegen verlangte das einzig Vernünftige: dass seine Tochter die Verantwortung für das übernahm, was sie angerichtet hatte. So hatte es sein Vater ihm beigebracht, nicht selten in Verbindung mit einer kräftigen Tracht Prügel. *Dass. Man. Die. Konsequenzen. Seines. Handelns. Trägt.* War das wirklich zu viel verlangt?

Sein Telefon klingelte. Bert, der Werkstattleiter, meldete sich.

»Ich habe Ihre Frau nicht erreicht«, sagte er ohne Einleitung.

Martin schwieg. Seit seinem Zusammenstoß mit dem Azubi verhielt Bert sich merklich distanziert ihm gegenüber. Auch andere Mitarbeiter wichen seinem Blick aus, wenn er auftauchte.

»Ich sollte ihr Bescheid sagen, wenn der Karmann Ghia fertig ist.«

»Danke«, sagte Martin. »Ich geb's weiter.«

»Noch was, Herr Berner. Wir haben die Spraydose gefunden, mit der die Schrift aufgesprüht wurde.«

Martin wurde hellhörig. »Ach ja?«

»Sie lag in einem Gebüsch neben dem Parkplatz, so als hätte sie jemand auf der Flucht weggeworfen. Ich habe sie vorsichtig mit einer Plastiktüte aufgehoben und sie darin verstaut. Man könnte sicher Fingerabdrücke finden, also, wenn man das will.«

»Gute Arbeit«, sagte Martin. »Bitte verwahren Sie die Dose an einem sicheren Ort.«

Er fragte sich, warum Claudia so vehement dagegen war, die Polizei einzuschalten. Natürlich, die mangelhaften Sicherheitsmaßnahmen waren ein bisschen unangenehm, aber das würde die Polizei nicht von Ermittlungen abhalten. Ohne Anzeige konnten sie den Schaden nicht mal der Versicherung melden.

Es war fast so, als hätte Claudia einen konkreten Verdacht und wollte jemanden schützen. Aber wen? Tatsächlich kamen durch den leicht zugänglichen Code mehrere Personen als Verdächtige infrage, aber wenn Claudia jemanden deckte, dann sicherlich nur innerhalb der Familie. Marianne und Claudia selbst schieden aus, er ebenfalls. Julian hatte keinerlei Motiv für eine solche Tat, blieb also nur Anouk, selbst wenn die ihre Unschuld beteuerte. Vielleicht hatte sie nicht persönlich auf das Auto eingeschlagen, das traute er ihr tatsächlich nicht zu. Aber sie könnte jemanden in die Halle gelassen haben. Dieser Typ, Joshua, war ja beim Jubiläum hier gewesen; vielleicht hatte er schon damals die Örtlichkeiten ausspioniert.

Plötzlich fiel ihm ein, dass Anouk heute aus dem Gefängnis entlassen werden sollte. Er war gespannt, ob sie nach Hause kommen würde. Falls ja, hatte er ein neues Problem: Er müsste sie, wenn er konsequent sein wollte, sofort wieder wegschicken.

Die Vorstellung, seiner eigenen Tochter die Tür zu weisen, tat ihm in der Seele weh. Er war doch kein Monster. Er war ein Vater, der das Beste für sein Kind wollte. Also hoffte er inständig, dass Anouk gar nicht erst auftauchen würde.

18

Marianne hatte ihre morgendlichen Spaziergänge wieder aufgenommen – sie stand nun eine Stunde früher auf, um vor der großen Hitze wieder zu Hause zu sein. Erst nach Einbruch der Dunkelheit im Park herumzugehen, wie sie es einige Male getan hatte, war ihr zunehmend unheimlich geworden. Zu oft stieß sie auf Grüppchen junger Männer, die sie befremdet anstarrten, wenn sie in ihrer eng anliegenden Sportkleidung an ihnen vorbeimarschierte. Manche pfiffen, andere machten blöde Sprüche; nichts davon schien wirklich bedrohlich zu sein, aber sie fand es zunehmend unangenehm. Dass man nicht mal mit Mitte siebzig seine Ruhe vor aufdringlichen Männern hatte, empörte sie.

Viel lieber ging sie frühmorgens, wenn sich ihr die Welt hell und klar präsentierte und nur wenige Menschen unterwegs waren. Dann konnte sie ihre volle Aufmerksamkeit einem Hörbuch widmen oder ihren Gedanken nachhängen.

Das Treffen mit Klaus beschäftigte sie immer noch. Seine jugendliche Ausstrahlung, seine kritischen Äußerungen und die Selbstverständlichkeit, mit der sie an einen Dialog angeknüpft hatten, der Jahrzehnte zuvor geendet hatte, verblüfften sie nach wie vor. Vor allem sein letzter Satz klang in ihr nach.

Zu schade, dass wir uns damals aus den Augen verloren haben, wir hätten uns all die Jahre so herrlich streiten können.

Die scherzhaft gemeinte Bemerkung hatte etwas in ihr ausgelöst, hatte sie veranlasst, sich ein paralleles Leben auszumalen. Ein Leben, in dem sie als junge Frau nicht nach Meutlingen zurückgekehrt wäre, Walter nicht geheiratet hätte und nicht in die Firma eingestiegen wäre. Stattdessen in Frankfurt studiert hätte und Lehrerin geworden wäre. Vielleicht hätte sie Klaus gar nicht geheiratet, sondern einfach so mit ihm zusammengelebt. Vielleicht hätte sie sich irgendwann von ihm getrennt und wäre mit anderen Männern zusammen gewesen, vielleicht wäre sie auch allein geblieben. Wahrscheinlich hätte sie keine eigenen Kinder gehabt, sondern ihre ganze Zuneigung ihren Schülerinnen und Schülern entgegengebracht. In den Ferien hätte sie Reisen unternommen, nach Südamerika, in die Antarktis, nach Japan oder Neuseeland; sie hätte interessante Menschen kennengelernt und festgestellt, dass die Welt aus weit mehr bestand als einem Autohaus in einer Kleinstadt in Baden-Württemberg.

Der Eindruck, feige gewesen zu sein und so vieles von dem verpasst zu haben, wovon sie einmal geträumt hatte, zog schmerzhaft in ihrer Brust. Die eine oder andere Reise könnte sie vielleicht noch nachholen, auch wenn das Reisen für sie heute viel beschwerlicher war als früher. Aber für alles andere war es zu spät, und dieses Gefühl eines unwiederbringlichen Verlustes arbeitete in ihr.

Hatte sie das falsche Leben gelebt? Oder war das die falsche Frage? Schließlich konnte sie nicht wissen, ob ein anderes Leben sie glücklicher gemacht hätte. Aber sie wurde den Verdacht nicht los, dass ihre Lebensreise aufregender, bunter und weniger vorhersehbar verlaufen wäre, wenn sie die Weichen damals anders gestellt hätte.

Auf jeden Fall war sie entschlossen, ab jetzt nur noch zu tun, was sie wollte, und sich von nichts und niemandem davon abhalten zu lassen. Doch vorher musste sie noch herausfinden, was das eigentlich war.

Seit ihrem Treffen hatte Klaus bereits zweimal bei ihr angerufen, und sie hatten lange geredet. Am Telefon war es noch einfacher, sich zu öffnen, und sie hatten sich gegenseitig Dinge erzählt, über die sie lange nicht mehr oder noch nie gesprochen hatten. Marianne erfuhr, dass seine Frau 2004 beim Tsunami in Thailand ertrunken war und er nur knapp überlebt hatte. Dass er zu seinem großen Bedauern keine Kinder hatte und sich überlegte, wem er einst sein Vermögen vermachen wolle.

»Hauptsache, nicht der Kirche«, sagte Marianne.

»Ganz bestimmt nicht«, erwiderte er.

Sie erreichte den Teich. Die jungen Schwäne waren inzwischen in der Mauser und sahen mit ihrem zerzausten Federkleid aus wie die Punks der Achtzigerjahre. An manchen Stellen wuchsen ihnen schon feine weiße Federn, an anderen war noch struppiges grau-braunes Gefieder zu sehen. Da und dort hatten sie kahle Stellen, und insgesamt wirkten die Tiere schlapp und unglücklich wie alle Teenager. Was aber auch an der Hitze liegen konnte, die den Tümpel auf erschreckende Weise hatte schrumpfen lassen.

Ein Mann und eine Frau standen am Ufer und blickten mit besorgter Miene ins Wasser. Marianne blieb schwer atmend neben ihnen stehen und folgte ihrem Blick. Unterhalb der glitzernden Reflexe, die an der Oberfläche spielten, war ein anderes Schimmern zu erkennen. Das weißliche Schimmern von Fischen, die mit dem Bauch nach oben trieben. Nicht ein oder zwei, nicht ein paar, sondern Hunderte. Die gesamte Oberfläche des Teichs war von toten Fischen bedeckt.

»O Gott!«, entfuhr es Marianne, die entsetzt zurückwich. »Was ist denn da passiert? Hat die jemand vergiftet?«

»Glaube ich nicht«, sagte der Mann. »Zu wenig Sauerstoff im Wasser. Kein Wunder bei der Hitze.«

»Wir müssen was tun«, sagte Marianne.

»Was wollen Sie denn tun?«, sagte der Mann. »Jetzt isses zu spät.«

»Man kann die Fische doch nicht verrotten lassen.« Sie schnupperte. »Die fangen ja schon an zu stinken.«

Sie zog ihr Handy heraus und überlegte, wen sie jetzt anrufen sollte. Die Feuerwehr? Den Tierschutzverein? Den Katastrophenschutz?

»Wer ist denn dafür verantwortlich?«, fragte sie.

»Die Stadt«, sagte der Mann.

Natürlich, es war der Stadtpark. Irgendjemand in der Verwaltung hatte kläglich versagt. Marianne hob das Handy und wählte mit grimmigem Gesicht eine Nummer.

»Manfred? Bist du schon wach? Ich habe eine schlechte Nachricht für dich.«

Sie berichtete ihm, was passiert war.

»Jessas, ein paar tote Fische«, sagte Abele unwillig. »Des isch doch kein Grund zur Aufregung.«

»Es sind nicht ein paar«, sagte sie.

»Ihr Frauen übertreibt doch immer.« Er lachte sein selbstzufriedenes Lachen.

Sie machte ein Foto und schickte es ihm.

»Glaubst du mir jetzt?«

Am anderen Ende der Leitung blieb es still. Dann hörte sie ein vernehmliches »Scheiße«.

Nachdem er versprochen hatte, sich zu kümmern, setzte sie sich auf eine Parkbank im Schatten und starrte auf den Teich. Sie kam sich vor, als wäre sie an einem Unfallort und müsste warten, bis die Rettungsfahrzeuge eintrafen. Als könnte sie das Unfallopfer nicht alleinlassen.

Der Schweiß lief ihr in Strömen übers Gesicht und in den Ausschnitt ihres Sportdresses. Sie griff nach der Wasserflasche, die in einer Halterung an ihrem Gürtel hing, und trank in langen Zügen das lauwarm gewordene Wasser. Sie setzte die Flasche ab und blickte, immer noch fassungslos, auf die giftig schimmernde

Wasseroberfläche, über die jetzt Schwaden von Fliegen surrten, angezogen vom Geruch der Fischkadaver. Der Teich, den sie so liebte und der für sie der Inbegriff idyllischer Natur war, hatte sich in einen Tümpel des Todes verwandelt.

Etwas bohrte sich in ihr Bewusstsein. Sie versuchte, es zu verscheuchen, aber hartnäckig kehrten die Worte immer wieder zurück.

Wenn du mich siehst, dann weine.

Sie wischte sich den unablässig rinnenden Schweiß von der Stirn und kippte sich schließlich den restlichen Inhalt der Wasserflasche über den Kopf.

Ein Gedanke tauchte auf und ließ sie nicht mehr los.

Was, wenn die verdammten Klimachaoten recht hatten?

Claudia war verzweifelt. Sie war so kurz davor gewesen, ihre Tochter zu fassen zu bekommen, und wieder war sie ihr durch die Finger geglitten. Nach allem, was Marianne von ihrem Besuch im Gefängnis erzählt hatte, zweifelte sie daran, dass es Anouks freie Entscheidung war, sich ihnen so vollständig zu entziehen. Offenbar schien die Gruppe erheblichen Druck auszuüben. Vielleicht entstand der Druck auch von außen, weil die Aktivisten so angefeindet wurden. Es war egal, der Effekt blieb derselbe: Ihre Tochter war so unerreichbar für sie, als lebte sie auf dem Mond.

Wenn sie doch nur ein einziges Mal in Ruhe mit Anouk sprechen könnte! Aber wie sollte sie ihre Tochter finden, wenn die nicht gefunden werden wollte?

Claudia hatte längst alle ihre Freunde und Freundinnen durchtelefoniert, aber niemand wusste etwas, was ihr weitergeholfen hätte. Sie hatte bei der Polizei nachgefragt und sich mit Arnold Leitgeb beraten, der einen Freund im Staatsministerium um Hilfe gebeten hatte. Die Auskünfte waren immer dieselben: Eine volljährige Person, auf die kein Haftbefehl ausgestellt war, durfte sich aufhalten, wo sie wollte, und konnte behördlicherseits nicht gesucht werden.

Sosehr Claudia sich durch Anouks Abwesenheit belastet fühlte, so erleichtert schien Martin zu sein, dass er sich der Konfrontation mit seiner Tochter nicht stellen musste. Er propagierte immer die gleiche Haltung: Wenn Anouk die Privilegien des Erwachsenseins in Anspruch nehmen und selbstbestimmt leben wolle, müsse sie auch die daraus entstehenden Folgen verantworten. Sie als Eltern seien dafür nicht mehr zuständig.

»Wie kannst du nur so hartherzig sein?«, fragte Claudia. »Sie ist dein Kind!«

»Ich bin nicht hartherzig, ich bin konsequent«, gab er zurück. »Konsequenz ist das wichtigste Prinzip in der Erziehung, weißt du noch? Das hat uns auch der Psychologe damals gesagt.«

»Du machst es dir einfach nur bequem«, sagte sie bitter.

»Wie du meinst«, erwiderte er, und damit verfielen beide wieder in das feindselige Schweigen, das nach der Phase der übertriebenen Höflichkeit zum Normalzustand zwischen ihnen geworden war.

Sie schliefen weiterhin in getrennten Zimmern. Sie schliefen auch nicht mehr miteinander. Ein einziges Mal, nach einem heftigen Streit, war es zu Versöhnungssex gekommen, aber danach war es Claudia noch schlechter gegangen als zuvor. Trotzdem schaffte sie es nicht, einen Schlussstrich zu ziehen. Vielleicht, weil ihr im Moment die Kraft dazu fehlte. Vielleicht, weil sie noch hoffte.

Es war kurz vor sechs, seit einer Stunde lag sie wach und grübelte. Endlich spürte sie einen Anflug von Müdigkeit, griff nach der Schlafbrille auf ihrem Nachttisch und legte sich so entspannt wie möglich wieder hin. Inständig hoffte sie, noch einmal einschlafen zu können, wenigstens für eine Stunde.

Sie zählte von hundert rückwärts, jede Zahl ein Atemzug. Neunundneunzig … achtundneunzig … siebenundneunzig …

Als sie kurz davor war einzuschlummern, riss lautes Klingeln sie aus ihrem halb betäubten Zustand. Sie schreckte hoch, ihr Herz raste. Schneller Griff nach dem Handy. Es klingelte wieder. Es war nicht das Telefon. Die Haustür. Zehn nach sechs? Es musste was passiert sein! Anouk!!!

Sie sprang aus dem Bett, ihr schwindelte, sie hielt sich an der Wand fest. Während sie die Treppe hinunterlief, zog sie ihren Bademantel an und fuhr sich mit der Hand durch die Haare. Unten angekommen, sah sie Martin aus dem Gästezimmer stürmen. Sie tauschten einen kurzen Blick. Martin riss die Haustür auf. Davor stand die Polizei.

Claudia spürte, wie ihre Beine wegzusacken drohten. Sie klammerte sich an den Türrahmen. Es fühlte sich an wie ein Déjà-vu, so oft hatte sie diese Szene schon im Film gesehen.

Sind Sie Herr und Frau Sowieso?

Um Gottes willen, ist was passiert?

Es tut uns leid, wir haben eine schlechte Nachricht für Sie.

Claudia wollte schreien, aber es kam nur ein heiseres Krächzen aus ihrem Hals.

In diesem Moment hielt einer der Polizeibeamten ein Blatt Papier hoch.

»Wir haben einen Durchsuchungsbeschluss für Anouk Maria Berner, geboren am neunten Vierten zweitausendvier in Stuttgart, hier gemeldet.«

»Wie bitte?«

Martin griff nach dem Papier und las. »Ermittlungsverfahren wegen des Verdachts auf Mitgliedschaft in einer kriminellen Vereinigung. Sagen Sie mal, ticken Sie noch ganz richtig?«

»Werden Sie bitte nicht beleidigend.«

»Unsere Tochter ist zwar noch hier gemeldet, aber sie wohnt nicht mehr hier«, erklärte Claudia, deren Stimme zitterte.

»Wo wohnt sie dann?«

»Das wissen wir nicht.«

Erst jetzt bemerkte Claudia, wie viele Polizisten es waren. Sie zählte neun. In der Einfahrt und auf der Straße standen zwei Einsatzfahrzeuge. Im Nachbarhaus ging ein Fenster auf, zwei frühe Spaziergänger mit Hunden waren vor dem Gartenzaun stehen geblieben und unterhielten sich, dabei warfen sie Blicke auf das Polizistenknäuel an der Haustür. Einer hob sein Telefon hoch, offenbar um zu fotografieren.

»Wir werden überprüfen, ob ein Verstoß gegen das Meldegesetz vorliegt«, sagte der Beamte. »Vorerst möchten wir Sie bitten, den Weg frei zu geben.«

Perplex, wie sie war, trat Claudia zur Seite. Die Polizisten kamen herein und verteilten sich in rasender Geschwindigkeit im Haus. Claudia musste an einen Heuschreckenschwarm denken, der über ein Getreidefeld herfiel.

Im nächsten Moment hörte sie eine Stimme.

»Mama! Was soll das?«

»Ich komme«, rief sie und lief die Treppe hinauf.

Julian lag im Bett und blickte ungläubig auf die beiden uniformierten Männer, die begonnen hatten, Schränke und Schubladen zu öffnen und zu durchsuchen.

»Das ist das Zimmer meines Sohnes!«, protestierte Claudia. »Er hat überhaupt nichts damit zu tun!«

Die beiden antworteten nicht.

»Was suchen Sie eigentlich?«, fragte sie.

Der eine Beamte schaute zu ihr herüber. »Steht im Durchsuchungsbeschluss.«

»Ist doch klar, Mama«, sagte Julian, der inzwischen begriffen zu haben schien, was sich abspielte. »Computer, Festplatten, Tablets, Handys …«

Claudia schüttelte ungläubig den Kopf.

»Aber Sie nehmen nur die Sachen von meiner Schwester mit, oder?«, fragte Julian.

»Das werden wir dann sehen«, sagte der Beamte.

Auf Julians Gesicht zeichnete sich Entsetzen ab. Die Vorstellung, dass ihm Laptop und Handy weggenommen werden könnten, löste blanke Panik in ihm aus.

Auch Claudia war geschockt. Sie wäre völlig aufgeschmissen ohne ihr Telefon.

Sie ließ die Beamten gewähren und ging wieder nach unten, sie konnte ja ohnehin nichts gegen die Eindringlinge tun.

Martin folgte dem Einsatzleiter auf Schritt und Tritt. Gerade waren sie im Arbeitszimmer, das Anouk so gut wie nie betreten hatte und wo sich nichts befand, was ihr gehörte.

»Dürfen Sie denn überhaupt das ganze Haus durchsuchen, wenn sich die Ermittlung nur gegen unsere Tochter richtet?«, fragte Martin empört.

Keine Antwort.

»Wollen Sie etwa meinen Computer mitnehmen? Das kommt nicht infrage!«

Keine Reaktion.

»Es ist wirklich eine Unverschämtheit, wie man hier als unbescholtener Bürger behandelt wird!« Martin schäumte.

Dem Einsatzleiter wurde es zu bunt. »Wenn Sie unsere Arbeit weiter behindern, lasse ich Sie vorläufig festnehmen.«

Martin schnappte nach Luft.

Claudia, die dabeistand, machte ihm ein Zeichen, sich zurückzuhalten. Sein Verhalten machte alles nur noch schlimmer.

»Kann ich einen Anruf machen?«, fragte sie. »Ich möchte unseren Anwalt verständigen.«

»Selbstverständlich haben Sie Anspruch auf einen Rechtsbeistand«, sagte der Einsatzleiter.

Na, vielen Dank, dachte Claudia. Und wie soll man rechtzeitig für einen Rechtsbeistand sorgen, wenn ihr morgens um sechs unangekündigt ins Haus stürmt? Sie tippte die Nummer ein. Rechtsanwalt Hauner war weder privat noch in seiner Kanzlei zu erreichen. Kein Wunder, es war erst halb sieben.

Martin hatte sich das Tablet vom Küchenblock geschnappt und tippte wild darauf herum. Er las laut vor, was bei einer Hausdurchsuchung erlaubt war und was nicht, wie man sich verhalten sollte und welche Rechte man hatte.

»Man soll Zeugen dazuholen«, sagte er. »Und man soll sich eine Liste aller Gegenstände geben lassen, die mitgenommen werden.«

Claudia warf einen Blick auf den Bildschirm.

»Und man soll keinen Widerstand leisten, weil das gegebenenfalls als Straftat gewertet wird«, sagte sie. »Also, halt dich bitte zurück.«

Martin bedachte sie mit einem finsteren Blick und ging nach oben, um den Beamten weiter auf die Finger zu schauen. Er nahm das Tablet mit, um Fotos zu machen, wie er ankündigte. Fast wünschte Claudia, die Polizei würde ihn festnehmen und sie von seiner Anwesenheit befreien.

Die Tür wurde aufgeschlossen, Marianne erschien im Flur.

»Was ist denn hier los?«

Auch das noch, dachte Claudia. Ihre Mutter war kein bisschen besser als Martin, sie würde sich garantiert mit den Beamten anlegen.

»Gut, dass du kommst«, sagte Claudia. »Sie durchsuchen das Haus. Du kannst als Zeugin fungieren. Aber tu mir den Gefallen und mach keinen Ärger. Das führt zu nichts.«

»Die durchsuchen das Haus?«, sagte Marianne empört. »Wegen Anouk? Haben die überhaupt das Recht dazu?«

»Sie haben einen Durchsuchungsbeschluss«, sagte Claudia.

»Aber nicht für meine Wohnung, oder?« Marianne wirkte plötzlich besorgt.

»Ich glaube nicht.«

»Habt Ihr Hauner angerufen?«

»Er geht nicht dran. Es ist noch zu früh.«

Marianne nickte. Energisch schritt sie die Treppe nach oben.

Claudia folgte ihr ins Schlafzimmer, wo eine Polizistin und ein Polizist gerade ihren Schrank öffneten. Als sie bei ihrer Wäsche angekommen waren, hielt sie es nicht mehr aus und ging hinaus.

Zwei andere Beamte waren in Anouks Zimmer und durchsuchten es akribisch. Jedes Buch wurde aus dem Regal genommen und aufgeblättert, die Innenwände der Schränke und Schubladen nach einem doppelten Boden abgeklopft, die Matratze aus dem Bettgestell gehoben, umgedreht und der Bezug abgenommen.

Claudia lief ein Schauder über den Rücken. Wofür hielten die ihre Tochter? Für eine Verbrecherin? Eine Terroristin? Eine Staatsfeindin? Es war so absurd.

Sie hatte Anouk vor Augen, wie sie zusammengekrümmt auf diesem Bett lag, das von den Beamten gerade auseinandergenommen wurde. Wie sie ihr das Schreckensszenario einer unbewohnbaren Welt beschrieben und vor Angst und Verzweiflung geweint hatte.

Sie fühlte Zorn auf diesen Staat in sich aufsteigen, der die Nöte seiner jungen Bürgerinnen und Bürger nicht ernst nahm und ihnen nicht zuhörte. Und sie war wütend auf die Polizisten, die einfach in ihre Privatsphäre eindrangen, sie dazu zwangen, in Nachthemd und Bademantel zuzusehen, wie sie in ihrer Unterwäsche wühlten.

Warum behandelte man sie, die sich für das Gemeinwohl einsetzte und immer loyal zum Staat gewesen war, wie eine Kriminelle?

Fünf Stunden später war der Spuk vorbei. Die Polizisten hatten das Haus von oben bis unten durchsucht, ebenso den Keller und die Garage. Sie hatten die Laptops von Claudia und Julian, die Festplatte aus Martins Computer und alle Handys mitgenommen, außerdem einige Bücher und Dokumente aus Anouks Zimmer. Auf die Frage, wie lange diese Gegenstände einbehalten würden, erhielten sie die lapidare Antwort: »So lange wie notwendig.«

Zwischenzeitlich herrschte Unsicherheit über die Frage, ob auch Mariannes Wohnung zu durchsuchen sei. Sie hatte sich wütend dagegen verwahrt und endlich Rechtsanwalt Hauner an den Apparat bekommen. Der hatte verlangt, dass der Einsatzleiter den zuständigen Staatsanwalt anrief, was schließlich geschah. Der Beschluss umfasse nicht die Durchsuchung von Mariannes abgetrennter Wohneinheit, lautete schließlich die Auskunft.

»Das wäre ja auch noch schöner gewesen!«, sagte sie, warf den Kopf zurück und ging, sichtlich erleichtert, zurück ins Dachgeschoss.

Claudia fragte sich, warum ihre Mutter sich so heftig gegen die Durchsuchung gesperrt hatte, war aber zu abgelenkt, um den Gedanken weiterzuverfolgen.

»Ich brauche ein neues Handy«, teilte Julian ihnen mit, während er eine Schüssel voller Honigpops mit ungefähr einem halben Liter Milch in sich hineinschaufelte. »Könnt ihr mir Geld geben? Ihr könnt es euch ja von Anouk wiederholen.«

»Du gehst jetzt erst mal in die Schule«, befahl Martin. »Alles andere sehen wir später.«

»Ohne Handy?« Er klang so fassungslos, als hätte man ihm vorgeschlagen, nackt auf dem Rathausplatz zu tanzen.

»Ein bisschen digitales Detox kann dir nicht schaden«, ergänzte Claudia.

»Ich kann nicht ohne Handy in die Schule«, jammerte er.

»Raus jetzt«, sagte Martin in diesem gefährlich leisen Tonfall, dem seit Neuestem meistens eine Explosion folgte.

Nachdem die Beamten gegangen waren, blieb Claudia mit Martin allein in der Küche zurück.

»Und, bist du jetzt zufrieden?« Herausfordernd sah er sie an.

»Wie kommst du denn darauf?«

»Jetzt hat der Staat seine ›hässliche Fratze‹ gezeigt, wie unser Töchterlein es genannt hat. Jetzt können wir uns endlich auch als Märtyrer fühlen.«

»Als ginge es darum«, sagte Claudia kopfschüttelnd. »Du verstehst wirklich nichts.«

Martin griff nach dem Tablet, das die Polizei erstaunlicherweise nicht mitgenommen hatte, und scrollte.

»Und was hältst du davon?«

Er hielt ihr einen Tweet mit einem Foto hin, das die Traube von Polizisten an ihrer Haustür zeigte. Im Hintergrund sah man sie und Martin. Ihr Nachthemd unter dem Bademantel war gut zu erkennen, Martin trug ein Sweatshirt zur Schlafanzughose. Unter dem Hashtag #kriminellekandidatin hieß es: *Heute früh entdeckt: Hausdurchsuchung bei Berners. Die Kandidatin fürs Meutlinger Bürgermeister- … äh … -innen-Amt bekommt Besuch von der Polizei.*

Ein Facebook-Post zeigte ein Foto von Claudia und Martin in Abendgarderobe bei der Jubiläumsparty, daneben ein Bild von Anouk, wie sie am Flughafen von der Polizei abgeführt wurde. Dazu der Text: *Eine schrecklich nette Familie. #autohausberner*

Darunter eine Fülle von Kommentaren, die Claudia auf keinen Fall lesen wollte.

»So eine Scheiße!«, brüllte Martin unvermittelt und ließ seine Hand auf den Tisch donnern.

Claudia zuckte zusammen. Wann hatte das angefangen, dass Martin sich so cholerisch und unbeherrscht verhielt? Wie sein Vater, dachte sie. Und spürte, wie sehr sie ihn in diesen Momenten verabscheute.

»Bitte, leg das weg«, sagte sie leise.

Er knallte die Abdeckung aufs Tablet und schob es von sich.

»Das war's«, sagte er düster. »Jetzt ist unser guter Ruf endgültig im Eimer.«

»Was juckt es dich?«, sagte Claudia kühl. »Du bist doch eh in ein paar Wochen nicht mehr in der Firma.«

»Falls du es vergessen hast, mein Nachname ist Berner«, sagte Martin. »Das hilft nicht gerade bei der Jobsuche.«

Claudia verkniff sich eine Antwort und stellte Brot, Aufschnitt und Käse auf den Tisch. »Wir sollten was essen.« Sie deckte Teller, Besteck und Servietten und schaltete die Espressomaschine ein.

»Wir brauchen unbedingt neue Handys«, sagte Martin. »Es macht mich wahnsinnig, dass sie die mitgenommen haben.«

»Was ist mit unseren Daten?«, fragte Claudia. »Ich kenne so gut wie keine Telefonnummer auswendig.«

»Die sind in der Cloud«, sagte Martin. »Hoffe ich jedenfalls.«

Claudia stellte sich vor, wie die Polizisten die Chats auf ihrem Telefon lasen, sich über ihre Unterhaltungen mit Ceyda amüsierten und schadenfroh feststellten, dass Anouk seit Monaten die Kommunikation verweigerte und ihre Mutter auflaufen ließ. Jedenfalls würde man ihr keine Unterstützung einer kriminellen Vereinigung vorwerfen können.

Sie aßen schweigend, Claudia bekam kaum etwas hinunter. Als sie fertig waren, stand Martin auf.

»Ich kümmere mich um die Telefone. Bis später.«

Claudia räumte mechanisch die Küche auf, dann legte sie sich aufs Sofa. Sie war von einer tiefen Erschöpfung durchdrungen, die nicht nur auf die vielen schlaflosen Nächte der letzten Wochen zurückging. Es fühlte sich an, als hätte jemand einen Stecker gezogen und ihre gesamte Energieversorgung lahmgelegt.

Sie schloss die Augen, schreckte aber bei jedem Geräusch hoch und hatte die Horrorvorstellung, jemand könnte im Haus sein. Der martialische Auftritt der Polizei an diesem Morgen hatte seine Spuren hinterlassen; sie fühlte sich plötzlich in ihren eigenen vier Wänden nicht mehr sicher.

Schlafen. Sie wollte nur noch schlafen. Und wenn sie wieder aufwachte, wäre alles nur ein schlechter Traum gewesen.

Am späten Nachmittag hörte sie, wie Martins Wagen sich der Einfahrt näherte, und schloss resigniert die Augen. Sie hatte auf einen ruhigen Abend gehofft oder wenigstens auf eine kurze Atempause. Martins unterdrückter Groll schien durch seine Poren zu sickern und sich wie ein übler Geruch um ihn zu legen. Sie hielt es in seiner Nähe kaum noch aus.

Die Haustür wurde geöffnet und geschlossen. Seine Schritte näherten sich, er durchquerte die Küche und trat auf die Terrasse.

»Hier bist du.«

Er reichte ihr ein Päckchen. Sie öffnete die Schachtel und zog ein fabrikneues Smartphone heraus, mindestens zwei Generationen neuer als ihr bisheriges.

»Danke, wie lieb von dir.« Sie gab sich Mühe, zu lächeln.

»Ich habe auch neue SIM-Karten vom Provider bestellt und meinen Computer aus der Firma mitgebracht«, sagte er. »Wenn du mir deine Passwörter sagst, lade ich dir sobald wie möglich die Daten aus der Cloud runter.«

Sie stand auf. »Dann koche ich uns mal was«, sagte sie munter. »Du hast sicher Hunger.«

»Ich bin mit Stefan verabredet«, sagte Martin. »Es geht ihm nicht gut, ich glaube, er braucht mich.«

Klar, dachte Claudia, er braucht jemanden, mit dem er sich volllaufen lassen kann. Sie kannte Stefan. Er war ein lieber Kerl, aber unreif und unreflektiert. Für ihn hatten immer die anderen Schuld an seinem Schlamassel, und anstatt etwas zu verändern, griff er nach der Flasche und betäubte sich. Martin war so etwas wie ein starker großer Bruder für ihn und gefiel sich in dieser Rolle. Dennoch ließ er sich hin und wieder von ihm hineinziehen in den Strudel aus Selbstmitleid und Wut.

Claudia war erleichtert, als er ging, und fühlte sich gleichzeitig schlecht deswegen.

Sie verbrachte den Abend auf dem Sofa und versuchte, Ordnung in ihre Gedanken zu bringen, die sich unaufhörlich im Kreis drehten. Wohin sie ihre Konzentration auch richtete, überall herrschte Chaos, und sie konnte sich nicht vorstellen, dass es jemals wieder anders werden würde.

Wenn sie doch damals nach Kolumbien gegangen wäre! Vielleicht würde sie heute einen Kindergarten oder ein Frauenprojekt leiten. Sie wäre frei von politischen Ambitionen, müsste sich nicht mit Martin, dem verdammten Autohaus, den behäbigen Meutlingern und einem großkotzigen Manfred Abele herumschlagen. Und ihre Kinder, wenn sie überhaupt welche hätte, würden sich nicht auf Rollbahnen kleben und sich heimlich bei Partys volllaufen lassen.

Plötzlich sehnte sie sich danach, mit jemandem zu sprechen, der mit ihrem ganzen Chaos nichts zu tun hatte. Der mit einem nüchternen Blick von außen darauf schauen und ihr eine andere Perspektive vermitteln könnte.

Auf dem Festnetztelefon suchte sie die Nummer ihrer Freundin Tina in Berlin, die Gott sei Dank einprogrammiert war. Auch wenn sie sich viel zu selten sahen, Tina kannte sie am längsten und am besten. Genau sie brauchte Claudia jetzt und war erleichtert, als sie dranging.

»Tina, ich bin's, die treulose Tomate. Passt es gerade?«

»Claudia! Ich bin so froh, dich zu hören!«

Sie tauschten Entschuldigungen aus, weil beide das Gefühl hatten, sich viel zu lange nicht gemeldet zu haben. Tina war an einer privaten Akademie in der Erwachsenenbildung tätig, und Claudia wusste, dass sie sehr viel arbeitete.

»Erzähl mal, wie geht's euch?«, erkundigte sich ihre Freundin. »Wie ist es mit Anouk weitergegangen?«

Claudia war überrascht. »Liest du keine Zeitung?«

Tina lachte. »Wieso, ist sie berühmt geworden?«

»Hast du von der Besetzung des Münchner Flughafens durch Klimaaktivisten gehört?«

»Sag nicht, dass sie mit dabei war«, kam Tinas erschrockene Stimme aus dem Hörer.

»War sie. Anschließend hat sie zwei Wochen in Haft gesessen. Und wir hatten heute eine Hausdurchsuchung. Neun Polizisten haben das Haus, den Keller und die Garage durchkämmt, als wären wir Schwerverbrecher.«

»Das gibt's doch nicht.« Tina klang fassungslos. »Und wie geht's dir?«

»Den Umständen entsprechend.«

Claudia erzählte, dass Anouk nicht nur die Schule abgebrochen hatte, sondern in eine Wohngemeinschaft gezogen war, deren Adresse sie nicht kannten. Dass sie nicht einmal wussten, in welcher Stadt sie war. Dass Anouk jeden Kontakt verweigerte, auf Nachrichten nicht reagierte.

»Soll ich versuchen, mit ihr zu sprechen?«, fragte Tina. »Immerhin bin ich ihre Patentante.«

Tina hatte immer ein enges Verhältnis zu Anouk gehabt, war

sogar einige Male mit ihr verreist und hatte sie regelmäßig besucht.

»Du kannst es gern versuchen, aber ich glaube nicht, dass du es schaffst«, sagte Claudia. »Offenbar fürchtet sie, man könnte ihre Entschlossenheit ins Wanken bringen, deshalb entzieht sie sich jeder Kommunikation. Die Einzige, die Anouk mal gesehen hat, war Marianne. Sie war bei ihr im Gefängnis, konnte jedoch auch nichts bei ihr ausrichten.«

»Es tut mir so leid, Claudia«, sagte Tina anteilnehmend.

»Sag mal, bin ich eine schlechte Mutter?«, fragte Claudia unvermittelt. »Kann es sein, dass ich schuld an dem Ganzen bin?«

»Na klar«, sagte Tina. »Mütter sind immer an allem schuld, wusstest du das nicht?«

Claudia lächelte. »Stimmt, ich hab davon gehört.«

Tina hatte selbst keine Kinder. Sie kam aber immer zu ihnen, wenn sie ihre Eltern in Meutlingen besuchte. Anouk und Julian betrachteten sie als Familienmitglied, Martin verhielt sich eher distanziert ihr gegenüber, als hätte er Sorge, sie könnte Claudia zu irgendwelchen Abenteuern verführen.

»Das mit der schlechten Mutter, hat etwa Martin dir das eingeredet?«, fragte Tina.

»Er wirft mir vor, ich hätte das Kind nicht gewollt und würde jetzt meine Schuldgefühle mit zu großer Nachsicht überkompensieren.«

»Das muss ziemlich kränkend für dich sein.«

Das Verständnis ihrer Freundin tat so gut, dass bei Claudia alle Dämme brachen und sie ihr auch ihr restliches Leid klagte: die Kampagne, die Anfeindungen, der Verlust so vieler ihrer Unterstützer, Ceydas drohender Ausstieg und zu allem Überfluss noch die Probleme in der Firma.

»Kann es sein, dass du gerade einen richtigen Lauf hast?«, sagte Tina, als Claudia fertig war. »Die volle Shitshow auf allen Kanälen?«

Claudia lachte. »Ach, wenn du doch hier wärst! Wir würden ein Glas heben und richtig schön über alles ablästern. Ich bin mir sicher, danach würde es mir besser gehen.«

»Garantiert. Ich könnte mit neuen Erfahrungen vom Schlachtfeld des Onlinedatings dienen.«

»Also, wann sehen wir uns?«, fragte Claudia ungeduldig.

Tina zögerte. »Die nächsten Wochen werden heftig bei mir, das Semester fängt bald an. Aber sobald ich es schaffe, komme ich nach Meutlingen. Versprochen!«

»Ich freue mich jetzt schon darauf«, sagte Claudia. »Und entschuldige, dass ich dir meinen ganzen Seelenmüll vor die Füße gekippt habe.«

»That's what friends are for«, trällerte Tina.

19

Krisensitzung bei Ceyda. Die Hausdurchsuchung hatte weiter große Wellen im Netz geschlagen. Aber es mischte sich auch auch Zuspruch unter die hämischen und bösartigen Kommentare.

Bereits während Anouks Präventivhaft hatten sich da und dort Kommentatoren, nein, meist Kommentatorinnen, hervorgewagt und Anteilnahme mit Anouk und ihrer Familie geäußert. Das bayerische Polizeiaufgabengesetz mit der Möglichkeit der Präventivhaft sei einer Demokratie nicht würdig, es kriminalisiere Menschen. Außerdem sei es zur Verhinderung von Terroranschlägen erlassen worden, nicht um zwar lästige, aber letztlich harmlose Klimaaktivisten einzusperren.

Die Hausdurchsuchung bei Berners wurde ebenfalls von vielen als unverhältnismäßig kritisiert. Was man denn zu finden gehofft hätte – eine Großpackung Sekundenkleber? Besonders Menschen, die Claudia persönlich oder als Stadträtin kannten, ergriffen ihre Partei. Sie hätte sich ausreichend von den Aktionen ihrer Tochter distanziert, diese wohne längst nicht mehr in ihrem Elternhaus, und überhaupt gebe es keine Sippenhaft, bei der man für die Taten anderer Familienmitglieder büßen müsse.

Claudia war dankbar für jede einzelne dieser Äußerungen und nahm sie als Motivation, sich nicht entmutigen zu lassen. Sie würde nicht aufgeben, sie würde weiterkämpfen. Jetzt erst recht.

Ceyda sah die Sache bedeutend kritischer.

»Du leidest unter einem Confirmation-Bias«, erklärte sie.

»Wie bitte?«

»Du nimmst nur wahr, was du wahrnehmen willst, also die positiven Kommentare. Du hast beschlossen, weiterzumachen, also konzentrierst du dich unbewusst auf das, was dich in diesem Entschluss bestätigt.«

Claudia dachte nach.

»Tun wir das nicht immer?«, fragte sie schließlich. »Wir konzentrieren uns auf das, was uns bestätigt und uns dabei hilft, eine Sache durchzustehen. Es ist doch das Vernünftigste, was wir tun können.«

»Nicht wenn wir dabei die Realität aus dem Blick verlieren«, erwiderte Ceyda.

Sie nahm mit jeder Hand einen Stapel Ausdrucke von ihrem Schreibtisch. Dann hob sie die Papiere in der rechten Hand hoch.

»Das sind die Einladungen, die in letzter Zeit für dich gekommen sind. Vorträge, Business-Lunches, Diskussionsrunden, Interviews, sogar ein Talkshowauftritt im Regionalprogramm.«

Sie hob die linke Hand hoch.

»Und das hier sind die Absagen, die seit der Nachricht von der Hausdurchsuchung gekommen sind.«

»Soll heißen?«

»Wir stehen praktisch wieder am Anfang«, sagte Ceyda. »Alles, was wir in den letzten Wochen mühsam an Vertrauen wiederaufgebaut haben, ist kaputt.«

Sie ließ ihre Hände mit den Papieren resigniert sinken und sah plötzlich aus wie einer dieser Einweiser, die Flugzeuge an ihre Parkposition dirigierten.

»Und das ist noch nicht alles«, fuhr sie fort. »Wir haben weitere Unterstützer verloren. Das scheint erst mal nicht so tragisch zu sein, weil du deine Bewerbung mit den Unterschriften ja längst eingereicht hast, aber es wird sich bald bemerkbar machen, weil dir an vielen Stellen der Rückhalt fehlt. Und es ist verdammt schlecht für die Optik.«

Claudias Kampfgeist verflüchtigte sich bei Ceydas Worten schlagartig. War sie wirklich am Ende? Sollte alles umsonst gewesen sein?

Sie blickte hoch. »Was würdest du an meiner Stelle jetzt tun?«

»Ich kann dir nur sagen, was ich an meiner Stelle tun würde.« Ceyda nahm ein weiteres Blatt Papier vom Tisch und drückte es Claudia in die Hand.

»Das ist die Liste mit Kunden, die ich verloren habe, seit ich die Kampagne für dich organisiere.«

»Was?« Entgeistert sah Claudia auf den Ausdruck. Anhand der Datumsangaben konnte sie erkennen, dass schon mit Beginn der Kampagne zwei Kunden abgesprungen waren. Danach war es bis zur ersten Klebeaktion stabil geblieben, es waren sogar drei Kunden dazugekommen. Nach der Aktion hatten zwei weitere Auftraggeber die Zusammenarbeit mit Ceyda aufgekündigt. Einen Höhepunkt gab es nach der Flughafenaktion, da hatten vier Kunden abgesagt, und nun noch mal zwei.

»Um Gottes willen!« Claudia sah Ceyda schockiert an. »Warum hast du nicht früher was gesagt?«

»Weil es mir wichtig war, mit dir zu arbeiten«, sagte Ceyda. »Weil ich an dich und den Erfolg der Kampagne geglaubt habe. Und … weil du meine Freundin bist.« Sie biss sich auf die Lippen.

Claudia blickte erneut auf die Liste in ihrer Hand. »Sind es denn wichtige Kunden, die weggefallen sind?«

»Meine zwei größten sind dabei«, sagte Ceyda. »Ein paar von den kleineren kann ich verschmerzen, aber ich muss jetzt mindestens einen dicken Fisch an Land ziehen, sonst kann ich den Laden dichtmachen.«

Claudia stützte verzweifelt den Kopf in die Hände.

»Das heißt also …« Sie sprach den Satz nicht zu Ende.

»Ich gebe auf«, sagte Ceyda und hatte Mühe, die Tränen zu unterdrücken. »Es geht nicht mehr, Claudia. Ich bin mit meinen Möglichkeiten am Ende.«

Claudia streckte ihre Hand aus und legte sie auf die der Freundin.

»Ich versteh das, Ceyda. Es tut mir so leid für dich.«

Ceyda schüttelte den Kopf. »Mir tut es leid! Ich habe das Gefühl, dich zu verraten. Als hätte ich … dir was versprochen, was ich jetzt nicht halten kann.«

»Du hast mir nichts versprochen«, sagte Claudia und stand auf. »Uns war beiden klar, dass es schiefgehen kann.« Sie lachte bitter auf. »Nur nicht, auf welche Weise.«

Ceyda wischte sich die Tränen aus den Augen, stand ebenfalls auf und ging zu Claudia, um sie zu umarmen. Eine Weile hielten sie sich umschlungen.

Claudias Blick fiel auf ein dickes Paket mit dem Aufdruck einer Druckerei, das neben dem Schreibtisch an der Wand lehnte. Sie löste sich von ihrer Freundin.

»Sind das etwa …«

»… die Wahlplakate«, bestätigte Ceyda.

Claudia hob das Paket an, riss das Papier auf und zog eine der leichten Kunststoffplatten heraus, auf die Bild und Text ihres Plakates gedruckt waren. Ihr strahlendes Konterfei war zu sehen, darunter die vertrauten Worte: *Claudia Berner: Der Mensch geht vor. Für eine nachhaltige, soziale und moderne Politik.*

In der kommenden Woche sollten sie an dreißig Orten in der Stadt angebracht werden, sie hatten bereits die Genehmigung beim Ordnungsamt eingeholt und Freiwillige aus Claudias Unterstützergruppe angeheuert.

»Nimm sie mit«, sagte Ceyda. »Die könnt ihr doch trotzdem aufhängen. Nur weil ich aussteige, heißt das ja nicht, dass du nicht weiterkämpfen sollst.«

Im Auto stützte Claudia sich mit beiden Armen aufs Lenkrad und starrte vor sich hin. Sie hatte mit Ceydas Kündigung nicht nur ihre Wahlkampfmanagerin verloren, sie fürchtete, dass auch ihre Freundschaft dieses Scheitern nicht überleben würde. Ceyda war ehrgeizig, sie wollte gewinnen. Claudia war schuld daran, dass sie verloren hatte, und nicht nur diese eine Kampagne. Offenbar stand die Existenz ihrer kleinen Firma auf dem Spiel, weil so viele Leute kleinlich genug waren, die Zusammenarbeit mit ihr zu beenden, nur weil ihnen Claudia Berner nicht passte. Sie fühlte sich furchtbar bei diesem Gedanken, gleichzeitig war sie wütend. Es war ja nicht so, dass sie eine Nazipartei anführte oder an der Spitze eines Drogenkartells stand. Aber allein die Tatsache, dass Ceyda eine politische Kampagne geleitet hatte, war offenbar bei einigen Kunden auf Ablehnung gestoßen. Und die anderen wollten auf keinen Fall in den Dunstkreis der »Klimaterroristen« geraten.

Schließlich richtete Claudia sich auf und ließ den Motor an. Sie wusste nicht, wohin mit sich. In die Firma? Nach Hause? Niemand wartete auf sie. Sie könnte genauso gut irgendwohin fahren und nicht mehr zurückkommen.

Claudia schreckte hoch und sah auf die Uhr. Das erste Mal seit Wochen hatte sie mehr als zwei Stunden am Stück geschlafen, angezogen auf dem Sofa liegend, ein Kissen halb auf dem Gesicht. Kein Handy neben sich, das ihr ständig neue Nachrichten, Push-Mitteilungen und E-Mails aufdrängte, keine Schuldgefühle, weil sie längst irgendeinen Termin bestätigen, irgendeine Anfrage hätte beantworten sollen. Es kam ihr so vor, als wäre sie aus einer tiefen Ohnmacht erwacht und überrascht, dass die Welt noch da war. Allmählich dämmerte ihr, was am Vormittag passiert war. Ceyda. Kündigung. Ende.

Eine ohnmächtige Wut gegen Anouk baute sich in ihr auf.

Dieses sture Biest war an allem schuld! Sie hatte ihre Kandidatur ruiniert und Ceydas Firma an den Rand des Ruins gebracht. Sie hatte alles kaputt gemacht, wofür Claudia gearbeitet hatte, ihr Projekt, in das Herzblut, Zeit und nicht wenig Geld geflossen war. Zum zweiten Mal hatte Claudia Anlauf genommen, alle Hemmnisse hinter sich zu lassen und endlich zu tun, was sie wirklich wollte, und zum zweiten Mal hatte Anouk es vereitelt. Beim ersten Mal unbeabsichtigt, dieses Mal aber vorsätzlich.

Morgen würde Claudia ihre Kandidatur offiziell zurückziehen, ihre Social-Media-Accounts schließen und ihren verbliebenen Unterstützern schreiben. Sie hatte keine Kraft mehr. Die Plakate würden im Keller landen und dort vergilben, bis irgendwann jemand auf die Idee käme, dort auszumisten.

Ihre Wut wurde immer größer, schien jede Faser ihres Körpers zu durchdringen, bis sie glaubte zu platzen. Sie sprang vom Sofa auf und ging im Wohnzimmer auf und ab, während sie geräuschvoll die Luft ausstieß, um ein bisschen von dem Druck abzubauen. Sie suchte nach ihrem Handy, um eine Sprachnachricht an Anouk zu schicken, dann fiel ihr ein, dass sie das neue Gerät noch nicht aktiviert hatte. Sie nahm das Festnetztelefon und wählte Anouks Handynummer, die sie als eine von wenigen auswendig kannte. Es klingelte dreimal, dann schaltete sich die Mailbox ein.

Hallo, hier ist Anouk. Bitte hinterlasst mir eine Nachricht.

Sie überlegte kurz, dann begann sie zu sprechen.

»Ich wollte dir nur sagen, du hast es geschafft! Du hast uns nicht nur die Polizei auf den Hals gehetzt und unseren guten Ruf zerstört, du hast auch meine Kampagne ruiniert. Die Leute finden es so scheiße, was du machst, dass sie mich dafür bestrafen. Ich muss meine Kandidatur zurückziehen. Mein größter Traum ist kaputt. Vielen Dank dafür.«

Sie atmete einmal tief durch, dann sprach sie weiter.

»Papa wollte dir von Anfang an jede Unterstützung entziehen. Wir haben viel darüber gestritten, weil ich das nicht wollte, mir war einfach wichtig, dir zu vermitteln, dass wir immer ein offenes Ohr für dich haben. Aber ich habe meine Meinung geändert, du brauchst gar nicht mehr nach Hause zu kommen …«

In diesem Moment piepste es, und das Band schaltete ab.

In derselben Sekunde bedauerte Claudia ihren letzten Satz. Sie wollte die Nachricht löschen, aber Nachrichten auf einer Mailbox konnte man nicht nachträglich löschen. Sie überlegte, ob sie noch einmal anrufen und eine weitere Nachricht hinterlassen sollte, aber ihr wurde plötzlich alles zu viel. Sie ließ sich aufs Sofa fallen, vergrub das Gesicht in den Händen und begann zu weinen.

Sie hatte das Gefühl, dass es ihr niemals gelingen würde, zu ihrem eigenen Leben zu finden, weil es immer etwas geben würde, was ihre Träume zunichtemachte. Das Familienunternehmen hing wie Blei an ihren Füßen, ihre Verpflichtung gegenüber der Vergangenheit, ihre Verantwortung für die Zukunft, es würde niemals aufhören …

Nach einer Weile setzte sie sich auf und rieb sich das Gesicht. *Hör auf,* schalt sie sich. *Was für ein albernes Gejammer. Du solltest dich schämen.*

Sie schwitzte und hatte das Gefühl, am ganzen Körper zu kleben. In der Küche trank sie ein Glas Orangensaft, dann stellte sie sich unter die Dusche. Minutenlang ließ sie das lauwarme Wasser über ihren Körper fließen, und es verschaffte ihr regelrecht Befriedigung, dass sie gerade eine Menge Wasser verschwendete. Als könnte sie Anouk damit persönlich treffen.

Nur mit einem leichten Baumwollhänger bekleidet, das Haar noch feucht, ging sie hinaus auf die Terrasse und zog sich einen Liegestuhl in den Schatten. Die Abendsonne warf rotgoldenes Licht gegen die große Panoramascheibe des Wohnzimmers, die

Luft war drückend und legte sich wie eine schwere Decke über sie. Sie sehnte sich nach Abkühlung. In der Ferne war leises Grollen zu vernehmen, vielleicht würde es später ein Gewitter geben.

Julian streckte seinen Kopf durch die Terrassentür.

»Hi, Mom.«

Sie drehte sich zu ihm. »Hallo, Knubbel, wie geht's dir?«

»Okay.«

»Wie war dein Tag?«

»Keine Ahnung. Was haben die Menschen eigentlich früher gemacht, als es noch keine Computer und Handys gab?«

Sie lächelte. »Gelesen, sich miteinander unterhalten, Gedichte geschrieben, Bilder gemalt …«

»Die armen Schweine«, sagte er.

Claudia zeigte auf einen Stuhl. »Setz dich zu mir, ich würde gern was mit dir besprechen.«

»Mit mir?« Seine Stimme klang alarmiert.

»Mich beschäftigt da schon länger etwas …«, begann Claudia, aber er fiel ihr ins Wort.

»Ich hab jetzt keine Zeit, Mama, ich muss zu Lukas. Der hat einen alten Laptop, den er mir geben kann.«

Claudia wusste, dass sie jetzt eigentlich konsequent sein und auf dem Gespräch bestehen müsste. Dass sie dabei war, ihren alten Fehler zu wiederholen – zu nachgiebig zu sein. Aber sie hatte keine Kraft für einen Kampf.

»Also gut«, seufzte sie. »Um zehn bist du zurück, okay?«

Es kam keine Antwort mehr, Julian hatte bereits die Flucht angetreten.

Kaum hatte ihr Sohn das Haus verlassen, hielt Claudia es nicht mehr auf ihrer Liege aus. Unruhig tigerte sie auf und ab, durch Küche und Wohnzimmer, hinaus auf die Terrasse und wieder zurück. Die schwüle, drückende Wärme schien ihr die Luft abzuschnüren. Sie schenkte sich ein Glas Eistee ein und überlegte, was sie tun sollte. Das Donnergrollen war näher gekommen, das Licht im Garten hatte jetzt einen giftig-gelblichen Ton. Mit einem Mal schien das Gewitter keine Erleichterung mehr zu versprechen, sondern sich wie etwas Drohendes vor ihr aufzubauen.

Sie ging in den Flur, griff nach ihrem Schlüssel und schloss die Tür hinter sich. Eilig lief sie die Stufen zur Wohnung ihrer Mutter hoch und klopfte.

»Mutter? Kann ich reinkommen?«

Sie hörte, wie sich von innen Schritte näherten.

»Was ist los? Du weißt, dass ich keinen unangemeldeten Besuch mag«, ertönte Mariannes ungehaltene Stimme durch die Tür.

»Mutter«, sagte Claudia flehend. »Es ist ein Notfall!«

Sie wusste nicht, welcher Notfall es sein sollte, sie wusste nur, dass sie auf keinen Fall allein sein wollte. Da sonst niemand im Haus war, blieb ihr nichts anderes übrig, als zu ihrer Mutter zu flüchten.

Marianne öffnete. »Was ist denn los?«

»Äh … ich fürchte mich vor dem Gewitter.«

Ihre Mutter sah sie skeptisch an. »Wirklich?«

Ein eigenartiger Geruch schlug Claudia entgegen, eine Mischung aus verbranntem Kameldung und dem Duft einer sommerlichen Wiese. Sie schnupperte, runzelte die Stirn, schnupperte wieder. Dann dämmerte es ihr.

»Mutter! Hast du etwa gekifft?«

Marianne verzog das Gesicht. »Ich habe, der Verschreibung meines Arztes folgend, ein THC-haltiges Präparat zu mir genommen.«

Trotz ihres angespannten Zustandes musste Claudia grinsen. »Deshalb warst du bei der Hausdurchsuchung so panisch! Wie viel davon hast du denn hier gebunkert?«

»Nur für den Eigenbedarf«, sagte Marianne. »Du hattest übrigens noch nie Angst vor Gewitter. Also, was ist los?«

»Darf ich reinkommen?«, fragte sie.

»Wenn's sein muss.«

Marianne drehte sich um und ging den Flur entlang.

Claudia folgte ihr. Sie war immer noch perplex. Vieles hätte sie sich vorstellen können, nicht aber, dass ihre Mutter Gras rauchte. Welche Geheimnisse mochte sie noch vor ihr haben?

In der Küche war das Fenster weit geöffnet, vermutlich, um den Rauch abziehen zu lassen. Die schwüle Hitze drang ungehindert in den Raum, schwarze Wolken türmten sich am Himmel, das Donnergrollen in der Ferne ging unaufhörlich weiter.

»Kann ich dir was anbieten?«, fragte Marianne.

Claudia überlegte kurz. »Wenn ich vielleicht … auch was von dem THC-Präparat haben könnte?«

»Mit welcher Indikation?«

»Schlafstörungen«, sagte sie nach kurzem Nachdenken wahrheitsgemäß.

»Die hast du von mir geerbt«, sagte ihre Mutter bedauernd, »genau wie die Migräne.«

Sie griff nach einem Schraubglas, dessen Inhalt Ähnlichkeit mit dem getrockneten Ostergras hatte, aus dem Claudias Großmutter früher Nester geformt hatte, um Schokoladeneier darin zu verstecken.

Mit geübten Bewegungen klaubte Marianne ein Zigarettenpapier aus einer Packung, leckte den Rand ab und drehte aus dem Gras eine dünne Zigarette.

Claudia sah ihr fasziniert dabei zu. »Warum hältst du es geheim, wenn es eine ärztliche Verordnung ist?«

»Weil alle nur Witze machen würden, wenn sie es wüssten. So wie du gerade.«

»Entschuldige bitte.«

Marianne zündete den Joint an. Nachdem sie einen tiefen Zug genommen hatte, reichte sie ihn an ihre Tochter weiter.

»Wenn du irgendeiner Menschenseele davon erzählst, kannst du was erleben.«

Claudia hob ihre rechte Hand. »Ich schweige, bis ich ins Grab falle.«

»Es genügt, bis ich ins Grab falle«, sagte Marianne trocken. »Vermutlich wirst du mich ja überleben. Und was die Leute nach meinem Tod über mich reden, ist mir egal. So, und nun sag mir endlich, was passiert ist.«

Claudia, die bereits die Wirkung des Marihuanas zu spüren glaubte, versuchte, sich zu konzentrieren, aber mit einem Mal brach alles aus ihr heraus: die Anspannung der letzten Wochen, die Sorge um Anouk, die Krise mit Martin und nun auch noch das Scheitern ihrer Kampagne. Sie konnte gar nicht mehr aufhören zu reden, und ganz gegen ihre Gewohnheit hörte Marianne einfach schweigend zu.

»Das war's«, murmelte Claudia schließlich mit erstickter Stimme. »Es ist vorbei.«

»Schade«, sagte Marianne. »Ich hatte mich gerade an den Gedanken gewöhnt, dass du Bürgermeisterin wirst. Du würdest die Fische im Teich nicht verenden lassen.«

Das massenhafte Fischsterben im Stadtpark hatte große Aufregung in der Öffentlichkeit und im Stadtrat ausgelöst. Die Grünen hatten der Verwaltung fehlendes ökologisches Gewissen vorgeworfen, die Liberalen hatten beklagt, dass solche Vorfälle dem Tourismus schadeten, Claudia hatte in einem viel beachteten Statement darauf hingewiesen, dass die Bürgerinnen und Bürger genau spürten, ob jemand wirklich Interesse an den Belangen der Stadt habe oder dies nur vorgebe. Gerade an den vermeintlich kleinen Dingen zeige sich, wie ernst jemand seine Aufgabe nehme. Die Schlagzeile im *Meutlinger*

Tagblatt am nächsten Tag lautete: *Gegenkandidatin greift Bürgermeister an.*

»Die Kandidatur war mein Herzensprojekt«, sagte Claudia wehmütig, »aber es soll wohl einfach nicht sein.«

Das Marihuana ließ ihren Schmerz ein wenig in die Ferne rücken, nahm ihm seine scharfen Kanten. Fast hätte sie das Ganze komisch finden können.

»Kannst du denn nicht ohne Ceyda weitermachen?«

»Wie soll das gehen?« Ihr Kopf fühlte sich wattig an, ihr Denken hatte sich verlangsamt.

»Du musst doch jetzt keinen Wahlkampf mehr führen«, sagte Marianne. »Den Leuten ist sowieso klar, wo du stehst und um was es geht – Abele oder du. Wie oft willst du ihnen das denn noch erklären? Häng deine Plakate auf, mach ein paar Termine, und sei online präsent. Wenn du jetzt aufgibst, ist Abeles Rechnung aufgegangen.« Marianne hatte sich in Rage geredet.

Claudia war überrascht. »Du hast Abele doch immer verteidigt«, erinnerte sie ihre Mutter. »Wieso hast du deine Meinung geändert? Wegen der Fische?«

»Ach, Kind«, sagte Marianne, als wäre die Antwort auf diese Frage zu komplex, um auch nur den Versuch zu machen, sie zu formulieren.

Sie stand auf, nahm eine mit Wasser und Zitronenscheiben gefüllte Karaffe aus dem Kühlschrank und schenkte zwei Gläser voll. Eines davon schob sie Claudia zu.

»Was ist mit der Firma?«

Claudia zuckte die Schultern. »Ich übernehme wieder die Geschäftsführung. Falls es …« Sie zögerte. »Falls es weiter Probleme mit Martin gibt, muss ich jemanden suchen, der seine Aufgaben übernimmt. Und notfalls könntest du mir doch helfen …«

»Kommt nicht infrage«, sagte Marianne entschieden.

»Wie bitte?« Jetzt verstand Claudia gar nichts mehr. Jahrelang hatte ihre Mutter direkt oder indirekt damit gedroht, die Leitung des Autohauses wieder zu übernehmen, wenn es nicht nach ihren Vorstellungen lief. Und nun schlug sie die Bitte ihrer Tochter um ein bisschen Unterstützung aus?

»Ich habe etwas anderes zu tun«, erklärte Marianne.

»Was denn?«

»Alles, was ich bisher in meinem Leben nicht tun konnte«, sagte sie. »Dinge, die … mir wichtig sind.«

»Dein ganzes Leben lang war dir nichts wichtiger als das Geschäft«, sagte Claudia.

»Richtig«, sagte Marianne. »Und jetzt sind mir andere Dinge wichtig.«

Claudia hatte Schwierigkeiten, ihrer Mutter zu folgen. Wovon redete sie?

Ein Blitz erhellte den Himmel, der anschließende Donner ließ die Fensterscheiben erzittern.

Sie zuckte zusammen. »O Gott.«

»Ist unten alles zu?«, erkundigte sich Marianne.

Claudia nickte, obwohl sie sich nicht genau erinnern konnte. »Sag mal, hast du was Süßes?«

Ihre Mutter schüttelte den Kopf. »Du weißt doch, ich kaufe nie Süßigkeiten, denn wenn ich welche habe, esse ich sie.«

Angesichts dieser Logik musste Claudia kichern. Ihr wurde bewusst, wie surreal die Situation war. Hatte sie wirklich gerade mit ihrer Mutter einen Joint durchgezogen? Mit der Frau, die sie durch ihre vermeintliche Perfektion fast in den Wahnsinn getrieben hatte, die immer Verzicht und Askese gepredigt und als leuchtendes Vorbild für korrektes Verhalten gedient hatte? Es war kaum zu glauben.

Wieder blitzte und donnerte es, nun würde der Regen nicht mehr lange auf sich warten lassen. Claudia sehnte die Abkühlung herbei.

»Ich könnte auch was Süßes gebrauchen«, sagte Marianne.

»Diese grässliche Nussnugatcreme, die Julian beim Brunch immer isst ... oder Eiscreme! Hast du Eiscreme?« Ihr Gesicht bekam einen träumerischen Ausdruck.

Claudia lächelte. »Ich bin gleich zurück.«

Sie ging die Treppe hinunter und in die Wohnung. Das Licht brannte, Martin musste zurückgekommen sein. Sie fand ihn in der Küche, zerrissenes Packpapier in den Händen, vor sich auf dem Boden Claudias Gesicht in vielfacher Ausführung. Die Kunststoffplatten waren aus der Hülle gerutscht und hatten sich auf dem Fliesenboden verteilt.

»Was soll das? Was machst du da?«

Der angenehme Nebel in ihrem Kopf war schlagartig verschwunden. Sie schloss die Terrassentür, die weit geöffnet war und durch die der Wind hereinfuhr. Dann bückte sie sich, um die Platten aufzusammeln und wieder aufeinanderzustapeln.

»Schönes Plakat«, sagte Martin leicht lallend. »Die ganze Stadt wird sehen, was für eine schöne Frau ich habe.«

»Bei einer Bürgermeisterwahl geht's nicht um Schönheit«, sagte sie. »Außerdem trete ich nicht mehr an.«

Sie hob den Stapel vom Boden auf und legte ihn auf den Küchenblock.

»Du trittst nicht mehr ... was?«

Claudia blickte ihn angewidert an. »Ich kann es nicht ausstehen, wenn du betrunken bist.«

Sie öffnete den Tiefkühlschrank und zog eine Schublade heraus. Irgendwo musste noch ein Rest von dem Vanilleeis sein, mit dem sie neulich Eiskaffee zubereitet hatte. Sie fand die Packung und schloss die Tür.

»Wohin gehst du?«, fragte Martin.

»Nach oben«, sagte sie und wollte an ihm vorbei.

»Bleib doch da«, sagte er und legte die Arme um sie. Sein Hemd war feucht, er roch nach Schweiß.

»Martin!« Sie versuchte, sich ihm zu entwinden. Die Packung mit dem Eis fiel ihr aus der Hand und landete auf dem Boden.

In diesem Moment flog mit einem Knall die Terrassentür wieder auf, die sie offenbar nicht richtig geschlossen hatte. Draußen blitzte und donnerte es jetzt ohne Unterbrechung. Der Wind war fast zu Orkanstärke angewachsen.

Er hielt sie fest. »Du bist so schön«, lallte er. »Komm, lass uns ficken …«

»Hör auf, Martin, bitte! Du bist betrunken!« Sie versuchte, sich von ihm zu befreien, aber es gelang ihr nicht.

Er küsste ihren Hals, schob die Träger des Baumwollhängers über ihre Schultern und griff nach ihren Brüsten.

»Ich will dich – jetzt!«, murmelte er neben ihrem Ohr.

Eine Mischung aus Angst und unbändiger Wut ergriff Claudia. Wie im Zeitraffer erlebte sie die Kämpfe der letzten Monate noch einmal, hörte die Vorwürfe, die er ihr gemacht, die Verletzungen, die er ihr zugefügt hatte. Sie sah sein Gesicht vor sich, wütend und rot angelaufen, wie er mit der Hand auf den Tisch hieb oder jemanden anbrüllte.

»Lass mich los«, sagte sie leise.

Er reagierte nicht, sondern hielt sie weiter fest und leckte über die Haut an ihrem Hals, etwas, was sie früher erregt hatte und jetzt nur noch anekelte.

»Du sollst mich loslassen, verdammt!«, schrie sie und zog reflexhaft ihr Knie nach oben.

Martin jaulte auf, sein Blick wurde wild. Mit einer heftigen Bewegung stieß er Claudia von sich. Sie verlor das Gleichgewicht, fiel nach hinten und knallte mit dem Kopf gegen den Küchenblock. Ein heftiger Schmerz durchzuckte sie, und dann spürte sie, wie ihr Körper erst schlaff wurde und danach wie in Zeitlupe nach unten rutschte. Auf dem Boden angekommen, krümmte sie sich zusammen und wimmerte.

»Was ist hier los?«, brüllte Marianne, die mit blitzenden Augen in der Tür stand. »Sag mal, bist du verrückt geworden?«

Sie stürmte auf Martin zu und schubste ihn zur Seite. Dann kniete sie sich neben Claudia, die sich ihren schmerzenden Kopf hielt. Ein dünnes Rinnsal von Blut floss durch ihre Finger.

»Bist du in Ordnung?«, fragte Marianne. »Kannst du mich hören?«

Claudia nickte, brachte aber keinen Ton heraus. Aus den Augenwinkeln sah sie Martin, der sich mit schmerzverzerrtem Gesicht am Küchenblock krümmte, die Hände vor seinem Unterkörper.

Marianne war so schnell wieder auf den Beinen, als wäre sie ein junges Mädchen. Sie riss den Festnetzapparat aus der Ladeschale und wählte eine Nummer.

»Notruf? Schicken Sie bitte einen Rettungswagen in die Sommerstraße elf, es gibt eine Verletzte!«

Sie legte auf und drehte sich zu Martin um. Wie ein Stier senkte sie den Kopf, als sie auf ihn zuschoss und sich vor ihm aufbaute.

»Du packst deine Sachen und verschwindest«, sagte sie mit schneidender Stimme, »und zwar sofort.«

»Es tut mir leid«, jammerte er. »Es war ein Unfall.«

»Hau ab!« schrie sie.

Das Letzte, was Claudia wahrnahm, bevor sie das Bewusstsein verlor, war das Geräusch des Regens, der draußen losbrach, und das schmelzende Vanilleeis auf dem Küchenboden, direkt vor ihrem Gesicht.

20

Es war Ostern, Claudia trug die neuen weißen Sandalen und das Kleid mit den roten Punkten, das ihre Großmutter für sie genäht hatte. Sie lief durch den Garten und spähte unter Büsche, hinter große Steine und in die Astgabeln von Bäumen, wo Nester aus Ostergras saßen, die wie Vogelnester aussahen. Ihr Großvater hob sie hoch, damit sie hineinsehen konnte, und sie fragte sich, wie der Osterhase die Eier wohl dorthin transportiert hatte.

Wenn alle Süßigkeiten gefunden waren, die gefüllten Schokoladeneier, das Osterlämmchen aus Biskuitteig, die bunten Zuckereier, die an den Zähnen klebten, packte ihr Großvater sie und wirbelte sie herum. Dazu sang er: »Mei Mädele, mei Mädele, des liebschte Kind im Städele!«

Dann lachten alle, und man ging ins Haus zum Osterfrühstück. Beim Eierditschen schaffte sie es, mit ihrem hart gekochten Ei allen anderen Eiern eine Delle zuzufügen. Ihr Großvater hatte ihr den Trick verraten: Man musste als Erste ditschen, nicht darauf warten, dass der andere es tat.

Claudia würde zwei Tage zur Beobachtung in der Klinik bleiben müssen. Die Ärzte hatten ihre Platzwunde genäht und eine Gehirnerschütterung diagnostiziert. Sie sollte sich ausruhen und so wenig wie möglich bewegen. Unablässig starrte sie auf den pastellfarbenen Blumendruck an der Wand, der vor ihrem Blick verschwamm. Auch Aufregung sollte sie vermeiden. Sie versuchte, nicht an das zu denken, was geschehen war, aber die Erinnerung kehrte wie in einer Endlosschleife immer wieder in ihr Gehirn zurück.

Ihr Kopf schmerzte, jeder Gedanke strengte sie an, aber sie konnte ja nicht nichts denken. Zwischendurch döste sie ein, wurde wach, erinnerte sich, wo sie war, dachte nach, döste wieder ein.

Sie hatte behauptet, ausgeglitten zu sein und sich die Verletzung durch einen Sturz gegen den Küchenblock selbst zugezogen zu haben. Die skeptischen Blicke der Rettungssanitäter verrieten ihr, dass sie ihr die Geschichte nicht abkauften. Wahrscheinlich hörten sie solche Ausreden ständig. Aber solange Claudia bei ihrer Version blieb, könnte niemand etwas anderes behaupten.

Sie wollte verstehen, was eigentlich passiert war. Eigentlich hatte Martin sich ja nur gegen sie zur Wehr gesetzt, nachdem sie sich gegen ihn gewehrt hatte, oder? Ein aus dem Ruder gelaufener Streit, an dem beide Schuld hatten.

Oder war es doch eine versuchte Vergewaltigung gewesen, ihre Reaktion ein Akt der Notwehr und Martins Stoß Körperverletzung?

Ganz egal, wie man das Vorkommnis interpretierte, was sie und die gesamte Familie auf keinen Fall brauchen konnten, waren noch ein Skandal und noch mehr Schlagzeilen. Deshalb traf Claudia noch in derselben Nacht die Entscheidung, niemandem zu erzählen, was tatsächlich passiert war, vor allem nicht den Kindern.

Nachdem Claudias Zustand sich stabilisiert hatte, war Marianne aus der Klinik nach Hause gefahren mit dem festen Vorsatz, Martin aus dem Haus zu prügeln, sollte er nicht verschwunden sein. Doch er war bereits weg gewesen.

Julian saß verstört in der Küche und starrte den Blutfleck am Boden an, der sich mit dem geschmolzenen Vanilleeis vermischt hatte. Da er noch kein neues Handy besaß, hatte er seine Eltern nicht anrufen können. Er hätte sie sowieso nicht erreicht; ihre neuen Telefone lagen immer noch verpackt auf dem Tisch.

Marianne erklärte ihm, dass es einen Unfall gegeben und seine Mutter sich verletzt habe.

»Halb so schlimm«, sagte sie. »Die kommt schon bald wieder in Ordnung.«

Als Julian nach seinem Vater fragte, blieb sie so nahe bei der Wahrheit wie möglich.

»Du hast ja sicher mitbekommen, dass deine Eltern sich zurzeit nicht besonders gut verstehen«, sagte sie. »Sie haben gemeinsam beschlossen, eine Auszeit einzulegen, bis … sich alles beruhigt hat.«

»Lassen sie sich scheiden?«, fragte er. »Das wäre cool, dann kriegt man nämlich doppelt Geschenke, hat Lukas gesagt.« Seine Stimme klang kein bisschen so, als ob er das cool fände.

»Es ist schon spät, Julian«, sagte Marianne ausweichend. »Du solltest ins Bett gehen, morgen ist Schule.«

Er zeigte auf das Blut. »Was für ein Unfall war das, Oma?«

»Ich war nicht dabei«, sagte sie, »aber ich glaube, Mama ist ausgerutscht und hat sich den Kopf gestoßen.«

Sie griff nach einer Rolle Küchenkrepp und wischte die klebrige, cremig rosafarbene Pfütze auf, dann setzte sie sich wieder an den Tisch.

Julians Augen füllten sich mit Tränen. »An allem ist bloß Anouk schuld«, murmelte er.

Marianne verstand nicht. »Was hat denn Anouk damit zu tun?«

Er starrte vor sich hin und schluckte mehrmals heftig.

»Ich weiß doch, was hier läuft, Oma«, sagte er schließlich mit gepresster Stimme. »Wäre Anouk nicht bei diesen verfickten

Ökofreaks gelandet, wäre das alles nicht passiert. Mama würde Bürgermeisterin werden und Papa Geschäftsführer. Wir hätten keine Hausdurchsuchung gehabt, sie hätten uns die Handys nicht weggenommen, und ich müsste mir nicht den ganzen Scheiß von meinen Freunden anhören.«

Marianne verkniff sich einen Kommentar zu seiner Ausdrucksweise. Aber sonst konnte sie ihm schlecht widersprechen; er hatte die Lage durchaus treffend zusammengefasst.

»Und was den ›Unfall‹ angeht …« Er zeichnete mit den Fingern Anführungszeichen in die Luft. »Der wäre bestimmt auch nicht passiert, wenn Mama und Papa nicht wieder gestritten hätten.«

Marianne biss sich auf die Lippen. Es war die Aufgabe von Martin und Claudia, ihm beizubringen, was passiert war – oder auch nicht. Manchmal war eine gnädige Lüge besser als die Wahrheit.

»Ich mach dir warme Milch mit Honig, damit du schlafen kannst«, bot sie an.

Zu ihrem Schrecken löste das Angebot eine unerwartete emotionale Reaktion bei ihrem Enkel aus. Julian legte schluchzend seinen Kopf auf den Küchentisch und schirmte ihn mit den Armen ab, als wollte er sich schützen.

Marianne fühlte sich hilflos. Wie sollte sie auf einen fünfzehnjährigen heulenden Jungen reagieren, der sie am nächsten Tag dafür hassen würde, dass sie ihn heulen sehen hatte?

Sie füllte eine Tasse mit Milch, erwärmte sie in der Mikrowelle und rührte einen Löffel Honig hinein. Julian sah auf, als sie die Tasse vor ihm abstellte.

»Danke«, murmelte er, wischte sich mit der Hand übers Gesicht und trank den Inhalt in kleinen Schlucken aus. Dann stand er auf, umarmte sie linkisch und verließ die Küche.

Sie hörte ihn die Treppe hoch und ins Bad gehen.

Der arme Junge, dachte Marianne bedrückt. Vermutlich hatte er noch gar nicht realisiert, was heute Nacht tatsächlich passiert war: dass seine Familie, die durch die Ereignisse der letzten Zeit schon so heftig erschüttert worden war, nun endgültig auseinanderflog.

Sie wollte ihn nicht allein lassen und legte sich aufs Sofa. War doch egal, wo sie nicht schlief.

Am übernächsten Tag leitete Marianne eine kurzfristig einberufene Betriebsversammlung. Claudia hatte sie dringend gebeten, in der Firma einzuspringen, und diesmal hatte sie nicht ablehnen können. Jetzt, wo auch Martin weg war, ging es nicht mehr ohne sie.

Um zu verhindern, dass Martin im Autohaus auftauchte, was sie ihm durchaus zutraute, hatte Marianne ihm eine E-Mail geschrieben.

Martin,
Du bist dir hoffentlich im Klaren darüber, welche Konsequenzen aus Deinem Verhalten folgen. Du bist fristlos gekündigt, die schriftliche Kündigung erhältst Du auf dem Postweg. Ich werde interimsmäßig die Geschäftsführung der Firma übernehmen. Hiermit untersagen wir Dir, das Autohaus zu betreten, ebenso wie das Haus der Familie. Welche Schritte Claudia darüber hinaus unternehmen wird, muss sie selbst entscheiden, das ist ihre Sache.

Ich hätte nicht geglaubt, dass ich mit meinem Misstrauen Dir gegenüber am Ende recht behalten würde. Ich wünschte, Du hättest mich eines Besseren belehrt.

Marianne

Die Stimmung der Betriebsangehörigen, die sich in der Verkaufshalle versammelt hatten, war aufgeregt und bedrückt zugleich. Es war kein gutes Zeichen, wenn sie so kurzfristig zusammengerufen wurden; in den letzten zehn Jahren war es nur ein Mal vorgekommen: beim Tod von Walter Berner, dem langjährigen Seniorchef.

Niemand wusste, was der Anlass für die Versammlung war, deshalb machten allerhand Gerüchte die Runde. Claudia sei schwer erkrankt, Martin habe Geld veruntreut, Claudia habe ein außereheliches Verhältnis und Martin verlassen, Martin habe ein außereheliches Verhältnis und habe Claudia verlassen, beide wollten gemeinsam auswandern und die Firma verkaufen, der Hersteller habe seinen Vertrag mit dem Autohaus gelöst, die Zahlen seien so schlecht, dass die Firma Insolvenz anmelden müsse.

Marianne trat ans eilends herbeigeschaffte Rednerpult und schaltete das Mikrofon ein. Frau Horn vom Empfang reichte ihr ein Glas Wasser.

Sie nahm einen Schluck und räusperte sich.

»Liebe Mitarbeiterinnen und Mitarbeiter, ich danke Ihnen, dass Sie alle so kurzfristig meiner Einladung gefolgt sind. Ich begrüße insbesondere die Leiter unserer Filialen, die heute eigens hergekommen sind. Sie können sich vermutlich denken, dass es kein erfreulicher Anlass ist, aus dem ich Sie zusammengerufen habe, aber so viel schon mal vorneweg: Es ist niemand gestorben.«

Erleichtertes Murmeln war zu hören.

Marianne schoss durch den Kopf, dass Martin in gewisser Weise doch gestorben war, auf jeden Fall für sie. Noch immer war sie fassungslos, dass er sich zu einem körperlichen Übergriff gegen seine Frau hatte hinreißen lassen. Claudia hatte ihr gegenüber auf der gleichen Version der Ereignisse beharrt, die sie den Rettungssanitätern erzählt hatte. Aber Marianne kannte ihre Tochter gut genug, um zu spüren, dass sie nicht die Wahrheit sagte. Dieser Sturz war kein Unfall gewesen, und er hatte eine Vorgeschichte. Ganz egal, was passiert war, ob Martin sie geschubst oder sogar geschlagen hatte, und ganz egal, welche Entschuldigung er dafür finden würde, bei ihr hatte er ausgespielt.

Sie räusperte sich erneut.

»Ich habe Sie zu diesem Treffen gebeten, weil ich Sie über kurzfristige Veränderungen an der Firmenspitze informieren möchte. Mein Schwiegersohn Martin Berner, der ja ursprünglich die Geschäftsführung von meiner Tochter übernehmen sollte, hat seine Pläne geändert und nimmt sich eine Auszeit, oder – wie sagt man heute? – ein Sabbatical. Meine Tochter Claudia Berner hat mich gebeten, für ihn einzuspringen, was ich sehr gerne tue. Ich übernehme also wieder die Geschäftsführung …« Unruhe setzte ein, es wurde getuschelt. Marianne wartete, bis die Anwesenden sich etwas beruhigt hatten, dann fuhr sie fort. »… aber machen Sie sich keine Sorgen, lange werde ich Ihnen nicht auf die Nerven fallen. Es soll nur eine Interimslösung sein, bis meine Tochter für sich geklärt hat, wie es mit ihrer Kandidatur weitergeht und welche Optionen es für die Leitung des Hauses gibt. Sie können natürlich jederzeit mit all Ihren Kümmernissen und Beschwerden zu mir kommen, wie es bei uns immer üblich war. Gibt es dazu Fragen?«

Sie lächelte auffordernd und ließ ihren Blick über die Köpfe schweifen, die ihr aufmerksam zugewandt waren. Da und dort wurde geflüstert, einige der Mitarbeiter schienen zu beraten, ob sie sich trauen sollten.

Schließlich meldete sich ein langjähriger Angestellter aus dem Servicebereich.

»Es wird ja viel geschwätzt, und ich würde gern wissen, ob da was dran ist an den Gerüchten.«

»Welche Gerüchte meinen Sie denn?«, erkundigte sich Marianne.

»Dass die Firma verkauft wird.«

Nun wurde es erneut unruhig unter der Belegschaft, und es dauerte einige Zeit, bis Marianne weitersprechen konnte.

»Also, ich kann Ihnen mit ruhigem Gewissen sagen, dass niemand in unserer Familie an einen Verkauf denkt.«

»Und was ist mit dem Hersteller?«, rief jemand. »Will der weiter mit uns zusammenarbeiten?«

»Ich habe nichts Gegenteiliges gehört«, sagte Marianne. »Und ehrlich gesagt, kann ich mir auch keinen Grund vorstellen, warum diese jahrzehntelange, hervorragende Zusammenarbeit nicht weitergehen sollte.«

Die letzten Worte hatte sie bewusst gewählt, weil sie davon ausging, dass alles, was sie über den Hersteller sagte, früher oder später dort landen würde. Schon länger bestand der Verdacht, dass es einen Maulwurf in der Firma gab, der brühwarm alles an Jobst Huber weitertratschte; auch Dinge, die nicht unbedingt für dessen Ohren bestimmt waren.

Eine junge Frau meldete sich. »Stimmt es, dass Ihre Tochter im Krankenhaus liegt?«

Schlagartig wurde es ganz still. Marianne überlegte fieberhaft. Wenn sie jetzt eine Lüge erzählte, könnte ihr das um die Ohren fliegen. Meutlingen war eine kleine Stadt; es gab immer jemanden, der jemanden kannte, der von jemandem gehört hatte, der jemanden kannte. Deshalb blieb sie bei der offiziellen Version.

»Meine Tochter hatte einen kleinen Haushaltsunfall und ist für zwei Tage in der Klinik. Sie erfreut sich bereits wieder bester Gesundheit und wird morgen entlassen.«

Zum Glück befand sich die Platzwunde an Claudias Hinterkopf, sodass sich die Stelle leicht kaschieren ließ. Auch die Narbe würde man später nicht sehen können. Und die Gehirnerschütterung wäre in wenigen Tagen auskuriert, wenn Claudia sich schonte.

»Haben Sie weitere Fragen?«, wollte Marianne wissen.

Als keine Wortmeldungen mehr kamen, bedankte sie sich und schloss: »Nun möchte ich gern alle Abteilungs- und Betriebsleiter zu einer ersten Besprechung zu mir ins Büro bitten. Also, in das Büro meiner Tochter. Vielen Dank Ihnen allen und einen guten Tag.«

Die Versammlung löste sich auf, die Stimmung unter der Belegschaft hatte sich merklich gebessert.

Marianne war zufrieden mit dem Verlauf. Die Schwindelei mit dem Sabbatical war für die Leute erst mal leichter zu verdauen. Irgendwann würde sich dann eben herausstellen, dass Martin nicht mehr zurückkam, aber bis dahin wäre das keine große Sache mehr. Was Claudia betraf, hatte sie sich bewusst vage ausgedrückt, weil sie ihr keine Möglichkeit verbauen wollte. Vielleicht würde sie sich die Sache mit der Kandidatur doch noch einmal überlegen, vielleicht gab sie auch auf und kehrte an ihren Platz in der Firma zurück. Wie auch immer Claudia sich entscheiden würde, Marianne hatte beschlossen, sie dabei zu unterstützen. Wenn sie ehrlich war, machte es ihr sogar Spaß, wieder die Chefin zu spielen. Für eine Weile wäre das in Ordnung, zumindest bis sie herausgefunden hätte, was ihr noch mehr Spaß machte.

Noch aus dem Krankenhaus musste Claudia das Gespräch führen, das ihr am meisten auf der Seele lag: Jobst Huber rief sie am zweiten Tag ihres Aufenthalts in der Klinik an. Er hatte mit seiner Warnung, Martin nicht zum alleinigen Geschäftsführer zu machen, recht behalten. Natürlich würde sie das ihm gegenüber niemals zugeben, trotzdem wurmte es sie.

»Frau Berner, was machen Sie denn für Sachen?«, sagte er mit ehrlicher Anteilnahme in der Stimme. »Wie geht es Ihnen?«

»Schon wieder ganz gut, vielen Dank.«

»Wie lange bleiben Sie in der Klinik?«

»Morgen komme ich raus.«

»Was ist denn überhaupt passiert?«, fragte er.

»Nur ein kleiner Haushaltsunfall«, sagte Claudia wegwerfend.

»Sie wissen ja, der gefährlichste Ort ist nicht der Arbeitsplatz und nicht die Straße, sondern die eigene Wohnung.«

»Ja, solche Haushaltsunfälle sind tückisch. Sicher ist Ihr Mann in großer Sorge um Sie.«

»Genau darüber wollte ich mit Ihnen sprechen«, parierte Claudia. »Mein Mann hat seine Pläne geändert, er fühlt sich ausgelaugt und möchte für eine Weile aus der Firma aussteigen. Ich habe deshalb meine Mutter gebeten, vorübergehend die Leitung zu übernehmen.«

Natürlich war es riskant, Huber zu belügen. Martin nahm keine Auszeit, er hatte gekündigt. Aber wenn sie ihm das offen sagte, wäre man beim Hersteller noch beunruhigter, als es bisher schon der Fall war. Claudia erinnerte sich an das letzte Gespräch, in dem Huber die schlechten Zahlen erwähnt hatte.

»Ein interessanter Zeitpunkt für eine Auszeit«, stellte er fest.

»Den Zeitpunkt für ein Burn-out kann man sich nicht aussuchen«, sagte Claudia und biss sich auf die Lippen. Es fiel ihr nicht leicht, Martin auch noch als das bedauernswerte Opfer von Überarbeitung darzustellen.

»Wie darf ich den Begriff *vorübergehend* auslegen?«, erkundigte sich Huber.

Nun kam der schwierige Teil. Wenn sie ihm gegenüber preisgab, dass sie nicht mehr als Bürgermeisterin kandidierte, würde er sie drängen, sofort Vollzeit in die Firma zurückzukehren. Und Claudia war sich nicht sicher, ob sie überhaupt zurückgehen wollte. Immer deutlicher hatte sich gezeigt, dass sie ihre Aufgabe dort aus Pflichtbewusstsein erfüllte, nicht aus Neigung. Deshalb musste sie ihn in dem Glauben lassen, dass sich an ihren politischen Ambitionen nichts geändert hatte.

»Nun ja, bis … die Dinge sich geklärt haben«, sagte sie vage.

»Von welchen Dingen sprechen Sie?«

»Die Frage der Führung, die wir längerfristig lösen müssen, das ist Ihnen ja bekannt.«

»Ich dachte, die sei gelöst? Ihr Mann wird doch zurückkommen, wenn es sich nur um eine Auszeit handelt, oder?«

Dieser pedantische Kerl ließ einfach nicht locker. Er musste bohren und fragen und wollte auch noch das letzte Detail wissen, bis sie völlig entnervt war. Die Gespräche mit ihm hatten Claudia schon immer in den Wahnsinn getrieben. Allein der Gedanke, sich wieder mit ihm herumschlagen zu müssen, genügte, ihr die Idee einer Rückkehr in die Firma endgültig zu vergällen.

»Ich bin ein bisschen müde, Herr Huber«, sagte sie mit matter Stimme. »Das kommt von der Gehirnerschütterung. Lassen Sie uns bitte weitersprechen, wenn ich wieder auf dem Damm bin.«

»Natürlich, Sie haben recht. Entschuldigen Sie.«

»Bis dahin befindet sich die Firma in den bewährten Händen meiner Mutter«, sagte Claudia. »Sie dürfen also beruhigt sein.«

»Das mit den bewährten Händen haben Sie auch in Bezug auf Ihren Mann gesagt«, erinnerte er sie. »Bitte grüßen Sie ihn von mir.«

»Das tue ich gern«, sagte Claudia durch zusammengebissene Zähne. »Auf Wiedersehen, Herr Huber.«

21

Martin lag seit Stunden wach. Beim Schein des Mondlichts, das durchs weit geöffnete Fenster fiel, ließ er seinen Blick durch das Kinderzimmer wandern, in dem er die letzten Nächte verbracht hatte, ohne viel zu schlafen.

Er drehte sich hin und her und versuchte, eine halbwegs bequeme Position zu finden. Das Bett war zu schmal und zu kurz; Stefans zwölfjähriger Sohn Leon hatte bis vor kurzem darin geschlafen. Aber den hatte seine Mutter mitgenommen, als sie vor einigen Wochen Hals über Kopf ausgezogen war.

Seither schwankte die Stimmung seines Freundes zwischen Zorn und Verzweiflung. Bis heute hatte er offenbar nicht so recht begriffen, was er eigentlich falsch gemacht hatte, und Rita, seine Frau, hatte es aufgegeben, es ihm erklären zu wollen. Jedes zweite Wochenende durfte er seinen Sohn sehen, und jedes Mal kam er wütend und aufgewühlt von diesen Treffen zurück. Rita entfremde ihm das Kind, sie rede ihm ein, dass er, Stefan, schuld an der Trennung sei.

Stefan war dankbar für jede Gesellschaft, und so verbrachte Martin seit Ritas Auszug viel Zeit mit ihm. Sie tranken, sahen sich Fußball und Filme an und redeten sich abwechselnd ihren Frust von der Seele. Als Martin nach einem Streit mit Claudia zum ersten Mal hierher geflüchtet war, hatte ihm Stefan angeboten, jederzeit wiederzukommen.

Deshalb war Martin neulich nachts, während das Gewitter tobte, auf direktem Weg zu seinem Freund gefahren. Die wenigen Meter zwischen Auto und Haus hatten genügt, ihn bis auf die Haut zu durchnässen. Wie ein begossener Pudel hatte er am Eingang des Mehrfamilienhauses gestanden und geklingelt.

»Da bist du ja wieder«, hatte Stefan ihn kein bisschen überrascht begrüßt. Fast so, als hätte er fest mit ihm gerechnet.

Martin gab seinen Versuch, Schlaf zu finden, endgültig auf. Er stand auf, ging leise durch den Flur in die Küche und nahm sich ein Bier aus dem Kühlschrank. In langen Zügen trank er die Flasche leer und nahm sich eine zweite. In Boxershorts und T-Shirt setzte er sich auf den kleinen Balkon, der an die Küche grenzte. Stefan hatte die Tür nach draußen offen gelassen in der Hoffnung, dass die Nacht etwas Abkühlung bringe.

Der Balkon, der zu einem großen Innenhof mit anderen Balkonen lag, war liebevoll mit Blumen und Stauden bepflanzt; bestimmt hatte Rita sich darum gekümmert, als sie noch da gewesen war. Jetzt mickerten die Pflanzen vor sich hin, einige waren ganz vertrocknet. Stefan vergaß offensichtlich zu oft das Gießen.

Der vernachlässigte Balkon war nicht der einzige Hinweis auf Ritas Abwesenheit. Die früher so gepflegte Wohnung war insgesamt ziemlich heruntergekommen. In der Küche stapelten sich schmutzige Töpfe, das Bad war schon länger nicht mehr geputzt worden, und in den Ecken sammelten sich die Wollmäuse. Gestern hatte Martin abgewaschen und einmal durchgesaugt, jetzt nahm er die emaillierte Blechgießkanne, füllte sie mit Wasser und goss die Pflanzen. Vielleicht war die eine oder andere noch zu retten.

Sein Freund tat ihm leid, und er war ihm eine Warnung. So wie er wollte er nicht enden. Gleichzeitig spürte er denselben Frust in sich, und in manchen Nächten hatten sie sich gemeinsam in ihre Wut auf die blöden Weiber hineingesteigert, die sich verschworen zu haben schienen, ihnen das Leben schwerzumachen.

Als er in der Nacht mit seiner eilig gepackten Tasche hier angekommen war, hatte Stefan ihn gefragt, was er diesmal getan habe, um Claudias Zorn auf sich zu ziehen. Es war ihm unangenehm gewesen, und er hatte etwas von einem Streit gemurmelt, der eskaliert sei.

Natürlich tat ihm leid, was passiert war. Aber er fühlte sich nicht schuldig, schließlich hatte er vor lauter Schmerz nur noch reflexhaft reagiert. Hätte Claudia gelassener auf seinen Annäherungsversuch reagiert und ihn nicht behandelt wie einen Triebtäter, wäre es nie so weit gekommen. Aber ganz egal, was sich abgespielt hatte – eine Frau, die nach einer ehelichen Auseinandersetzung von Rettungssanitätern ins Krankenhaus gebracht wurde, warf nun mal kein gutes Licht auf den Ehemann. Ihm war klar, dass er unter diesen Umständen immer den Schwarzen Peter zugeschoben bekäme, also zog er es vor, nicht darüber zu sprechen.

Besonders verärgert hatte ihn die E-Mail von Marianne.

Dieser schulmeisterliche Ton! Ihr Geschwätz von *Konsequenzen*. Sie klang wie die Lehrerin, die sie als junge Frau hatte werden wollen und nicht werden durfte. Wahrscheinlich war das der Grund für die Bitterkeit, mit der sie ihre Mitmenschen seither quälte.

Und wie kam sie darauf, ihm kündigen zu können? Lächerlich!

Die alte Hexe ahnte offenbar nicht, dass er selbst längst gekündigt hatte. »Fristlos« kündigen könnte ihm außerdem nur Claudia, aber sicher würde Marianne Druck machen, dass sie es so schnell wie möglich nachholte. Überhaupt würde Claudia nun verstärkt unter dem Einfluss ihrer Mutter stehen, was die Situation für ihn nicht gerade leichter machte.

Darauf, die Geschäftsführung zu übernehmen, hatte Marianne doch nur gewartet! Wie eine Hyäne hatte sie in den letzten Jahren darauf gelauert, dass er einen Fehler machte und ihr damit einen Grund lieferte, ihn abzusägen. Solange er nur Prokurist war, hatte sie ihn geduldet. Aber seitdem Claudia ihn zum Geschäftsführer machen wollte, hatte seine Schwiegermutter alles darangesetzt, ihn zu diskreditieren.

Jetzt wollte sie ihm Hausverbot in der Firma und in seinem eigenen Zuhause erteilen. Was bildete diese Frau sich ein! Im Autohaus hatte noch immer Claudia das Sagen, und das Haus der Familie bestand aus zwei Wohneinheiten. Sie könnte ihm den Zutritt zu ihrer Dachwohnung verwehren, aber ganz sicher nicht den zu seiner Wohnung.

Auch wenn noch offen war, was Claudia am Ende unternehmen würde, seine Schwiegermutter würde schon dafür sorgen, dass ihre Tochter den Vorfall nicht als das betrachtete, was er war: eine Kabbelei unter Eheleuten, die ein unglückliches Ende genommen hatte, an dem keiner schuld war. Oder alle beide.

Sie würde Claudia einreden, es sei mindestens häusliche Gewalt, wenn nicht versuchte Vergewaltigung oder Schlimmeres. Entscheidend war, wie Claudia das Ganze selbst interpretierte und was sie den Rettungssanitätern gesagt hatte. Da die Polizei sich bisher nicht bei ihm gemeldet hatte, ging er davon aus, dass keine Anzeige erstattet worden war.

Marianne triumphierte jedenfalls ganz sicher, dass er ihr endlich die Bestätigung für ihr Misstrauen geliefert hatte. Zwanzig Jahre lang hatte er es nicht geschafft, sie davon zu überzeugen, dass sie ihm unrecht tat. Und nun machte er ein Mal einen Fehler und: Bingo! Sie hatte es ja schon immer gewusst.

Dieser Aspekt kränkte ihn am meisten, weil er alles für null und nichtig erklärte, was er in den letzten zwanzig Jahren für die Firma und für die Familie geleistet hatte. Und selbst wenn er noch andere Fehler gemacht haben sollte, eine solche Behandlung hatte er nicht verdient.

Von Claudia bisher kein Wort.

Am Tag danach, als er wieder nüchtern gewesen war und die Tragweite des Vorfalls erkannte, hatte er ihr eine E-Mail geschrieben. Es tue ihm leid, er habe das alles nicht gewollt. Aber er sei – nicht nur sexuell – so frustriert gewesen, dass er sich nicht mehr im Griff gehabt habe. Obendrein habe er getrunken, was natürlich keine Entschuldigung sei, aber seine mangelnde Impulskontrolle erkläre. Er wünsche ihr schnelle Genesung und hoffe, dass sie sich zu gegebener Zeit bei ihm melde, damit sie in Ruhe über alles sprechen könnten.

Er hatte sich um einen sachlichen Tonfall bemüht, um deutlich zu machen, dass er sich nicht in die Rolle des Bösewichtes drängen ließ. Dass er einsah, einen Fehler gemacht zu haben, aber nicht zu Kreuze kroch. Und nicht zulassen würde, dass die Sache zu einem Riesendrama aufgeblasen wurde. Dafür gab es keinen Grund; er hatte weder vorsätzlich noch in böser Absicht gehandelt.

Ihn beunruhigte der Gedanke, was Claudia den Kindern erzählen würde. Gut, sie waren nicht mehr zwölf, wie Leon, aber natürlich waren sie beeinflussbar. Anouk wäre es vermutlich egal, so wie ihr im Moment alles egal war, was die Familie betraf. Aber Julian war hinter seiner rotzig-coolen Art viel sensibler, als man glaubte. Er sollte nicht denken, dass sein Vater gewalttätig war. Oder, genauso schlimm, ein Schwächling.

Die zweite Flasche Bier war leer, aber Martin war immer noch durstig. Schon am Abend zuvor hatte er reichlich Alkohol konsumiert, vielleicht war es besser, erst mal eine Pause zu machen. Er fahndete im Kühlschrank nach Mineralwasser. Als er keines fand, füllte er ein Glas mit Leitungswasser, das er ewig laufen lassen musste, bevor es endlich kühl wurde.

Es dämmerte bereits, die Vögel begannen mit ihrem morgendlichen Konzert. Er fragte sich, wie ein Mensch bei dem Lärm schlafen konnte, aber die allermeisten schien es nicht zu stören. Jedenfalls schoss keiner der Nachbarn mit dem Luftgewehr oder warf einen Schuh in die Baumkrone, in der die Plagegeister saßen – etwas, wozu er gute Lust gehabt hätte.

Gegen sechs taumelte Stefan in die Küche, beugte den Kopf ins Waschbecken und trank direkt aus der Leitung.

»Gott, hab ich einen Kater«, stöhnte er.

Tatsächlich hatte Stefan noch deutlich mehr getrunken als er, und das nicht nur gestern. Wenn er nicht aufpasste, würde er ein richtiger Alkoholiker werden, aber Martin fühlte sich nicht in der Position, ihm diesbezüglich Vorhaltungen zu machen.

Stefan drückte auf den Einschaltknopf der Kaffeemaschine, die nur Filterkaffee produzierte. Martin vermisste den leckeren Espresso von zu Hause. Sein Freund drückte zwei Aspirin aus einer Packung und spülte sie hinunter, dann stellte er Zucker und Milch auf den kleinen Balkontisch.

»Wieder nicht geschlafen?«, fragte er.

Martin nickte.

»Sei doch froh, dass du die Alte loshast«, sagte er. »Ich fand sie immer ein bisschen … arrogant.«

»Claudia ist nicht arrogant«, verteidigte Martin seine Frau. »Sie hat eine selbstbewusste Ausstrahlung, das ist was anderes.«

»Man merkt ihr an, dass sie sich für was Besseres hält«, sagte Stefan. »Wen wundert's, sie kommt ja auch aus einer reichen Familie.«

Stefan kam aus kleinen Verhältnissen und hatte aus eigener Kraft einen kleinen Handwerksbetrieb für Umbauten und Renovierungen aufgebaut. Er neigte zu Sozialneid, Martin kannte das schon. Und er konnte ihn verstehen, denn auch ihm war nichts von dem, was er erreicht hatte, in die Wiege gelegt worden; er hatte sich alles hart erarbeitet. Trotzdem hatte er das Gefühl, Claudia verteidigen zu müssen.

»Sie kann ja nichts für ihr Elternhaus«, sagte er. »Und sie hat sich nie auf ihrer Herkunft ausgeruht.«

Stefan wiegte den Kopf. »Ein Angestellter und die Tochter vom Chef, das kann eigentlich nicht gut gehen.«

»Es ist ziemlich lange gut gegangen«, widersprach Martin.

»Ja, und jetzt nicht mehr«, sagte Stefan.

Fast klang er zufrieden, dass Martin sein Schicksal als gescheiterter Ehemann nun mit ihm teilte.

Am Morgen des dritten Tages nach dem »Unfall« wurde Claudia aus dem Krankenhaus entlassen. Marianne hatte ihr Auto auf dem großen Parkplatz abgestellt und holte sie in ihrem Zimmer ab. Als sie kurze Zeit später herauskamen, lungerten ein paar Kinder um den offenen Sportwagen herum und fachsimpelten.

»Wie schnell ist der?«, wollte ein Junge wissen.

Marianne verblüffte ihn mit einer Aufzählung technischer Daten: »Er hat hundertachtzig PS, beschleunigt von null auf hundert in neun Komma vier Sekunden und fährt knapp zweihundert in der Spitze. Aber so schnell fährt ja heutzutage kein vernünftiger Mensch mehr.«

»Wow«, sagte der Junge. »Und was kostet der?«

»Ein bisschen mehr, als du dir vom Taschengeld leisten kannst«, sagte Marianne augenzwinkernd. »Aber wenn du groß bist, kommst du zu mir ins Autohaus Berner, dann sehen wir weiter.«

Claudia lächelte. Wenn der Junge volljährig wurde, war Marianne Mitte achtzig. Aber wie sie ihre Mutter kannte, würde sie auch dann noch voller Leidenschaft über einen Autokauf verhandeln. Wenn es das Autohaus bis dahin noch gab.

Sie legte ihre Tasche in den Kofferraum, den Marianne mit einem Knopfdruck geöffnet hatte, und setzte sich auf den Beifahrersitz.

»Ich sollte besser nicht offen fahren«, sagte sie. »Mein Kopf ist noch empfindlich.«

Marianne drückte auf einen weiteren Knopf, das Verdeck fuhr hoch und rastete nahezu geräuschlos ein. Sie startete den Motor. Die Kinder winkten ihnen nach, als sie vom Parkplatz fuhren, Claudia winkte zurück.

»Was hast du denn jetzt vor?«, fragte ihre Mutter nach einer Weile.

»Ich ziehe meine Kandidatur zurück, erhole mich und überlege in Ruhe, wie es weitergeht.«

»Und Martin?«

Sie seufzte und schüttelte den Kopf. »Keine Ahnung.«

»Ich habe die Kündigung schon vorbereitet«, sagte Marianne. »Du musst nur unterschreiben.«

»Er hat mir vor einer Weile schon gekündigt«, gestand Claudia.

»Was?« Marianne sah zu ihr herüber. »Wieso hast du mir das nicht gesagt?«

»Ich dachte … er kommt wieder zur Vernunft.«

Marianne stieß verächtlich die Luft aus. »Davon kann ja wohl keine Rede sein. Du schickst ihm bitte trotzdem die fristlose Kündigung. Ich will ihn nicht mehr in der Firma sehen.«

»Du kannst ihn gar nicht schnell genug loswerden, was?«

»Du etwa nicht?«

Claudia seufzte. »Ich bin froh, dass ich ihn erst mal nicht sehen muss. Aber er ist mein Mann, und der Vater meiner Kinder. Irgendwann werde ich mich mit ihm auseinandersetzen müssen.«

»Irgendwann«, wiederholte Marianne, »nicht jetzt.«

»Weiß Anouk eigentlich Bescheid?«, fragte Claudia nach einer Pause. »Ich konnte ihr nicht schreiben ohne Handy.«

»Ich habe sie angerufen, aber sie ist nicht drangegangen«, sagte Marianne. »Ich hab ihr auf die Mailbox gesprochen.«

Claudia wünschte sich so sehr, dass Anouk die Nachricht von ihrem Unfall zum Anlass nähme, ihr wenigstens ein paar Zeilen zu schreiben, wenn sie schon nicht anrief und nicht ans Telefon ging. Dann fiel ihr die hässliche Nachricht ein, die sie ihrer Tochter zuletzt auf die Mailbox gesprochen hatte.

Zu Hause angekommen, packte Claudia ihre Tasche aus und füllte eine Waschmaschine, dann bereitete sie sich einen großen Cappuccino zu. Sie bat Marianne darum, sich ihren Laptop ausleihen zu dürfen, um ihre E-Mails zu checken. Mehr als zwei Tage war sie noch nie offline gewesen.

Marianne stellte ihr den Computer ins Arbeitszimmer. »Überanstreng dich nicht«, sagte sie. »Du sollst dich schonen.«

Als Erstes rief Claudia in der Stadtverwaltung an. Sie erreichte eine Mitarbeiterin, die sie flüchtig kannte.

»Grüß Gott, Frau Ebner«, sagte sie freundlich. »Ich habe eine Frage zur bevorstehenden Kommunalwahl. Wie Sie vielleicht wissen, habe ich mich als Kandidatin aufstellen lassen. Aus … persönlichen Gründen muss ich meine Kandidatur leider zurückziehen. Können Sie mir sagen, was ich dafür tun muss?«

Die Frau am anderen Ende schwieg verblüfft. »Sie wollen Ihre Kandidatur zurückziehen?«, vergewisserte sie sich dann.

»Richtig«, bestätigte Claudia.

»Hmm«, sagte die Frau zögernd. »Ich glaube, das geht nicht.«

»Wieso soll das nicht gehen?«

»Weil die Wahlzettel schon gedruckt sind«, erklärte sie. »Die Unterlagen für die Briefwahl werden vier Wochen vorher verschickt, die liegen hier schon seit ein paar Tagen.«

Natürlich, daran hatte Claudia nicht gedacht.

»Und wenn ich über die Presse bekannt mache, dass ich nicht mehr antrete und dass man mich nicht wählen soll?«

»Das können Sie schon versuchen«, sagte Frau Ebner. »Aber

rechtlich gesehen bleiben Sie Kandidatin. Die Leute können ihr Kreuz trotzdem bei Ihnen machen.«

Überrascht von dieser Information bedankte sich Claudia und legte auf. Das war ja seltsam. Wenn der Name einmal auf dem Wahlzettel stand, hatte man keine Möglichkeit des Rückzugs mehr? Sicher gab es dafür irgendeine juristische Begründung, aber die herauszufinden, war ihr zu mühsam. Sie musste einfach nur einen sicheren und effizienten Weg finden, die Bürgerinnen und Bürger über ihre Entscheidung zu informieren. Wer wäre denn so dumm, dann noch sein Kreuz bei ihr zu machen? Wahrscheinlich würde die Kandidatin der Grünen von ihrem Rückzug profitieren, und einige Stimmen gingen sicher auch an die Liberalen. Insgesamt aber würde ihre Entscheidung mit an Sicherheit grenzender Wahrscheinlichkeit Manfred Abele zu einer zweiten Amtszeit verhelfen. Das war eine verdammt bittere Pille, aber die musste sie wohl schlucken.

Natürlich könnte sie es so machen, wie Marianne vorgeschlagen hatte: online weiter präsent bleiben, ein paar wichtige Termine wahrnehmen und es ansonsten einfach laufen lassen. Doch seit dem Vorfall, der sie ins Krankenhaus gebracht hatte, merkte sie, wie erschöpft sie eigentlich war. Die monatelangen Kämpfe mit Martin, die Sorge um Anouk, die ständige Anspannung, was als Nächstes passieren würde – all das hatte sie ausgelaugt. Sie konnte einfach nicht mehr. Und darüber hinaus hatte sie auch keine Lust, sich eine blamable Niederlage einzuhandeln.

Sie loggte sich in ihr E-Mail-Programm ein und überflog die Nachrichten der letzten Tage. Nachdem sie Werbung, Newsletter und anderes nutzloses Zeug gelöscht hatte, blieben ungefähr zwanzig Mails übrig, die sie nacheinander las.

Eine Nachricht war von ihrem Freund und Unterstützer Arnold Leitgeb. Der Betreff lautete: *Deine Kandidatur.*

Liebe Claudia,

ich habe gestern zufällig deine bisherige Wahlkampfmanagerin Ceyda Demirel getroffen. Sie hat mir erzählt, dass sie deine Kampagne nicht fortsetzen kann und du dich möglicherweise dazu entschlossen hast, deine Kandidatur zurückzuziehen. Ich habe sofort an alle verbliebenen Unterstützer geschrieben (ich weiß, es sind nicht mehr so viele wie anfangs), und sie wollen dich alle weiter unterstützen und wünschen sich, dass du nicht aufgibst! Allen ist klar, was du in den letzten Monaten durchgemacht hast und dass die Situation mit deiner Tochter eine schwere Belastung für dich und deine Familie bedeutet. Natürlich hat es dir auch politisch geschadet, aber wir waren uns einig, dass es immer noch genügend Bürgerinnen und Bürger in Meutlingen gibt, die sich dringend einen Wechsel an der Stadtspitze wünschen. Bitte überlass das Feld nicht kampflos dem korrupten, alten Abele. (Das habe ich nie gesagt … ;-)

Herzliche Grüße

Dein Arnold und die zweiundfünfzig Aufrechten

Gerührt blickte Claudia auf die Mail. Arnold Leitgeb war ein echter Freund, das hatte er schon oft bewiesen. Zweiundfünfzig von hundert Unterstützern waren ihr also geblieben.

Was sollte sie tun? Ihr Gewissen regte sich. Durfte sie die Leute einfach hängen lassen, die auf sie zählten? Mit der Kandidatur hatte sie ein Versprechen abgegeben, das konnte sie doch nicht einfach brechen!

Sie war hin- und hergerissen. Ihre Erschöpfung kämpfte mit ihrem Pflichtbewusstsein, ihre Lust, etwas zu verändern, mit dem Gefühl der Resignation, das sich ihrer nach Ceydas Ausstieg bemächtigt hatte.

Sie las die nächste Mail. Sie kam von Celik, ihrem Webmaster.

Liebe Claudia,

ich habe von Ceyda gehört, dass du vielleicht aufgibst, weil sie dich nicht weiter unterstützen kann. Ich fände das so schade! Ich stelle deine Seiten nicht offline, bevor wir gesprochen haben. Bitte ruf mich an.

Liebe Grüße

Celik

Ihr wurde ganz warm ums Herz. Noch jemand, der nicht wollte, dass sie aufgab. An den paar Euros, die Celik an ihr verdiente, konnte es nicht liegen. Er hatte viel mehr Zeit in die Betreuung ihrer Onlinepräsenz investiert, als sie ihm bezahlt hatte. »Ich mach das auch aus Überzeugung« war sein Kommentar gewesen, als sie ihn darauf angesprochen hatte.

Sie beantwortete die restlichen Mails, dann klappte sie den Deckel des Laptops zu. Sie war müde, ihr Kopf summte. Gehirnerschütterung, dachte sie, du musst dich ausruhen. Kaum hatte sie sich aufs Sofa gelegt, war sie auch schon eingenickt.

Sie erwachte davon, dass jemand ihr einen feuchten Kuss auf die Wange drückte.

»Hi, Mom«, hörte sie Julians Stimme neben ihrem Ohr und schlug die Augen auf.

»Knubbel«, sagte sie lächelnd und richtete sich auf, um ihren Sohn an sich zu ziehen. »Ich freu mich so, dich zu sehen!«

»Ich mich auch«, sagte er verlegen.

Obwohl sie nur zwei Tage weg gewesen war, kam es ihr vor, als hätte er sich verändert. Er wirkte irgendwie ... erwachsener.

»Bist du wieder ganz okay?«, fragte er und ließ sich ihr gegenüber auf einen Sessel fallen.

»Völlig«, sagte sie. »Wie geht's dir?«

»Alles cool.«

Sie wunderte sich, wie er den Digitalentzug wegsteckte, dann erinnerte sie sich, dass sein Freund Lukas ihm einen Laptop leihen wollte. Und in seiner Hand sah sie ein Telefon, auch diesbezüglich hatte er sich also inzwischen zu helfen gewusst.

»Hilfst du mir später, meine Daten runterzuladen?«, bat sie ihn. Die Geräte, die Martin besorgt hatte, lagen immer noch auf dem Tisch. Irgendwo im Poststapel mussten auch die neuen SIM-Karten sein.

Julian nickte. Sie hatte den Eindruck, er wolle etwas sagen oder fragen, schien es sich aber dann anders zu überlegen.

»Hunger?«, fragte Claudia.

»Ja, aber ich kann uns was machen«, sagte er. »Du sollst dich schonen, hat Oma gesagt.«

Überrascht zog Claudia die Augenbrauen hoch.

»Die Plakate sind da«, sagte Julian und zeigte auf den Stapel, der noch immer auf dem Küchenblock lag. »Du weißt ja, ich häng sie für dich auf, wenn du willst.« Er grinste. »Und ich will auch kein Geld dafür. Du sollst nur gewinnen.«

Sogar Julian wollte, dass sie weitermachte? Mit einem Mal fühlte Claudia, wie ihr Kampfgeist wieder zum Leben erwachte.

»Dir ist klar, dass man sie nur an Laternenmasten und Zäunen anbringen darf«, hörte sie sich sagen. »Auf keinen Fall an Verkehrsschildern und auch nicht an Bäumen. Ich zeig dir die Orte später auf der Karte.«

Überrascht von sich selbst, lehnte sie sich zurück. Sie würde also weitermachen. Was hatte sie schon zu verlieren?

22

Marianne war aufgeregt, und sie genoss die Aufregung. In den letzten Wochen hatte sie unzählige Stunden mit Klaus telefoniert, ohne dass ihnen der Gesprächsstoff ausgegangen wäre. Sie hatten sich gegenseitig weiter aus ihrem Leben erzählt, sich zwischendurch freundschaftlich gekabbelt – meist über das Klimathema, auf das sie unweigerlich immer wieder zu sprechen kamen –, aber vor allem hatten sie viel gelacht. Marianne fragte sich, wie sie es geschafft hatte, den Ruf einer ernsten, ja humorlosen Person zu erwerben. In Wahrheit liebte sie es, zu lachen und sich unterhalten zu lassen.

Irgendwann hatte Klaus gefragt, ob sie sich mal wieder treffen wollten, und sie hatte zugestimmt, ohne zu zögern.

»Ich kann aber nur am Wochenende, du weißt, ich arbeite gerade wieder in der Firma.«

Also hatten sie den kommenden Samstag vereinbart.

»Hast du Lust, mich zu besuchen?«, hatte er auf ihre Frage nach einem Treffpunkt geantwortet.

Sie fühlte sich überrumpelt. Ging das nicht ein bisschen schnell? Schließlich hatten sie sich gerade nach fünf Jahrzehnten zum ersten Mal wiedergesehen. Andererseits, wenn man mal mit einem Mann im Bett gewesen war, gab es dann noch so was wie eine Anstandsfrist?

Als sie an ihre leidenschaftlichen Nächte von damals zurückdachte, durchfuhr sie ein Gedanke. Was, wenn er sich Sex erhoffte?

Sie hatte so lange nicht mehr an Sex gedacht, dass sie regelrecht vergessen hatte, dass er existierte. In den letzten Jahren mit Walter hatte sich diesbezüglich nicht mehr viel abgespielt; natürlich wurde da mal gekuschelt, oder man schmiegte sich im Bett aneinander, aber viel mehr war aufgrund seiner Krankheit nicht möglich gewesen, und sie hatte es nicht vermisst.

War sie inzwischen nicht sowieso viel zu alt, um überhaupt an Sex zu denken?

Mit zwanzig war ihr die Vorstellung, dass Vierzigjährige Sex haben könnten, bereits abwegig erschienen. Mit vierzig hatte sie sich überraschend jung gefühlt und geglaubt, dass erst jenseits der sechzig definitiv Schluss mit dem Thema sei. Nun war sie noch mal zehn Jahre älter und überlegte ernsthaft, ob es nicht für manche ihrer Altersgenossen nach wie vor aktuell war. Ihre Freundin mit dem langweiligen Mann machte immer wieder Anspielungen, aus denen man schließen konnte, dass da durchaus noch etwas lief. Und wenn sie an den durchtrainierten, attraktiven Klaus dachte, konnte sie sich vorstellen, dass auch er noch Wünsche hatte. Die Frage war, ob diese sich auf eine fast Gleichaltrige richteten oder eher auf jüngere Frauen.

Und so überlegte sie, wie sie reagieren würde, wenn das Thema wider Erwarten zwischen ihnen aufkommen würde.

Sie wusste, dass sie gut aussah. Ihre Disziplin beim Essen, die viele Bewegung, die regelmäßige Gymnastik – all das zahlte sich aus, und prinzipiell fühlte sie sich wohl in ihrem Körper. Trotzdem war dieser Körper alt und faltig und weit davon entfernt, noch irgendeinem Ideal zu entsprechen. Die Vorstellung, sich vor einem gewissermaßen fremden Mann auszuziehen und anfassen zu lassen, womöglich an intimen Stellen, erschien ihr reichlich abwegig.

Ihre Überlegungen machten sie zunehmend nervös, und als sie die Autobahn Richtung Erding verließ, musste sie kurz an den Straßenrand fahren und sich sammeln. Nachdem sie einen Schluck aus ihrer Wasserflasche getrunken und mehrmals tief durchgeatmet hatte, ging es ihr wieder besser. Sie beschloss, die Dinge auf sich zukommen zu lassen. Schließlich war sie alt genug, nein zu sagen, wenn ihr etwas nicht passte.

Sie folgte den Anweisungen des Navis, bis sie vor einem älteren Haus mit grünen Fensterläden landete, das von wildem Wein umrankt war und an dessen Vorderseite Spalierobst hochrankte. Ein kunstvoll verwilderter Garten vervollständigte den Eindruck einer Idylle, die sie nicht unbedingt mit der strukturierten Ingenieurspersönlichkeit von Klaus in Verbindung gebracht hätte.

Sie parkte und ging durch das offene Gartentor zum Haus, dessen Tür ebenfalls offen stand.

»Halloho!«, rief sie, und im selben Moment kam Klaus in Khakishorts und einem blauen Polohemd barfuß die Treppe herunter. Er begrüßte sie mit einer Umarmung.

»Willkommen in meiner Höhle«, sagte er. »Dass ich außer von einer Altenpflegerin noch mal Damenbesuch kriegen würde, hätte ich mir nicht träumen lassen.«

Sie zog eine Augenbraue hoch. »Hoffentlich bereust du's nicht.«

»Bestimmt nicht.« Er lächelte und machte eine einladende Bewegung. »Fühl dich wie zu Hause.«

Marianne nahm ihn beim Wort und begann sich umzusehen. Vielleicht könnte sie sich hier ein paar Anregungen für ihre eigene Wohnung holen. Sie war entschlossen, die altmodischen Stilmöbel ihrer Eltern zu entsorgen, bevor wieder jemand einen Fuß in ihre Wohnung setzte.

Klaus' Wohnzimmer wirkte gemütlich mit seiner Sammlung von Möbeln und Erinnerungsstücken unterschiedlichster Herkunft; ein Ohrensessel mit Fußschemel stand neben einem unglaublich bequem aussehenden Sofa, das mit weichem, hellbraunem Leder bezogen war und auf dem bunte Kissen mit Ethnomustern lagen. Der Couchtisch bestand aus einer hellgrau gestrichenen Holzpalette mit einer Glasplatte darauf, die Bücherregale an den Wänden bogen sich unter dem Gewicht von älteren Romanen, aktuellen Sachbüchern und Kunstbänden aller Art. Kleine Statuen, ungewöhnliche Lampenschirme und Kunstgegenstände unterschiedlicher Provenienz verrieten, dass er viele Jahre in fremden Ländern verbracht hatte.

Auf einer Kommode standen einige gerahmte Fotos; auf den meisten sah man einen deutlich jüngeren Klaus mit einer schönen blonden Frau vor touristischen Hotspots. Marianne erkannte den Eiffelturm, Ayers Rock und das Taj Mahal. Auf einem Bild war die Frau allein zu sehen, es war ein Porträt, auf dem sie an der Kamera vorbei in die Ferne blickte, einen verträumten Ausdruck im Gesicht.

Marianne bemerkte, dass Klaus sie beobachtete.

Sie sah ihn offen an. »Ist das Anja?«

Er hatte ihr von seiner verstorbenen Frau erzählt und nickte jetzt stumm.

»Bestimmt fehlt sie dir schrecklich«, sagte sie anteilnehmend. »Ihr seht glücklich aus.«

Sie musste an Walter denken, und an die wenigen Reisen, die sie zusammen unternommen hatten. Sie waren in Italien, Griechenland und einmal in Mexiko gewesen, wo der Hersteller ein großes Werk betrieb. Jedes Mal waren es berufliche Anlässe, und sie hatten nur ein paar Tage drangehängt. Fotos wie diese existierten von ihnen nicht, keiner hatte bei diesen Reisen Bilder gemacht. Sie konnte sich an keinen einzigen Moment erinnern, den sie unbedingt hätte festhalten wollen.

Sie setzte ihren Rundgang fort. Ein Durchgang führte zu einem Esstisch mit sechs Stühlen und weiter in die offene Küche, die aussah, als würden dort tatsächlich Mahlzeiten zubereitet. Hochwertige Töpfe und Pfannen in einem offenen Regal sowie eine beeindruckende Sammlung von Gewürzen verrieten den Hobbykoch. Über einer Arbeitsplatte aus Granit hingen zwei edle Halogenstrahler.

»Du hast Geschmack«, stellte Marianne anerkennend fest. »Nicht selbstverständlich für einen Mann in deinem Alter, der allein lebt.«

»Nicht ganz allein«, sagte Klaus und lachte über Mariannes überraschtes Gesicht. Er deutete auf die bunt gemusterte Katze, die ausgestreckt auf dem Fensterbrett lag und schlief. »Darf ich vorstellen? Lucky.«

Er führte Marianne über die Terrasse in den Garten und servierte an dem Tisch in der Laube dort Kaffee und selbst gebackenen Apfelkuchen.

»Backen kannst du auch noch?«, sagte Marianne ungläubig. »Du bist ja eine richtig gute Partie!«

Er grinste. »In Wahrheit bin ich ein misanthropischer Einzelgänger, der am liebsten allein in seiner Höhle hockt und allen Menschen misstraut.«

Sie lachte. »Ich glaub dir kein Wort.«

Insgeheim dachte sie, dass er vielleicht ein wenig übertrieb, seine Worte aber einen wahren Kern haben könnten. Umso geschmeichelter fühlte sie sich, dass der brummige Löwe ihr Einlass in seine Höhle gewährt hatte.

Wie immer unterhielten sie sich angeregt. Es gab kein Thema, über das man mit Klaus nicht sprechen konnte, über das er nicht bereit wäre, sich Gedanken zu machen, oder Interessantes zu sagen wusste. Wenn sie an die Gespräche mit Walter zurückdachte, die sich fast ausschließlich ums Geschäft gedreht hatten, fragte sie sich zum wiederholten Mal, wie sie das so lange ausgehalten hatte und warum sie nicht irgendwann ausgebrochen war. Sie war geistig wie ausgedörrt und nahm die Inspirationen durch Klaus so dankbar an wie eine trockene Landschaft den Regen.

Am späteren Nachmittag streckte er sich. »Wollen wir einen Spaziergang machen?«

»Bei der Hitze?« Sie dachte an den anstrengenden Ausflug entlang der Isar, zu dem er sie letztes Mal überredet hatte.

»Ich zeig dir den Märzenbecherwald«, versprach er.

Sie seufzte in gespielter Resignation. »Na, wer kann da schon widerstehen.«

Als sie auf die Straße traten, entdeckte er ihr Cabrio und beäugte es. »Darf ich mal damit fahren?«

»Ich denke, du bist ein Autogegner?«

Er hob die Schultern und ließ sie fallen. »Es macht einfach so viel Spaß …«

Sie warf ihm den Schlüssel zu, den er mit einer gekonnten Bewegung auffing. Dann schlang sie sich ihr Tuch um Kopf und Hals und setzte ihre Sonnenbrille auf.

Bewundernd sah er sie an. »Hab ich dir eigentlich schon mal gesagt, dass du saugut aussiehst?«

Sie realisierte sehr wohl, dass er das Wörtchen *noch* nicht verwendet hatte. Auch nicht *für dein Alter*.

»Danke«, sagte sie. »Du auch.«

Er setzte ebenfalls eine Sonnenbrille auf und grinste sie an.

»Bonnie und Clyde. Sind wir jetzt supercool oder wahnsinnig peinlich?«

Sie zog eine Augenbraue hoch. »Kommt vermutlich darauf an, wen wir fragen.«

Sie fuhren einige Kilometer nach Süden, dann bog Klaus ab und parkte das Cabrio am Rand eines Waldstückes.

»Der Märzenbecherwald«, sagte er. »In der Nähe gibt es auch noch den Zauberwald, aber der ist noch mickriger.«

»Ist wohl keine so gute Gegend für Bäume hier«, stellte Marianne fest. »Egal, Hauptsache ein bisschen Schatten.«

Sie gingen eine Weile schweigend, und Marianne versuchte, sich zu erinnern, wann sie das letzte Mal durch einen Wald gegangen war. Es war lange her. Walter hatte das »Autowandern« geliebt, das ziellose Umherfahren mit dem Wagen, den sie nur hin und wieder verließen, um ein paar Schritte zu gehen oder in einer Wirtschaft einzukehren.

Erst nach seinem Tod hatte sie begonnen, lange Spaziergänge durch die Natur zu machen und vor allem ihre regelmäßigen morgendlichen Gänge durch den Stadtpark, die fast zu einer Sucht geworden waren.

Der Märzenbecherwald hatte nichts mit dem zu tun, was sie sich unter einem Wald vorstellte. Kein üppiges, grünes Blätterdach oder Gruppen von majestätischen Nadelbäumen; stattdessen viele dünne, trockene Stämme mit vertrockneten Zweigen, dazwischen größere Stellen ganz ohne Bewuchs.

»Was ist denn da passiert?«, fragte sie erschrocken.

Klaus zuckte die Schultern. »War wohl einfach zu trocken, dieser Sommer. Wenn der Boden erst mal ausgetrocknet ist, gehen die Bäume kaputt. Und dann kommt der Borkenkäfer …«

»Und da drüben?«

»Teilweise Borkenkäfer, teilweise Sturmschäden.«

Sie schwieg und ließ den Anblick auf sich wirken. Unmut regte sich in ihr. Sie blieb abrupt stehen.

»Das machst du mit Absicht, oder?«

Verständnislos blickte Klaus sie an. »Was meinst du?«

»Du sagst, wir machen einen Waldspaziergang, und dann zeigst du mir das?« Mit einer heftigen Bewegung wies sie auf das trockene Gehölz. »Damit ich mich wieder schlecht fühle?«

Er schien immer noch nicht zu verstehen. »Warum sollte ich wollen, dass du dich schlecht fühlst?«

»Weil du in dieser Scheißklimadiskussion recht haben willst«, sagte Marianne. »Letztes Mal die Hungersteine, heute der vertrocknete Wald. Du willst mir ein schlechtes Gewissen machen. Als gäbe es nichts anderes, was man auf einem Ausflug anschauen könnte, als … Klimaschäden!«

Er sah sie perplex an, dann begann er zu lachen.

»Das schlechte Gewissen machst du dir schon selbst«, sagte er. »Ich verfolge keinerlei pädagogische Absicht, aber ich kann nun mal die Realität nicht für dich verändern.«

Marianne rührte sich nicht vom Fleck und hob jetzt theatralisch die Hände.

»Wenn ich Radio höre, reden sie über die Klimakatastrophe, wenn ich an einem Fluss spazieren gehe, tauchen diese Steine auf, wenn ich mit meiner Enkelin spreche, erklärt sie mir, dass die Welt untergeht, und wenn ich einen verdammten Waldspaziergang machen will, sehe ich nur noch vertrocknete Bäume. Was wollt ihr alle von mir? Soll ich mich umbringen?« Sie sah ihn mit blitzenden Augen an.

Er beobachtete sie mit einem amüsierten Ausdruck auf dem Gesicht.

»Das lohnt sich nicht, Marianne. Die Menge an CO_2, die der Welt dadurch erspart bleibt, reißt es nicht raus. Obwohl, wenn ich an dein Auto denke …« Er grinste süffisant.

»Das ist ein Hybrid!«, brüllte sie und merkte im selben Moment, dass er sie auf den Arm nahm.

Gegen ihren Willen musste sie plötzlich lachen, und kurz darauf begann sie zu schluchzen. Sie war völlig durcheinander und verstand sich selbst nicht mehr.

Klaus nahm sie in die Arme und streichelte sanft ihren Rücken.

Am frühen Abend, nachdem sie im Garten einen Aperol Spritz getrunken und geröstete Nüsse geknabbert hatten, stand Marianne auf.

»Dann mache ich mich mal auf den Weg.«

Sie griff nach ihrer Handtasche und erwartete, dass Klaus aufstehen und sie zum Auto begleiten würde. Aber er blieb sitzen und sah enttäuscht aus.

»Wie schade! Ich wollte doch später für dich kochen! Und ich habe das Gästezimmer für dich vorbereitet.«

Überrascht hielt sie inne. Sie hatten nicht vereinbart, dass sie übernachten würde, aber er schien fest damit zu rechnen.

»Ich ... äh, ich habe keine Zahnbürste dabei«, wandte sie ein. »Und kein Nachthemd.«

Er lachte. »Ich glaube, dem lässt sich abhelfen.«

Es war schon spät. Claudia saß immer noch vor dem Computer und las Mails und Kommentare. Sie konnte kaum glauben, wie viel Unterstützung sie von allen möglichen Seiten erhielt, seit sich herumgesprochen hatte, dass sie die Kandidatur aufgeben wollte. Es war, als wären die Meutlinger Bürger aufgewacht und hätten realisiert, dass sie sich entscheiden mussten: Entweder sie bekämen noch einmal acht Jahre Manfred Abele, der weiterwurschteln würde wie bisher und am Ende seiner zweiten Amtszeit über siebzig Jahre alt wäre. Oder sie unterstützten Claudia Berner, über deren Tochter sie sich zwar furchtbar aufregten, die aber ansonsten den Fortschritt verkörperte, den sie sich für ihre Stadt erhofften. Und so bissen offenbar einige die Zähne zusammen, schrieben Claudia aufmunternde E-Mails und erklärten, im Bekanntenkreis für sie werben zu wollen. Sie erhielt sogar wieder Einladungen zu öffentlichen Veranstaltungen, informellen Treffen und Essen mit Multiplikatoren.

Celik würde ihre Social-Media-Aktivitäten fortsetzen und noch verstärken. Er war begeistert, dass sie sich zum Weitermachen entschlossen hatte, und wollte nicht mal jetzt eine Erhöhung seines Honorars akzeptieren.

Auf dem Wochenmarkt war Claudia heute Morgen Pascal Heuweiler in die Arme gelaufen, Abeles persönlichem Referenten. Er stand mit seiner Frau am Käsestand und fachsimpelte mit dem Verkäufer über Säuerungsverfahren und Reifegrade. Als er Claudia entdeckte, straffte er den Rücken und setzte eine amtliche Miene auf.

»Grüß Gott, Frau Berner. Geht's Ihnen wieder besser?«

Die Nachricht von ihrem Krankenhausaufenthalt hatte die Runde in der Stadt gemacht, und vermutlich blühten die Gerüchte. Sie blieb stur bei ihrer Version des Haushaltsunfalls. Der Auszug von Martin war bislang glücklicherweise nicht bekannt geworden.

»Vielen Dank, Herr Heuweiler, ich bin wieder auf dem Damm.«

»Freut mich. Der Chef und ich, wir haben uns Sorgen um Sie gemacht.«

Claudia zwang sich zu einem Lächeln. »Das ist nett von Ihnen.«

Er stellte ihr seine Frau vor, eine blasse, dünne Blondine, die gut zu seinem konfirmandenhaften Erscheinungsbild passte. Sie streckte Claudia eine schlaffe Hand entgegen.

»Grüß Gott, Frau Berner«, sagte sie mit gelangweilt klingender Stimme.

»Nur allzu verständlich, dass Sie die Kandidatur zurückgezogen haben«, sagte Heuweiler. »Die Belastung war am Ende wohl doch zu groß.«

Sieh mal an. Frau Ebner von der Stadtverwaltung hatte den Inhalt ihres Telefonats offenbar herumgetratscht, und Abeles Team hatte Claudias angekündigten Rückzug als vorzeitigen Sieg verbucht. Deshalb war Heuweiler plötzlich so scheißfreundlich zu ihr.

»Ich habe nicht zurückgezogen«, erklärte sie mit fester Stimme. »Die Wahlzettel sind schon gedruckt, und die Briefwahlunterlagen werden demnächst verschickt, die Leute können mich deshalb weiterhin wählen. Ich habe nur meine Wahlkampfaktivitäten etwas zurückgefahren.«

Überrascht sah er sie an.

»Und zur Wahlkampf-Abschlussveranstaltung werde ich selbstverständlich kommen«, sagte sie in einem Ton, als wollte sie ihn trösten. Tatsächlich sah er aus, als könnte er Trost gebrauchen.

»Ja, also … dann ein schönes Wochenende«, sagte er und zog seine Frau mit sich fort.

»Für Sie auch!«, rief Claudia ihnen fröhlich nach.

Marianne hatte ihren spontanen Entschluss, bei Klaus zu bleiben, nicht bereut. Er hatte köstlich für sie gekocht, und erst am Ende war ihr aufgefallen, dass kein Fleisch dabei gewesen war. Die Pasta mit einer Soße aus Walnüssen und Parmesan, dazu ein Salat mit selbst gezogenen Tomaten und Kräutern aus seinem Garten und zum Nachtisch ein Tiramisu waren ein mehr als vollwertiger Ersatz.

Aus seinem Weinkeller war er mit einer Flasche Amarone zurückgekommen, der das Essen perfekt ergänzt hatte. Schon lange war Marianne nicht mehr derartig verwöhnt worden und wunderte sich selbst über ihre Bereitschaft, den Abend einfach nur zu genießen und keinen Moment lang über Fett, Zucker und Kalorien nachzudenken.

Klaus verlor kein Wort mehr über die Szene am Nachmittag, die ihr inzwischen schrecklich peinlich war. Gegen zehn Uhr erklärte sie, sie sei müde und wolle gern schlafen gehen. Klaus gab ihr eine neue, noch verpackte Zahnbürste und eines seiner T-Shirts, das sich als Nachthemd eignete. Er zeigte ihr das Bad und brachte sie ins Gästezimmer. Dort stellte er eine Flasche Mineralwasser und ein Glas auf den Nachttisch und wollte sich verabschieden.

Marianne hielt ihn auf. Sie hielt seine Hände fest und blickte ihm ins Gesicht.

»Ich habe heute etwas begriffen, gegen das ich mich lange gewehrt habe. Dafür möchte ich dir danken.«

Er lächelte mit dem leicht spöttischen Ausdruck, hinter dem er aufkommende Emotionen zu verbergen pflegte.

»Und ich Depp wollte dich mit meinen Kochkünsten beeindrucken!«

»Das hast du außerdem«, sagte sie lächelnd.

In diesem Moment kam Lucky leichtfüßig die Treppe herauf und drängte sich an ihnen vorbei ins Gästezimmer. Mit einem Satz war er auf dem Bett und begann sich zu putzen.

»O nein, mein Freund«, sagte Klaus, packte den Kater und setzte ihn wieder vor die Tür. »Der schnarcht lauter als ich, und am liebsten setzt er sich bei Gästen aufs Gesicht.«

Marianne lachte.

Einen Moment standen sie sich auf der Türschwelle verlegen gegenüber. Dann legte Klaus die Arme um sie und drückte sie an sich. Sie genoss die Umarmung und erwiderte sie. Plötzlich war der Gedanke an weitere Berührungen zwischen ihnen nicht mehr ganz so abwegig. Aber nicht jetzt. Alles zu seiner Zeit.

»Schlaf gut«, sagte er und drückte ihr einen Kuss auf die Stirn.

»Du auch«, murmelte sie. »Danke für alles.«

Sie schloss die Tür und öffnete das Fenster. Kühle Nachtluft strömte herein, eine Wohltat nach der Wärme des Tages. Draußen war es still, der Mond war fast voll und schien von einem sternenklaren Himmel.

Im Bett drehte sie sich ein paarmal hin und her und überlegte, ob sie lieber einen schnarchenden Mann neben sich oder einen Kater auf dem Gesicht hätte. Bevor sie zu einer Entscheidung kam, schlief sie ein.

Am nächsten Morgen erwachte sie früh und blieb noch eine Weile liegen. Sie lag in einem fremden Bett, im Haus eines Mannes, den sie eigentlich nicht gut kannte (aber irgendwie doch), ohne sich dafür vorbereitet und einen großen Koffer mit all den Dingen mitgenommen zu haben, die sie zu brauchen glaubte.

Sie war überrascht von sich selbst, von ihrer ungewohnten Spontaneität und ihrer Bereitschaft, etwas Neues auszuprobieren, anstatt, wie sonst, erst einmal alles kritisch zu beäugen und lieber auf dem Vertrauten zu bestehen.

Sie spürte, wie stark ihr bisheriges Leben von Ängsten bestimmt war; der Angst vor Verlust, der Angst, Erwartungen zu enttäuschen, der Angst vor dem, was andere denken könnten. Die Sorge, etwas zu verlieren, sei es Besitz, Prestige oder die Kontrolle über Dinge, hatte sie regelrecht gelähmt. Erst jetzt nahm sie wahr, wie eng ihr Horizont dadurch geworden war.

Wenn es irgendetwas gab, was positiv am Alter war, dann doch die Möglichkeit, endlich alles zu tun, worauf man Lust hatte und wozu Körper und Geist noch in der Lage waren. Sie wunderte sich, dass es nicht lauter fröhliche Alte gab, die all die Zwänge von sich warfen, denen sie die ganze Zeit über unterworfen waren, und singend durch die Straßen tanzten, wenn es das war, worauf sie Lust hatten. Meine Güte, sie könnten morgen tot umfallen! Worauf wollten sie warten? Worauf noch Rücksicht nehmen?

Sie hörte Geräusche unten im Haus, offenbar war Klaus aufgestanden und in der Küche zugange. Sie ging ins Bad, duschte und zog sich an. Gern hätte sie zumindest eine frische Unterhose angezogen, aber es würde auch so gehen. Sie konnte ja schlecht Klaus um ein Paar Boxershorts bitten, oder doch? Bei dem Gedanken grinste sie.

»Guten Morgen«, sagte er fröhlich, als sie die Küche betrat. »Gut geschlafen?«

»Erstaunlicherweise ja«, sagte sie. »In fremden Betten schlafe ich meist nicht gut.«

»Wie oft liegst du denn in fremden Betten?«

»Wahrscheinlich viel zu selten«, sagte sie. »Es tut mir gut.«

Nach dem Frühstück war sie entschlossen, nun aber endgültig aufzubrechen, und verabschiedete sich.

»Also, dann mach ich mich mal auf den Weg. Noch mal vielen Dank für alles!«

»Es war mir ein Vergnügen«, sagte er.

Plötzlich bedauerte sie ihren Entschluss. »Soll ich ... noch schnell das Bett abziehen?«

»Kommt darauf an, wann du das nächste Mal drin schlafen willst«, sagte er.

Sie schmunzelte. »Mal sehen.«

»Der Höhlenbewohner würde sich freuen.«

Sie nahm ihre Handtasche, sah sich um, ob sie auch an alles gedacht hatte, und ließ sich von Klaus zur Haustür begleiten.

»Und was hast du heute noch so vor?«, fragte sie beiläufig.

Plötzlich wirkte er verlegen. »Ich ... äh, ich traue mich nicht, es dir zu sagen.«

Sie runzelte die Stirn. »Wieso denn das?«

»Weil du dann vielleicht denken wirst, ich sage es nur, damit du dich schlecht fühlst.«

Treuherzig sah er sie an, und sie konnte nicht sagen, ob er es ernst meinte oder sie schon wieder auf den Arm nahm.

Zwei Stunden später fand sie sich mit Klaus in München inmitten einer Menschenmenge wieder, die gegen das bayerische Polizeiaufgabengesetz demonstrierte, dem Anouk ihre zweiwöchige Haft verdankte. Seither waren noch jede Menge andere Aktivisten präventiv eingesperrt worden; eine Mutter von zwei kleinen Kindern und ein älterer Wissenschaftler hatten jeweils vier Wochen gesessen. Die Stimmung unter den Teilnehmern und Teilnehmerinnen der Demo war aufgeheizt, massenhaft Polizisten waren im Einsatz.

Eine junge Frau stellte sich als Anmelderin der Demo vor, tatsächlich war die Kundgebung jedoch von einem Bündnis unterschiedlicher Gruppen organisiert worden. Die Transparente zeigten Slogans wie *Klimagerechtigkeit jetzt!* oder *Präventivhaft = Polizeistaat* bis zu *Klimakampf ist Klassenkampf.* Ein Plakat empfahl, den Ministerpräsidenten in Präventivhaft zu nehmen.

Die junge Frau bat darum, sich an die Auflagen zu halten und den Anordnungen der Polizei Folge zu leisten, was mit höhnischem Lachen und Klatschen quittiert wurde.

Eine Band spielte eine Art Balkan-Rock mit deutschen Texten, danach traten verschiedene Rednerinnen und Redner auf, manche kaum verständlich vor lauter Nervosität, andere in perfekter Volksrednerpose mit geballter Faust und Slogans zum Mitbrüllen. Thematisch ging es wild durcheinander: um Solidarität mit den derzeitigen Häftlingen und die Frage, ob Bayern auf dem Weg in einen Polizeistaat sei; um Klimagerechtigkeit in den Ländern des globalen Südens und die Abschaffung des Kapitalismus; um Forderungen der Klimaaktivisten, dass die Regierung die Verfassung achten und endlich die notwendigen Maßnahmen für effektiven Klimaschutz ergreifen solle.

Marianne war gleichzeitig fasziniert und verwirrt. Wollten die Demonstranten nicht ein bisschen viel auf einmal? Wäre es nicht wirkungsvoller, ein oder zwei Forderungen klar zu formulieren und so lange zu wiederholen, bis diese auch beim letzten Ignoranten angekommen waren? Ob es an der Uni wohl einen Kurs »Aktionstraining« gab, in dem man lernen konnte, eine solche Kundgebung inhaltlich zu konzipieren und nach dramaturgischen Kriterien aufzubauen? Sie musste lächeln bei dem Gedanken, was wohl passiert wäre, wenn sie damals aus ihrem Elternhaus ausgebrochen wäre und Lehramt studiert hätte. Vielleicht wäre sie weiter mit Klaus auf Demos gegangen und hätte sich eines Tages einen solchen Kurs ausgedacht und ihren Kommilitonen angeboten.

»Alles okay?«, erkundigte sich Klaus.

Sie hob den Daumen.

Plötzlich tauchte eine Gruppe Männer mit kurz geschorenen und akkurat gescheitelten Frisuren auf, die mit ihren Trachtenlederhosen und Schnürschuhen auf den ersten Blick bieder wirkten. Erst bei genauerem Hinsehen erkannte man, dass sie Armbinden mit Runenaufschriften und auffallende Gürtelschnallen trugen. Empört sah Marianne, wie sie im Vorbeigehen eine junge Frau zu Boden stießen und Drohgebärden gegen ihren Freund machten, der ihr zu Hilfe eilte. Sie mischten sich unter die Demonstranten und pöbelten herum.

»Nazis raus, Nazis raus«, ertönte daraufhin ein Sprechchor, und ohne nachzudenken, fiel Marianne mit ein und schrie aus vollem Halse mit, bis die Gestalten schließlich verschwanden wie ein böser Spuk.

Als die Reden vorbei waren, stieg die junge Frau wieder auf die Bühne und rief: »Und jetzt ziehen wir rüber vor den Landtag, wo das PAG beschlossen wurde, und zeigen den Verantwortlichen unsere Ablehnung.«

Es schien niemanden zu stören, dass Sonntag war und die Abgeordneten den Protest gar nicht mitbekommen würden, weil sie vermutlich zu Hause beim Mittagessen saßen.

Die junge Frau stieg von der Bühne und marschierte los, dabei skandierte sie: »Nieder mit dem PAG, nieder mit dem PAG!« Andere fielen ein, es bildete sich ein Demonstrationszug, und bevor Klaus und Marianne sichs versahen, befanden sie sich mittendrin. Er hakte sie unter, damit sie sich nicht verlieren konnten, und schon liefen sie mit und riefen beide: »Weg mit der Präventivhaft, nieder mit dem PAG!«

In Mariannes Kopf überschlug sich alles. Sie hatte das Gefühl, in einer Zeitkapsel zu sitzen und in rasender Geschwindigkeit in ihre Vergangenheit zurückkatapultiert zu werden. Im nächsten Moment war sie wieder neunzehn und lief, untergehakt von dem jungen Mann mit den dunklen Locken, durch die Straßen von Frankfurt. Und es kam ihr vor, als wäre seither kein Tag vergangen.

23

Lieber Martin,

ich habe lange überlegt, wie ich auf deine Mail reagieren soll. Du schreibst, der Vorfall sei eine Folge deiner „nicht nur sexuellen" Frustration und der Wirkung von Alkohol. Du lehnst also die Verantwortung für dein Verhalten ab. Schlimmer noch, du schiebst mir die Schuld (oder zumindest einen erheblichen Teil daran) zu. Für das, was sich zwischen uns abgespielt hast, bist ganz allein du verantwortlich, Martin, und bevor du das nicht begreifst, gibt es zwischen uns als Ehepaar nichts zu besprechen.

Was die Sache mit der Geschäftsführung angeht, habe auch ich Fehler gemacht, das gebe ich zu. Da kann ich deinen Frust zumindest teilweise verstehen. Deshalb habe ich mich entschlossen, dir nicht die fristlose Kündigung zu schicken, die ausgedruckt vor mir liegt und die ich nur unterschreiben müsste. Ich biete dir stattdessen an, dir betriebsbedingt zu kündigen, damit du sofort Arbeitslosengeld beantragen kannst. Deine Kündigung, die du mir ja schon gegeben hast, würde ich unter den Tisch fallen lassen.

Was uns beide betrifft, habe ich im Moment keine Ahnung, wie es weitergehen soll. Ich wäre aber froh, wenn du fürs Erste weiter bei Stefan wohnen könntest. Alles andere werden wir sehen.

Claudia

PS: Den Kindern gegenüber bleibe ich bei meiner Unfallversion. Was unsere anderen Probleme betrifft, sage ich ihnen die Wahrheit.

PPS: Ich habe unsere elektronischen Geräte von der Polizei zurückerhalten. Ich lasse deine zu Stefan schicken.

Martin kaute auf seiner Unterlippe. Fast zwei Wochen hatte Claudia gebraucht, um seine Mail zu beantworten. Er hatte sich schon gewundert, dass seine fristlose Kündigung ausgeblieben war, die Marianne ihm wahrscheinlich am liebsten persönlich überbracht hätte.

Immerhin gab Claudia zu, dass sie sich ihm gegenüber nicht korrekt verhalten hatte, das war ja schon mal was. Wenn er noch eine Weile wartete, käme sie vielleicht auch noch darauf, dass er nicht allein Schuld an dem blöden Unfall hatte. Es war eine Verkettung unglücklicher Umstände gewesen, an der auch sie ihren Anteil hatte.

Allmählich ging ihm das Zusammenleben mit Stefan auf die Nerven. Sein Freund verließ jeden Morgen das Haus, um arbeiten zu gehen, und so blieb ihm nichts anderes übrig, als die Hausfrauenrolle zu übernehmen. Er kaufte ein, kochte und putzte, was zunehmend an seiner männlichen Ehre kratzte.

Wenn Stefan abends die Wohnungstür aufschloss und rief: »Hallo, Schatz, was gibt's zu essen?«, hätte er ihm am liebsten eine reingehauen.

Manchmal trieb es sein Freund noch ärger, kniff ihn in den Hintern oder lobte sein Essen mit Sprüchen wie »Wenn du so gut im Bett bist, wie du kochst, hast du eine große Zukunft vor dir«.

Natürlich war das Spaß, aber Martins Sinn für Humor hatte inzwischen ziemlich gelitten, und es fiel ihm schwer, nicht eingeschnappt zu reagieren.

Stefan hingegen machte den Eindruck, sich in der Situation eingerichtet zu haben. Abends ein Essen auf dem Tisch, anschließend in Ruhe fernsehen, keine ehelichen Streitereien, aber trotzdem nicht allein sein – bis auf den fehlenden Sex schien für ihn alles in bester Ordnung zu sein. Für ihn könnte es wohl noch eine ganze Weile so weitergehen.

Martin empfand seine Lage dagegen zunehmend als unwürdig und hätte das Untermietverhältnis lieber heute als morgen beendet. Aber wohin sollte er gehen? Claudia hatte ihm unmissverständlich klargemacht, dass sie ihn zu Hause nicht haben wollte. Sie hatte aber auch nicht von Trennung gesprochen. Sich jetzt eine Wohnung zu mieten, erschien ihm voreilig. Schließlich war es möglich, dass sie sich in ein paar Wochen versöhnten und er wieder zu Hause einziehen könnte. Zwar war das zurzeit schwer vorstellbar, aber auszuschließen war es auch nicht.

Die Suche nach einem anderen Job gestaltete sich ebenso frustrierend. Wenn er sich innerhalb der Region bewarb, konnte er sich darauf verlassen, dass beim ersten persönlichen Kontakt irgendjemand sagte: »Berner? Sind Sie vom Autohaus in Meutlingen?« Und wenn er es bestätigte, erntete er ein mitleidiges Lächeln, einen deftigen Spruch über Anouk oder kaum verhohlenes Unverständnis, wieso er sich als Prokurist des Autohauses anderswo bewarb. Der Name Berner war wie ein Fluch, dem er nicht entkommen konnte.

Nach zwanzig glücklichen Jahren war plötzlich alles durcheinandergeraten, und er wusste nicht mehr, wie es in seinem Leben weitergehen sollte. Zu Unrecht fühlte er sich aus der Familie ausgestoßen und zum Sündenbock gemacht.

Vor allem der Gedanke, was die Kinder von ihm halten mochten, machte ihm zu schaffen. Er hatte eine Nachricht an die beiden geschickt.

Liebe Anouk, lieber Julian,
ihr habt inzwischen sicher von Mamas Unfall erfahren, nach dem sie genäht werden musste und zwei Tage im Krankenhaus war. Ich habe es ja miterlebt und kann nur sagen: Das war einfach großes Pech. Solltet ihr irgendwelche seltsamen Gerüchte über das hören, was angeblich vorgefallen ist, glaubt sie bitte nicht. Ihr wisst, dass ich

eurer Mutter nie etwas antun würde! Derzeit haben Mama und ich ein paar Probleme, aber wir kriegen das hoffentlich hin. Ich vermisse euch und hab euch lieb.

Passt gut auf euch auf, besonders du, Anouk.

Euer Papa

Julian hatte geantwortet: *Alles cool, Dad.* Danach hatte er sich nicht mehr gemeldet.

Anouk hatte nicht reagiert.

Noch immer hatte Martin den Google-Alert, der ihn über jede Aktivität von »Fünf nach zwölf« informierte. Seit ihrer Entlassung aus der Haft war es ruhig um Anouk geblieben. Allmählich wich sein Ärger einer heftigen Sehnsucht nach ihr, und er hätte viel darum gegeben, seine Tochter endlich wiederzusehen.

Martin klappte den Deckel von Stefans Laptop zu und ging in die Küche. Es war erst vier Uhr nachmittags, trotzdem nahm er sich ein Bier aus dem Kühlschrank. Er wusste, dass es das erste von vielen Bieren sein würde.

Noch eine Woche bis zur Wahl.

Claudia bereitete sich auf die Abschlussveranstaltung vor, eine Diskussionsrunde mit allen vier Kandidaten und Kandidatinnen, die vom *Meutlinger Tagblatt* veranstaltet wurde und am nächsten Abend in den Räumen der Zeitung vor Publikum stattfinden würde. Wie die Auftaktveranstaltung auf dem Marktplatz würde die Runde vom regionalen TV-Sender aufgezeichnet und online übertragen werden. Die Moderation hatte diesmal Jasmin Betz, Claudias alte Bekannte, die sie mit dem Interview reingelegt hatte.

Es kam also darauf an, sich akribisch vorzubereiten und auf jede vorstellbare Frage und jeden Angriff eine Antwort parat zu haben. Und dass sie angegriffen würde, damit rechnete Claudia fest. Das *Meutlinger Tagblatt* war das Zentralorgan der Traditionalisten und eindeutig auf Abeles Seite.

Obwohl Ceyda nicht mehr für sie arbeitete, hatte Claudia sich mit ihr beraten.

»Soll ich da wirklich hingehen?«, hatte sie zweifelnd gefragt. »Die werden mich doch grillen.«

»Du kannst unmöglich nicht hingehen«, hatte Ceyda geantwortet. »Wenn du da bist, kannst du die Angriffe parieren. Wenn nicht, machen sie dich in deiner Abwesenheit fertig. Diese Veranstaltung könnte aus meiner Sicht wahlentscheidend sein.«

Vermutlich hatte sie recht. Anders als zu Beginn des Wahlkampfes war es bei weitem nicht mehr sicher, dass Claudia als Siegerin aus der Wahl hervorgehen würde, im Gegenteil. Immer wieder sagte sie sich, dass sie wenigstens ein Ergebnis erzielen wollte, für das sie sich nicht schämen musste. Hin und wieder packte sie sogar der alte Kampfgeist, und sie nahm sich vor, bis zum Schluss um das Amt zu kämpfen, das sie sich eigentlich so wünschte.

Sie erstellte eine Liste mit allen möglichen Fragen, die Jasmin Betz ihr stellen könnte, und überlegte sich Antworten dazu; dann druckte sie die Liste aus und klebte Fragen und Antworten auf Karteikarten, um sich die Inhalte besser einprägen zu können. Sie hatte die Kernpunkte ihrer Politik und ihre Pläne für Meutlingen inzwischen so oft vorgetragen, dass ihr die Formulierungen abgedroschen erschienen. Sie müsste unbedingt versuchen, eine frische und unverbrauchte Sprache zu verwenden – auch um sich von Abeles gestanzten Sätzen abzuheben. Ein bisschen wohldosierte Ironie könnte auch nicht schaden, die Menschen mochten es, zum Lachen gebracht zu werden. Aber der Einsatz von Ironie war ein riskantes Spiel. Zu viele Leute verstanden sie nicht.

Sie probierte Formulierungen für die Antworten aus und verbesserte sie so lange, bis sie sich – laut ausgesprochen – überzeugend anhörten.

»Sprichst du jetzt etwa schon mit dir selbst?«, hörte sie Julians Stimme hinter sich. Er hatte unbemerkt das Arbeitszimmer betreten.

Sie drehte sich um und lächelte. »Ich bereite mich auf die Talkrunde morgen vor.« Sie nahm eine Karteikarte hoch und las: »Frau Berner, Umfragen zeigen, dass achtzig Prozent der Bürger vom Klimathema genervt sind. Wie wollen Sie in Meutlingen eine Mehrheit für Windräder erreichen? Wollen Sie sich auf die Straße kleben?«

Julian blickte überrascht. »So was fragen die?«

Claudia seufzte. »Könnte schon sein.«

»Und was sagst du dann?«

»Das ist leider nicht ganz korrekt, Frau Betz. Eine Mehrheit der deutschen Bürgerinnen und Bürger ist für mehr Klimaschutz. Die erwähnten achtzig Prozent sind bloß genervt von gewissen Aktionsformen. Auch ich halte Straßenblockaden nicht für zielführend. Aber vielleicht kann uns ja Bürgermeister Abele verraten, wie er dem Wunsch der Bürger nach mehr Klimaschutz in Meutlingen nachkommen möchte?«

Erwartungsvoll sah sie ihren Sohn an.

Julian überlegte. »Nicht schlecht, ihm den Ball zuzuspielen. Aber gibst du ihm damit nicht die Chance, ewig lang blöd rumzulabern?«

Claudia wiegte den Kopf. »Das ist ein Argument. Ich bin mir allerdings ziemlich sicher, dass er bei dem Thema ins Stocken kommt, und das könnte mir nutzen. Was meinst du?«

Er zog eine Augenbraue hoch. »Was zahlst du so für Politikberatung?«

Claudia lachte. »Wie wär's mit Spaghetti bolognese?«

»Deal«, gab er zurück.

Gemeinsam gingen sie in die Küche.

Seit dem »Unfall« hatte Julian sich verändert. Er war zugänglicher geworden und nicht mehr ganz so auf Krawall gebürstet wie vorher. Manchmal kam es Claudia vor, als versuchte er – bewusst oder unbewusst –, die Rolle des Mannes im Haus zu übernehmen. Seit Martin weg war, verhielt er sich jedenfalls viel erwachsener und vernünftiger.

Während Claudia Nudelwasser aufsetzte und in der Bolognesesoße rührte, die sie vorgekocht und eingefroren hatte, deckte Julian den Tisch.

»Wie geht's dir denn so …« Sie wollte schon *Knubbel* sagen, beherrschte sich aber und fügte in letzter Sekunde *Julian* hinzu.

»Ganz okay.«

»Magst du mir ein bisschen mehr erzählen?«

Er schwieg eine Weile. Dann sagte er: »Anouk hat mir geschrieben.«

Claudia ließ vor Überraschung den Löffel in die Soße fallen und drehte sich um.

»Wirklich?«

»Soll ich es dir vorlesen?«

Claudia nickte. »Wenn du möchtest.«

Er zog sein Handy aus der Tasche, scrollte und las.

»Hi, Stalker, hoffe, du bist okay. Hab die Nachricht von Papa gekriegt, klingt weird, oder? Kümmer dich gut um Mama. Mach ihr keinen Ärger, sie hat schon meinetwegen genug. Hab dich lieb. Anouk.«

Claudia starrte ihn an. »Lass mich mal.« Sie streckte die Hand aus, nahm sein Telefon und las die Nachricht.

»Weird heißt komisch, oder?«

»Yep.«

Kümmer dich gut um Mama. Mach ihr keinen Ärger, sie hat schon meinetwegen genug.

Claudia starrte auf die Nachricht, als enthielte die eine geheime Botschaft. Sie war so überrascht, nach der langen Zeit überhaupt wieder ein Lebenszeichen von Anouk zu sehen, dass sie es kaum glauben konnte.

Sie ließ das Telefon sinken und sah auf. »Wann ist das gekommen?«

Julian zuckte die Schultern. »Vor ein paar Tagen.«

»Wieso hast du's mir nicht gleich gezeigt?«

Er biss sich auf die Lippen. »Ich hatte Angst ... dass es dich noch trauriger macht.«

Sie lächelte. »Das ist lieb von dir, aber du musst mich nicht schonen. Ich halte das schon aus.«

»Okay.«

»Papa hat euch auch geschrieben?«

Julian nickte. »Ja, halt nur, dass es ihm leidtut mit dem Unfall und dass er uns vermisst.«

»Darf ich die Nachricht sehen?«

»Hab ich gelöscht«, behauptete Julian.

Claudia war sich nicht sicher, ob sie ihm glauben sollte, und spürte einen Stich. Da fand ja einiges an familiärer Kommunikation hinter ihrem Rücken statt. Dann mahnte sie sich zur Vernunft. Es war doch schön, dass Anouk ihrem Bruder schrieb, mit dem sie immer nur im Clinch gelegen hatte. Auch Martins Nachricht an die Kinder war etwas Positives. Immerhin machte er sich Gedanken um die beiden, nachdem er in letzter Zeit ausschließlich um sich selbst gekreist war.

Claudia servierte, und sie aßen schweigend. Julian stocherte in seinem Essen.

»Was ist los, schmeckt's dir nicht?«, fragte sie.

Er ließ die Gabel sinken. »Lasst ihr euch eigentlich scheiden, Papa und du?«

Claudia hielt in der Bewegung inne, und die Nudeln rutschten von der Gabel zurück auf den Teller.

»Wie kommst du denn darauf? Hat Papa das gesagt?«

»Er hat geschrieben, dass ihr Probleme habt und dass hoffentlich alles wieder in Ordnung kommt. Aber Lukas sagt, wenn's um Scheidung geht, lügen alle Erwachsenen.«

Claudia schluckte. Der arme Lukas schien nicht die besten Erfahrungen mit seinen Eltern gemacht zu haben. Vielleicht war er deshalb so verkorkst.

»Ich verspreche dir, dass ich dich nicht belügen werde«, sagte sie. »Papa und ich haben Probleme, das stimmt. Ob wir die lösen können, weiß ich noch nicht.«

Nachdenklich drehte er seine Gabel in den Nudeln, die allmählich kalt wurden.

»Willst du sie denn überhaupt lösen?«

Sie sah ihn an. Sein besorgtes Jungengesicht mit den dunklen Augen und dem spärlichen Bartwuchs, das halb kindlich und halb erwachsen wirkte wie eines dieser Vexierbilder, die abwechselnd das eine und dann wieder das andere Bild zeigten.

Nie hätte sie gedacht, einmal ein solches Gespräch mit ihrem Sohn führen zu müssen. Ihre Ehe zu beschützen und alles zu tun, damit die Familie intakt blieb, war immer ihr wichtigstes Ziel gewesen. Hätte sie sich sonst für das Kind entschieden und gegen ihren beruflichen Traum? Sie hatte Opfer gebracht, sie hatte sich angestrengt, und trotzdem war alles den Bach runtergegangen. Einmal mehr fühlte sie sich als Versagerin.

Schließlich sagte sie: »Auch das weiß ich im Moment nicht, Julian. Es tut mir leid, dass ich dir das so sagen muss, aber es ist die Wahrheit.«

Am nächsten Morgen wachte Claudia früh auf. Als ihr die Diskussionsrunde einfiel, die am Abend stattfinden würde, fühlte sie leichte Nervosität in sich aufsteigen, gepaart mit einer gewissen Angriffslust. Sie würde es ihnen schon zeigen!

Es war gut, dass die Zeit des Wahlkampfes zu Ende ging. In

einer Woche fiel die Entscheidung, und wenn sie sich heute Abend passabel schlug, hätte sie wirklich alles getan, was in ihrer Macht stand.

Sie warf einen Morgenmantel über und ging barfuß hinunter in die Küche. Noch immer herrschte spätsommerliches Wetter, und schon zu dieser frühen Stunde konnte man die Wärme des kommenden Tages spüren. Sie machte sich einen Kaffee und setzte sich auf die Terrasse, wo sie in die Strahlen der Morgensonne blinzelte. Der Kater der Nachbarn war auf seinem morgendlichen Kontrollgang und streifte durchs feuchte Gras. Hie und da blieb er stehen und schüttelte angewidert eine seiner Pfoten.

Sie schlürfte den heißen Kaffee und dachte an das Gespräch mit Julian. Es war gut, dass sie ehrlich ihm gegenüber gewesen war und nichts versprochen hatte, was sich irgendwann in eine Lüge verwandeln könnte. Gleichzeitig war sie über sich selbst erschrocken. Sie war innerlich weiter von Martin entfernt, als sie es hatte wahrhaben wollen.

Sie tastete nach der Stelle an ihrem Hinterkopf, wo sie genäht worden war. Sechs Stiche waren notwendig gewesen, um die Platzwunde zu schließen. Eine Woche später waren die Fäden gezogen worden, und nun spürte sie das Narbengewebe und das stoppelig nachwachsende Haar. Zuletzt hatte sie ihre Haare meist im Nacken zusammengebunden oder hochgesteckt, um die kahle Stelle bestmöglich zu kaschieren.

Sosehr sie versuchte, nicht daran zu denken, immer wieder drängte sich die Erinnerung an den schrecklichen Abend in ihr Bewusstsein. Sie sah Martins gerötetes Gesicht vor sich, roch seinen Schweiß, fühlte seine Hände auf ihrem Körper. Wie war es möglich, dass die gleichen Berührungen, die sie vor kurzem noch als angenehm und erregend empfunden hatte, plötzlich unangenehm, sogar abstoßend auf sie wirkten? Wie konnte das, was sie früher als Leidenschaft wahrgenommen hätte, zu einem Akt der Vergewaltigung werden? Wie schmal der Grat zwischen Anziehung und Abstoßung war, verwirrte sie immer noch.

Über ihr ging ein Fenster auf, Marianne guckte heraus und winkte ihr fröhlich zu. Sie winkte zurück und formte mit dem Mund ein lautloses »Guten Morgen« – sie wollte ja am Sonntagfrüh nicht die Nachbarn wecken.

Irgendetwas ging mit ihrer Mutter vor sich. Sie war deutlich besser gelaunt als früher und ungewöhnlich hilfsbereit gewesen, als Claudia sie gebeten hatte, in der Firma einzuspringen. Aber was vielleicht das Auffälligste war: Sie hatte widerspruchslos Claudias Vorschlag akzeptiert, das Ritual des sonntäglichen Brunchs fallen zu lassen. Zugegeben, fast die Hälfte der Familie nahm ohnehin nicht mehr daran teil, doch früher hätte Marianne darauf bestanden, die Tradition beizubehalten, auch wenn sie am Ende allein dagesessen hätte.

Es war, als hätte ihre Mutter Gefallen daran gefunden, alte Zwänge und Verhaltensmuster abzulegen und auszuprobieren, wie sich die neue Freiheit anfühlte. Sie war auffällig oft unterwegs, ohne zu verraten, wohin sie fuhr, manchmal ganze Wochenenden lang.

Wenn es nicht so abwegig gewesen wäre, hätte Claudia angenommen, sie träfe sich mit einem Mann. Aber obwohl ihre Mutter sie in letzter Zeit einige Male überrascht hatte, das konnte sie sich beim besten Willen nicht vorstellen.

Sie trank ihren Kaffee aus, schloss die Augen und lehnte sich im Liegestuhl zurück. Die Vögel veranstalteten ihr morgendliches Konzert, ein Auto in der Straße wurde gestartet, dann war es wieder ruhig. Claudia genoss den Moment der Stille; in letzter Zeit hatte sie nicht viele davon erlebt.

Ihr Handy pingte. Widerwillig griff sie danach. Als sie die eingegangene Nachricht gelesen hatte, begriff sie, dass die Stille trügerisch war. Sie befand sich im Auge eines Orkans.

24

Die Gruppe „Fünf nach zwölf" hat bekannt gegeben, dass sieben ihrer Mitglieder ab heute in Berlin in den unbefristeten Hungerstreik treten. Die Forderungen der Gruppe sind schon länger bekannt: Es geht um wirksame Maßnahmen gegen den drohenden Klimakollaps, allen voran ein Tempolimit von 100 km/h auf Autobahnen und die Einführung von kostenlosem öffentlichem Nahverkehr. Darüber hinaus fordert die Gruppe ein schnellstmögliches Ende der Nutzung fossiler Energien.

Eine der Streikenden ist die 18-jährige Anouk Berner. „Wenn wir jetzt nicht handeln, steht das Leben von Millionen Menschen auf dem Spiel. Ich setze mein Leben dafür ein, dass endlich die notwendigen Maßnahmen ergriffen werden, um die Klimakatastrophe aufzuhalten. Sollte ich sterben, hat der Bundeskanzler mit seiner gesamten Regierung dafür die Verantwortung."

Claudias heiserer Schrei zerriss die Stille. Der Kater sah erschrocken zu ihr herüber und flüchtete aufs Nachbargrundstück. Sie sprang aus dem Liegestuhl und ging auf der Terrasse hin und her, verzweifelt bemüht, einen klaren Gedanken zu fassen.

Ich muss zu ihr.

Sie lief ins Haus und die Treppe hinauf, wusch sich flüchtig und zog sich an. Dann packte sie in Windeseile einen Koffer mit dem Nötigsten für ein paar Tage. In der Küche schmierte sie zwei Brote und holte eine Flasche Mineralwasser aus dem Kühlschrank. Zuletzt schrieb sie eine Nachricht an Julian, die sie auf dem Küchenblock liegen ließ. Wenig später saß sie im Auto.

Als sie wieder etwas ruhiger atmete, rief sie über die Freisprechanlage Ceyda an. Die nahm nach dem ersten Klingeln ab.

»Es ist halb acht am Sonntagmorgen! Leidest du unter präseniler Bettflucht, oder was?«

»Es ist was passiert«, sagte Claudia. »Anouk ist mit ein paar anderen in den Hungerstreik getreten.«

»Das ist doch halb so wild«, sagte Ceyda. »Junge, gesunde Menschen können es ziemlich lang ohne Nahrung aushalten. Wenn sie merken, dass es nichts bringt, fangen sie schon wieder an zu essen.«

Claudia schnaubte. »Da kennst du Anouk schlecht, die ist bereit, bis zum Äußersten zu gehen. Sie hat es bereits öffentlich angekündigt. Ich bin auf dem Weg nach Berlin, du musst mich bitte für die Diskussionsrunde heute Abend entschuldigen.«

»Was?«, rief Ceyda. »Das kannst du doch nicht machen! Willst du wirklich im letzten Augenblick alles aufs Spiel setzen?«

»Ich kann unmöglich den ganzen Tag hier herumsitzen und heute Abend in aller Ruhe zu der Veranstaltung gehen«, sagte Claudia. »Ich würde wahnsinnig werden.«

»Die werden dich fertigmachen, wenn du nicht da bist!«, sagte Ceyda.

»Die werden mich auch fertigmachen, wenn ich da bin«, gab Claudia zurück. »Ich höre schon Jasmin Betz.« Sie äffte die Kleinmädchenstimme der Journalistin nach: »Frau Berner, Ihre Tochter hat erklärt, sie sei bereit, sich zu Tode zu hungern, wie ist das für Sie als Mutter? Wie schaffen Sie es, so entspannt hier zu sitzen, während sich in Berlin womöglich ein Drama anbahnt?«

Ceyda schwieg einen Moment, dann sagte sie: »Du bringst die Veranstalter ganz schön in Schwierigkeiten. Wenn du nicht dabei bist, müssen sie die Runde absagen. Andernfalls wird man ihnen Einseitigkeit vorwerfen.«

Claudia überlegte. »Oder sie müssen jemanden besorgen, der meinen Platz einnimmt.«

»Und wer soll das sein?«

»Warum gehst du nicht an meiner Stelle?«, sagte Claudia, einer spontanen Eingebung folgend. »Du bist das Brain hinter meiner Kampagne, du kennst alle meine Inhalte, du kannst mich wahrscheinlich besser darstellen als ich mich selbst.«

»Um Himmels willen«, entfuhr es Ceyda. »Meinst du das etwa ernst?«

»Natürlich meine ich das ernst. Du bist clever und eloquent, du wirst das großartig machen.«

»Das könnte aber das endgültige Aus für meine Agentur bedeuten.«

»Oder, im Gegenteil, eine super Werbung.«

»Sie werden behaupten, dass du die Konfrontation mit Abele scheust und aus Feigheit kneifst«, gab Ceyda zu bedenken.

»Wie ich dich kenne, fällt dir dazu eine passende Antwort ein«, sagte Claudia. »Bitte, denk darüber nach und ruf mich wieder an, okay?«

Hundertfünfzig Kilometer später hatte Ceyda immer noch nicht angerufen. Das Benzin ging zur Neige, also verließ Claudia bei der nächsten Möglichkeit die Autobahn, um zu tanken. Sie zahlte, kaufte einen Schokoriegel und ging zurück zum Auto. Als sie gerade eingestiegen war, klingelte es.

»Ich finde deine Reaktion völlig übertrieben und glaube, du machst einen großen Fehler«, sagte Ceyda, »aber vielleicht muss man Mutter sein, um das zu verstehen.«

»Das heißt …?«

Ceyda seufzte tief. »Ich mach es. Vorausgesetzt natürlich, dass Höcker mitspielt.«

»Es wird ihm nicht viel anderes übrig bleiben«, sagte Claudia.

»Aber wenn's schiefgeht und du die Wahl vergeigst, bin nicht ich schuld, klar?«, schallte es aus dem Hörer.

»Danke, Ceyda«, sagte Claudia.

Sie rief bei Helmut Höcker an, dem Herausgeber und Inhaber des *Meutlinger Tagblattes,* der nicht gerade zu ihren Unterstützern zählte. Die tendenziöse Aufmachung des Interviews, das Jasmin Betz mit ihr geführt hatte, war nur ein Beleg für seine Abneigung, die durchaus auf Gegenseitigkeit beruhte. Claudia mochte Höcker nicht und hielt die Zeitung für altbacken und re-aktionär; leider war es die einzige Tageszeitung, die es in der Stadt gab, deshalb durfte sie es sich nicht gänzlich mit ihm verderben. Obwohl Sonntag war, hob er das Telefon in seinem Büro ab.

»Claudia Berner hier, ich grüße Sie. Ich habe eine gute und eine schlechte Nachricht für Sie.«

»Da bin ich aber gespannt«, gab Höcker zurück.

»Die erste ist, ich komme heute Abend nicht.«

Am anderen Ende der Leitung blieb es kurz still. »Ist das die gute oder die schlechte Nachricht?«

»Das müssen Sie schon selbst beurteilen.«

Es dauerte kurz, bis Höcker sich gefasst hatte. »Das bringt uns in eine ziemlich schwierige Situation, wie Sie sich vorstellen können. Darf ich fragen, warum Sie so kurzfristig absagen?«

»Ein familiärer Notfall.«

Er begriff sofort. »Aber Ihre Tochter ist doch wohlauf«, sagte er. »Der Hungerstreik hat ja gerade erst angefangen.«

Claudia hatte eine Menge Entgegnungen über Empathie im Allgemeinen und Mutterliebe im Besonderen auf der Zunge, die sie sich tunlichst verkniff.

»Die zweite Nachricht ist, ich habe bereits für Ersatz gesorgt.«

»Wer soll Sie denn ersetzen?«, blaffte er. »Die Kandidatin sind nun mal Sie.«

»Schön, dass Sie mich für unersetzlich halten«, gab Claudia zurück. »Ich schlage Ihnen trotzdem Ceyda Demirel vor. Sie hat meine Kampagne konzipiert und bis vor kurzem gemanagt. Sie kennt meine Haltung zu jeder Frage und ist unter den gegebenen Umständen die denkbar beste Vertreterin für mich.«

Claudia hörte, wie Höcker tief ein- und ausatmete.

»Die andere Möglichkeit ist, dass wir die Veranstaltung absagen und Ihnen eine Schadenersatzklage anhängen«, knurrte er.

Nun war es an Claudia, tief ein- und auszuatmen.

»Sie wissen doch genau, dass Sie damit nicht durchkommen, Herr Höcker. Wir haben nicht einmal einen Vertrag. Sie haben mich telefonisch eingeladen, ich habe zugesagt. Nun sind Umstände eingetreten, die es mir, sagen wir ... emotional unmöglich machen, meine Zusage einzuhalten. Welcher Schaden entsteht Ihnen denn daraus? Jedes Gericht der Welt würde so eine Klage abweisen.«

»Sie können doch morgen zu Ihrer Tochter fahren, wenn Sie meinen, dass es nötig ist.« Seine Stimme klang bittend.

»Ich bin bereits unterwegs«, sagte Claudia. »Soll ich Ceyda Demirel jetzt Bescheid sagen oder nicht?«

»In Gottes Namen«, knurrte Höcker. »Aber glauben Sie bloß nicht, dass wir schonend mit Frau Demirel umgehen werden.«

Als würden Sie mit mir schonend umgehen, dachte Claudia.

»Vielen Dank für Ihr Verständnis«, flötete sie.

Danach rief sie Ceyda wieder an. »Ich schicke dir meine Vorbereitung. Wenn Fragen auftauchen, melde dich.« Sie wollte schon auflegen, dann fiel ihr etwas ein. »Ruf doch mal bei Arnold Leitgeb an, und frag ihn, was aus der Sache Roland Schwab geworden ist. Du weißt schon, der Unternehmer, dem Abele den Großauftrag zugeschustert hat.«

»Okay, mach ich.«

Beim nächsten Rastplatz fuhr Claudia raus und schickte die

Mail mit ihren Notizen zur Diskussionsrunde an Ceyda ab. Sie aß ein Brot und den Schokoriegel, dann fuhr sie weiter.

Als Nächstes rief sie ihre Mutter an und erzählte ihr, was geschehen war.

Marianne reagierte betroffen. »Was macht das Kind denn noch alles für Dummheiten?«, rief sie aus.

»Ich kümmere mich um sie«, versprach Claudia. »Hab du bitte ein Auge auf Julian. Ich glaube, das alles nimmt ihn mehr mit, als er sich anmerken lässt.«

»Mister Cool, ich weiß«, sagte Marianne. »Keine Sorge, davon lasse ich mich nicht täuschen.«

»Und schau dir die Talkrunde heute Abend an«, bat Claudia. »Ich will wissen, wie Ceyda sich schlägt.«

Sie überlegte, wen sie noch informieren müsste. Martin würde sie nicht anrufen. Er musste nicht wissen, dass sie auf dem Weg nach Berlin war.

Nachdem zu Hause alles geregelt war, rief sie ihre Freundin Tina an. Sie erreichte ihre Mailbox und sprach eine Nachricht darauf.

»Tina, ich bin's. Ich komme heute nach Berlin. Kann ich … ein paar Tage bei dir schlafen? Ich erklär dir, was los ist, wenn wir uns sehen.«

Sie hatte Bayreuth hinter sich gelassen und war nun in Richtung Leipzig unterwegs. In gut drei Stunden wäre sie in Berlin bei ihrer Tochter.

Das Protestcamp war schon von weitem zu sehen. Auf einer großen Wiese neben dem Reichstag standen mehrere kleine und zwei große Zelte; es sah aus wie das Sommerlager einer Pfadfindergruppe. Nur die zwischen Holzstangen aufgespannten Transparente mit Parolen wie *Hungerstreik fürs Klima, Die Regierung bricht unsere Verfassung* und *Wir hungern auch für euch* machten deutlich, dass es sich hier nicht um ein harmloses Freizeitvergnügen handelte.

In einer Seitenstraße fand Claudia einen Parkplatz und zog ein Parkticket. Zielstrebig näherte sie sich dem Gelände, das mit rot-weißem Absperrband gekennzeichnet war und auf dem Menschen umhergingen oder in Gruppen herumstanden und -saßen.

Plötzlich verließ sie der Mut. Was zum Teufel tat sie hier? Was erwartete sie sich? Anouk wäre wohl kaum erfreut, sie zu sehen. Es war nicht mal sicher, ob sie mit ihr sprechen würde. Und es war ausgeschlossen, dass sie aufstehen und mit ihr nach Hause kommen würde, wie sie es sich erträumte.

Claudias Schritte wurden immer langsamer, am Eingang zum Gelände blieb sie stehen und verschaffte sich erst einmal einen Überblick. Die kleinen Zelte dienten wohl zum Schlafen, die großen für Zusammenkünfte. Zwei mobile Toiletten befanden sich nicht weit von den Zelten, etwas entfernt entdeckte Claudia einen Verpflegungsstand; offenbar wollten die Unterstützer den Hungerstreikenden den Anblick essender Menschen ersparen.

Sie betrat das Gelände, niemand hielt sie auf. Polizei war keine zu sehen, und Claudia fragte sich, ob das Camp bewacht wurde. Schließlich gab es eine Menge Leute, die ganz schön wütend auf die Aktivisten und ihre Proteste waren und hier leicht Gelegenheit fänden, dieser Wut Ausdruck zu verleihen. Erst auf den zweiten Blick erkannte Claudia zwei kräftige Männer in Zivil, die unauffällig herumgingen und die Umgebung beobachteten. Claudia wirkte auf sie offenbar nicht wie eine wild gewordene Wutbürgerin, die auf das Gelände kam, um einen Sprengsatz zu werfen.

Sie näherte sich dem ersten der beiden großen Zelte und blickte hinein. Zwei Tapeziertische mit Mikrofonen, davor Klappstühle. Außerdem Laptopanschlüsse, Verlängerungskabel und Mehrfachstecker. Ganz offensichtlich das Medienzelt.

Dann ging sie auf das zweite große Zelt zu, aus dem Stimmen zu hören waren. Als sie aus der Sonne ins schattige Innere trat, brauchten ihre Augen einen Moment, bis sie sich angepasst hatten. Auf einer improvisierten Sofalandschaft saßen und lagen einige Leute, andere hockten davor auf dem Boden oder standen herum und diskutierten. Auch hier standen zwei Tapeziertische an der Zeltwand, daneben Klappstühle.

Claudia sah sich suchend um. Und da war sie. Das erste Mal seit über vier Monaten befand sie sich wieder im selben Raum wie ihre Tochter.

Anouk saß auf dem Sofa und sprach mit jemandem. Sie drehte Claudia ihr Profil zu und hatte sie noch nicht bemerkt.

Claudia blieb stehen und schaute sie einfach nur an. Sie schluckte die Tränen hinunter, die ihr in die Augen stiegen, und widerstand dem Impuls, zu Anouk zu laufen und sie in die Arme zu ziehen. Stattdessen ließ sie sich auf einen der Klappstühle sinken und wendete ihren Blick nicht von ihr.

Sie wirkte schon jetzt so zart und zerbrechlich, dass Claudia sich fragte, wie lange ihr Körper den Nahrungsentzug überhaupt durchhalten würde. Zu ihrer Beruhigung sah sie, dass neben ihr eine Tasse stand, aus der sie immer wieder kleine Schlucke trank. Solange sie Flüssigkeit zu sich nahm, drohte keine akute Lebensgefahr. Ohne Flüssigkeitszufuhr konnte ein Mensch schon nach zwei bis drei Tagen sterben.

Als hätte sie gespürt, dass sie beobachtet wurde, drehte Anouk den Kopf in ihre Richtung. Ihre Augen weiteten sich. Sie sagte etwas zu der jungen Frau, mit der sie gesprochen hatte. Dann stand sie auf und kam auf Claudia zu.

»Mama! Was machst du denn hier?«

Claudia schluckte. »Ich wollte … dich sehen. Können wir irgendwohin, wo wir ungestört sind? Ich will unbedingt mit dir sprechen.«

Anouk wich ein Stück zurück. »Tu das nicht, Mama. Bitte.«

Claudia verstand nicht. »Was soll ich nicht tun?«

»Versuch nicht, mir irgendwas ausreden zu wollen.«

Claudia zögerte. »Okay, ich … ich bemüh mich.« Sie blickte kurz zu Boden, um sich zu sammeln, dann sah sie auf. »Wie geht's dir?«

Anouk beäugte sie für einen Moment misstrauisch, als vermutete sie etwas hinter der Frage, dann entspannte sie sich und lächelte schief. »Ich habe Hunger.«

Um ein Haar hätte Claudia gesagt: *Na, dann los, lass uns was Feines essen gehen. Worauf hast du Lust?* Es erschien ihr widernatürlich, untätig mit anzusehen, dass ihr Kind hungerte, und ein tiefes inneres Bedürfnis, es mit Nahrung zu versorgen, stieg in ihr auf. Sie konnte es kaum ertragen, diesen einfachen Satz zu hören.

Ich habe Hunger.

»Wie … läuft das denn jetzt hier ab mit dem Streik?«, fragte sie zögernd. »Was macht ihr die ganze Zeit?«

Anouk zuckte die Schultern. »Wir reden mit Leuten, die mit uns reden wollen, wir geben Interviews, morgen ziehen wir vors Kanzleramt.«

»Und … wie lange soll das so gehen?«

»Bis jemand von der Regierung mit uns spricht und unsere Forderungen ernst nimmt.«

Claudia fragte nicht, was im anderen, aus ihrer Sicht viel wahrscheinlicheren Fall passieren würde. Was sie tun würden, wenn der Kanzler und die Regierungsmitglieder ein Gespräch ablehnten, solange die Aktivisten den Hungerstreik fortführten. Die Devise lautete: Wir lassen uns nicht erpressen. Natürlich wusste man nicht, ob es Kontakte und Gespräche im Hintergrund gab, aber das war die offizielle Linie.

All das erwähnte sie nicht. Sie hatte so panische Angst, dass Anouk sich gleich wieder zurückziehen könnte, dass sie unbedingt vermeiden wollte, sie zu verärgern.

»Kann ich denn irgendwas für dich tun?«, fragte sie und fürchtete im selben Moment, Anouk könne sie auffordern, wieder abzureisen und sie in Ruhe zu lassen.

»Lass uns ein paar Schritte gehen«, sagte Anouk stattdessen und machte der jungen Frau, mit der sie gesprochen hatte, ein Zeichen.

Gemeinsam verließen sie das Zelt. Rund um das Protestcamp hatten sich Schaulustige eingefunden, die zum Teil lautstark ihre Kommentare abgaben.

»Um die Chaoten ist es nicht schade, die sollen ruhig abkratzen«, hörte Claudia einen tätowierten Typen zu seiner Freundin sagen, die einen Kinderwagen schob. Eine ältere Frau sagte anteilnehmend: »Die müssen ganz schön verzweifelt sein, wenn sie zu diesem Mittel greifen.« Andere glotzten nur und warteten, ob etwas Spektakuläres passierte.

Anouk und Claudia gaben vor, die Kommentare nicht gehört zu haben.

»Ihr habt sogar ein Pressezelt«, stellte Claudia fest. »Gibt es großes Interesse an der Aktion?«

»Ja, schon. Wir geben ab jetzt jeden Tag eine Pressekonferenz. Bald wird es einigen von uns schlechter gehen, das wird den Druck erhöhen. Wir hoffen, dass die Medien sich nicht nur daran aufgeilen, sondern auch unser Anliegen vermitteln.«

Daran hegte Claudia Zweifel, behielt sie aber für sich. Die Selbstverständlichkeit, mit der Anouk die Eskalation der Ereignisse voraussagte, schockierte sie. Sollte tatsächlich einer der jungen Menschen den Hungerstreik bis zum Äußersten treiben, wäre es ein Fest für die Boulevardmedien. Dieselben, die seit Monaten erbarmungslos auf die Aktivisten einschlugen, würden dann tränenreich einen Märtyrer küren. Oder eine Märtyrerin.

Claudia schauderte. Am liebsten hätte sie ihre Verzweiflung laut hinausgeschrien, Anouk gepackt und von hier weggebracht, irgendwohin, wo sie in Sicherheit wäre. Aber sie wusste, sie müsste sich zusammennehmen, sonst würde sie das dünne Band, das zwischen ihr und ihrer Tochter noch bestand, endgültig zerreißen.

»Wo ist eigentlich Joshua?«, fragte sie. »Hungert er nicht mit?«

»Er konnte heute Nacht nicht schlafen und hat sich hingelegt«, sagte Anouk. Sie zeigte auf eines der Schlafzelte. »Das ist unseres.«

Sie waren also immer noch ein Paar. Claudia durchzuckte der Gedanke, dass es eine gute Gelegenheit wäre, den Mistkerl, der ihre Tochter in all das hineingezogen hatte, zur Rede zu stellen. Ihm klarzumachen, was die ganze Familie durchlitt, seit Anouk sich ihm und der Gruppe angeschlossen hatte. Aber sie presste nur kurz die Lippen zusammen.

Schweigend wanderten sie auf dem Gelände umher, vorbei an den Toilettenhäuschen, bis zu den aufgespannten Transparenten. Mit einem Mal begann Anouk zu sprechen, es brach geradezu aus ihr heraus. Sie erklärte, warum dieser Streik das letzte Mittel sei, die Regierung zum Handeln zu zwingen, nachdem all ihre anderen Aktionen nichts bewirkt hätten. Sie sprach von neuen Studien, die bewiesen, wie schnell es zur Katastrophe käme, wenn nicht jetzt, sofort, gehandelt würde.

»Das Leben von Millionen Menschen ist in Gefahr«, sagte sie mit blitzenden Augen. »Indem wir unser Leben aufs Spiel setzen, machen wir unmissverständlich klar, wer die Verantwortung dafür trägt.«

Claudia hörte zu und schwieg. Sie wollte nicht riskieren, dass Anouk sich wieder zurückzog.

Anouk stellte ihr keine einzige Frage, wollte offenbar nichts über den Unfall erfahren, über den Auszug ihres Vaters, über ihren Bruder, ihre Großmutter. Es war, als wäre sie völlig in ihrer eigenen Realität gefangen und könnte nichts anderes mehr wahrnehmen.

Schließlich kehrten sie zum Gemeinschaftszelt zurück. Als sie den Eingang erreicht hatten, klingelte Claudias Handy. Anouk schlüpfte ins Zelt, Claudia blieb davor stehen.

»Was ist los, Claudia?«, hörte sie Tinas Stimme. »Ich war seit heute Morgen in einem Workshop und hab deine Nachricht erst jetzt gehört.«

Claudia schilderte ihr, was passiert war, und dass sie sich bereits in Berlin auf dem Gelände des Protestcamps befand.

»Meine Güte, du Ärmste«, sagte Tina mitfühlend. »Was das Mädchen dir alles zumutet.«

»Am meisten mutet sie sich ja selbst zu«, erwiderte sie.

»Natürlich übernachtest du bei mir«, sagte Tina. »Ich bin ab halb sieben zu Hause.«

»Du bist ein Schatz, ich freue mich, dich zu sehen!«

Sie sah auf die Uhr, es war gleich sechs. In einer Stunde würde die Diskussionsrunde beginnen. Meutlingen und die Wahl waren plötzlich in weite Ferne gerückt und erschienen längst nicht mehr so wichtig, wie sie ihr gestern noch vorgekommen waren.

Sie tippte eine Nachricht an Ceyda.

Alles gut bei dir? Brauchst du noch irgendwas?

Ihre Antwort kam umgehend.

Alles klar hier. Bei dir hoffentlich auch? Lass uns morgen sprechen. Ich lasse die Veranstaltung für dich aufzeichnen, falls du heute Abend keine Zeit oder keinen Nerv dafür hast.

Claudia schickte noch ein Daumen-hoch-Emoji und steckte das Handy ein.

Als sie sich umdrehte und ins Zelt gehen wollte, stand plötzlich Joshua vor ihr und starrte sie überrascht an.

»Frau Berner!«

»Hallo, Joshua.« Sie wusste immer noch nicht, ob er wirklich so hieß. Es war ihr egal.

»Sie sind bestimmt hier, um Ihre Solidarität mit uns zu demonstrieren«, sagte er lächelnd.

»Wie kommst du darauf?«

»Kein vernünftiger Mensch kann so dumm sein und unsere Forderungen nicht unterstützen«, sagte er. »Soviel ich weiß, sind Sie eine vernünftige Frau.«

Schon wieder dieses penetrante Selbstbewusstsein, von dem sie sich schon bei ihrer letzten Begegnung provoziert gefühlt hatte. Jetzt bloß nicht die Nerven verlieren.

»Du enttäuschst mich, Joshua«, sagte sie ruhig. »Wie kannst du einen Menschen, den du liebst, einer solchen Gefahr aussetzen?«

»Anouk trifft ihre Entscheidungen selbst«, sagte er. »Und ich liebe sie gerade für ihren Mut und ihre Eigenständigkeit.«

»Ich habe dich gebeten, sie zu beschützen.«

»Und ich habe Ihnen das nicht versprochen.«

Das stimmte. Er hatte sich damals zu keinem Zugeständnis hinreißen lassen. Claudia platzte fast, so viel hätte sie zu sagen, aber sie wusste, dass sie sich auch ihm gegenüber beherrschen musste. Alles, was sie ihm sagte, würde bei Anouk landen und könnte zum erneuten Bruch führen.

Sie holte tief Luft. »Für mich bedeutet Liebe auch Verantwortung für den anderen. Aber vielleicht bist du noch zu jung, das zu verstehen.«

Er schluckte kurz. »Wir übernehmen doch Verantwortung«, sagte er dann. »Dieser Hungerstreik ist keine Spaßaktion, nichts, mit dem wir uns wichtigmachen oder unser Ego streicheln wollen. Wir wollen die Menschen aufrütteln, und das gelingt nur, wenn sie Angst um uns bekommen.«

Du hast recht, dachte Claudia, Angst bekommen sie nur, wenn sie sehen, dass ihr es ernst meint und sogar euer Leben riskiert. Sie verstand die Logik dahinter, aber es war so ähnlich wie mit dem Militär: Man begriff, dass eine Armee gebraucht wurde, aber man wollte nicht, dass das eigene Kind als Soldat sein Leben aufs Spiel setzte.

»Ich werde hierbleiben, solange es nötig ist«, kündigte sie an. »Und ich werde nicht zulassen, dass Anouk etwas geschieht.«

Joshua zuckte die Schultern. »Ist klar.« Er trat zur Seite, um ihr den Vortritt zu lassen.

Als Anouk ihren Freund entdeckte, leuchtete ihr Gesicht auf. Joshua ging zu ihr und küsste sie auf den Mund, dann setzte er sich neben sie. Ihr Blick flog zu Claudia. Die hob die Hand und winkte ihr zu.

Bis morgen formten ihre Lippen.

Draußen blieb sie stehen und atmete tief durch. Widerstreitende Empfindungen kämpften in ihr – Zorn und Ärger einerseits, aber auch Bewunderung und sogar so etwas wie … Sympathie. Gegen ihren Willen fand sie den Typen gut, und das ärgerte sie.

Sie überlegte kurz, dann ging sie hinüber zum Schlafzelt von Joshua und Anouk. Sie zog den Reißverschluss auf und warf einen Blick hinein. Zwei Rucksäcke lehnten an der Zeltwand, auf Isomatten am Boden lagen Schlafsäcke, von denen Claudia einen erkannte. Es war der hellblaue Nylonschlafsack mit Futter zum Herausnehmen, den Anouk auf Klassenfahrten oder ins Skilager mitgenommen hatte. Auch einen Kopfkissenbezug erkannte Claudia wieder, den musste Anouk bei ihrem Auszug mitgenommen haben. Sie griff in ihre Umhängetasche und nahm das Bärchen raus. Sie drückte ihm einen Kuss auf die Frotteeschnauze, dann legte sie es auf Anouks Kopfkissen.

Eine Stunde später saß sie in Tinas Wohnung in Friedrichshain am Küchentisch und hob das Weinglas, um ihrer Freundin zuzuprosten.

»Ich bin so froh, dich zu sehen.«

Tina erhob ebenfalls ihr Glas. »Ich auch! Fast bin ich Anouk dankbar, dass sie dich hierhergebracht hat. Wie geht's ihr?«

Claudia erzählte von den Ereignissen des Nachmittags.

»Anouk ist so … entschlossen«, sagte sie. »Es macht mir wirklich Angst, sie so zu sehen.«

»Ist sie das selbst? Oder ist es ihr Freund?«

Claudia bewegte unschlüssig den Kopf hin und her. »Beides wahrscheinlich. Sie steigern sich gemeinsam in diese Vorstellung vom bevorstehenden Weltuntergang rein, und um den aufzuhalten, ist einfach jedes Mittel legitim.«

»Wobei ihre Ängste ja grundsätzlich berechtigt sind«, sagte Tina.

»Das ist ja das Schlimme.« Claudia verzog bekümmert das Gesicht. »Deshalb kann man eigentlich nicht gegen sie sein. Richtig für sie aber auch nicht.«

»Wieso bist du gekommen?«, fragte Tina. »Hast du die Hoffnung, du könntest sie doch noch stoppen?«

Claudia überlegte. »Ich … weiß es selbst nicht so genau. Ich glaube, ich will einfach nur in ihrer Nähe sein.«

Tina legte die Hand auf ihre. »Hast du mich neulich gefragt, ob du eine schlechte Mutter bist?«

Claudia lächelte traurig.

»Hunger?«, wollte Tina wissen und stand auf.

»Und wie«, sagte Claudia, die außer dem Brot und dem einen Schokoriegel den ganzen Tag nichts gegessen hatte. Sie stöhnte auf. »Wenn ich mir vorstelle, wie es den Hungerstreikenden jetzt geht … Die ersten Tage sind wohl am schlimmsten, da wühlt der Hunger so richtig in den Eingeweiden. Danach wird es angeblich besser, dann kann das Fasten sogar zur Sucht werden.«

Tina stand auf und nahm zwei Styroporverpackungen mit Aluminiumabdeckung aus dem Kühlschrank. Claudia zuckte unmerklich zusammen. *Alu! Styropor! Wie kannst du nur,* hörte sie Anouk sagen.

»Ich hab uns was vom Asiaten mitgebracht, ich hoffe, das ist okay.«

Tina erhitzte die gebratenen Nudeln und das Hähnchencurry in der Mikrowelle und servierte beides auf Tellern. Dann schenkte sie Wein nach.

»Was sagt Martin eigentlich dazu?«, fragte sie.

»Er hat mir heute Morgen die Nachricht vom Hungerstreik geschickt«, sagte Claudia. »Ohne Kommentar.«

Ihre Freundin sah sie verblüfft an. »Wieso schickt ihr euch Nachrichten?«

Sie begriff, dass Tina die neuesten Entwicklungen noch gar nicht kannte, und erzählte ihr von dem »Unfall« und Martins Rausschmiss durch Marianne.

Fassungslos hörte ihre Freundin zu. »Und ich dachte nach unserem Telefonat neulich, dass es nicht mehr schlimmer werden könnte. Aber schlimmer geht offenbar immer.«

»Jetzt aber Schluss mit meinem Elend«, sagte Claudia entschieden. »Ich will hören, wie's dir geht! Was gibt's Neues vom Onlinedating?«

Stunden später lag sie in Tinas Gästebett, die gedämpften Geräusche der Großstadt wie fernes Rauschen im Hintergrund. Sie las ihre Nachrichten, darunter eine von Marianne.

Wie geht's Anouk? Julian gibt den großen Schweiger, ich habe keine Ahnung, was er denkt. Dachte mir, Pizza hilft immer, und er hat seine komplett verdrückt. Lass von dir hören, Gruß, M.

Sie schickte ihr eine Sprachnachricht zurück und erhielt umgehend einen gereckten PoC-Daumen, eine Kerze, ein Blümchen und ein Grinsegesicht. Claudia musste lachen. Mit Emojis konnte Marianne nicht so recht umgehen; manchmal schickte sie auch Einhorn-Sticker.

25

Martin nahm sich ein Bier aus dem Kühlschrank und schaltete den Fernseher ein, der mit dem Internet gekoppelt war. Er suchte den lokalen TV-Sender, in dem gleich die Abschlussrunde des Meutlinger Wahlkampfes übertragen würde. Noch war ein Standbild mit der Ankündigung zu sehen, aber ein Blick auf die Uhr zeigte ihm, dass es gleich losging.

Er lehnte sich auf dem Sofa zurück und legte die Füße auf den Tisch, was er sich nur traute, wenn Stefan nicht da war. Sein Freund war in vielem nachlässig, aber bei ein paar Dingen verstand er keinen Spaß: wenn die Klopapierrolle falsch herum auf dem Halter steckte. Wenn nicht genügend Bier kalt gestellt war. Wenn Martin die Füße, barfuß oder in Socken, auf den Couchtisch legte.

»Wir sind doch hier nicht bei Hempels!«, pflegte er dann zu sagen, was Martin komisch fand, da es in der Wohnung üblicherweise genau so aussah wie bei der sprichwörtlichen Familie unterm Sofa.

Noch immer zeichnete sich keine Lösung für seine Eheprobleme ab, und Claudia unternahm keinerlei Anstalten, auf ihn zuzukommen. Er ließ sie in Ruhe, wollte sie auf keinen Fall drängen. Nur wenn es wirklich wichtig war – und die Neuigkeit von heute Morgen war ja wohl wichtig –, schickte er ihr eine kurze Nachricht. Die Mitteilung vom Hungerstreik der Gruppe »Fünf nach zwölf«, bei dem Anouk ausdrücklich als Teilnehmerin zu Wort gekommen war, hatte ihn aufgeschreckt und verunsichert. Konnten sie weiter tatenlos zusehen, wie ihre Tochter sich selbst zerstörte, oder war jetzt der Zeitpunkt, wo sie eingreifen mussten? Aber wenn ja, wie sollte das aussehen? Sie konnten ja schlecht nach Berlin fahren und sie mit Gewalt nach Hause mitnehmen.

Er wollte endlich wieder Ordnung in seinem Leben haben, es sollte sein wie früher. Er wollte seine Frau, seine Kinder, einen Alltag, einen Job. Und er wollte wieder zu Hause wohnen. Er musste endlich raus aus der Zwangsgemeinschaft mit Stefan, der ein guter Kerl war, aber eine Nervensäge.

Martin seufzte und nahm einen tiefen Schluck aus der Bierflasche. Auf dem Bildschirm bewegte sich etwas, das Standbild verschwand, ein Countdown lief von zehn rückwärts. Dann erschien in der Totalen ein Raum, der zu einer Art Arena umgebaut worden war. Das Publikum saß halbkreisförmig um ein Podest, auf dem sich ein runder Tisch befand, an dem fünf Personen saßen. Die Kamera zoomte näher, und Martin erkannte die Moderatorin Jasmin Betz, die ein medialer Shootingstar geworden war und sich dessen sehr bewusst zu sein schien. Sie begrüßte das Publikum »an den Bildschirmen und im Saal« und stellte die Teilnehmer der Diskussionsrunde vor. Außer Abele saßen, wie erwartet, der Kandidat der Liberalen und die Kandidatin der Grünen mit am Tisch.

Aber wo war Claudia?

Zu seiner Überraschung saß auf dem Platz, auf dem seine Frau sitzen sollte, ihre Freundin Ceyda. Was hatte das zu bedeuten? War Claudia kurzfristig krank geworden, hatte sie einen Unfall gehabt? Dann dämmerte es ihm, und gleich darauf erhielt er die Bestätigung.

Jasmin Betz lächelte in die Kamera. »Sie fragen sich bestimmt, wer unsere vierte Teilnehmerin in der Runde ist, denn Sie haben zu Recht die Kandidatin Claudia Berner erwartet. Nun, Frau Berner hat uns heute früh davon in Kenntnis gesetzt, dass sie auf dem Weg nach Berlin ist, wo ihre Tochter Anouk einen Hungerstreik begonnen hat, und zwar als Mitglied von ›Fünf nach zwölf‹. Das sind die Aktivisten, die sich auf die Straße kleben und den Verkehr aufhalten, weil sie meinen, damit könnten sie das Klima retten.« Bei ihren letzten Worten wurde ihr Lächeln eine Spur maliziös. Sie wandte sich an Ceyda. »Frau Demirel, Sie haben die Kampagne von Claudia Berner konzipiert und ihren Wahlkampf geleitet. Vielen Dank, dass Sie so kurzfristig für sie eingesprungen sind. Halten Sie Frau Berners Absage für politisch klug?«

Ceyda holte Luft und lächelte freundlich. »Vielen Dank, ich fühle mich geehrt, Claudia Berner heute Abend hier zu vertreten. Um auf Ihre Frage zu kommen: Es gibt Momente im Leben, in denen ist man gezwungen, Prioritäten zu setzen. Frau Berner ist eine sehr engagierte Politikerin, und sie wäre gern heute Abend hier gewesen. Aber sie ist auch Mutter. In dieser extremen Situation hatte sie das Gefühl, ihrer Tochter beistehen zu müssen, und ich bin mir sicher, jede Mutter, jeder Vater, ja, jeder fühlende Mensch kann das nachvollziehen.«

Das Publikum im Saal applaudierte zögernd.

»Bedeutet das, dass Claudia Berner den Hungerstreik der Aktivisten unterstützt?«, fragte die Moderatorin.

»Nein, es bedeutet, dass sie bei ihrer Tochter sein möchte. Und sie ist – wie übrigens eine Mehrheit der Bürgerinnen und Bürger dieses Landes – der Meinung, dass mehr für den Klimaschutz getan werden muss. Aber sie hält das Mittel des Hungerstreiks für politisch ebenso ungeeignet wie Straßenblockaden.«

Jasmin Betz wandte sich an Abele. »Herr Bürgermeister Abele, haben Sie den Eindruck, Frau Berner könnte diesen Anlass auch genutzt haben, um der direkten Konfrontation mit Ihnen aus dem Weg zu gehen? Eine Umfrage dieser Zeitung hat ergeben, dass Sie beide ziemlich gleichauf liegen. Dieser Abend könnte also den Ausschlag für das Wahlergebnis geben.«

»Nun ja, das kann ich natürlich nicht ausschließen«, sagte Abele in seiner typisch selbstzufriedenen Art. »Meine achtjährige erfolgreiche Amtszeit ist sicherlich ein gewichtiges Argument, dagegen kommt man als Herausforderin schwer an. Aber ich möchte hier niemandem etwas unterstellen. Vor allem anderen wünsche ich Herrn und Frau Berner, dass ihre Tochter zur Vernunft kommt und wohlbehalten in den Schoß ihrer Familie zurückkehrt.«

Erneut kam Applaus aus dem Publikum.

An dieser Stelle schaltete sich Ceyda ungefragt ein. »Nehmen Sie es mir nicht übel, Herr Bürgermeister, aber ich bin der Meinung, dass Sie bei einer direkten Konfrontation mit Frau Berner nicht so toll abschneiden würden. Viele Meutlinger sind nicht mehr überzeugt davon, dass Sie der Richtige für die Herausforderungen der nächsten Jahre sind. Ich erinnere an die Antrittsrede von Claudia Berner, die auf überwältigenden Zuspruch bei den Bürgerinnen und Bürgern gestoßen ist. Das einzige Handicap, mit dem Frau Berner seither zu kämpfen hat, ist der Aktivismus ihrer Tochter. Der wurde politisch und medial ausgeschlachtet, und man hat sie für die Handlungen ihrer Tochter in Mithaftung genommen. Das ist sowohl menschlich ungerecht wie politisch unsinnig, denn sie ist und bleibt die bessere Kandidatin.«

Abele klappte der Kiefer nach unten. Auffordernd blickte er zur Moderatorin, der man ansah, dass sie diesen Schlagabtausch gern weitergeführt hätte, aus Gründen der Ausgewogenheit aber gezwungen war, nun auch die beiden anderen Kandidaten ins Gespräch mit einzubeziehen.

Die beiden gaben jeweils ein Statement zum Besten, das ihrer persönlichen Profilierung diente, aber jede konfrontative Äußerung gegen den Amtsinhaber und seine Herausforderin vermied. Allen war klar, dass man – egal wie die Wahl ausging – auch zukünftig im Stadtrat würde zusammenarbeiten müssen, da wollte niemand im Vorfeld schlechte Stimmung machen. Das Gespräch drehte sich um alle möglichen Themen, bei denen die Positionen der Anwesenden weitgehend bekannt waren.

Martin horchte erst wieder auf, als es um das Thema der politischen Glaubwürdigkeit ging und Abele die offene Geschäftsführerfrage beim Autohaus Berner ansprach. Offenbar glaubte er, ein bisschen Schmutz aufwühlen zu können, indem er Claudia unterstellte, sich nicht eindeutig aus dem operativen Geschäft zurückgezogen zu haben. Aber da hatte er nicht mit Ceyda gerechnet.

»Herr Abele, abgesehen von der Frage, inwiefern Sie in all den Jahren im Hintergrund noch in Ihrer Kanzlei aktiv waren, wüsste ich gern, was Sie Frau Berner eigentlich vorwerfen. Sie hatte angekündigt, dass ihr Mann zukünftig die Geschäftsführung übernehmen soll. Nun hat Martin Berner sich entschlossen, wegen Überarbeitung eine Auszeit zu nehmen und diesen Posten vorerst nicht anzutreten, was ich für eine sehr verantwortungsvolle Entscheidung halte. Wie Sie wissen, handelt es sich beim Autohaus Berner um ein Familienunternehmen, und glücklicherweise gibt es dort noch die Seniorchefin Marianne Berner, die jahrzehntelang mit ihrem Mann die Firma geleitet hat. Sie hat sich freundlicherweise bereit erklärt, so lange einzuspringen, bis die Frage der Geschäftsführung geregelt ist. Zu keinem Zeitpunkt während des Wahlkampfes war Claudia Berner daher ins operative Geschäft eingebunden.«

Abele grinste triumphierend. »Wenn das mit der Auszeit stimmt, wie kann es dann sein, dass Martin Berner sich bei einem mir persönlich bekannten Unternehmen als Geschäftsführer beworben hat?«

Martin schluckte.

Ceyda kam sichtlich aus dem Konzept. Dieser Einwurf hatte sie völlig unvorbereitet getroffen, und es sah für einen Moment so aus, als könnte sie die Nerven verlieren. Aber sie fing sich schnell wieder.

»Das müssen Sie schon Herrn Berner selbst fragen«, erwiderte sie. »Vielleicht wollte er seinen Marktwert testen, um für die Gehaltsverhandlungen mit seiner Frau gewappnet zu sein?«

Heiterkeit beim Publikum.

Ceyda lächelte und legte nach. »Wenn wir schon beim Thema Glaubwürdigkeit sind, Herr Bürgermeister, möchte ich gerne auf Ihre umstrittene Rolle bei der Vergabe eines Bauauftrages an das Unternehmen Ihres Freundes Roland Schwab zu sprechen kommen.«

Abeles Miene verfinsterte sich. »Mir konnte in dieser Sache kein unkorrektes Verhalten nachgewiesen werden«, bellte er.

»Weil bisher nicht ermittelt wurde«, sagte Ceyda. »Und genau das ändert sich gerade. Einer unserer Mitbürger hat jetzt Anzeige gegen Sie erstattet. Sie sollten die polizeiliche Vorladung demnächst in Ihrem Briefkasten finden.«

Im Publikum entstand Unruhe, die Zuschauer blickten sich fragend an und tuschelten miteinander. Abele war rot angelaufen und schnappte nach Luft wie ein Karpfen auf dem Trockenen.

Claudia näherte sich dem Protestcamp zu Fuß. Sie hatte das Auto bei Tina stehen lassen und war mit Bus und U-Bahn gekommen. Ihr Handy zeigte zahlreiche Nachrichten an, vermutlich Reaktionen auf die gestrige Talkrunde. Auch Ceyda hatte ihr eine Sprachnachricht hinterlassen. Claudia beschloss, sie später abzuhören.

Es waren nicht so viele Menschen auf dem Gelände wie tags zuvor, was sich vermutlich dadurch erklärte, dass an einem Montag weniger Schaulustige unterwegs waren.

Als Claudia sich dem Zelt näherte, kamen zwei junge Frauen auf sie zu. Die eine war klein, trug einen dunklen Pagenkopf und blickte streng, die andere hatte die lockigen Haare nachlässig hochgesteckt und trug eine runde Brille. Sie sprach Claudia an.

»Hi, ich bin Sophia, und das ist Laura, wir sind vom Presseteam. Du warst gestern schon da, stimmt's?«

Claudia nickte. »Ich bin Anouks Mutter.«

»Ach so, cool«, sagte Sophia. »Mentale und emotionale Unterstützung sind megawichtig für unsere Streikenden. Schade, dass nicht noch mehr Angehörige hier sind.«

Claudia sah sich um. »Wer sind denn die ganzen Leute?«

»Das sind unsere Supportis, aber auch Leute, die hier in der Nähe wohnen und uns unterstützen.«

»Und was tun die so für euch?«, wollte Claudia wissen.

»Bei denen dürfen die Streikenden duschen, oder sie nehmen Wäsche mit und waschen sie«, sagte Laura.

»Und wenn irgendwas fehlt, besorgen sie es«, ergänzte Sophia. »Ist echt krass, wie groß die Solidarität mit uns ist.«

Claudia lächelte. »Ich gehe mal rein und sehe nach Anouk.«

»Alles klar, bis später«, sagte Sophia.

Es fühlte sich seltsam an, wie jemand behandelt zu werden, der dazugehörte. Claudia wollte nicht so vereinnahmt werden, sie war eine vehemente Gegnerin dessen, was sich auf diesem Gelände abspielte. Gleichzeitig rührten sie diese jungen Menschen, die sich so leidenschaftlich für ihr Anliegen engagierten, immer wieder von neuem.

Als Claudia das Zelt betrat, fand offenbar gerade eine medizinische Untersuchung statt. Eine Frau mittleren Alters in Jeans und T-Shirt, die ein Stethoskop um den Hals hängen hatte, leuchtete einem der Hungerstreikenden mit einer kleinen Taschenlampe in die Augen. Danach hörte sie ihn ab, und zum Schluss bat sie ihn, auf eine Waage zu steigen, und notierte sein Gewicht.

Claudia sah sich suchend um, konnte Anouk aber nicht entdecken. Offenbar hatte sie die Untersuchung schon hinter sich und machte einen Spaziergang oder war in ihrem Zelt. Claudia blieb am Eingang sitzen und wartete, bis die Ärztin sich verabschiedete.

»Also, ihr Lieben, morgen kommt dann mein Kollege, der Bernd«, rief sie und winkte den Leuten freundschaftlich zu. »Macht's gut!«

Claudia fing sie ab, als sie an ihr vorbei in Richtung Ausgang wollte.

»Entschuldigen Sie, mein Name ist Claudia Berner, ich bin die Mutter von Anouk. Ich nehme an, Sie haben sie schon untersucht?«

»Ja, vorhin«, bestätigte die Frau.

»Ist alles in Ordnung mit ihr?«, wollte Claudia wissen. »Ich mache mir große Sorgen, sie ist doch ohnehin so zierlich …«

»Ich bin leider nicht befugt, Ihnen irgendwelche Auskünfte zu geben«, unterbrach die Frau sie.

Claudia schüttelte verwirrt den Kopf. »Aber die Untersuchungen finden doch vor aller Augen statt, das kriegen doch sowieso alle mit.«

»Das geschieht aber mit Einverständnis der Streikenden. Ihre Tochter hat mir nicht erlaubt, mit Ihnen über sie zu sprechen.«

»Meine Güte, seien Sie doch bitte nicht so bürokratisch«, sagte Claudia ungeduldig. »Ich will doch nur wissen, wie lange Anouk das Hungern Ihrer Einschätzung nach durchhält, ohne Schaden zu nehmen. Sie haben doch auch eine Verantwortung!«

Die Frau sah sie lange an. »Als Mutter verstehe ich Sie, als Ärztin darf ich Ihnen keine Auskunft geben.«

Am liebsten hätte Claudia die Frau geschüttelt.

»Aber was ist, wenn es ihr in den nächsten Tagen schlechter geht? Wann würden Sie oder Ihre Kollegen eingreifen?«

»Die Streikenden bestimmen selbst, wie lange sie weitermachen und wann sie gegebenenfalls abbrechen wollen. Wir können Empfehlungen abgeben, aber wir können niemanden zu irgendwas zwingen.« Sie legte Claudia die Hand auf den Arm. »Die meisten Menschen wollen leben«, sagte sie und verließ das Zelt.

Claudia sah ihr nach und schüttelte den Kopf. Sie folgte ihr nach draußen und bog dann ab zum Zelt von Joshua und Anouk.

»Anouk, bist du da drin?«

Ein schwaches Ja ertönte.

Claudia schlug die Plane zurück und stellte erleichtert fest, dass Joshua nicht da war. Sie kroch hinein und setzte sich neben Anouk, die zusammengekrümmt auf ihrem Schlafsack lag, ihr Bärchen im Arm.

»Was ist los, Schätzchen, geht's dir nicht gut?«

»Ich habe Magenschmerzen, und mir ist ein bisschen schlecht«, sagte sie. »Und ich hab immer noch Hunger, kannst du dir das vorstellen?« Sie versuchte ein schwaches Lächeln.

Nein, das konnte Claudia sich nicht vorstellen; sie hatte nie freiwillig gefastet und wusste nicht, wie es sich anfühlte, hungrig zu sein. Wirklich hungrig.

»Hast du genug zu trinken?«

Anouk deutete auf eine Thermoskanne. »Fencheltee.«

»Sag mir, wenn ich irgendwas für dich tun kann. Ich fühle mich so nutzlos.«

Das erste Mal sah Anouk sie richtig an. »Wieso bist du überhaupt gekommen, Mama?«

Weil du mein Kind bist. Weil ich dich liebe. Weil ich nicht tatenlos zusehen werde, wie du dich in Gefahr bringst, wollte Claudia sagen, verkniff es sich aber.

»Weil ich dich unterstützen will.«

»Dann verstehst du mich also?« Anouks Gesicht hellte sich auf. »Du verstehst, warum ich das machen muss?«

Claudia seufzte. »Einerseits verstehe ich dich, ja, und andererseits überhaupt nicht. Aber das spielt keine Rolle. Solange du mich nicht wegschickst, bleibe ich hier.«

»Solange du nicht versuchst, mich zum Aufgeben zu zwingen, schicke ich dich nicht weg.«

Anouk drehte sich zur Seite. Claudia streichelte ihren Rücken, massierte liebevoll ihre schmalen Schultern und die schlanken Arme, die sie so verletzlich wirken ließen. Wieder kämpfte sie gegen die Tränen.

»Danke für das Bärchen«, sagte Anouk. »Es ist komisch, als wäre es aus einem anderen Jahrhundert. Ich hatte es schon ganz vergessen.«

»Du weißt, dass Tina es dir zu deiner Geburt geschenkt hat, oder?«

»Ja klar.«

»Ich wohne zurzeit bei ihr«, sagte Claudia. »Sie lässt dich grüßen. Sie macht sich Sorgen um dich.«

Anouks Körper versteifte sich. »Ihr solltet euch alle weniger Sorgen um mich als ums Klima machen.«

Claudia biss sich auf die Unterlippe.

»Neulich habe ich mit Finja gesprochen«, sagte sie und versuchte, ihrer Stimme einen beiläufigen Klang zu geben. »Sie lässt dir sagen, dass sie dich vermisst.«

Anouk schwieg eine Weile. Schließlich sagte sie leise: »Ich vermisse sie auch, glaube ich.«

»Sie hat mir erzählt, dass du eine Weile heimlich containert hast«, fuhr Claudia in bemüht munterem Tonfall fort. »Ich war ganz schön überrascht.«

»Hättest du mir nicht zugetraut, was?«, sagte Anouk, und es klang fast ein bisschen stolz.

Claudia zögerte. »Sie … hat mir auch von einem Brief erzählt, den du vor ein paar Jahren an Papa und mich geschrieben hast. Du musst ungefähr dreizehn oder vierzehn gewesen sein.«

»Ein Brief?« Anouk drehte sich wieder zu ihr um. »Ich erinnere mich nicht.«

»Finja hat ihn wohl zusammengeknüllt neben dem Papierkorb gefunden und gelesen.«

»Was stand drin?«

Claudia schluckte. »Dass du … unglücklich bist und keiner dich versteht. Dass wir so viel arbeiten und zu wenig Zeit für dich haben. Und dass du dich überflüssig fühlst, weil es ja Julian gibt, der irgendwann die Firma übernimmt, und das für Papa und mich das Wichtigste wäre.«

Anouk schwieg lange. Schließlich sagte sie: »Das muss ich damals dann wohl so empfunden haben.«

»Und … wie empfindest du es heute?«

Sie gluckste plötzlich. »Wenn ich an Julian denke, bin ich mir nicht sicher, ob er so ein krass guter Nachfolger für euch wäre.«

»Und …« Claudia zögerte. »… fühlst du dich heute immer noch … überflüssig?«

Anouk überlegte lange und ernsthaft. »Seit ich mit der Gruppe zusammen bin, nicht mehr. Jetzt mache ich ja endlich was Sinnvolles mit meinem Leben.«

Warum willst du es dann aufs Spiel setzen, wollte Claudia sagen, aber sie schwieg.

Ihr Handy klingelte. Claudia sah aufs Display, überlegte kurz und nahm das Gespräch an.

»Mutter?«

»Ich wollte hören, wie es dem Kind geht.«

»Willst du mit ihr sprechen?«

Anouk richtete sich halb auf und machte eine abwehrende Bewegung.

»Oma möchte wissen, wie es dir geht.« Claudia drückte ihr das Telefon in die Hand, ohne auf ihre Geste zu achten. Vielleicht würde Marianne ihr all die Dinge sagen, die sie ihr nicht sagen konnte.

Eine Weile hörte Anouk zu und gab einsilbige Antworten, mit einem versteinerten Ausdruck im Gesicht. Plötzlich entspannten sich ihre Züge, und sie grinste.

»Stimmt das wirklich, Oma?« Sie hörte weiter zu, dann sagte sie: »Ich dich auch«, und gab Claudia das Telefon zurück, die es ans Ohr hob.

»Bei euch alles okay?«, fragte sie.

»Schwer zu sagen.« Marianne atmete geräuschvoll aus. »Ich sorge für genügend Nahrung und lasse mich anschweigen. Weißt du schon, wann du zurückkommst?«

Claudia verdrehte die Augen. Es war ein Hungerstreik, kein Rockfestival. Was stellte Marianne sich bloß vor? »Keine Ahnung«, sagte sie und versuchte, nicht allzu gereizt zu klingen.

»Kann sein, dass ich am Wochenende mal weg bin«, sagte Marianne beiläufig. »Das wird er überstehen, oder?«

»Ich denke schon. Danke, Mutter.« Claudia ließ das Telefon sinken.

»Sie hat mir erzählt, dass sie auch schon auf Demos war«, sagte Anouk. »Hast du das gewusst? Und dann hat sie noch gesagt, dass sie mich lieb hat.« Sie verzog ungläubig das Gesicht. »So was hat sie noch nie gesagt.«

Eine halbe Stunde später war Anouk trotz ihrer Magenschmerzen aufgestanden und mit dem Rest der Gruppe vors Kanzleramt gezogen, wo an diesem Tag eine Kabinettssitzung stattfand. Mit ihren Transparenten, Trommeln und Sprechchören wollten sie sich noch einmal bei den Regierenden in Erinnerung bringen.

Claudia hatte Anouk gefragt, wie denn die Kommunikation zwischen »Fünf nach zwölf« und der Regierung überhaupt vonstattengehe. Wie die Politiker von ihren Forderungen erfuhren, und auf welche Weise sie mit der Gruppe in Verbindung treten könnten.

Anouk hatte ein bisschen mitleidig gelächelt, als wäre das eine ziemlich naive Frage. »Über Twitter natürlich. Und die haben auch Telefonnummern von uns. Wenn die mit uns reden wollen, dann schaffen die das schon.«

Claudia hatte einen Twitteraccount, der üblicherweise von Celik betreut wurde. Sie loggte sich ein, suchte »Fünf nach zwölf« und klickte auf *Folgen*. Sie scrollte nach oben und fand mehrere Tweets, in denen die Gruppe seit Beginn über den Hungerstreik berichtet und durch gezielt gesetzte Hashtags Politiker direkt angesprochen hatte. Schon ein flüchtiger Blick auf die Kommentare zeigte die übliche krude Mischung aus Hass, Häme, moralisierenden Belehrungen und Besserwisserei, aus denen die sozialen Medien überwiegend zu bestehen schienen.

Claudia verließ das Gelände des Protestcamps und ging eine Weile durch die Straßen. Es war fast Mitte September und noch immer sommerlich warm. Ihr kam es vor, als wäre dies der längste Sommer ihres Lebens, der niemals enden würde. Dieses Gefühl hatte sie zuletzt in ihrer Kindheit empfunden. Damals war es beglückend gewesen, heute empfand sie es auf eine bisher nicht gekannte Weise als bedrohlich.

Sie kam zu einem Café und fand einen Platz im Freien unter einem großen Sonnenschirm. Es war nicht viel los, die Frühstückszeit war vorüber, und fürs Mittagessen war es noch zu früh. Sie bestellte sich einen Milchkaffee und ein Omelett mit Käse und Tomaten. Bei dem Gedanken an Anouk, die vor Hunger Magenschmerzen hatte, fühlte sie sich elend.

Sie nahm ihr Handy und öffnete ihre E-Mails. Ihre Mailbox

quoll über von Nachrichten, die sich auf Anouk und den Streik bezogen. Sie ließ sie vorerst unbeantwortet. Wer interessiert am Verlauf des Hungerstreiks war, wurde vom Presseteam von »Fünf nach zwölf« schließlich rund um die Uhr auf dem Laufenden gehalten.

Martin hatte eine Whatsapp-Nachricht geschrieben.

Wie geht es Anouk? Gut, dass du zu ihr gefahren bist. Ceyda hat dich gestern Abend bestens vertreten, vielleicht hast du es gesehen oder wirst es dir noch anschauen. Wenn du doch mal reden willst, melde dich. Martin

Sie überlegte kurz, dann schrieb sie zurück.

Danke für deine Nachricht. Es ist gerade alles ein bisschen viel. Ich melde mich. Claudia

Dann hörte sie Ceydas Sprachnachricht ab, in der diese den Verlauf der Diskussionsrunde am Abend zuvor beschrieb. Sie schien sich tatsächlich gut geschlagen zu haben. Mit wachsendem Erstaunen hörte Claudia zu, wie sie von der Anzeige gegen Abele erzählte. Sie schrieb Ceyda, dass sie sich später melden werde, dann wählte sie Arnold Leitgebs Nummer.

»Arnold, Claudia hier. Du hast diese Sache mit Roland Schwab also wirklich zur Anzeige gebracht?«

»Es ging nicht mehr anders«, sagte Leitgeb. »Du weißt, dass ich lange gezögert habe, aber jetzt musste ich es einfach tun.«

»Denkst du, es wird Abele schaden?«

Leitgeb überlegte kurz. »Ich vermute, es wird sein wie bei Donald Trump. Seine Anhänger wird es nicht beeindrucken, aber Wähler, die sich noch nicht sicher sind, könnten zu dem Schluss kommen, dass er nicht der Richtige ist.«

»Arnold, sei ehrlich, warum jetzt, eine Woche vor der Wahl? Man könnte annehmen, dass du den Wahlausgang zu meinen Gunsten beeinflussen willst.«

Er lachte auf. »Ja, nicht wahr? Aber ich schwöre dir, so ist es nicht. Ich habe vor kurzem ein paar Dinge erfahren, die das Fass zum Überlaufen gebracht haben. Die Details erzähle ich dir in Ruhe.«

»Mir ist trotzdem nicht wohl dabei«, sagte Claudia. »Sie werden es wieder gegen mich verwenden.«

»Das tut mir leid, Claudia. Aber falls es dir nächsten Sonntag helfen sollte, tut es mir nicht leid.«

Gegen ihren Willen musste sie lächeln.

26

Pressemitteilung „Fünf nach zwölf" / Berlin, Freitag, 9. September 2022

Auch am sechsten Tag geht der Hungerstreik fürs Klima weiter. Alle Streikenden, vier Männer und drei Frauen zwischen achtzehn und achtundzwanzig Jahren, verzichten weiterhin auf die Nahrungsaufnahme, um den permanenten Rechtsbruch anzuklagen, der von unserer Regierung begangen wird.

Die Teilnehmer:innen berichten über zunehmende körperliche Schwäche, sie frieren trotz des sommerlichen Wetters, und einige leiden unter depressiven Verstimmungen. Lisa, eine dreiundzwanzigjährige Studentin, sagte bei der täglichen Pressekonferenz: „Gestern bin ich zwei Stunden in meinem Zelt gelegen und habe nur geweint. Wollen uns die Politiker:innen wirklich ignorieren, bis es zu spät ist?"

Bisher hat noch niemand von der Regierung sich bereit erklärt, mit den Aktivist:innen zu sprechen. „Erst muss der Streik beendet sein, dann wird entschieden, ob und in welcher Weise ein Gespräch stattfinden kann", so die offizielle Verlautbarung des Regierungssprechers.

Als Claudia sich am Morgen des sechsten Tages dem Protestcamp näherte, musste sie zwischendurch innehalten, bis das Zittern in ihrem Körper sich gelegt und ihr rasender Herzschlag sich beruhigt hatte. Sie befand sich in einem Zustand wachsender Wut und Verzweiflung. Das Gefühl der Hilflosigkeit angesichts einer Situation, die immer bedrohlicher wurde, aber vollständig außerhalb ihrer Kontrolle lag, wurde übermächtig.

In den letzten Tagen hatte sie alles Mögliche probiert. Sie hatte mit Aktivisten diskutiert und gestritten, um sie von einem Abbruch des Streiks zu überzeugen. Sie hatte erneut an die Ärztin und ihren Kollegen appelliert, sie hatte sogar zwei Polizisten, die auf einem routinemäßigen Rundgang ins Zelt gekommen waren, angefleht, diesen Irrsinn zu beenden.

Anouk hatte sie zwar versprochen, nicht einzugreifen, aber irgendwann war ihr auch das egal gewesen. Lieber hatte sie ein Kind, das lebte und nicht mehr mit ihr sprach, als eine tote Tochter.

Anouk war inzwischen stark geschwächt, sie hatte zweieinhalb Kilo abgenommen, ihr Gesicht wirkte eingefallen, die Augen lagen tief in den Höhlen. Die meiste Zeit blieb sie in ihrem Zelt, nur zu den Pressekonferenzen und den gemeinschaftlichen Meetings raffte sie sich auf.

Joshua war von allen Streikenden körperlich am stabilsten, er schien kaum unter dem Nahrungsentzug zu leiden. Er gab Interviews, schrieb ein Hunger-Tagebuch, das täglich auf der Webseite von »Fünf nach zwölf« veröffentlicht wurde, und redete mit jedem, der mit ihm diskutieren wollte.

Tag für Tag wuchs Claudias Erstaunen über die scheinbar unerschöpfliche Energie, die der junge Mann aufbrachte, um sein Anliegen zu vertreten. Er schimpfte oder lamentierte nicht, vermied jedes Pathos und argumentierte nüchtern und mit großer Sachkenntnis, sodass seinen Gegnern regelmäßig die Argumente ausgingen. Manche gaben sich geschlagen, andere wurden aggressiv, was ihn nicht aus der Ruhe zu bringen schien. Sein gutes Aussehen und sein Selbstbewusstsein, gepaart mit diesem jungenhaften Charme, machten ihn für die Medien zum Posterboy dieses Streiks. Aus ihm könnte eines Tages ein erfolgreicher Politiker werden, sollte er sich entschließen, die außerparlamentarische Opposition gegen ein politisches Amt einzutauschen, dachte Claudia. Widerwillig musste sie sich eingestehen, dass selbst sie nicht gegen Joshuas Charisma gefeit war und die Faszination nachvollziehen konnte, die er auf Anouk ausübte. Trotzdem verwünschte sie ihn insgeheim und hoffte, er würde baldmöglichst aus dem Leben ihrer Tochter verschwinden.

An diesem Morgen schienen noch mehr Kamerateams und Leute auf dem Gelände zu sein als in den Tagen zuvor. Erstmals hatte der Bundeskanzler zum Thema getwittert.

Der #hungerstreikfürsklima der Aktivisten von #fünfnachzwölf verhindert einen konstruktiven Dialog. Ich fordere Sie auf, den Streik umgehend zu beenden und keine Menschenleben zu gefährden.

Gleich würde die Pressekonferenz losgehen, und alle warteten gespannt auf die Antwort der Aktivisten. Sophia und Laura vom Presseteam begrüßten die Journalisten und Journalistinnen teils wie alte Bekannte. Als die Plätze im Pressezelt knapp wurden, schafften sie weitere Klappstühle heran.

Vorn, an den beiden zusammengestellten Tapeziertischen, saßen die sieben Hungerstreikenden, denen man die Strapazen inzwischen deutlich ansah.

Anouk wirkte geradezu durchscheinend in ihrer Blässe, sie trug einen dicken Wollpullover und hielt eine Teetasse umklammert. Auch Lisa und Klara, die beiden anderen jungen Frauen, wirkten mitgenommen, wenn auch eher psychisch als körperlich. Die vier Männer gaben sich kämpferisch, allen voran Joshua, der wie immer in der Mitte saß und als Erster das Wort ergriff.

»Hallo und willkommen zur täglichen Pressekonferenz von ›Fünf nach zwölf‹ anlässlich des Hungerstreiks für notwendige Sofortmaßnahmen gegen den Klimakollaps. Heute Morgen hat sich der Bundeskanzler bei Twitter zu Wort gemeldet und behauptet, wir würden einen konstruktiven Dialog verhindern. Tatsache ist, dass wir immer gesprächsbereit waren und auch jetzt gesprächsbereit sind. Wer den Dialog verhindert, ist die

Regierung. Der Kanzler verlangt, dass wir unseren Hungerstreik beenden, bevor er überhaupt mal anfängt zu überlegen, ob er vielleicht Lust hat, mit uns zu reden. Wir glauben, er hat nicht verstanden, wie nahe wir der Katastrophe sind und dass jetzt nicht die Zeit für Machtdemonstrationen ist, sondern dass endlich effektive Maßnahmen ergriffen werden müssen.«

Er fasste noch einmal die wissenschaftlichen Erkenntnisse zusammen, aus denen sich nach Meinung von »Fünf nach zwölf« die Notwendigkeit schnellen Handelns ergab, erwähnte Beispiele, welche Sofortmaßnahmen welchen Effekt hätten, und forderte die Pressevertreter schließlich auf, Fragen zu stellen.

Ein Journalist erhob die Hand. »Wie geht es Ihnen heute, am sechsten Tag des Hungerstreiks? Können Sie beschreiben, wie Sie sich fühlen?«

Joshua blickte auffordernd zu den anderen. »Sagt ihr mal was.«

Klara, die apathisch vor sich auf den Tisch gesehen hatte, blickte auf.

»Für mich ist es das Krasseste, dass ich das Gefühl habe, die Politik interessiert sich überhaupt nicht für uns, also die junge Generation. Wir sollen eure Renten erarbeiten, weiter irgendwelchen Dreck konsumieren, um die Wirtschaft am Laufen zu halten, und ansonsten die Klappe halten. Wenn wir demonstrieren, hört uns keiner zu. Wenn wir uns auf die Straße kleben, sperrt man uns in den Knast. Jetzt hungern wir, um zu zeigen, wie ernst es uns ist. Und wieder habe ich das Gefühl, es ist den Politikern scheißegal, was mit uns passiert, und scheißegal, was mit der Welt passiert.«

Die letzten Worte hatte Klara unter Tränen gesprochen und danach trotzig die Arme vor der Brust verschränkt, als wollte sie sagen: *Und dann wundert ihr euch, wenn wir irgendwann Bomben werfen.*

Für einen Moment herrschte betroffenes Schweigen. Ein anderer Journalist räusperte sich. »Was müsste die Politik tun, um ein Ende des Streiks herbeizuführen?«

»Einfach nur mit uns reden«, sagte Leon, ein hagerer junger Mann mit dunkel umschatteten Augen und Bartstoppeln, die er seit Beginn des Hungerstreiks wachsen ließ. »Ohne Bedingungen und mit der ehrlichen Bereitschaft, uns zuzuhören und ernst zu nehmen, was wir zu sagen haben.«

»Und natürlich die erforderlichen Sofortmaßnahmen ergreifen, die ihr ja kennt«, ergänzte Joshua.

Eine Journalistin meldete sich. »Ihr habt ja Eltern, Geschwister, Freunde, wie stehen die zu eurem Hungerstreik, vor allem jetzt, wo sich abzeichnet, dass es noch eine ganze Weile dauern könnte, bis …« Sie brach ab.

»… einer von uns stirbt?«, fragte Lisa.

»… bis die Regierung nachgibt, wollte ich sagen«, ergänzte die Journalistin.

»Wir wissen ja gar nicht, ob sie nachgibt«, gab Lisa zurück. »Dem Kanzler scheint es ja wichtiger zu sein, Machtspielchen zu spielen, statt sich mit Inhalten zu befassen.«

»Also, noch mal«, wiederholte die Journalistin. »Wie reagiert euer Umfeld auf den Hungerstreik?«

Zu Claudias Überraschung hob Anouk die Hand und meldete sich. Es schien ihr schwerzufallen, überhaupt die Energie dafür aufzubringen, und sie sprach mit leiser Stimme.

»Wir alle haben eine Entscheidung getroffen, und wir haben sie uns nicht leicht gemacht. Da hinten sitzt meine Mutter, die am ersten Tag des Streiks nach Berlin gekommen ist und seither jeden Tag hier ist. Ich weiß, dass sie mich am liebsten packen und aus dem Camp schleifen würde, weil sie solche Angst um mich hat. Dass sie es bisher nicht getan hat, zeigt mir, dass sie verstanden hat, um was es geht.«

Alle Blicke richteten sich auf Claudia, die am liebsten im Erdboden versunken wäre. Die Kamera, die bislang nach vorn gerichtet war, wurde in ihre Richtung geschwenkt. Die Journalisten tuschelten, eine Frau rief: »Sind Sie nicht selbst Lokalpolitikerin? Bürgermeisterin oder so was?«

Noch nicht, dachte Claudia. Und jetzt werde ich es wohl auch nicht mehr.

Nun riefen mehrere Presseleute durcheinander.

»Finden Sie den Hungerstreik richtig?«

»In welcher Weise unterstützen Sie Ihre Tochter?«

»Haben Sie nicht versucht, sie davon abzubringen?«

Claudia wartete, bis das Durcheinander sich etwas gelegt hatte. Dann stand sie auf und holte tief Luft. In ihrem Kopf überschlugen sich die Gedanken.

Schließlich begann sie zu sprechen.

»Mein Name ist Claudia Berner, ich kandidiere für das Amt der Bürgermeisterin in meinem Heimatort Meutlingen, einer Stadt mit rund sechzigtausend Einwohnern in Baden-Württemberg. Übermorgen ist die Wahl. Dass meine Tochter mich gerade geoutet hat, wird wahrscheinlich dazu führen, dass ich noch mehr Stimmen verliere, als ich durch ihre früheren Aktionen schon verloren habe. Trotzdem bleibe ich hier. Nicht weil ich den Hungerstreik gutheiße, das tue ich ausdrücklich nicht. Sondern weil ich meine Tochter liebe und sie in dieser extremen Situation nicht alleine lassen will. Ich bin mit vielem von dem, was sie tut, nicht einverstanden. Ich halte weder Straßenblockaden noch Sachbeschädigungen für zielführend. Aber ich kann die Verzweiflung verstehen, die Menschen dazu bringt, zu solchen Mitteln zu greifen.

Seit meine Tochter Aktivistin geworden ist, habe ich vieles erlebt, mit dem ich im Leben nicht gerechnet hätte, zum Beispiel eine polizeiliche Hausdurchsuchung, bei der morgens um sechs neun Beamte in unser Haus gestürmt sind, als wären wir Schwerverbrecher. Seit ich hier bin, erlebe ich die Arroganz der Macht. Die Regierenden scheinen manchmal zu vergessen, dass wir Bürgerinnen und Bürger sie ins Amt gebracht haben, dass sie für uns da zu sein haben und nicht wir für sie. Wer junge, idealistische Menschen aus dem politischen Diskurs ausschließt, statt sie einzubeziehen, wer sie kriminalisiert, statt ihnen zuzuhören, darf sich über Politikverdrossenheit oder das Abdriften in Extreme nicht wundern. Und jetzt möchte ich Sie bitten, Ihre Aufmerksamkeit wieder nach vorne auf die Hungerstreikenden zu richten.«

Sie setzte sich hin und dachte an die rechtschaffenen Meutlinger Bürger, die jede Kritik an der Obrigkeit als ersten Schritt zur Anarchie empfanden. Dieses Statement würde ihr massiv schaden, das war ihr klar.

Nachdem die Pressekonferenz beendet war, stürmten einige der Presseleute auf sie zu und baten um Interviews, die sie aber ablehnte. Sie hatte bereits weit mehr Aufmerksamkeit auf sich gezogen, als ihr lieb war.

Das Zelt leerte sich, vorn am Tapeziertisch beugten sich Joshua und Lisa über Anouk, die zusammengesunken dasaß.

Claudia lief zu ihr. »Was ist los, Schätzchen, geht's dir nicht gut?«

Anouk stand auf. »Es geht schon«, murmelte sie und setzte sich langsam in Bewegung. Sie griff nach Joshuas Arm und hielt sich an ihm fest. Draußen vor dem Zelt blieb sie stehen. Sie sah Claudia an und lächelte schwach.

»Danke, Mama.«

Im nächsten Moment verdrehte sie die Augen und sank gegen Joshua, der versuchte, sie aufzufangen, aber nicht schnell genug war. Sie rutschte durch seine Arme hindurch nach unten und blieb bewegungslos liegen.

»Anouk!«, rief Claudia.

Sie ließ sich neben ihr auf den Boden fallen und schlug mit den Fingern leicht gegen ihre Wangen. Anouk rührte sich nicht.

»Einen Notarzt, sofort!« schrie Claudia.

»Bist du sicher, dass Anouk das überhaupt will?«, hörte sie eine Stimme hinter sich. »Ich denke, wir sollten uns nach den Wünschen der Streikenden richten und keine Übergriffe begehen.«

Claudia sprang auf und stand einem Typen gegenüber, der zu den Unterstützern gehörte, die sich im Camp herumtrieben. Er war ihr schon ein paarmal aufgefallen, weil er jedem, der nicht schnell genug das Weite suchte, ein Gespräch aufdrängte und nicht mehr aufhörte zu reden.

»Was willst du?«, zischte sie ihn an.

»Weißt du denn, ob sie nicht eine Patientenverfügung hinterlegt hat?«, fuhr der Typ unbeirrt fort. »Die anderen haben das gemacht. Das müssten wir erst mal klären, da steht nämlich drin, was wir tun sollen und was nicht.«

Claudia packte ihn an seinem T-Shirt und zog ihn zu sich heran.

»Ich werde nicht zulassen, dass ihr meine Tochter umbringt, ihr … verdammten Fanatiker!«, fauchte sie ihm ins Gesicht. Dann stieß sie ihn von sich. »Ruft endlich den Notarzt, verdammt noch mal!«, schrie sie.

Eine Hand legte sich auf ihre Schulter, und sie hörte Joshuas Stimme.

»Ist unterwegs.«

Seit zwei Stunden wartete Claudia in der Notaufnahme des Krankenhauses auf Nachricht über Anouks Zustand. Unruhig sprang sie immer wieder von ihrem Plastikstuhl auf, lief einige Schritte auf und ab und setzte sich wieder hin.

Noch immer fühlte sie sich völlig benommen. Zu erleben, wie

Anouk vor ihren Augen bewusstlos zusammengebrochen und der Welt entglitten war, ohne dass sie irgendetwas hätte tun können, war ein Schock gewesen.

Claudia hätte nicht sagen können, wie viel Zeit vergangen war, bis endlich ein Rettungswagen eintraf und Sanitäter sich um Anouk kümmerten. Es kam ihr vor wie eine Ewigkeit, tatsächlich konnten es kaum mehr als ein paar Minuten gewesen sein.

Wie in Trance hatte sie zugesehen, wie Anouk untersucht, an einen Tropf gehängt und auf eine Trage gelegt wurde, die im Inneren des Rettungswagens verschwand. Schnell hatte sich der Wagen entfernt und sie, Joshua und die anderen zurückgelassen.

Die Betroffenheit unter den Aktivisten und Presseleuten, die vor dem Zelt herumstanden, war spürbar gewesen. Niemand hatte damit gerechnet, dass schon wenige Tage nach Beginn des Hungerstreiks Probleme bei den Streikenden auftreten würden. Claudia hatte recherchiert: Bis zu zwanzig Tage konnte ein gesunder Mensch durchaus hungern, wenn er genügend Flüssigkeit zu sich nahm. Unter den Aktivisten war man sich einig gewesen, dass Anouks ohnehin zarte Konstitution der Grund gewesen sein musste, warum sie so schnell zusammengeklappt war.

Und warum habt ihr dann überhaupt zugelassen, dass sie sich dem Hungerstreik anschließt, wollte Claudia ihnen entgegenschleudern, aber sie wusste die Antwort schon. Weil niemand Anouk von etwas abhalten konnte, was sie sich in den Kopf gesetzt hatte.

Irgendjemand hatte ein Taxi bestellt, das Claudia ins Krankenhaus bringen sollte. Als es vorfuhr, öffnete sie die linke hintere Tür, dann hielt sie inne und sah Joshua an. »Willst du mitkommen?«

Er zögerte kurz, dann schüttelte er den Kopf. »Fahr du mal. Kannst du mir Bescheid geben, wie es ihr geht?«

Er hatte sie zum ersten Mal geduzt.

»Ich hab deine Nummer nicht«, erinnerte ihn Claudia.

Stumm streckte er die Hand nach ihrem Telefon aus und tippte die Nummer ein. Dann schickte er sich eine Nachricht, sodass auch ihre Nummer bei ihm gespeichert war.

Die Notaufnahme war so voll, dass nicht einmal alle Patienten, geschweige denn Begleitpersonen, einen Sitzplatz hatten. Ein Mann mit einem dicken Verband um die Hand, durch den bereits das Blut sickerte, lehnte mit geschlossenen Augen an der Wand. Zwei junge Frauen, von denen die eine sich ein Tuch gegen die rechte Gesichtshälfte presste, hockten auf dem Boden neben dem Eingang.

Nicht auszudenken, wie viele Arbeits- und Haushaltsunfälle, wie viele Fälle häuslicher Gewalt oder betrunkener Ungeschicklichkeiten an einem Tag in einer großen Stadt wie Berlin geschahen. Nicht gerechnet die Herzinfarkte, Schlaganfälle und Kreislaufzusammenbrüche.

Endlich kam eine Krankenschwester und sah sich suchend um. »Frau Berner?«

Claudia hob die Hand und stand auf. Die Schwester kam zu ihr.

»Sie können jetzt zu Ihrer Tochter. Sie ist noch ziemlich schwach, aber bei Bewusstsein.«

Claudia folgte ihr zu einem Aufzug, und sie fuhren zur Station für Innere Medizin. Nach einigen Schritten über den Gang öffnete die Schwester eine Tür und ließ Claudia eintreten. Im Zimmer standen zwei Betten, nur eines war besetzt.

Blass und mit geschlossenen Augen lag Anouk da, an einen Infusionsschlauch angeschlossen. Sie wirkte so winzig wie ein Kind, das sich auf die Erwachsenenstation verirrt hatte.

Claudia zog einen Stuhl heran und setzte sich zu ihr. »Ich bin hier, Schätzchen«, flüsterte sie. »Alles wird gut.«

Anouks Lider bewegten sich, dann öffnete sie die Augen. »Hallo, Mama.«

Claudia strich ihr über die Stirn. »Wie geht's dir?«

»Müde«, sagte Anouk und schloss die Augen wieder.

»Ich soll dich von Joshua grüßen«, sagte Claudia. »Er hat mir sogar seine Nummer gegeben, damit ich ihm durchgeben kann, wie es dir geht.«

Anouk lächelte leicht.

In diesem Moment öffnete sich die Tür, und ein Mann in einem Arztkittel trat ein. Claudia schätzte ihn auf Mitte vierzig. Sein Auftreten war so selbstbewusst, dass ihr sofort klar war, dass ein Oberarzt vor ihr stand. Anouk war bei ihr privat mitversichert, da kam man schon mal in den Genuss einer solchen Visite.

Mit ausgestreckter Hand ging er auf Claudia zu. »Giesecke, Oberarzt«, sagte er. »Und Sie sind …?«

»Claudia Berner. Die Mutter.«

Er wandte sich zu Anouk. »Wie fühlen Sie sich?«

»Immer noch schwach.«

»Das wird schon wieder«, sagte er. »Sie sollten auf jeden Fall zur Beobachtung zwei Tage hierbleiben und sich danach schonen.«

»Okay«, sagte Anouk.

»In Ihrem Zustand hätten Sie nie an diesem Hungerstreik teilnehmen dürfen, das war unverantwortlich.«

»Sie meinen, weil sie sowieso schon so dünn ist?«, fragte Claudia.

Er sah zu ihr. »Nein, ich meine, weil sie schwanger ist.«

Claudia blickte ihn fassungslos an. »Wie bitte?«

»Ihre Tochter ist schwanger«, wiederholte der Arzt. »Wussten Sie das nicht?«

Sie schüttelte stumm den Kopf und versuchte zu begreifen, was sie gerade gehört hatte. Es fühlte sich an, als wäre sie mit voller Wucht gegen eine Wand gelaufen.

Vom Bett kam ein ersticktes Geräusch. Mit schreckgeweiteten Augen starrte Anouk den Arzt an.

»Schwanger?« Ihre Stimme zitterte. »Sind Sie ganz sicher?«

»Ach herrje«, sagte Doktor Giesecke und sah verlegen aus. »Da bin ich wohl unfreiwillig zum Überbringer der frohen Botschaft geworden. Na, dann lasse ich Sie beide erst mal allein.« Damit verließ er das Krankenzimmer.

Mutter und Tochter blickten sich wortlos an.

In Claudias Kopf ging alles durcheinander, ihre Gefühle wechselten zwischen Fassungslosigkeit, Ungläubigkeit und Entsetzen. *Nein, nein, nein!!!* schrie es in ihrem Inneren, und sie ballte unmerklich die Hände zu Fäusten. Das hatte gerade noch gefehlt.

Dann erinnerte sie sich an die Begegnung mit Frau Doktor Mendel, die ihr anvertraut hatte, dass Anouk sich nach Möglichkeiten zur Sterilisierung erkundigt hatte, und wie schockiert sie darüber gewesen war. Offenbar hatte Anouk keinen Arzt gefunden, der den Eingriff durchführen wollte, oder sie hatte sich dagegen entschieden.

»Ich verstehe das nicht, ich verstehe das einfach nicht.« Anouk schüttelte den Kopf und schlug auf die Bettdecke. »Wir haben doch immer aufgepasst!«

Claudia legte ihre Hand auf die ihrer Tochter. Gern hätte sie ihr erklärt, dass mit der Methode »Aufpassen« vermutlich ein großer Teil der Weltbevölkerung gezeugt worden war. Sie hätte fragen können, warum zwei intelligente junge Menschen, die angetreten waren, die Welt zu retten, nicht in der Lage waren, wirkungsvoll zu verhüten. Aber all das hätte nichts gebracht. Und so konnte Claudia nur tun, was sie schon in den letzten Tagen getan hatte: da sein und Anteilnahme zeigen, egal welcher Sturm in ihr tobte.

Ihr Handy zeigte den Eingang einer Nachricht an. Sie blickte aufs Display.

Wie geht's Anouk?

»Von Joshua«, sagte sie und hielt das Handy hoch.

»Du darfst ihm nichts erzählen«, sagte Anouk mit plötzlicher Panik in der Stimme. »Auf gar keinen Fall!«

Claudia nickte stumm.

»Und Papa auch nicht, und Julian und Oma auch nicht«, fuhr Anouk aufgeregt fort. »Niemand soll was davon erfahren, okay? Ich werde es sowieso nicht kriegen.«

Claudia schluckte. »Das musst du ja nicht sofort entscheiden«, sagte sie. »Jetzt musst du erst mal wieder richtig zu Kräften kommen.«

»Ich werde in diese Welt kein Kind setzen.« Ihre Stimme klang fest. »Das kannst du vergessen.«

Claudia beschloss, das Thema vorerst auf sich beruhen zu lassen. Anouk war im Moment außerstande, irgendwelche Entscheidungen zu treffen. Dann kam ihr ein beunruhigender Gedanke. Wie weit war die Schwangerschaft wohl schon fortgeschritten? Man sah ihr noch nichts an, aber sie konnte durchaus schon im dritten Monat sein, und dann wurde die Zeit zum Überlegen knapp. Nervös rieb Claudia sich mit beiden Händen das Gesicht. Sie musste jetzt besonnen bleiben, egal was passierte.

Mit einer energischen Bewegung griff sie nach ihrem Telefon und tippte eine Antwort an Joshua.

Alles in Ordnung. Anouk ist bei Bewusstsein und bleibt zwei Tage in der Klinik. Sie schickt liebe Grüße.

Sie hielt Anouk den Bildschirm vors Gesicht. Die las den Text und nickte. Claudia schickte die Nachricht ab. Die Antwort kam umgehend.

alles klar. ich komme später vorbei

Claudia schrieb ihm den Namen der Station und die Zimmernummer, dann legte sie das Handy weg. Sie fragte sich, ob Anouk ihm von der Schwangerschaft erzählen würde. Offenbar hatte sie ihre Entscheidung ja schon getroffen, trotzdem fand Claudia, dass Joshua es erfahren musste.

Sie sah ihre Tochter fest an. »Du musst es ihm sagen, er hat ein Recht, es zu wissen. Und er soll seinen Teil der Verantwortung übernehmen.«

»Ich weiß, wie er darüber denkt«, sagte Anouk. »Es gibt keine lebenswerte Zukunft auf der Erde, und es wäre völlig verrückt, Kinder zu kriegen.«

27

Martin stieg aus dem Zug und fuhr mit der Rolltreppe nach oben. Es gab zwei Ausgänge aus dem Hauptbahnhof, und da er nicht wusste, in welcher Richtung das Krankenhaus lag, nahm er den erstbesten. Er stieg in ein Taxi und nannte die Adresse.

»Da wärn Se mal besser uff der anderen Seite usjestiegen«, sagte der Fahrer. »Nu muss ick einmal janz um den Pudding.«

Nachdem er gestern Abend Claudias Sprachnachricht abgehört hatte, in der sie ihm Anouks Zusammenbruch schilderte, hielt er es nicht länger aus, untätig in Stefans Wohnung herumsitzen. Er musste einfach etwas unternehmen, also hatte er ein Zugticket gebucht und war heute früh losgefahren. Die ganze Fahrt hindurch hatte er darüber nachgedacht, ob das eine gute Idee war. Claudia könnte sich bedrängt fühlen, sie könnte den Eindruck gewinnen, er wolle Anouks Kollaps als Vorwand nutzen, plötzlich aufzutauchen. Aber immer wieder sagte er sich, dass Anouk schließlich auch seine Tochter war und er ebenso das Recht hatte, bei ihr zu sein, wie ihre Mutter.

Er erreichte die Klinik, erkundigte sich am Empfang, in welchem Zimmer Anouk lag, und klopfte wenig später an die Tür. Ohne auf Antwort zu warten, drückte er die Klinke hinunter und trat ein.

Anouk, die blass und sichtlich erschöpft in einem der beiden Betten lag, drehte den Kopf und blickte ihn ungläubig an. »Papa! Wo kommst du denn her?«

»Das ist ja eine Überraschung«, sagte Claudia. Ihre Stimme klang neutral, weder nach Freude noch nach Verärgerung.

»Hallo.« Martin blieb verlegen an der Tür stehen und wusste nicht recht, was er tun sollte.

Schließlich stellte er seine kleine Reisetasche ab und setzte sich in Bewegung. Claudia stand sofort auf, um ihm ihren Platz zu überlassen. Er kam ihr nicht nahe genug, als dass er sie mit einem Kuss oder einer Umarmung hätte begrüßen können, und ein Handschlag erschien ihm unpassend. Also ging er direkt ans Bett.

Der Anblick seiner Tochter, die in den letzten Monaten für so viel Kummer und Aufregung gesorgt und die er dennoch so vermisst hatte, wühlte ihn auf.

»Hallo, meine Nukki-Maus«, sagte er mit erstickter Stimme und küsste sie auf die Stirn.

»Hallo, Papa«, sagte sie leise.

Er setzte sich auf den Stuhl, auf dem Claudia gesessen hatte. »Wie geht's dir, meine Kleine? Bist du okay?«

Er bemerkte einen kurzen Blick von Anouk zu Claudia, deren Gesicht unbewegt blieb.

»Alles in Ordnung«, sagte sie und bemühte sich zu lächeln. »War nur ein kleiner Schwächeanfall. Morgen werde ich entlassen.«

Erleichtert atmete er auf. »Klingt gut.«

Wie sehr er sich freute, sie zu sehen! Sein anfänglicher Zorn und die Kälte, die er in letzter Zeit ihr gegenüber gefühlt hatte, waren schlagartig verschwunden, hatten sich auf wundersame Weise aufgelöst. Er spürte nur liebevolle Gefühle und eine Art … Ratlosigkeit. Unbeholfen streichelte er ihre Hand.

»Was machst du bloß für Sachen. Du hast uns solche Angst eingejagt mit deinen Aktionen …«

»Lass uns nicht jetzt darüber sprechen«, unterbrach ihn Claudia.

Er biss sich auf die Lippen und nickte. Natürlich, sie hatte recht. Es war jetzt nicht der Moment für eine Aussprache. Wenn es den überhaupt je geben würde.

»Brauchst du denn irgendwas?« Er sah Anouk fragend an. »Kriegst du genug zu essen? Hast du Lust auf was Bestimmtes?«

»Ich muss vorsichtig sein mit dem Essen«, erklärte sie. »Mein Magen muss sich erst wieder an Nahrung gewöhnen.«

Das leuchtete ihm ein. Sie hatte sechs Tage gehungert, da konnte sie nicht von jetzt auf gleich normale Mahlzeiten zu sich nehmen.

»Tja, dann …«, sagte er hilflos.

Er spürte Claudias Blick auf sich.

»Ich glaube, Anouk sollte sich ein bisschen ausruhen«, sagte sie. »Wollen wir einen Kaffee trinken gehen?«

»In Ordnung.« Er stand auf und folgte ihr zur Tür. Dort blieb er stehen und wandte sich um. »Ich komme später noch mal, okay?«

»Okay, Papa.« Anouk schloss die Augen und drehte sich zur Seite.

Wenig später saß er Claudia in einem Café gegenüber. Er fühlte sich beklommen, wusste nicht recht, was er tun oder sagen sollte. Seit dem nächtlichen Vorfall in der Küche hatten sie sich nicht mehr gesehen. Und Claudia hatte ihm klargemacht, dass es zwischen ihnen nichts zu besprechen gebe, bevor er die Schuld für den Vorfall nicht vollständig auf sich nehmen würde.

»Ich bin nicht gekommen, um über unsere Eheprobleme zu sprechen«, sagte er deshalb gleich. »Ich habe mir Sorgen um Anouk gemacht und wollte sie sehen.«

Claudia musterte ihn aufmerksam.

»Schön, dass du dich dazu überwinden konntest«, sagte sie schließlich. »Zwischendurch kam es mir so vor, als wolltest du sie aus deinem Leben streichen, das fand ich sehr traurig.«

Er nickte und rührte nachdenklich in seinem Cappuccino, den die Kellnerin inzwischen serviert hatte. »Ich bin ja kein Psychologe«, sagte er, »aber ich glaube, das hatte was mit … gekränkter Eitelkeit zu tun.«

Claudia hob fragend die Augenbrauen.

»Ich meine, man will stolz auf die eigenen Kinder sein, sich irgendwie auch … mit ihnen schmücken. Wenn sie gut gelungen sind, ist das der Beweis dafür, dass man alles richtig gemacht hat.«

Claudia nickte. »Und weil wir uns so lange mit Anouk schmücken konnten, war es besonders schmerzhaft, dass sie plötzlich keine Lust mehr hatte, unser Schmuckstück zu sein.«

»So ungefähr«, bestätigte er.

»Ich verstehe dich, mir geht es ähnlich.« Claudias Miene verhärtete sich. »Aber ich habe ja zum Glück diese schrecklichen Schuldgefühle, die dazu führen, dass ich nie gekränkt bin und ihr immer alles verzeihe …«

»Es tut mir leid«, sagte er zerknirscht. »Das war dumm von mir. Dumm und unfair.«

Sie schwieg und nahm einen Schluck aus ihrer Tasse.

»Lass uns besprechen, wie es jetzt weitergeht«, schlug sie vor. »Willst du heute noch zurückfahren? Oder übernachten?«

»Ich wollte übernachten«, sagte er. »Wir könnten ja morgen … alle zusammen zurückfahren. Du musst doch zur Wahlparty.«

Claudia sah ihn so überrascht an, als hätte sie völlig vergessen, dass morgen Wahltag war.

»Ich bin mir nicht sicher, ob Anouk mit uns nach Hause fährt«, sagte sie. »Ich glaube, sie will ins Protestcamp zurück.«

»Um den Hungerstreik fortzusetzen?«, fragte er entsetzt.

»Das nicht. Aber sie will bestimmt bei Joshua sein. Die Sache zwischen den beiden scheint mir … ziemlich ernst zu sein.«

Mit einem Mal kochte in Martin die Wut wieder hoch, die

Hilflosigkeit, die er dem Typen gegenüber empfunden hatte, als er mit seinem selbstzufriedenen Grinsen bei ihnen zu Hause aufgetaucht war, um Anouks Sachen zu holen.

»Dieser Scheißkerl«, sagte er finster.

Claudia seufzte. »Das Schlimme ist, er ist gar kein Scheißkerl. Er ist ein ziemlich guter Typ; intelligent, charismatisch, leidenschaftlich. Er brennt nur für die falsche Sache.« Sie hielt kurz inne. »Nein, das stimmt nicht, er brennt für die richtige Sache, aber auf die falsche Weise.«

»Und er hat unser Kind in diesen ganzen Schlamassel reingezogen«, knurrte Martin.

»Dieses Kind ist inzwischen sehr erwachsen und hat ganz alleine entschieden, da mitzumachen«, widersprach ihm Claudia. »Wir sollten aufhören, die Verantwortung anderen zuzuschieben. Jeder von uns ist für seine Handlungen selbst verantwortlich.«

Eine Stunde später schlug Claudia vor, dass Martin ohne sie in die Klinik zurückkehren sollte. Die Stimmung zwischen ihnen war angespannt, obwohl sie sich beide um einen normalen Umgangston bemühten. Claudia spürte, wie verletzt sie noch immer war und dass sie auf keinen Fall in ein Gespräch über ihre Beziehung verwickelt werden wollte. Das zu vermeiden wurde jedoch immer schwieriger, je länger sie zusammensaßen. Außerdem hatte sie Angst, sich zu verplappern und versehentlich Anouks Schwangerschaft zu erwähnen. Sie war es nicht gewohnt, Geheimnisse vor ihm zu haben; früher hatten sie sich immer alles erzählt.

Martin hatte ein Hotelzimmer gebucht, nachdem Claudia ihm klargemacht hatte, dass er nicht zu Tina mitgehen konnte. Sie war froh, dass er Anouk zuliebe nach Berlin gekommen war und seiner Vaterrolle endlich wieder gerecht wurde. Aber sie betrachtete seinen Besuch nicht als ersten Schritt zu einer Versöhnung.

Dafür wäre sehr viel mehr Einsatz von seiner Seite notwendig. Und derzeit konnte sie nicht mal sagen, ob das genügen würde.

Während Martin zurück in die Klinik ging, wanderte Claudia ziellos durch die Stadt und versuchte vergeblich, sich zu entspannen. Der Gedanke an den morgigen Wahltag belastete sie, sie hätte ihn angesichts der Ereignisse der letzten Tage tatsächlich fast vergessen.

Nachdem das Statement, das sie vor der versammelten Hauptstadtpresse im Protestcamp gehalten hatte, veröffentlicht worden war, hatte Ceyda sie angerufen.

»Glückwunsch, jetzt hast du sicher auch noch eine Menge neuer Freunde in den Landesregierungen und auf Bundesebene gewonnen«, sagte sie spöttisch. »*Die Arroganz der Macht ...* du tust wirklich alles, um deine Popularität zu stärken.«

»Sei froh, dass du nicht mehr meine Wahlkampfmanagerin bist«, sagte Claudia.

»Bin ich auch«, gab Ceyda zurück. »Aber ich bin noch deine Freundin, und in dieser Eigenschaft würde ich dich gerne siegen sehen.«

»Man kann nicht alles haben«, sagte Claudia seufzend. Wer hätte das in letzter Zeit eindrücklicher erfahren als sie?

Ceyda erkundigte sich nach Anouk, und Claudia erzählte ihr die offizielle Version, ohne Schwangerschaft. Ceyda hatte viele gute Eigenschaften, aber Diskretion gehörte nicht dazu. Ihr etwas anzuvertrauen war ungefähr so, als verschickte man eine Pressemeldung. Sie war eben PR-Frau durch und durch, Neuigkeiten waren in ihren Augen dazu da, veröffentlicht zu werden.

Am nächsten Morgen trafen sie sich wieder bei Anouk im Krankenhaus. Martin hatte den Abend allein verbracht und war ins Kino gegangen. Claudia hatte ein letztes Mal mit Tina zu Abend gegessen. Sie war so dankbar für die Gastfreundschaft ihrer alten

Freundin, die ihr in diesen schwierigen Tagen besonders wert-
voll erschien. Nach den nervenaufreibenden Stunden im Protestcamp jeden Abend in die Wohnung zurückkehren und mit jemand Vertrautem sprechen zu können war ihre Rettung gewesen.

Anouk saß bereits angezogen auf dem Bett und wartete. Sie
wirkte immer noch mitgenommen, hatte aber wieder mehr Farbe
im Gesicht und offenbar nicht weiter abgenommen. Sie bekam
die strenge Anweisung, regelmäßig und ausgewogen zu essen.

»Das ist jetzt ganz besonders wichtig«, sagte die Schwester, als
sie die Entlassungspapiere brachte. »In Ihrem Zustand.«

Anouk verstaute die Papiere eilig in ihrem Rucksack, bevor
Martin einen Blick darauf werfen konnte. Er reagierte nicht auf
die Formulierung *in Ihrem Zustand;* vermutlich hatte er sie –
wie zuvor Claudia – als Umschreibung für Anouks allgemeine
Schwäche verstanden.

Zu ihrer beider Überraschung verkündete Anouk, dass sie
nach Meutlingen mitkommen werde. »Nur ein paar Tage, bis ich
wieder fit bin.«

Die Aussicht, Anouk wenigstens für ein paar Tage wieder bei
sich zu haben, ohne dass Joshua, die anderen Aktivisten oder irgendwelche Presseleute um sie herum waren, erfüllte Claudia mit
Hoffnung. Anouk würde sich in Ruhe überlegen können, was sie im
Hinblick auf die Schwangerschaft tun wollte. Im Camp hätte Anouk
auch nicht die Art Ernährung bekommen, die sie jetzt brauchte.
Dort aßen die Unterstützer wahllos und unregelmäßig, meistens
irgendwelche Sachen, die irgendwer zufällig vorbeigebracht hatte.

Claudia hatte das Gefühl, ihre Tochter aus großer Gefahr ge-
rettet zu haben, und wollte sich jetzt so intensiv wie möglich um
sie kümmern. Beklommen dachte sie an die anderen Hungerstreikenden. Wie weit würden sie gehen? Sie hatte die jungen
Leute als äußerst entschlossen erlebt. Sie stellte sich vor, wie es für
deren Eltern, Geschwister und Freunde sein musste, Tag für Tag

ohne Ergebnis verstreichen zu sehen. Würde jemand von ihnen den Mut haben einzugreifen, bevor es zu spät war?

Außerdem fragte sie sich, was eigentlich in den Kreisen der Regierung über den Streik gedacht und gesprochen wurde. Ob es über die immer gleichen, stereotypen Verlautbarungen bei Twitter hinaus einen geheimen Kommunikationskanal zu den Aktivisten gab? Es konnte doch nicht sein, dass beide Seiten in diesem Konflikt sehenden Auges in die Katastrophe rasten?

Die Rückfahrt verlief überwiegend schweigend. Anouk döste auf dem Rücksitz, wenn sie nicht gerade Nachrichten las oder tippte. Sie schien in ständigem Austausch mit Joshua zu sein, während Claudia und Martin nur das Nötigste miteinander sprachen. Hie und da erkundigten sie sich, ob Anouk eine Pause brauche; einmal mussten sie tanken, bei dieser Gelegenheit tranken sie Kaffee und kauften Sandwiches und Kekse. Claudia war den ersten Teil der Strecke gefahren, nun übernahm Martin. Wie früher, dachte Claudia. Als die Kinder klein waren, hatten sie oft Urlaub mit dem Auto gemacht, im Allgäu, in Oberbayern, in Südtirol. Das war viel weniger stressig gewesen, als mit dem Flugzeug an Orte zu reisen, wo es im Sommer heiß und überlaufen war.

Claudia fragte sich, ob Anouk schon mit Joshua über die Schwangerschaft gesprochen hatte. Konnte es sein, dass sie es ihm verheimlichte? Dass sie ihren Aufenthalt in Meutlingen dazu nutzen wollte, die obligatorische Beratung in Anspruch zu nehmen, den Abbruch vornehmen zu lassen und zu Joshua zurückzukehren, als wäre nichts gewesen? Sie konnte sich nicht vorstellen, dass Anouk so kaltblütig war. Andererseits hatte sie sich auch nicht vorstellen können, dass sie nachts Lebensmittel aus Müllcontainern klauben oder sich auf eine Rollbahn kleben würde. Möglicherweise musste Claudia sich eingestehen, dass sie ihre Tochter nicht besonders gut kannte.

Um halb vier Uhr nachmittags erreichten sie Meutlingen.

»Wir müssen noch wählen gehen«, sagte Martin und steuerte die Grundschule an, in der sich das Wahllokal befand.

»Ich hab schon«, sagte Claudia. Geistesgegenwärtig hatte sie ihren Wahlbrief eingeworfen, bevor sie nach Berlin aufgebrochen war. Sie hatte nicht damit gerechnet, am Wahltag wieder zurück zu sein.

Anouk blieb sitzen. »Ich hab die Unterlagen nicht gekriegt«, sagte sie entschuldigend.

»Schade«, sagte Martin. »Du verpasst die erste Wahl deines Lebens.«

»Ist vielleicht besser so.« Claudia lächelte. »Wer weiß, wen sie gewählt hätte.«

»Haha«, sagte Anouk.

Nachdem Martin ausgestiegen war, drehte Claudia sich auf dem Beifahrersitz zu ihr um.

»Ich habe dichtgehalten«, sagte sie, »kein Wort zu niemandem.«

»Danke, Mama.«

»Du solltest schnellstmöglich zu Frau Doktor Mendel in die Praxis. Soll ich dir einen Termin machen?«

»Wofür?«, fragte Anouk.

»Du musst doch wissen, wie weit du schon bist. Hast du … irgendeine Vorstellung?«

Anouk schüttelte den Kopf.

»Wie lange hast du denn deine Tage nicht gehabt?«

Sie zuckte die Schultern. »Keine Ahnung. Ich hatte doch immer schon einen total unregelmäßigen Zyklus.«

Anouk durfte wegen einer Blutgerinnungsstörung keine Pille nehmen, und natürlich hatte Claudia sich gefragt, wie sie verhütete, es aber nie gewagt, danach zu fragen. Sie war davon ausgegangen, dass ihre umsichtige Tochter schon das Richtige tun würde. Hatte Frau Doktor Mendel bei ihrem zufälligen Zusammentreffen damals nicht gesagt, sie hätte mit Anouk über Verhütung gesprochen?

»Bitte, geh zur Untersuchung«, sagte sie eindringlich.

Wenig später kehrte Martin zum Wagen zurück. Inzwischen hatte Claudia sich ans Steuer gesetzt. »Dann bringe ich dich jetzt zu Stefan«, sagte sie in einem Ton, der keinen Widerspruch duldete.

Im Rückspiegel sah sie Anouks überraschtes Gesicht.

»Wieso denn zu Stefan, Papa?«

Martin blickte zu Claudia. »Hast du ihr nichts erzählt?«

»Du hast den Kindern doch geschrieben«, gab sie zurück.

Offenbar hatte er seinen Rauswurf unterschlagen. Den sollte er mal schön selbst erklären.

Interessiert lauschte sie seiner Version der Geschichte, der zufolge er wegen bedauerlicher Unstimmigkeiten mit Claudia freiwillig ausgezogen war – natürlich nur vorübergehend – und seither seinem unter Trennungsschmerz leidenden Freund Stefan zur Seite stand, der unendlich dankbar war, ihn bei sich zu haben.

Claudia zog die Augenbrauen hoch und verzichtete darauf, diese Darstellung zu kommentieren.

28

Im großen Rathaussaal von Meutlingen herrschte eine gespannte, leicht nervöse Atmosphäre. In wenigen Minuten würden die ersten Ergebnisse der Bürgermeisterwahl auf dem großen Bildschirm an der Stirnseite des Saales erscheinen. Die Kandidaten, ihre Helfer, die Mitglieder des Gemeinderates und alle, die es sonst interessierte, hatten sich eingefunden. Wie bei einem Boxkampf hatte jeder Kandidat eine Ecke, in der sich seine Unterstützer sammelten; die anderen Gäste scharten sich um Stehtische in der Mitte. Es gab Getränke und Butterbrezeln.

Claudia hatte überlegt, ob sie sich diesen Abend überhaupt zumuten wollte. Nach den Tagen in Berlin war sie seelisch und körperlich erschöpft, außerdem hatte nicht nur ihr Statement über die »Arroganz der Macht« große Wellen geschlagen, auch Anouks Zusammenbruch war von der Presse genüsslich ausgeschlachtet worden. Allen voran natürlich vom *Meutlinger Tagblatt* mit der Schlagzeile:

Klimaaktivistin Anouk Berner knapp dem Tod entronnen – warum haben die Eltern nicht eingegriffen?

Am liebsten hätte sie sich ins Bett gelegt und die Decke über den Kopf gezogen, aber das konnte sie ihren Unterstützern nicht antun. Deshalb stellte sie sich unter die Dusche, zog ein elegantes blaues Kleid an, schminkte und frisierte sich. Währenddessen legte sie sich Statements für die beiden möglichen Ergebnisse der

Wahl zurecht: ihren Sieg (sehr unwahrscheinlich) und ihre Niederlage (sehr wahrscheinlich).

Martin hatte angeboten, sie ins Rathaus zu begleiten. Sie hatte spontan abgelehnt und überlegte nun, ob es richtig gewesen war. Ein gemeinsamer Auftritt hätte ihr unangenehme Fragen erspart und Gerüchte eingedämmt. Doch es wäre unehrlich gewesen. Natürlich waren sie ein Ehepaar, aber waren sie auch noch ein Paar? Bevor die Frage nicht geklärt war, konnte sie nicht so tun, als wäre alles in Ordnung. Ein letztes Mal blickte sie in den Spiegel und straffte den Rücken. Sie würde auch das noch durchstehen.

Am Eingang zum Rathaussaal wurde sie von Ceyda erwartet, die sie in den Arm nahm. »Willkommen zu Hause!«

»Du weißt gar nicht, wie froh ich bin, wieder hier zu sein.«

»Wie geht's Anouk?«, fragte Ceyda.

»Sie ist mit uns gekommen«, sagte Claudia, die darüber immer noch verwundert war.

»Vielleicht kommt sie ja allmählich zur Vernunft.« Ceyda lächelte. »Und wie geht's dir? Fit für den Showdown?«

Claudia zuckte die Schultern.

Ceyda drückte ihren Arm. »Du schaffst das.«

Sie nickte. Mit ihrer Freundin an der Seite durchquerte sie erhobenen Hauptes den Raum, um in »ihre« Ecke zu kommen. Dort warteten schon Celik, Arnold Leitgeb, seine Frau Anja und ihr Sohn Paul sowie ungefähr zehn weitere Helfer und Unterstützerinnen, die sie mit einem Überschwang begrüßten, der ihr verdächtig vorkam. Es fühlte sich an, als hätten sie Mitleid mit ihr und wollten sie durch besondere Freundlichkeit trösten.

Jemand drückte ihr ein Bier in die Hand, an dem sie nur nippte und das sie bald gegen ein Mineralwasser austauschte. Sie wollte unbedingt nüchtern bleiben. Die Unterhaltung drehte sich um dies und das, nur nicht um die Wahl, als würde es Unglück bringen, davon zu sprechen. Es war drei Minuten vor sechs, gleich würden die Wahllokale schließen und die Auszählung würde beginnen. In ungefähr fünfzehn Minuten war mit den ersten Ergebnissen zu rechnen, die von den Verantwortlichen der jeweiligen Wahlbezirke in das System eingespeist wurden.

Mit einem Mal fühlte Claudia all die Anspannung in sich hochsteigen, die sie bis dahin erfolgreich verdrängt hatte. Meutlingen, die Wahl, ihr Kampf gegen Abele – all das war in den letzten Tagen wie in einem Nebel verschwunden gewesen. Es hatte nur noch Anouk gegeben, die Angst um sie, den Schock über ihren Zusammenbruch, die Nachricht von der Schwangerschaft, Martins unerwartetes Auftauchen und den Balanceakt, den ihr das abverlangt hatte.

Jetzt war die Nervosität wieder da. Sie wusste, dass die Schlacht bereits geschlagen war und sie mit dem Ergebnis würde leben müssen, egal wie es ausfiel. Aber falls sie verlieren sollte, würde sie Abele zukünftig aus der Opposition heraus bekämpfen, und sie würde ihn nicht schonen.

»Ich muss noch mal schnell«, flüsterte sie Ceyda zu und ging in Richtung Toiletten. Auf halbem Weg stand ihr Widersacher plötzlich vor ihr. Abele, flankiert von seiner Frau, Pascal Heuweiler und der Blondine mit dem Händedruck eines toten Fisches schnitten ihr den Weg ab.

»Ja, Frau Berner, dass Sie es hierhergeschafft haben, des isch ja ein Wunder bei dem, was bei Ihnen los isch! Wie geht's denn der Anouk?«

Sie rang sich ein Lächeln ab. »Danke, Herr Bürgermeister, es geht ihr gut.« Sie wollte an ihm und seiner Entourage vorbei, die sie mit flüchtigem Kopfnicken gegrüßt hatte, aber er fand offenbar Gefallen an ihrer Begegnung und wollte sie so richtig auskosten.

»Wo ist denn Ihr Mann?«, fragte er und sah sich suchend um. »Kann er heute Abend nicht an Ihrer Seite sein?«

Der süffisante Unterton seiner Bemerkung war ihr nicht entgangen, und die unausgesprochene Fortsetzung seiner heuchlerischen Frage hing in der Luft.

Wo Sie doch gleich eine krachende Niederlage einfahren und bestimmt Trost nötig haben werden.

»Mein Mann ist zu Hause geblieben und kümmert sich um Anouk«, log Claudia.

Sie hatte keine Lust, sich weiter von ihm vorführen zu lassen, und machte Anstalten weiterzugehen. Doch Abele hatte noch nicht genug.

»Da haben Sie den Regierenden ja mal ordentlich die Leviten gelesen«, fuhr er mit extralauter Stimme fort, sodass einige der Umstehenden den Kopf umwandten. »Die Arroganz der Macht … Hoffentlich machen Sie es mal besser, wenn Sie die Gelegenheit dazu bekommen. Aber die Chancen stehen ja leider nicht besonders gut.« Er klopfte ihr gönnerhaft auf die Schulter. »Sie haben sich wacker geschlagen, Frau Berner. Grüßen Sie Ihre Mutter von mir.«

»Man soll den Tag nicht vor dem Abend loben«, zitierte Claudia einen von Mariannes Lieblingssprüchen. Dann sah sie demonstrativ auf die Uhr. »Und der Abend fängt ja gerade erst an. Entschuldigen Sie mich bitte.«

Sie nickte Abele und seinen Begleitern zu und setzte ihren Weg zur Toilette fort.

Da und dort hob jemand den Daumen in ihre Richtung oder sagte etwas Aufmunterndes; Claudia bedankte sich mit einem Lächeln oder einem kurzen Winken. Eine Frau, die sie nur vom Sehen kannte, hielt sie auf und sagte: »Sie sind eine ehrliche und mutige Person, ich drücke Ihnen die Daumen! Wir sind erst neulich nach Meutlingen gezogen und entsetzt von dem politischen Mief, der hier herrscht. Hoffentlich hat das heute Abend ein Ende!«

Claudia hob überrascht die Augenbrauen. »Vielen Dank für Ihren Zuspruch! Leider führt Ehrlichkeit in der Politik nicht unbedingt zum Erfolg.«

Das beste Beispiel hierfür war der amtierende Bürgermeister. Das Ermittlungsverfahren, das Arnold Leitgeb mit seiner Anzeige ins Rollen gebracht hatte, war nach der Talkrunde offenbar heftig diskutiert worden, aber Abeles Anhänger hatten sofort relativiert. Anzeige erstatten könne schließlich jeder, das sage überhaupt nichts über den Wahrheitsgehalt der Vorwürfe aus. Ein solches Verfahren könne außerdem Jahre dauern. Und so schien es, dass Abele – zumindest vorläufig – wieder einmal ungeschoren davonkam.

Als Claudia von der Toilette zurück an den Tisch kam, war es zehn nach sechs. Die Gespräche in dem großen Saal waren verebbt, alle Blicke auf den großen Bildschirm gerichtet, die Spannung fast mit Händen zu greifen.

Ceyda legte den Arm um Claudias Hüften, als wollte sie ihr Halt geben. »Jetzt schauen wir mal, ob die Meutlinger nicht doch schlauer sind, als wir denken …«, murmelte sie.

Claudia spürte, wie wichtig der Ausgang dieser Wahl für Ceyda war. Auch wenn sie irgendwann als ihre Wahlkampfmanagerin ausgestiegen war, hatte sie doch nie aufgehört, Anteil an der Kampagne zu nehmen – als ihre Freundin. Und sie war als Ersatzspielerin zur Stelle gewesen, als Claudia sie dringend gebraucht hatte. Das würde sie ihr nicht vergessen.

»Wenn's klappt, hast du einen großen Anteil daran«, flüsterte sie Ceyda zu. »Wenn's schiefgeht, hab ich's allein verbockt. Nur damit das schon mal klar ist.«

Ceyda grinste sie von der Seite an. »Hauptsache, es gibt danach Champagner.«

Der Bildschirm erwachte zum Leben. Das Standbild mit der Aufschrift *Bürgermeisterwahl Meutlingen 2022* verschwand und machte einer Tabelle Platz, auf der links die Wahlbezirke aufgeführt waren und oben die Namen der vier Kandidaten und Kandidatinnen.

Es dauerte weitere Minuten, bis die Spalten der Tabelle sich nacheinander mit Zahlen füllten. Ein Raunen ging durch den Raum. Taschenrechner wurden gezückt, Ziffern eingegeben, vorsichtige Prognosen geäußert. Die ersten Ergebnisse zeigten Abele vorn, dann folgten mehrere Wahlbezirke, in denen Claudia besser abgeschnitten hatte. Es war ein Kopf-an-Kopf-Rennen, bei dem mal er, mal sie vorn lag. Überraschend war, dass Grüne und Liberale insgesamt besser abschnitten als erwartet. Offensichtlich hatten einige Wählerinnen und Wähler aus Unmut über die Querelen um Abele und Claudia die Vertreter der kleineren Parteien gewählt.

Claudia und ihre Unterstützer blickten unverwandt auf den Bildschirm, Leitgeb notierte Zahlen auf einem Notizblock.

»Es wird sauknapp«, stellte er lapidar fest.

»Wann wissen wir denn Bescheid?«, fragte Ceyda.

»Ich schätze, in einer halben bis Dreiviertelstunde. Die Briefwähler werden zum Schluss ausgezählt, das kann noch ein bisschen dauern.«

Claudias Anspannung war so groß, dass sie nun doch ein Glas Wein trank. Der Alkohol sorgte für ein wenig Entspannung. Sie wusste, sie sollte auch etwas essen, aber ihr Magen war wie zugeschnürt. Lustlos knabberte sie an einer Breze herum.

Die Minuten vergingen, und der Ausdruck in Arnold Leitgebs Gesicht wurde immer düsterer. Niemand sprach. Auch Claudia sah, was sich auf dem Bildschirm abzeichnete: Es würde keine absolute Mehrheit für einen der Kandidaten geben. Abele und sie lagen sehr nahe beisammen, mit Werten um einundvierzig, zweiundvierzig Prozent. Die überraschend hohe Anzahl von Stimmen, die zu den Grünen und den Liberalen gewandert waren, fehlten ihnen nun.

Um kurz vor halb acht waren alle Wahlbezirke und die Brief-wahlstimmen ausgezählt und ins System eingespeist worden. Auf dem Monitor erschien eine bildfüllende Grafik, auf der alle vier Kandidaten und Kandidatinnen mit ihren vorläufigen Ergebnis-sen aufgeführt waren. Das endgültige Ergebnis würde vom Wahl-leiter morgen in einer Sitzung des Gemeinderates bekannt gege-ben und im Amtsblatt veröffentlicht werden.

Manfred Abele hatte 41,9 % der Stimmen erhalten, Claudia Berner 42,6 %, der Kandidat der Liberalen 8,6 % und die Kandi-datin der Grünen 6,9 %.

Alle am Tisch beglückwünschten Claudia zu ihrem – wenn auch hauchdünnen – Vorsprung. Sie selbst konnte noch gar nicht glauben, was sie sah. Trotz Anouks Mitwirkung bei den Klebeak-tionen, trotz der Pressekampagne des *Meutlinger Tagblattes*, trotz aller Hindernisse und PR-Katastrophen der letzten Zeit hatte eine Mehrheit der Meutlinger Wählerinnen und Wähler für sie gestimmt. Nur dass eine einfache Mehrheit zum Regieren nicht reichte.

Arnold Leitgeb rieb sich tatkräftig die Hände. »So, liebe Leute, dann wissen wir ja jetzt, was wir zu tun haben«, sagte er zu Claudias Unterstützern, die sich um ihn scharten wie eine Gruppe Pfadfinder, die auf Anweisungen wartete. »Bis zur Stichwahl ma-chen wir weiter Wahlkampf.«

Claudia wollte ihn bremsen. Sie sagte, dass sich um Gottes wil-len niemand mehr Umstände ihretwegen machen solle.

»Im Gegenteil, Claudia«, erklärte Leitgeb. »Vor der Stichwahl musst du erst recht präsent sein und darfst vor allem keine Feh-ler machen.«

Ihre Unterstützer johlten und boxten mit den Fäusten in die Luft.

»Endspurt! Wir kämpfen weiter für dich, Claudia!«

Claudia rief nach einem Kellner: »Haben Sie Champagner?«

Der Kellner nickte. »Selbstverständlich.«

»Drei Flaschen, bitte«, sagte sie und wandte sich an ihre Unterstützer. »Ehrlich gesagt, wollte ich zwischendurch aufgeben, und ich habe euch verflucht, weil ihr mich durch eure Solidarität gezwungen habt weiterzumachen. Jetzt bin ich froh darüber. Wir ziehen das jetzt durch bis zum Schluss. Ich danke euch von Herzen.«

Sie erhoben die Gläser und stießen an. Dann stellte Claudia ihr Glas ab, marschierte mit erhobenem Kopf einmal quer durch den Raum zu Manfred Abele und reichte ihm die Hand.

»Herzlichen Glückwunsch, Herr Bürgermeister. Ich denke, für dieses Ergebnis müssen wir uns beide nicht schämen.«

Abele war sichtlich enttäuscht und hatte Mühe, es zu verbergen.

»Wie haben Sie vorhin so richtig gesagt?«, gab er verkniffen zurück. »Man soll den Tag nicht vor dem Abend loben. Jetzt gehen wir erscht mal in die Stichwahl, dann werden wir schon sehen.«

Als Claudia an diesem Abend nach Hause kam, bot sich ihr ein außergewöhnliches Bild. Die Geschwister in trauter Zweisamkeit auf dem Sofa, Chips knabbernd, Limonade trinkend, in den Fernseher starrend.

Sie blieb einen Moment auf der Türschwelle stehen, um den Anblick auf sich wirken zu lassen. Schon vor Anouks Verschwinden wäre das eine Szene mit Seltenheitswert gewesen, aber nun erschien sie ihr geradezu wie eine Sensation.

Wie sie da so saßen, wirkten die beiden überraschend erwachsen und auch ein bisschen fremd; wie zwei junge Menschen, die zu Gast waren. Und letztlich waren sie das ja auch.

Anouk blickte hoch. »Mama! Na, wie lief's?« Sie griff nach der Fernbedienung, um den Ton auszuschalten.

»Wie lief was?«, sagte Julian.

Anouk knuffte ihn. »Mama kommt von der Wahlparty, du Dödel.«

»Ach ja, stimmt.« Er sah zu Claudia. »Hast du gewonnen?«

Sie lächelte. »Ja und nein. Ich habe die meisten Stimmen, aber keine absolute Mehrheit. Deshalb gibt's in drei Wochen eine Stichwahl.«

»Und wer gewinnt dann?«, fragte Julian.

»Wenn man das vorher wüsste, bräuchte man keine Wahl«, sagte Anouk und verdrehte die Augen.

»Klugscheißerin«, sagte Julian.

»Stalker«, gab Anouk zurück.

Claudia war beruhigt. Es war alles beim Alten zwischen den Geschwistern.

»Habt ihr was Vernünftiges gegessen?«, fragte sie, und beide nickten.

»Draußen sind noch Nudeln«, sagte Anouk, »falls du Hunger hast.«

Und tatsächlich merkte Claudia in diesem Moment, wie ausgehungert sie war. Während der Auszählung hatte sie nichts hinunterbekommen, und nun war es schon fast halb zehn. Sie ging in die Küche, fand einen Topf Rigatoni mit einer undefinierbaren Soße und aß die kalt gewordene Pasta mit der Gabel direkt aus dem Topf. Mit einem Glas Wein in der Hand ging sie zurück ins Wohnzimmer und setzte sich in einen Sessel ihren Kindern gegenüber. Die hatten den Fernseher inzwischen ausgeschaltet, und Julian zeigte seiner Schwester Videos auf dem Handy. Gnädig betrachtete Anouk Aufnahmen seiner Lieblingsband und ließ sich erläutern, warum dieser Sänger krasser war als alle anderen und welche Bedeutung seine Outfits hatten.

Zwischendurch las und beantwortete Anouk Nachrichten auf ihrem Telefon, und ihr Gesicht wurde ernst. Es war der achte Tag des Hungerstreiks, und immer noch hatte sich nichts zwischen den Konfliktparteien bewegt. Die Regierung mauerte weiter, die Aktivisten hungerten weiter. Regelmäßig erkundigte Claudia sich bei Anouk nach Joshua.

Claudias Handy zeigte summend den Eingang einer Nachricht an.

Habe dir fest die Daumen gedrückt. Immerhin liegst du vorn, das ist doch toll! Lieben Gruß, Martin

Eine heftige Sehnsucht erfasste sie, weniger nach Martin selbst als nach einem Zustand, den sie nicht genau beschreiben konnte, aber schon sehr lange vermisste.

Sie hob das Telefon hoch und tippte.

Danke, lieb von dir! Ja, es bleibt spannend … Gute Nacht, Claudia

Sie hörte Geräusche auf dem Flur, gleich darauf öffnete sich die Tür, und Marianne trat ein. Überrascht vom Anblick, der sich ihr bot, blieb sie auf der Schwelle stehen.

»Na, so was«, sagte sie. »Unsere Ausreißerin ist mit nach Hause gekommen!«

Claudia fiel ein, dass sie in der Aufregung vergessen hatte, Marianne Bescheid zu geben. Aber die war ja sowieso das Wochenende über unterwegs gewesen, wie so häufig in letzter Zeit.

Anouk sprang auf, ging zu Marianne und umarmte sie. »Hallo, Oma.«

Marianne drückte sie an sich. »Hallo, Kindchen. Wie schön, dass du wieder da bist.« Sie schob sie ein Stück von sich weg. »Meine Güte, bist du mager!«

»Nicht mehr lang«, sagte Anouk und verdrehte die Augen. »Mama wird mich bestimmt mästen.«

Marianne stieß die Tür hinter sich weiter auf, und nun war eine zweite Person zu sehen. Ein sportlich wirkender älterer

Mann mit grauem, gewelltem Haar und durchdringendem Blick trat einen Schritt nach vorn und stand lächelnd neben ihr.

Claudia starrte ihn an. Wer war das?

»Ich möchte euch jemanden vorstellen«, sagte Marianne. »Das ist Klaus. Mein ...« Sie unterbrach sich und blickte ihn fragend an.

»... Freund?«, schlug der Mann vor.

»Freund«, bestätigte Marianne. »Also, im Sinne von ... na, ihr wisst schon.«

Claudia starrte immer noch. Wo in aller Welt hatte ihre Mutter diesen Mann getroffen? Sie war vierundsiebzig, das war doch kein Alter, in dem man einfach jemanden kennenlernte! Ging sie etwa auf Datingplattformen? Hatte sie ein geheimes Leben, von dem Claudia nichts ahnte?

Auch beiden Kindern stand vor Erstaunen der Mund offen. Anouk fand als Erste die Sprache wieder.

»Wie ... ich meine ... woher kennt ihr euch denn?«, fragte sie entgeistert.

Marianne sah ihren Freund an, mit einem Ausdruck, den Claudia noch nie an ihr gesehen hatte. Stolz, zufrieden und ein bisschen kokett.

»Ach, Kindchen«, sagte sie versonnen. »Das ist eine lange Geschichte.«

29

Claudia tigerte angespannt durchs Haus. Julian war in der Schule, Anouk bei der Frauenärztin. Claudia hatte angeboten, sie zu begleiten, aber Anouk hatte darauf bestanden, allein zu gehen. »Ich bin erwachsen, ich kann für mich selbst sprechen, und ich werde allein entscheiden.«

Claudia hatte mit einer Handbewegung ihre Kapitulation signalisiert und nichts mehr gesagt.

In den letzten Tagen hatte sie versucht, den Gedanken an die Schwangerschaft zu verdrängen, aber das gelang ihr jetzt nicht mehr. Wofür auch immer Anouk sich entschied, es würde Auswirkungen auch auf ihr Leben haben.

Sie ging in die Küche und machte sich einen Cappuccino. Mit kleinen Schlucken trank sie und blätterte angespannt in der Zeitung. Als die Haustür aufgeschlossen wurde, legte sie das Blatt weg und wartete darauf, dass die Küchentür sich öffnete.

Anouk sah blass und verweint aus. Keine Spur mehr von der selbstsicheren, coolen jungen Frau, die heute Morgen das Haus verlassen hatte.

Claudia stand auf und ging ihr entgegen. »Was ist denn los, Schätzchen?«

Anouk warf sich in ihre Arme und fing an zu weinen.

»Es hat schon Arme und Beine, und ein Gesicht«, sagte sie schluchzend. »Es ist schon … ein richtiger Mensch!«

Claudia schloss die Augen und atmete tief ein und aus. Frau Doktor Mendel hatte einen Ultraschall gemacht. Klar, um erkennen zu können, wie weit die Schwangerschaft war, musste sie das tun.

»Sch, sch«, sagte sie und streichelte Anouk am Rücken.

Die hob den Kopf. »Ich habe mir vorgestellt, dass es noch ein kleiner Zellhaufen ist, noch nichts … Menschliches. Aber das stimmt nicht …« Sie brach ab.

Claudia schluckte. Ihr war es damals genauso gegangen, wie sie sich nun schlagartig erinnerte. Der Schock, als sie auf dem Bildschirm ein kleines Wesen erkannt hatte, mit einer Nase, einem Kinn, einer Stirn, Gliedmaßen und einem Bauch. Es hatte sie völlig überrumpelt. Und dieses Wesen stand nun weinend und aufgelöst vor ihr, vom gleichen schrecklichen Konflikt gequält wie sie damals.

»In welcher Woche bist du?«, fragte Claudia sanft.

»Elfte oder zwölfte«, sagte Anouk schniefend. »Wenn ich es wegmachen lassen will, muss es diese Woche passieren. Frau Doktor Mendel hat mich schon bei der Beratungsstelle angemeldet.«

»Und … willst du es denn immer noch …?« Claudia konnte die Worte *wegmachen lassen* nicht aussprechen. Sie erschienen ihr so harmlos, so völlig unangemessen für das, was sie ausdrücken sollten: das Leben dieses Wesens beenden. Sie fand, dass jede Frau das Recht haben sollte, über ihren Körper zu bestimmen, und nicht gezwungen werden durfte, ein unerwünschtes Kind auszutragen. Trotzdem tat sie sich schwer mit dem Thema. Auch weil sie damals selbst so kurz davor gewesen war. Jedes Mal, wenn sie daran zurückdachte und Anouk vor sich sah, fühlte sie sich schuldig.

Sie hatte geglaubt, sie könnte souverän und erwachsen mit der Situation umgehen, ihrer Tochter eine Stütze sein, ohne emotional mit hineingezogen zu werden. Stattdessen holte ihre Vergangenheit sie ein, und es war, als durchlebte sie alles noch einmal. Ihr war mit einem Mal furchtbar elend zumute. Hilflos fragte sie schließlich: »Hast du eigentlich mit Joshua darüber gesprochen?«

Anouk löste sich von ihr und nickte. »Er will es nicht.«

Er will es nicht. So einfach war das also für ihn.

»Und du?«, fragte Claudia eindringlich. »Was willst du?«

Anouk hob die Schultern und ließ sie fallen. »Ich ... weiß es nicht«, sagte sie kaum hörbar. »Eigentlich will ich es auch nicht.«

Claudia wartete. Als Anouk nicht weitersprach, fragte sie: »Aber?«

»Aber andererseits kommt es mir absurd vor, dass ich als Klimaaktivistin für das Leben anderer Menschen kämpfe, und das Leben meines eigenen Kindes ...« Sie brach ab.

Dieser Widerspruch war Claudia auch schon aufgefallen. Die Wut, die den Aktivisten entgegenschlug, die Strafen, die ihnen drohten, die Risiken, die sie eingingen – all das nahmen sie auf sich, weil sie überzeugt waren, dass das Leben von Millionen Menschen durch den Klimakollaps bedroht sei. Diese Angst war die treibende Kraft hinter der Bewegung, damit rechtfertigten sie ihr Handeln. Wie konnten die Mitglieder es dann mit ihrem Gewissen vereinbaren, ungeborenes Leben aktiv zu beenden?

Er will es nicht.

Und was wäre, wenn Anouk es doch wollte? Wenn sie sich über seinen Wunsch hinwegsetzen und anders entscheiden würde?

Claudia ertappte sich bei dem Gedanken, dass sie Joshua ein Kind gönnen würde. Schlaflose Nächte, vollgeschissene Windeln, Milchzahndurchbruch, Schulprobleme, das ganze Programm. Allerdings konnte sie sich auch vorstellen, dass er – nach anfänglichem Widerstand – einen brauchbaren Vater abgeben würde.

Sie drückte Anouk an sich.

»Es tut mir so leid, Schätzchen. Egal, wofür du dich entscheidest, ich stehe hinter dir und unterstütze dich«, hörte sie sich sagen, und genau so meinte sie es auch. Wenn ihre Tochter sie brauchte, würde sie da sein.

»Danke, Mama«, sagte Anouk schluchzend.

Sie lösten sich voneinander. Claudia setzte sich an den Küchentisch, Anouk füllte ein Glas mit Leitungswasser und ließ sich neben ihr auf einen Stuhl sinken.

»Du wolltest mich damals auch nicht, oder?«, fragte sie unvermittelt.

»Wie ... kommst du darauf?« Claudia war bestürzt. Sie hatte ihr nie von ihren Zweifeln erzählt, war überzeugt gewesen, sie hätte keine Ahnung davon.

Anouk zuckte die Schultern. »So was weiß man einfach.«

»Hattest du denn jemals das Gefühl, du wärst nicht ... erwünscht?«, fragte Claudia.

»Eigentlich nicht. Aber irgendwie war mir immer klar, dass du mich zuerst nicht wolltest. Also, nicht mich speziell, sondern überhaupt ein Kind.« Anouk hielt inne und überlegte. »Dann hast du mich aber trotzdem gekriegt. Warum eigentlich?«

Claudia dachte nach. Ja, warum? Weil sie Angst hatte – davor, dass Martin sie verlassen würde, dass sie womöglich allein bleiben und nie eine Familie und Kinder haben würde. Das klang so profan, so selbstsüchtig. Aber bevor man das Kind kennt, das man auf die Welt bringen wird, kann man nicht ermessen, welche Liebe man für es empfinden wird, welche Dankbarkeit, dass es existiert. Bei einer unerwünschten Schwangerschaft fühlt man sich wie in der Falle und nimmt nur die Probleme und den Verzicht wahr, die eine Entscheidung für das Kind mit sich bringen würde.

»Ich war in einer völlig anderen Situation«, sagte sie schließlich. »Ich war zehn Jahre älter als du, und eigentlich habe ich mir Kinder gewünscht, nur eben ein bisschen später. Ich stand kurz davor, nach Kolumbien zu gehen, für ein tolles berufliches Projekt.«

»Und das habe ich dir versaut«, sagte Anouk lapidar.

»Es gibt nicht den richtigen Moment für ein Kind«, sagte Claudia. »Irgendwas ist doch immer. Und heute bin ich froh, dass es dich gibt.«

Sie strich ihr übers Haar, Anouk neigte den Kopf zur Seite und schmiegte das Gesicht in ihre Handfläche.

»Und wenn du das Kind bekommen möchtest, dann kriegen wir das zusammen hin«, bekräftigte Claudia noch einmal.

»Wir?«, wiederholte Anouk. »Willst du als Bürgermeisterin etwa Babysitterin für mich spielen?«

Claudia biss sich auf die Lippen. Sie sah sich im Geiste mit einem Baby auf dem Arm den Stadtrat leiten, während Anouk in der Schule saß. Einen kurzen Moment lang wünschte sie sich, die Wahl zu verlieren, um nicht wieder in einen Interessenskonflikt zwischen Kind und Karriere zu kommen. Aber dann besann sie sich.

»Als Bürgermeisterin sorge ich erst mal für mehr Krippenplätze«, sagte sie energisch. »Die brauchen wir in Meutlingen sowieso.«

Anouk lächelte traurig. »Ich will dir nicht den nächsten Traum versauen, Mama. Irgendwann hasst du mich sonst dafür.«

Es gab Claudia einen Stich. »Es gibt ja nicht nur mich«, sagte sie. »Wir sind eine Familie, und wenn es drauf ankommt, halten wir zusammen.«

Je öfter sie es aussprach, desto sicherer wurde sie ihrer Sache. Mit einem Mal erschien ihr die Vorstellung, dass Anouk das Kind bekäme, gar nicht mehr so abwegig. Im Gegenteil, ganz tief in ihrem Innerem regte sich ein winziger, freudiger Funke. Sie musste sich beherrschen, um sich nicht in Fantasien von glucksendem Kinderlachen, winzigen Babyfüßen und betörendem Babyduft zu verlieren.

Anouk vergrub das Gesicht in den Händen. »Ich kann das jetzt nicht entscheiden. Heute Nachmittag gehe ich zur Beratung, danach sehe ich vielleicht klarer.«

Am frühen Abend kam Anouk zurück und verschwand ohne ein Wort in ihr Zimmer. Claudia überlegte, ob sie ihr folgen sollte, ließ es aber schließlich bleiben. Sie würde sich schon melden, wenn sie reden wollte.

Den Nachmittag über hatte sie sich verschiedene Szenarien ausgemalt. Zuerst stellte sie sich vor, dass Anouk sich für das Kind entschied, wieder zu Hause einzog, die Schule zu Ende brachte, mit dem Baby ein Studium oder eine Ausbildung begann und Joshua sich schließlich mit der Vaterrolle anfreundete. Im nächsten Moment stellte sie sich vor, dass Anouk das Kind behielt, von Joshua verlassen wurde, die Schule nicht schaffte und als unglückliche alleinerziehende Mutter ohne Beruf endete.

Dass Anouk sich dafür entschied, die Schwangerschaft abzubrechen, war die wahrscheinlichste Möglichkeit. Aber mit einem Mal wollte sich diese Option nicht mehr in ihrer Fantasie einstellen. Die Idee eines neuen Familienmitgliedes nahm immer deutlicher Gestalt an und gefiel Claudia zunehmend besser.

Um neunzehn Uhr schaltete sie die Nachrichten ein. Zu ihrer Überraschung setzte Julian sich zu ihr. Nach Meldungen aus den USA, der Ukraine und von einer Bundestagsdebatte über Klimaschutz erschienen Bilder aus dem Protestcamp der Hungerstreikenden. Claudia erkannte die restlichen sechs Aktivistinnen und Aktivisten, deren Gesichter nach neun Tagen des Hungerns eingefallen wirkten. Selbst Joshuas Strahlen war matter geworden; er wirkte mutlos und traurig. Es gab nach wie vor keine

Annäherung zwischen der Regierung und den Hungerstreikenden, zumindest keine, von der berichtet worden wäre.

»Da warst du?«, fragte Julian und zeigte auf die Fernsehbilder.

»Ja«, sagte Claudia. Sie wartete darauf, dass er einen abfälligen Kommentar über die *bescheuerten Klimachaoten* machte, aber es kam nichts.

Der Gedanke, dass Anouk dort vielleicht immer noch sitzen würde, wenn sie nicht da gewesen wäre und dafür gesorgt hätte, dass sie sofort ins Krankenhaus kam, versetzte ihr einen schmerzhaften Stich. Sie traute den Aktivisten zu, dass sie Anouk mit Flüssigkeit und Kreislauftropfen wieder aufgepäppelt und sie den Hungerstreik hätten fortsetzen lassen. Wenn sie an den Typen dachte, der angesichts ihrer bewusstlosen Tochter anfing, von der Patientenverfügung zu labern, stieg Zorn in ihr auf. Dann dachte sie an die anderen Streikenden, an deren Freunde und Angehörige.

»Hoffentlich gibt's endlich eine Lösung für die Situation.« Sie seufzte. »Ich habe wirklich Angst um die jungen Leute.«

»Die können ja einfach wieder essen«, sagte Julian.

Claudia sah ihn scharf an. »Glaubst du wirklich, dass es so einfach ist?«

Er verdrehte die Augen. »Ja, ja. Die größere Sache. Ziviler Widerstand, Mahatma Gandhi und so. Hat Anouk mir alles erklärt.«

»Und du hast ihr zugehört?«

»Klar.«

»Und ihr habt nicht gestritten?«

Er schüttelte den Kopf. »Nö.«

Es geschehen noch Zeichen und Wunder, dachte Claudia.

Beim Abendessen nahm Anouk nicht viel zu sich. »Ich hab ein bisschen Bauchweh.«

»Vielleicht kriegst du deine Tage«, sagte Julian, und es klang zu Claudias Überraschung nicht spöttisch, sondern fürsorglich. Er hatte ja keine Ahnung von Anouks Zustand.

Claudia tauschte einen Blick mit Anouk. Sie hatte noch keine Gelegenheit gehabt, nach dem Ergebnis der Beratung zu fragen, und wollte sie auch nicht drängen.

Als sie mit dem Essen fertig waren und aufgeräumt hatten, machte keines der Kinder Anstalten, die Küche zu verlassen. Zu Claudias Erstaunen schienen sie es regelrecht zu genießen, wieder zusammen zu sein.

»Wollen wir was spielen?«, schlug Julian vor. »So wie früher?«

»Damit du wieder bescheißen kannst?«, sagte Anouk und grinste.

»Ich hab nicht beschissen«, gab er zurück. »Ich war einfach besser als du.«

»Ja klar.« Sie knuffte ihn spielerisch.

Claudia zog eine Küchenschublade auf. »Guckt mal, was ich kürzlich gefunden habe«, sagte sie und legte eine Schachtel mit Spielkarten auf den Tisch. »Ein Autoquartett, das Opa mir mal geschenkt hat. Oldtimer! Das war damals der letzte Schrei, und ich war super stolz darauf.«

Julian öffnete die Schachtel und nahm die Karten in die Hand. »Nice. Wie geht das?«

Er und seine Schwester, die mit dem Smartphone aufgewachsen waren, kannten tatsächlich kein Autoquartett mehr. Claudia erklärte ihnen, wie man es spielte.

»Habt ihr Lust?«

Sie spielten zwei Runden, und Claudia beobachtete gerührt, wie die beiden wieder zu Kindern wurden, gänzlich uncool, sich gegenseitig kabbelnd, mit vor Eifer geröteten Wangen. Sie gab ein drittes Mal aus, und Anouk legte eine der Karten, die sie bekommen hatte, offen hin.

»Guckt mal, da ist unser Karmann Ghia.« Sie las vor: »Zwölfhundert Kubik, dreißig PS, hundertzwanzig km/h Spitze.« Dann sah sie auf. »Konnte man ihn eigentlich reparieren?«

»Ja, zum Glück«, sagte Claudia. »Es war nicht leicht, weil die Teile kaum mehr zu finden sind. Unsere Männer haben ein Wunder vollbracht.«

»Und habt ihr rausgekriegt, wer ihn kaputt gemacht hat?«

Julian sah betreten auf den Kartenfächer in seiner Hand und legte ihn schließlich ab. »Ich muss euch was sagen«, stieß er zwischen zusammengebissenen Zähnen heraus.

Claudia erstarrte.

Schon länger hatte sie den Verdacht gehegt, Julian könnte hinter der Sache stecken, aber insgeheim gehofft, es gäbe eine andere Erklärung. Deshalb hatte sie es, von einem halbherzigen Versuch abgesehen, nicht geschafft, ihn damit zu konfrontieren. Nun traf es sie wie ein Schlag ins Gesicht.

Stockend erzählte Julian, dass es auf einer der Partys begonnen hatte, die er damals so cool fand. Es sei gesoffen worden, alle wären mega betrunken gewesen. Irgendeiner von den Jungs hätte angefangen, ihn zu provozieren, und etwas von einer Mutprobe geschwafelt, die er bestehen müsse, um wirklich dazuzugehören. Er machte eine Pause und schaute kurz auf.

»Na ja, und dann ist die Idee aufgekommen, eine Spritztour mit dem Cabrio zu machen. Sie haben mich voll unter Druck gesetzt, dass ich ihnen die Halle aufmache. War ja easy, den Code der Alarmanlage kennt doch jeder.«

»Ich glaub's nicht.« Anouk starrte ihn an.

Der Rest der Geschichte war schnell erzählt. Beim vergeblichen Versuch, den Wagen von seinem Sockel herunterzubekommen, waren die ersten Kratzer und Dellen entstanden. Und dann war einer von den Typen ausgerastet und hatte auf den Wagen eingetreten, weil er so sauer war, dass die Spritztour ausfallen musste.

»Wie konntest du das zulassen?«, sagte Claudia heftig. »Du hättest uns anrufen können, du hättest Hilfe holen können!«

»Es ging alles viel zu schnell«, sagte Julian unter Tränen. »Ich hab echt versucht, diesen Arsch zu bremsen, aber der ist total ausgetickt. Als mir klar wurde, dass man mir das anhängen würde, hatte ich die Idee mit dem Graffiti. Ich hab eine Spraydose mit Lack aus der Werkstatt geholt und CO_2-*KILLER* draufgesprüht, weil ich gehofft habe, dass man dann die Klimachaoten beschuldigen würde.«

Anouk sah ihn kühl an. »Weil du gehofft hast, dass man mich beschuldigen würde.«

Beschämt hob er den Blick. »Tut mir echt leid, Anouk. Ehrlich.«

»Wenn du nicht mein kleiner Bruder wärst, würde ich einfach nicht mehr mit dir reden«, sagte sie voller Verachtung und stand auf.

Julian versuchte, nach ihrer Hand zu greifen. »Bitte, Anouk, ich weiß, dass es total scheiße von mir war, und es tut mir leid!«, sagte er flehend. »Ich zahle alles zurück, ich versprech's!«

»Ich muss dir nicht sagen, wie enttäuscht ich von dir bin«, sagte Claudia. »Und ich will mir nicht mal ausdenken, was Oma dazu sagen wird. Du entschuldigst dich bei ihr und nimmst jede Strafe an, die sie dir aufbrummt, verstanden?«

Julian nickte kleinlaut.

»Und du spendest was an ›Fünf nach zwölf‹«, verlangte Anouk. »Und zwar … genauso viel, wie die Reparatur gekostet hat.«

Julian sah sie entsetzt an und schluckte mehrmals. »Wie viel … hat denn die Reparatur gekostet, Mama?«

Claudia überlegte. Würde man die Arbeitsstunden berechnen, käme ein Vermögen zusammen. Sie überschlug grob die Kosten für Teile und Material und zog die Hälfte ab.

»Ungefähr … zweieinhalbtausend Euro«, sagte sie, »Arbeitszeit nicht mitgerechnet.«

Julian seufzte. »Ich such mir einen Job und zahle es zurück, okay? Und die gleiche Summe spende ich.« Er hielt inne. Ihm schien allmählich klar zu werden, wie viel er jobben müsste, um eine solche Summe zu verdienen. »Kann halt ziemlich lange dauern«, sagte er schließlich leise.

Anouk kämpfte sichtlich mit sich. Schließlich hob sie die Hand, er erhob seine, und die beiden klatschten einander ab. Julian wirkte wie von einer schweren Last befreit.

Claudia überlegte, ob sie ihrem Sohn jetzt noch eine Standpauke halten müsste. Aber sein Geständnis war so entwaffnend gewesen, und er zeigte so viel aufrichtige Reue, dass sie beschloss, darauf zu verzichten. Viel wirkungsvoller war es doch, dass er während der vielen abzuleistenden Arbeitsstunden noch lange an seine Schandtat erinnert würde.

Der Karmann Ghia hatte für Claudia weniger eine materielle als eine emotionale Bedeutung, er symbolisierte die Geschichte des Autohauses und ihrer Familie, und es hatte ihr wehgetan, ihn so misshandelt zu sehen. Inzwischen war der Wagen wieder wie neu. Was in den letzten Monaten in der Familie kaputtgegangen war, würde schwerer zu reparieren sein.

Anouk gab plötzlich einen leisen Schmerzenslaut von sich und fasste sich an den Bauch.

Erschrocken sah Claudia sie an. »Was ist, Schätzchen, geht's dir nicht gut?«

Anouk verzog das Gesicht. »Ich hab immer noch Bauchweh ...« Sie stand auf und ging einen Schritt, dann krümmte sie sich zusammen und umklammerte mit einer Hand die Stuhllehne.

Entsetzt bemerkte Claudia den roten Fleck, der sich zwischen Anouks Beinen ausbreitete.

Danach geschah alles wie im Zeitraffer. Claudia stützte Anouk auf dem Weg zum Auto, Julian hatte geistesgegenwärtig nach einem Handtuch gegriffen und es auf den Sitz gelegt. Während der Fahrt ins Krankenhaus sagte Anouk kein Wort, saß nur zusammengekrümmt da und wimmerte leise.

Ein Arzt untersuchte sie und erklärte ihr im Beisein von Claudia, dass die Gefahr einer Sturzblutung bestehe und deshalb sofort eine Ausschabung vorgenommen werden müsse. Wenig später wurde sie in den Operationssaal gefahren.

Als Anouk aus der Kurznarkose erwachte, saß Claudia neben ihr und hielt ihre Hand. Die Lider ihrer Tochter flatterten, sie sah fast durchsichtig aus, so blass war ihr Gesicht. Immer wieder schien sie einzudösen, aber irgendwann war sie wach und hielt die Augen offen.

»Bin ich schuld daran, Mama?«, fragte sie nach einer Weile mit matter Stimme. »Weil ich gehungert habe?«

»Niemand ist schuld«, sagte Claudia sanft. »Das passiert einfach.«

Lange blieb Anouk stumm und blickte ins Leere. Schließlich sagte sie: »Irgendwie bin ich auch froh. Also, dass ich es nicht mehr entscheiden muss.«

Claudia drückte ihre Hand. »Das verstehe ich, Schätzchen. Das verstehe ich so gut.«

Mehr sprachen sie in dieser Nacht nicht. Claudia blieb an ihrem Bett sitzen und streichelte sie, bis sie eingeschlafen war. Am nächsten Morgen konnte Anouk die Klinik bereits wieder verlassen. Sie fühlte sich noch wackelig auf den Beinen, war aber offenbar froh, wieder zu Hause zu sein.

In den Tagen danach war sie schweigsam und in sich gekehrt, wirkte aber nicht unglücklich. Dann richtete sich ihr Interesse wieder voll und ganz auf den Hungerstreik, der inzwischen seit mehr als zwei Wochen andauerte. Die meiste Zeit des Tages verbrachte sie am Telefon mit Joshua. Sie machte sich Sorgen um ihn und sprach davon, so bald wie möglich zurück nach Berlin fahren zu wollen. Claudia versuchte, es ihr auszureden. Sie hielt es für verfrüht und war der Meinung, Anouk sei nach der Fehlgeburt noch schonungsbedürftig. Außerdem fragte sie sich, ob Anouk wirklich so abgeklärt war, wie sie wirkte. Würden die seelischen Nachwehen des Ganzen vielleicht noch kommen? Und wäre Joshua, der selbst körperlich geschwächt war, dann in der Lage, sie aufzufangen?

Von der Wucht ihrer eigenen Gefühle war Claudia völlig überrollt worden. Im ersten Moment hatte auch sie Erleichterung verspürt. Kurz danach aber setzte eine Trauer ein, mit der sie nicht gerechnet hatte. Ein tiefes Gefühl der Leere machte sich in ihr breit und hielt mehrere Tage an. Gerade erst hatte sie sich dazu durchgerungen, die Existenz dieses Kindes zu akzeptieren und ihm höchste Priorität einzuräumen. Sie hätte alles andere hintangestellt, um Anouk zu unterstützen und dem Baby einen guten Start ins Leben zu ermöglichen. Innerlich hatte sie gewissermaßen die Arme weit ausgebreitet – und nun blieben diese Arme leer. Noch immer war sie nicht über den Schmerz hinweg, aber allmählich bekam ihre Vernunft wieder die Oberhand. Und die sagte ihr, dass es besser für ihre Tochter war, jetzt noch nicht Mutter zu werden. Dass ein gnädiges Schicksal ihr die Entscheidung abgenommen hatte.

Berlin, Dienstag, 27. September 2022
Am vierundzwanzigsten Tag des Hungerstreiks von Mitgliedern der Gruppe „Fünf nach zwölf" ist Bewegung in den Konflikt gekommen. Aus dem Bundeskanzleramt kam die Mitteilung, die Aktivisten hätten zugesagt, den Streik zu beenden. Nun sei „mit Gesprächsbereitschaft vonseiten der Regierung" zu rechnen. Die Aktivistengruppe teilte hingegen mit, der Kanzler habe „Gesprächsbereitschaft signalisiert", daher habe man sich entschlossen, den Streik zu beenden.

Fünf der ursprünglich sieben Hungerstreikenden mussten inzwischen wegen gesundheitlicher Probleme aufgeben. Ein weiterer Teilnehmer, Leon H. (28), wurde heute ins Krankenhaus eingeliefert, da er seit zwei Tagen auch die Aufnahme von Flüssigkeit verweigert hat und sich in akuter Lebensgefahr befindet. Der letzte der Hungerstreikenden, der 23-jährige Joshua W., hat bis heute im Protestcamp unweit des Reichstages ausgeharrt und angekündigt, dass er ab morgen ebenfalls die Aufnahme von Flüssigkeit einstellen werde. Wenig später kam die Nachricht aus dem Kanzleramt.

„Ich bin sehr froh, dass es vorbei ist", sagte Joshua W. „Jetzt bin ich gespannt auf das Gespräch mit dem Bundeskanzler und hoffe, er hat den Ernst der Lage verstanden."

30

Der Sommer hatte einfach kein Ende nehmen wollen. Das Gras im Garten war völlig vertrocknet, viele Stauden waren eingegangen. Irgendwann hatte Claudia es aufgegeben, den Rasen und die Beete zu wässern. Im Stadtrat diskutierte man darüber, das Wasser in der Gemeinde zu rationieren, aber der Vorschlag wurde abgelehnt.

Nun war es Oktober und der Himmel zum ersten Mal nach einer gefühlten Ewigkeit bedeckt.

Claudia fuhr mit dem Fahrrad zum Gebäude der Grundschule, um ihre Stimme bei der Stichwahl abzugeben. Zahlreiche Meutlinger Bürger strebten dem Eingang zu. Einige grüßten sie, manche offen und herzlich, andere eher distanziert. Sie versuchte, in ihren Gesichtern zu lesen. Wer von ihnen würde sie wählen? Wer von ihnen weiter zu Abele halten, obwohl die Ermittlungen in dem Bauskandal sich zu seinen Ungunsten entwickelten? Nach dem knappen Ergebnis, das zur Stichwahl geführt hatte, war wieder alles offen. Die Kandidaten der beiden kleinen Parteien waren nicht mehr im Rennen, nun hieß es nur noch: Manfred Abele oder sie.

Claudia entdeckte eine Frau, die ihr bekannt vorkam. Woher nur kannte sie das Gesicht? Sie kramte in ihrem Gedächtnis, und plötzlich fiel es ihr ein. Es war die Verkäuferin aus dem Textilgeschäft, wo sie im Frühjahr die Schleife für das himmelblaue Auto gekauft hatte. Seither schien eine Ewigkeit vergangen zu sein.

Sie war nun auf gleicher Höhe mit der Frau, die sich ihr zuwandte und sie offen ansah. »Grüß Gott, Frau Berner. Ich hab in letzter Zeit ein paarmal an Sie gedacht.«

»Das will ich hoffen«, sagte Claudia in scherzhaftem Ton. »Dafür habe ich schließlich die vielen Plakate aufhängen lassen.«

»Nicht deshalb«, sagte die Frau. »Wegen dem Geschenk für ihre Tochter. War wohl nicht das Richtige, und das hat mir leidgetan für Sie. Ist mir auch schon passiert, dass ich mit einem Geschenk voll danebenlag.«

»Dass Sie sich daran überhaupt noch erinnern!«, sagte Claudia staunend.

»Ich erinnere mich an alle Kunden. Viel Glück heute!« Die Verkäuferin lächelte und ließ ihr den Vortritt ins Wahllokal.

Claudia präsentierte ihren Ausweis, obwohl die Wahlhelferinnen sie natürlich kannten. Als sie in der Kabine stand, machte sie feierlich ein Kreuzchen neben ihrem Namen.

Wieder zu Hause, half sie Anouk, ihre Sachen zu packen. Als der große Rucksack voll war, hob sie ihn an und stieß die Luft aus. »Versprich mir, dass du dir in Berlin helfen lässt«, sagte sie. »Du darfst noch nichts so Schweres tragen.«

Anouk versprach es.

Claudia wuchtete den Rucksack auf ihren Rücken, trug ihn die Treppe hinunter und zum Auto, wo sie ihn im Kofferraum verstaute. Sie registrierte einen weißen Transporter, der in der Einfahrt stand.

Als sie zurück ins Haus wollte, versperrte ihr ein riesiges Sofa den Weg. Ein Mann in einem Blaumann versuchte angestrengt, es durch die Haustür nach draußen zu zerren, von innen hörte man Mariannes Stimme.

»Ein bisschen seitlich kippen, ja, so. Und hinten etwas anheben. Vorsicht!«

»Was soll denn das werden?«, rief Claudia. »Willst du ausziehen?«

»Mach dir keine Hoffnungen«, rief Marianne fröhlich zurück.

Das Sofa bewegte sich Zentimeter für Zentimeter voran, bis
Julian sichtbar wurde, der schwitzend und mit gefurchter Stirn
dafür sorgte, dass das Möbelstück nicht den Türrahmen zer-
kratzte.

Aha, dachte Claudia, da arbeitet jemand seine Strafe ab. Marianne hatte Julians Geständnis erstaunlich gefasst aufgenommen
und sofort ihre Chance gewittert. Seither spannte sie ihn für alles
und jedes ein, immerhin gegen Bezahlung.

Das Sofa hatte es durch die Tür geschafft und wurde von
den beiden Männern zum Transporter getragen. Zufrieden sah
Marianne zu.

»Was hast du denn vor?«, fragte Claudia.

»Der ganze alte Kram fliegt raus. Ich brauche Raum und Luft
für mein neues Leben.«

»Aber … das sind die Möbel von Oma und Opa!«, protestierte
Claudia.

»Genau.«

»Die kannst du doch nicht einfach wegwerfen!«

»Willst du sie?«

»Um Gottes willen!« Claudia machte eine abwehrende Bewegung. Sie hatte die altmodischen Stilmöbel nie gemocht.

»Ich werfe sie natürlich nicht weg, ich verschenke sie«, erklärte
Marianne. »Und meine neuen Möbel sind aus recycelten Mate-
rialien, falls es dich interessiert, von so einem jungen Designer-
team. Du glaubst nicht, wie stylisch die aussehen!«

»Du bist echt die coolste Oma, die ich kenne.« Anouk, die
unbemerkt neben sie getreten war, grinste ihre Großmutter an.
»Willst du nicht doch bei ›Fünf nach zwölf‹ mitmachen?«

»So weit kommt's noch«, sagte Marianne entrüstet. Sie deutete auf Julian, der gerade einen der schweren Sessel mit abgewetztem Chintzbezug an ihnen vorbeitrug. »Ich nutze seine Notlage nach Kräften aus, damit er bald seine Strafe an euch bezahlen kann, das muss reichen.« Dann wurde sie ernst. »Vergiss nicht, Kindchen, du hast mir was versprochen!«

Anouk verdrehte die Augen »Ja, Oma. Ich weiß.«

Claudia fragte sich, was sie ihrer Großmutter versprochen hatte. Die beiden hatten neulich ein langes Gespräch geführt, über dessen Inhalt keine von ihnen etwas hatte verlauten lassen. Auf Claudias Frage hatte Anouk nur verschmitzt gesagt: »Ich weiß jetzt, woher sie Klaus kennt.«

»Ach ja, woher?«

»Das musst du sie schon selbst fragen.«

Mehr war nicht aus ihr rauszukriegen gewesen.

Claudias Gedanken kehrten in die Gegenwart zurück. Sie sah auf die Uhr und runzelte die Stirn. »Wir müssen los«, mahnte sie.

Anouk umarmte ihre Großmutter. »Ade, Oma, hab dich lieb!«

Marianne gab ihr einen Kuss auf die Stirn. »Mach's gut, Kindchen. Ich zähl auf dich.«

Claudia glaubte, eine Träne im Augenwinkel ihrer Mutter zu entdecken, die mit einem kurzen Blinzeln zum Verschwinden gebracht wurde.

Anouk umarmte ihren Bruder, der es sich betont lässig gefallen ließ. Bis vor kurzem hätte er sie noch angewidert weggeschubst.

»Kein Bullshit mehr, Brüderchen. Klar?«

Julian hob die Hand zum High five. »Musst du gerade sagen.«

»Ciao, Stalker.«

Sie drückte ihn kurz an sich, dann nahm sie ihren Umhängebeutel und stieg ins Auto. Sie wollte ihrer Großmutter noch einmal zuwinken, aber die gab Julian bereits neue Anweisungen.

»Sie ist gut im Delegieren«, sagte Anouk.

»Sie ist eine Sklaventreiberin«, sagte Claudia. »Was glaubst du, wie sie sich in dieser Männerbranche durchgesetzt hat?«

Claudia parkte den Wagen vor dem Bahnhof und drehte sich zu ihrer Tochter.

»Am liebsten würde ich dich gar nicht gehen lassen«, sagte sie mit einem traurigen Lächeln.

»Ich fliege ja nicht zum Mond, Mama.«

»Aber so kommt es mir vor.« Sie machte eine Pause. »Versprichst du mir, dass du nicht wieder spurlos abtauchst? Das würde ich nicht noch mal ertragen.«

Anouk beugte sich zu ihr herüber und küsste sie auf die Wange. »Kannst du mir auch was versprechen?«

»Was?«

»Dass du weiter so cool bleibst.«

Claudia sah sie an. »Was meinst du mit … cool?«

Anouk überlegte, als suchte sie nach den richtigen Worten. »Du … warst für mich da, aber du hast nicht versucht, mich zu kontrollieren. Wir sind bei vielem nicht einer Meinung, aber du hast nicht versucht, mir deine Meinung aufzuzwingen. Ich hatte zum ersten Mal das Gefühl, dass du … mich ernst nimmst und wie eine Erwachsene behandelst. Das hat sich echt gut angefühlt.«

Claudia war überrascht und fast ein bisschen verlegen.

In langen Gesprächen hatten sie darum gerungen, wie es für Anouk jetzt weitergehen sollte. Solange der Hungerstreik andauerte, war sie aufgebracht und wütend gewesen, wild entschlossen, sich sofort den nächsten Aktionen anzuschließen. Erst allmählich hatte ein Umdenken bei ihr eingesetzt, zumal »Fünf nach zwölf« eine Denkpause angekündigt hatte, in der die neue Strategie erarbeitet werden sollte.

Zu Claudia Erleichterung hatte Anouk sich schließlich entschlossen, wieder in die Schule zu gehen, allerdings nicht in Meutlingen, wie ihre Mutter insgeheim gehofft hatte. Sie bestand darauf, zurück nach Berlin zu gehen und weiterhin mit Joshua in der WG zu wohnen. Gemeinsam hatten sie nach einem geeigneten Gymnasium gesucht und alles in die Wege geleitet, damit Anouk zu Beginn des zweiten Halbjahres dort anfangen konnte. Sie würde ein Schuljahr verlieren, aber das war eben der Preis.

Auf Claudias Drängen beteuerte Anouk, vorerst nicht mehr an öffentlichen Aktionen von »Fünf nach zwölf« teilzunehmen, zumindest nicht, bis sie ihren Abschluss hatte. Vielleicht waren ihr inzwischen die Konsequenzen ihres Handelns deutlich geworden. Der Strafbefehl wegen der Blockade des Münchner Flughafens war eingetroffen; er lautete auf fünfzig Tagessätze à dreißig Euro. Geld, das Claudia ihr vorstrecken und das Anouk mit dem Verdienst aus einem Nebenjob abstottern würde. Viel bedrohlicher war allerdings eine mögliche Schadenersatzklage der Flughafengesellschaft, von der niemand wusste, ob sie kommen und wie kostspielig sie sein würde.

Konnte Anouk tatsächlich als geläutert gelten? Claudia war sich nicht ganz sicher. Aber irgendwie schien Anouk begriffen zu haben, dass der Zukunft der Menschheit nicht gedient war, wenn sie sich ihre eigene Zukunft verbaute.

Claudia stieg aus, holte Anouks Rucksack aus dem Kofferraum und ging mit ihr durchs Bahnhofsgebäude zum Gleis. Der Zug stand schon da, ein paar Minuten blieben ihnen noch bis zur Abfahrt, wertvolle Minuten, die Claudia bis zum letzten Moment auskosten wollte. Sie trug den Rucksack bis zu Anouks Platz und wuchtete ihn auf die Gepäckablage, dann legte sie den Arm um sie und zog sie an sich.

»Mit welchem Gefühl fährst du weg?«, wollte sie wissen.

»Einem guten«, sagte Anouk nach kurzem Nachdenken. »Ich

fand's schön, dass Julian und ich uns besser verstanden haben. Der kleine Scheißer ist gar nicht so übel, wie ich dachte. Und ich freue mich für Oma, dass sie Klaus wiedergefunden hat. So happy habe ich sie noch nie erlebt.«

»Ja, nicht wahr?« Claudia zwinkerte ihr zu. »Sie nervt fast gar nicht mehr.«

Sie lachten.

»Was ist mit Papa und dir?«, fragte Anouk, jetzt wieder ernst. Sie hatte sich mit ihrem Vater ausgesprochen, aber die Situation zwischen ihrer Mutter und ihm war unverändert.

»Wir werden sehen«, sagte Claudia ausweichend. Sie sah aus dem Fenster und fragte schließlich zögernd: »Noch irgendwas?«

Sie wussten beide, worauf Claudia anspielte. Anouk hatte sich immer wieder gefragt, ob sie schuld an der Fehlgeburt war, weil sie gehungert hatte.

Erst ein Gespräch mit Frau Doktor Mendel hatte sie beruhigen können. Die Ärztin hatte Anouk versichert, dass die wenigen Tage, die sie ohne Nahrung gewesen war, dem Embryo keinen Schaden zugefügt hatten. Dass es in diesem frühen Stadium zu Fehlgeburten kommen konnte, an denen niemand die Schuld trug.

»Weißt du, Mama«, sagte Anouk nach einer langen Pause. »Manchmal bin ich traurig, wenn ich an das Kind denke. Aber im nächsten Augenblick bin ich wieder total froh. Wenn ich mal Mutter werde, möchte ich eine gute Mutter sein. Eine wie du. Das könnte ich jetzt noch nicht.«

Claudia musste schlucken. Das war das Schönste, was ihre Tochter je zu ihr gesagt hatte.

Sie umarmte sie ein letztes Mal. Als der Zug anfuhr und Anouk noch einmal am Zugfenster auftauchte, winkte sie ihr zu und lächelte unter Tränen.

Vier Wochen später

»Ich schwöre, dass ich mein Amt nach bestem Wissen und Können führen, das Grundgesetz für die Bundesrepublik Deutschland, die Landesverfassung und das Recht achten und verteidigen und Gerechtigkeit gegen jedermann üben werde. Ich gelobe Treue der Verfassung, Gehorsam den Gesetzen und gewissenhafte Erfüllung meiner Pflichten. Insbesondere gelobe ich, die Rechte der Gemeinde Meutlingen gewissenhaft zu wahren und ihr Wohl und das ihrer Einwohner nach Kräften zu fördern.«

Applaus ertönte. Claudia ließ die rechte Hand sinken und lächelte. Die Gesichter im Rathaussaal waren ihr zugewandt, manche der Stadträte klatschten, andere klopften auf den Tisch vor sich. Als es wieder ruhig war, streckte Manfred Abele, der ihr die Ernennungsurkunde überreicht und den Amtseid abgenommen hatte, die Hand aus.

»Ich gratuliere Ihnen, Frau Bürgermeisterin«, sagte er mit beherrschter Stimme. »Wir haben hart gekämpft, Sie haben gewonnen. Ich wünsche Ihnen alles Gute für Ihre Amtszeit.«

Er hatte bei der Stichwahl 47,2 Prozent der Stimmen erreicht, Claudia 52,8. Kein Erdrutschsieg, aber eine passable Mehrheit.

Eine Mitarbeiterin des Rathauses reichte Abele einen riesigen Blumenstrauß, den er an Claudia weitergab. Wieder wurde geklatscht.

Nun ergriff Claudia das Wort: »Vielen Dank, Herr Abele. Sie waren ein fairer Gegner, das weiß ich sehr zu schätzen. Und ich denke, ich spreche für alle Anwesenden, wenn ich Ihnen an dieser Stelle für alles, was Sie in den vergangenen acht Jahren für Meutlingen geleistet haben, einen herzlichen Dank ausspreche.«

Er deutete ein Nicken an, die Anwesenden erhoben sich von ihrem Platz und applaudierten ihm. Das älteste Mitglied seiner Fraktion, ein ehemaliger Schulleiter mit Spitzbart und ovaler Brille, erhob sich und übergab ihm einen großen, mit einem

Geschenkband verzierten Umschlag. Anschließend erläuterte er das Geschenk, ein Gutschein für eine Ballonfahrt über Meutlingen und Umgebung.

»Während deiner Amtszeit bist du immer auf dem Boden geblieben, trotzdem hast du es geschafft, den Überblick zu behalten. Jetzt darfst du endlich abheben, lieber Manfred, und dir aus der Höhe ansehen, welch prächtiges Städtchen du deiner Nachfolgerin überlässt.«

Es folgten weitere launige Bemerkungen, die mit Gelächter und Beifall quittiert wurden. Das war nur der Auftakt zu den Abschiedsfeierlichkeiten für Abele. Seine offizielle Verabschiedung mit Verleihung des Goldenen Meutlinger Stadttalers und andere Ehrungen standen noch bevor.

Nach der Sitzung nahm Claudia die zahlreichen Gratulationen entgegen. Politische Freunde und Gegner besannen sich an diesem Tag demokratischer Gepflogenheiten, die Stimmung war gelöst, schwelende Konflikte schienen beigelegt zu sein, alte Feindseligkeiten vergessen. Claudia wusste nur zu gut, dass sie im Alltagsgeschäft bald wieder zu neuem Leben erwachen würden, trotzdem genoss sie den Moment. Im Foyer wurden Getränke und Häppchen gereicht, die Anwesenden standen grüppchenweise herum, redeten und lachten.

Arnold Leitgeb trat zu ihr und erhob sein Glas, um mit ihr anzustoßen.

»Wie fühlen Sie sich, Frau Bürgermeisterin?«

Lächelnd schüttelte sie den Kopf. »Ich weiß nicht. Wenn man so lange auf etwas hingearbeitet und für etwas gekämpft hat, und dann ist der Moment endlich da, in dem man es geschafft hat …« Sie brach ab.

»Dann fühlt sich das irgendwie unwirklich an«, vervollständigte er ihren Satz.

Sie nickte. »Genau.«

»Warte bis zur ersten Sitzung«, sagte Leitgeb spöttisch, »dann wird es sehr schnell real werden.«

Sie lachten und stießen erneut an.

»Ich hab dir viel zu verdanken«, sagte Claudia. »Du sollst wissen, dass mir das bewusst ist.«

»Habe ich aus reinem Eigennutz getan«, sagte er und zwinkerte ihr zu.

»Ich würde mich freuen, wenn du mir weiter als Berater zur Verfügung stehen könntest«, sagte sie.

»Mit Vergnügen, Frau Bürgermeisterin!«

Leitgeb drückte sie kurz an sich und verabschiedete sich. Es kamen andere Leute, die gratulieren oder ein paar Worte mit dem neuen Stadtoberhaupt wechseln wollten. Ganz allmählich begriff Claudia, dass sie es tatsächlich geschafft hatte. Dass sie an ihrem Ziel angekommen war, gegen alle Wahrscheinlichkeit und allen Hindernissen zum Trotz. Ein warmes Gefühl breitete sich in ihrem Inneren aus, eine Mischung aus Staunen, Dankbarkeit und Glück. Endlich konnte sie etwas tun, Dinge bewegen und verändern. Zwar nur im kleinen Meutlingen, aber irgendwo musste man schließlich anfangen.

Sie dachte an ihren Vater und wusste, dass er stolz auf sie wäre. *Aus dir wird mal was, Mädle,* hörte sie ihn sagen und schmunzelte in sich hinein.

Nach einer Weile entfernte sie sich von dem Trubel und trat an eines der Fenster, aus denen man den Marktplatz und einen malerischen Ausschnitt des Meutlinger Stadtpanoramas überblicken konnte. Nachdenklich sah sie hinaus und versuchte, sich diesen Augenblick genau einzuprägen. So genau, dass sie sich auch in vielen Jahren oder Jahrzehnten noch an ihn erinnern würde.

Als sie wenig später das Rathaus verließ, wartete zu ihrer Überraschung Martin auf sie. Er lehnte lässig am Marktbrunnen, einen

Fuß gegen die Umrandung gestützt. Er trug die Lederjacke, die sie immer so an ihm gemocht hatte.

»Stalkst du mich?«, fragte sie lächelnd.

»Dass du das jetzt erst merkst.« Er lächelte zurück. »Soll ich dir den Blumenstrauß abnehmen?«

»Ja, gern.« Dankbar reichte sie ihm das Ungetüm und überlegte, ob sie überhaupt eine ausreichend große Vase besaß.

»Wie war's?«

Claudia seufzte tief. »Unwirklich.« Und nach einer Pause: »Aber Abele hat sich jetzt zum Schluss wirklich anständig benommen.«

»Alte Schule«, sagte Martin. »Es war nicht alles schlecht.«

Sie lachte. »Hör bloß auf.«

Schweigend gingen sie ein paar Schritte nebeneinander, dann blieb Martin stehen. »Ich möchte dir was sagen.«

Abwartend sah sie ihn an.

Er ließ sich Zeit, als müsste er seine Gedanken sortieren, bevor er sich wieder in Bewegung setzte. »Ich … hatte viel Zeit zum Nachdenken«, sagte er schließlich. »Und ich habe zwei Dinge herausgefunden. Erstens, ich will nicht mehr in der Firma arbeiten, selbst wenn ich noch mal die Chance dazu bekäme. Ich bewerbe mich schon seit einiger Zeit, und jetzt habe ich eine Stelle bei einem Zulieferer gefunden. Viel Verantwortung, prima Gehalt.«

»Herzlichen Glückwunsch«, sagte Claudia. »Ich freue mich sehr für dich!«

Ihr fiel ein Stein vom Herzen. Nach Martins Kündigung hatten die Schuldgefühle sie fast erdrückt. Auch die Umwandlung in eine betriebsbedingte Kündigung hatte es nicht besser gemacht. Es blieb dabei, sie hatte ihr Wort nicht gehalten und Martins Hoffnungen auf den Geschäftsführerposten zerstört.

Inzwischen hatte Marianne das Problem der Geschäftsführung auf ihre Weise gelöst. Eine Headhunterfirma hatte innerhalb kurzer Zeit eine hoch qualifizierte Managerin aus dem Fahrzeugbereich gefunden. »Schließlich will ich nicht für den Rest meiner Tage den Laden leiten«, hatte sie Claudia erklärt.

Die war perplex gewesen. Jahrzehntelang hieß es, Blut sei dicker als Wasser, nur ein Familienmitglied könne die Geschicke der Firma leiten. Noch vor kurzem hätte Marianne sich mit Händen und Füßen gegen jemanden von außen gewehrt. Und nun das.

»Ach, Kindchen«, hatte sie auf Claudias Frage geantwortet, »auch in meinem Alter kann man noch dazulernen.«

»Was Papa wohl dazu sagen würde?«

Marianne lächelte verschmitzt. »Ich habe ihn gefragt, er ist einverstanden.«

»Auch damit, dass es eine Frau ist?«

»Wieso denn nicht?«, sagte Marianne. »Die Firma wurde doch in Wahrheit immer von Frauen geführt.«

Und damit war die Sache vom Tisch.

Ihre Aufmerksamkeit kehrte zurück zu Martin. »Das war erstens«, sagte sie. »Und was ist zweitens?«

»Zweitens ist schwieriger.« Er lachte verlegen. »Da müsstest du nämlich mitspielen, und ich weiß nicht, ob du das willst.«

»Kommt auf das Spiel an.«

Er blieb stehen und fasste sie sanft bei den Schultern.

»Ich könnte verstehen, wenn du genug von mir hast, Claudia. Ich hab's wirklich ganz schön verbockt. Und lange habe ich mich auch noch als Opfer gefühlt. Aber inzwischen hab ich einiges kapiert, glaube ich. Und ich möchte dich bitten … mir noch mal eine Chance zu geben.«

Claudia senkte den Blick. Sie fragte sich, was den Sinneswandel bei Martin herbeigeführt haben mochte. Vielleicht das traurige Beispiel seines Freundes Stefan, der so lange stur auf seinen Standpunkten beharrt hatte, bis seine Frau ihn verließ und den Sohn mitnahm?

»Es ist viel passiert zwischen uns, und es gab viele Verletzungen«, fuhr Martin fort. »Und wahrscheinlich können wir es alleine nicht schaffen. Deshalb möchte ich dir vorschlagen, dass wir ... eine Ehetherapie machen.«

Verblüfft hob Claudia den Blick. Martin schlug ihr eine Therapie vor? Der Mann, der die Schuld nur zu gern bei anderen suchte, dem es extrem schwerfiel, einen Fehler einzugestehen oder sich gar zu entschuldigen? Das war das Letzte, womit sie gerechnet hätte. Es musste ihm wirklich etwas daran liegen, sonst würde er das nicht anbieten.

»Du schaffst es immer noch, mich zu überraschen«, sagte sie und legte ihre Hand auf seine. Er griff danach und hielt sie fest.

»Heißt das ... ja?«

»Es heißt, dass ich darüber nachdenken werde«, sagte sie lächelnd.

Epilog

Marianne traute ihren Augen nicht. Direkt vor ihr auf der Straße saß Klaus, gemeinsam mit sechs anderen Demonstranten. Sie trugen orangefarbene Warnwesten und ein großes Transparent, auf dem *Es gibt keinen Planeten B* zu lesen war.

Er hatte sie auf die Brücke bestellt, angeblich um ins Museum zu gehen und einen Spaziergang im Englischen Garten zu machen. Es war ihr schleierhaft, was ihn bewogen hatte, sich stattdessen einer Straßenblockade anzuschließen.

Die Autofahrer, die nicht weiterkamen, fingen an zu hupen, erste Beschimpfungen waren zu hören. Marianne glaubte, eine Art Déjà-vu zu erleben; das alles hatte sie in dem Video an Anouks achtzehntem Geburtstag schon einmal gesehen.

Die Brücke führte zum Bayerischen Landtag; Marianne war

überzeugt, dass in kürzester Zeit ein Riesenaufgebot an Polizei eintreffen und es Stunden dauern würde, bis sie hier wieder wegkamen. Sie hatte nicht die geringste Lust, ihren Nachmittag damit zu verbringen, den Gesetzeshütern bei der Arbeit zuzusehen.

Energisch schritt sie auf die Demonstrierenden zu und ging vor Klaus in die Hocke, was für ihr Alter ein gewagtes Manöver war. Hoffentlich käme sie gleich wieder hoch.

»Sag mal, muss das jetzt sein?«, zischte sie ihm zu.

Er sah sie entschuldigend an. »Sie hatten einen zu wenig, um die Straße zu schließen, und plötzlich kam es über mich. Alte Revoluzzergewohnheit.«

»Bitte komm mit«, sagte Marianne. »Ich bin zu alt für den Scheiß.«

Sie griff nach seiner Hand und wollte ihn nach oben ziehen. Da merkte sie, dass seine Handfläche klebrig war.

»Was ist das?« Sie versuchte, ihre Hand von seiner zu lösen, aber es ging nicht.

»Sekundenkleber«, sagte Klaus und deutete mit dem Kinn auf eine ausgequetschte Tube. »Ich wollte gerade meine Hand auf den Boden kleben.«

»Das glaube ich jetzt nicht«, sagte Marianne, der die Hitze ins Gesicht stieg.

Um sie herum hatten sich Schaulustige versammelt, und die Autofahrer hupten immer lauter.

Noch einmal versuchte sie, ihre Hand abzulösen. Keine Chance. Sie setzte sich hin. Ihre rechte Hand haftete an der rechten von Klaus, sie konnte ihm also nur gegenübersitzen.

»Verdammt«, fluchte sie leise und starrte auf ihre zusammengeklebten Hände.

Nicht weit entfernt waren Sirenen zu hören, gleich würde die Polizei eintreffen.

Als sie aufblickte, nahm sie ein Zucken um Klaus' Mundwinkel wahr.

Im nächsten Moment wurde ihr die Absurdität der Situation bewusst, und gegen ihren Willen musste sie grinsen. Gleich darauf fingen sie beide an zu lachen und konnten nicht mehr aufhören. Ihr Lachen war so mitreißend, dass es die Umstehenden ansteckte und sogar einige der Demonstrierenden ihr sonst regungsloses Gesicht in unfreiwilliger Erheiterung verzogen.

Ein dreiköpfiges Kamerateam, das in der Nähe Passanten interviewte, wurde aufmerksam und kam zu ihnen herüber. Die Kamera richtete sich auf Klaus und sie, und der Tonmann hielt ihr ein Mikrofon an einer Stange unter die Nase.

»Demonstrieren Sie auch gegen den Klimawandel?«, fragte die junge Reporterin, die sich vor sie hingehockt hatte.

Ich glaube kaum, dass der Klimawandel sich von meinem Protest beeindrucken lässt, hätte Marianne am liebsten gesagt, aber sie wollte nicht patzig sein. Also räusperte sie sich und sprach ins Mikrofon.

»Ich klebe eigentlich nur aus Versehen an meinem Freund, aber es ist schon in Ordnung, hier zu sitzen.«

Einige Polizisten näherten sich im Laufschritt. Nun war Marianne doch ein wenig blümerant zumute.

»Ob die im Knast Zahnbürsten für uns haben?«, fragte sie.

Ein Polizist baute sich vor ihnen auf, erkundigte sich nach dem Versammlungsleiter oder der Versammlungsleiterin, bekam keine Antwort und betrachtete daraufhin jeden einzelnen der Demonstrierenden genau. Als er Marianne in ihrem eleganten Hosenanzug entdeckte, schüttelte er ratlos den Kopf. »Was macht jemand wie Sie denn bloß hier?«, fragte er.

In diesem Moment sauste Marianne wieder in ihrer Zeitkapsel in die Vergangenheit zurück, zu der Frau, die sie hätte sein können, wenn sie sich damals anders entschieden hätte. Und ohne nachzudenken, antwortete sie mit dem Slogan, den sie von ihrer Tochter und ihrer Enkelin gehört hatte: »Wenn viele kleine Menschen an vielen kleinen Orten viele kleine Schritte tun, dann werden sie das Gesicht der Welt verändern.«

Danksagungen

Obwohl Personen und Handlung dieses Romans frei erfunden sind, habe ich in den Milieus recherchiert, in denen meine Geschichte spielt. Ich habe versucht, die Berufe meiner Figuren so realistisch wie möglich darzustellen, ihre Denkweisen und Motivationen glaubwürdig wiederzugeben. Dazu habe ich mit Menschen gesprochen, die mir über ihren Beruf, ihre Erfahrungen, ihr Wissen und Können Auskunft gegeben haben. Ich möchte mich sehr herzlich bedanken bei:

Katrin Habenschaden, ehemalige zweite Bürgermeisterin der Stadt München

Ingo Bergmann, Bürgermeister der Stadt Laupheim für Informationen über den Alltag von Bürgermeister/innen und den manchmal steinigen Weg ins Amt

Stefanie und **Michael Stiglmayr,** Autohaus Stiglmayr, Pfaffenhofen a. d. Ilm

Martina Staud, Leiterin Marketing und Kommunikation für Einblicke hinter die Kulissen eines Autohauses

zahlreichen Mitgliedern und Unterstützer/innen der **Letzten Generation** und anderer **Klimaschutzbewegungen** für Einblicke ins Denken und Handeln von Klimaaktivisten und -aktivistinnen

(An dieser Stelle freundliche Grüße an die Generalstaatsanwaltschaft München und ihre Ermittlungsbehörde. Sollten tatsächlich Gespräche mit den Mitgliedern der Letzten Generation zwischen Oktober 2022 und April 2023 abgehört worden sein und sollte ich zu den Journalist/innen gehören, die betroffen sind, dann dürften Sie jetzt wissen, wozu meine Recherche gedient hat. Ein signiertes Belegexemplar meines Buches geht Ihnen auf Wunsch gerne zu.)

der **Pressestelle der Justizvollzugsanstalt Stadelheim** und Frau **Melitta Kleisch** für die Führung durch das Münchner Gefängnis, in dem zahlreiche Klimaaktivistinnen und -aktivisten der Letzten Generation über mehrere Wochen präventiv inhaftiert waren

meinem Mann **Peter Probst,** meinem Autorenkollegen **Daniel Speck** und meinem Agenten **Tilo Eckardt** für hilfreiche Gespräche während der Stoffentwicklung und des Schreibprozesses

meiner Lektorin **Angela Volknant** für ihre Sorgfalt und ihren Instinkt für die Glaubwürdigkeit von Figuren und Handlung

meiner Verlegerin **Anke Göbel** für die Bereitschaft, diesen Roman zu publizieren, obwohl er kein Traumfrauen-Roman ist.

Für etwaige Fehler, die sich trotz aller Sorgfalt in den Text einge-
schlichen haben, bin ich allein verantwortlich. Und manchmal
mache ich auch von meiner künstlerischen Freiheit Gebrauch:
Wer die Hungersteine in der Isar sucht, wird sie dort nicht finden.
Die habe ich aus anderen Flüssen, wo sie tatsächlich existieren,
dorthin geschrieben.

Amelie Fried,
im Frühjahr 2024

Amelie Fried

»Mit ihrer Mischung aus Spannung, Humor, Erotik und Gefühl schreibt Amelie Fried wunderbare Romane.« *Für Sie*

978-3-453-27297-2

Glücksspieler
978-3-453-86414-6
Eine windige Affäre
978-3-453-40633-9
Paradies
978-3-453-42362-6
Die Spur des Schweigens
978-3-453-42624-5

Als eBook

Traumfrau mit Nebenwirkungen
978-3-641-14575-0
Traumfrau mit Lackschäden
978-3-641-13634-5
Am Anfang war der Seitensprung
978-3-641-14576-7
Der Mann von nebenan
978-3-641-13801-1
Liebes Leid und Lust
978-3-641-13804-2
Rosannas Tochter
978-3-641-13805-9
Die Findelfrau
978-3-641-13802-8
Immer ist gerade jetzt
978-3-641-13803-5
Ich fühle was, was du nicht fühlst
978-3-641-18934-1

Leseproben unter **www.heyne.de**

HEYNE ‹